Fantasy

Herausgegeben von Friedel Wahren

Von **Robert Jordan** erschienen in der Reihe
HEYNE SCIENCE FICTION & FANTASY:

Im CONAN-Zyklus:
Conan der Verteidiger · 06/4163
Conan der Unbesiegbare · 06/4172
Conan der Unüberwindliche · 06/4203
Conan der Siegreiche · 06/4232
Conan der Prächtige · 06/4344
Conan der Glorreiche · 06/4345

Sonderausgabe: 06/4163, 4172, 4203
zusammen in einem Band unter dem Titel
›Conan der Große‹ · 06/5460

Das Rad der Zeit:
 1. Roman: Drohende Schatten · 06/5026
 2. Roman: Das Auge der Welt · 06/5027
 3. Roman: Die große Jagd · 06/5028
 4. Roman: Das Horn von Valere · 06/5029
 5. Roman: Der Wiedergeborene Drache · 06/5030
 6. Roman: Die Straße des Speers · 06/5031
 7. Roman: Schattensaat · 06/5032
 8. Roman: Heimkehr · 06/5033
 9. Roman: Der Sturm bricht los · 06/5034
10. Roman: Zwielicht · 06/5035
11. Roman: Scheinangriff · 06/5036
12. Roman: Der Drache schlägt zurück · 06/5037
13. Roman: Die Fühler des Chaos · 06/5521
14. Roman: Stadt des Verderbens · 06/5522
15. Roman: Die Amyrlin · 06/5523
16. Roman: Die Hexenschlacht · 06/5524
17. Roman: Die zerbrochene Krone · 06/5525
18. Roman: Wolken über Ebou Dar · 06/5526
19. Roman: Der Dolchstoß · 06/5527 (in Vorb.)
20. Roman: Die Schale der Winde · 06/5528 (in Vorb.)

Weitere Bände in Vorbereitung

Robert Jordan & Teresa Patterson:
Die Welt von Robert Jordans »Das Rad der Zeit«
(illustriertes Sachbuch) · 006/9000 (in Vorb.)

ROBERT JORDAN

WOLKEN ÜBER EBOU DAR

Das Rad der Zeit

Achtzehnter Roman

Deutsche Erstausgabe

WILHELM HEYNE VERLAG
MÜNCHEN

HEYNE SCIENCE FICTION & FANTASY
Band 06/5526

Besuchen Sie uns im Internet:
http://www.heyne.de

Titel der Originalausgabe
A CROWN OF SWORDS
2. Teil
Übersetzung aus dem amerikanischen Englisch von
Karin König
Das Umschlagbild malte Attila Boros/Agentur Kohlstedt
Die Innenillustrationen zeichnete Johann Peterka
Die Karte auf Seite 8/9 zeichnete Erhard Ringer

Umwelthinweis:
Dieses Buch wurde auf
chlor- und säurefreiem Papier gedruckt.

Redaktion: Ralf Oliver Dürr
Copyright © 1996 by Robert Jordan
Erstausgabe bei Tom Dohtery Associates, New York (TOR BOOKS)
Copyright © 1998 der deutschen Ausgabe und der Übersetzung
by Wilhelm Heyne Verlag GmbH & Co. KG, München
Printed in Germany 1998
Umschlaggestaltung: Atelier Ingrid Schütz, München
Technische Betreuung: M. Spinola
Satz: Schaber Satz- und Datentechnik, Wels
Druck und Bindung: Ebner Ulm

ISBN 3-453-13359-5

INHALT

KAPITEL 1: Unsichtbare Augen 11

KAPITEL 2: Ein Eid 42

KAPITEL 3: Ein siegreicher Vormittag 72

KAPITEL 4: Die Schale der Winde 122

KAPITEL 5: Weiße Federn 151

KAPITEL 6: Insekten 176

KAPITEL 7: Eine Berührung an der Wange 190

KAPITEL 8: Der Triumph der Logik 212

KAPITEL 9: Wie der Pflug die Erde aufbricht ... 238

KAPITEL 10: Diamanten und Sterne 262

Glossar 284

KAPITEL 1

Unsichtbare Augen

Als Egwene zu ihrem Zelt zurückkam, wartete Selame bereits, eine stockdünne Frau mit dunkler tairenischer Hautfarbe und einem fast unzugänglichen Selbstbewußtsein. Chesa hatte recht: Selame trug ihre Nase tatsächlich hoch erhoben, als weiche sie vor einem üblen Geruch zurück. Aber wenn sie sich gegenüber anderen Töchtern des Speers auch anmaßend verhielt, gab sie sich bei ihrer Förderin in Wahrheit doch ganz anders. Als Egwene eintrat, versank Selame in einen so tiefen Hofknicks, daß ihre Stirn fast den Teppich streifte und sich ihre Röcke so weit wie möglich ausbreiteten. Bevor Egwene noch einen zweiten Schritt ins Zelt hinein getan hatte, sprang die Frau auf und machte ein Aufhebens um sie. Selame hatte sehr wenig Verstand.

»Oh, Mutter, Ihr seid schon wieder ohne Kopfbedeckung ausgegangen.« Als hätte sie jemals eine der mit Perlen verzierten Hauben, welche die Frau bevorzugte, oder die von Meri geliebten bestickten Samtkappen oder Chesas Federhüte getragen. »Und Ihr fröstelt. Ihr solltet niemals ohne Schal und Sonnenschirm ausgehen, Mutter.« Wie sollte ein Sonnenschirm Frösteln verhindern? Obwohl ihr der Schweiß ungeachtet dessen, wie schnell sie ihn mit ihrem Taschentuch abrieb, die Wangen hinablief, dachte Selame niemals daran zu fragen, *warum* sie zitterte, was vielleicht ebensogut war. »Zudem seid Ihr allein ausgegangen, bei Nacht. Das ist einfach nicht richtig, Mutter. Denkt an alle diese Soldaten, rauhe Männer, die keiner Frau Respekt erweisen, selbst den Aes Sedai nicht. Mutter, Ihr dürft einfach nicht ...«

Egwene ließ die törichten Worte genauso über sich ergehen wie die Hilfe der Frau beim Auskleiden, indem sie diese einfach nicht beachtete. Wenn sie ihr zu schweigen befahl, würde sie so viele verletzte Blicke und gekränkte Seufzer ernten, daß es kaum einen Unterschied machte. Bis auf ihr geistloses Geschwätz verrichtete sie ihre Pflichten eifrig, wenn auch nicht ohne viele große Gesten und unterwürfige Hofknickse. Niemand schien so einfältig wie Selame zu sein, die ständig mit Äußerlichkeiten beschäftigt war und sich darum sorgte, was die Leute dachten. Für sie waren wichtige Leute die Aes Sedai und der Adel sowie deren höher gestellte Diener. Niemand sonst zählte für sie. Wahrscheinlich war es *wirklich* unmöglich. Egwene würde weder vergessen, wer Selame zuerst entdeckt hatte, noch wer Meri entdeckt hatte. Gewiß war Chesa ein Geschenk von Sheriam, aber Chesa hatte Egwene ihre Treue schon mehr als einmal bewiesen.

Egwene hätte sich gern selbst davon überzeugt, daß das Zittern, das Selame für Frösteln hielt, Zornesbeben war, aber sie war sich dessen bewußt, daß sich Angst in ihrem Innern breitgemacht hatte. Sie war zu weit gekommen und hatte noch zuviel zu tun, als daß sie Nicola und Areina hätte erlauben dürfen, ihr Knüppel zwischen die Beine zu werfen.

Als sie den Kopf durch die Halsöffnung eines frischen Hemdes steckte, nahm sie einige Worte des Geplappers der Frau wahr und sah sie an. »Sagtet Ihr *Schafsmilch?*«

»O ja, Mutter. Eure Haut ist so weiß, und nichts wird sie besser erhalten als ein Bad in Schafsmilch.«

Vielleicht war Selame wirklich schwachsinnig. Egwene scheuchte die protestierende Frau aus dem Zelt und bürstete ihre Haare selbst. Dann deckte sie ihr Bett auf, legte das jetzt nutzlose *A'dam*-Armband in die kleine, verzierte Elfenbeinschachtel, in der sie ihre wenigen Schmuckstücke aufbewahrte, und löschte zuletzt die Lampen. *Alles selbst*, dachte sie in der Dunkelheit sarkastisch. *Selame und Meri werden einen Wutanfall kriegen.*

Bevor sie sich jedoch hinlegte, trat sie zum Zelteingang und öffnete ihn einen kleinen Spalt. Draußen herrschte mondbeschienene Stille und Schweigen, die nur vom Schrei eines nächtlichen Reihers unterbrochen wurden, der plötzlich abbrach. Überall in der Dunkelheit waren Jäger unterwegs. Kurz darauf bewegte sich in den Schatten des gegenüberstehenden Zelts etwas. Es war anscheinend eine Frau.

Vielleicht machte der Schwachsinn Selame nicht unfähiger, als die mürrische Verdrießlichkeit Meri ausschloß. Die Gestalt neben dem Zelt konnte jeder der beiden sein. Oder jemand völlig anderer. Sogar Nicola oder Areina, so unwahrscheinlich es auch schien. Sie ließ den Zelteingang lächelnd wieder zufallen. Wer auch immer der Beobachter war, würde nicht sehen, wohin sie heute nacht ging.

Die Weisen Frauen hatten sie eine einfache Art gelehrt, sich in Schlaf zu versetzen. Die Augen schließen, nacheinander alle Körperteile entspannen, mit dem Herzschlag atmen und die Gedanken bis auf einen kleinen Winkel des Bewußtseins frei schweben lassen. Der Schlaf umfing sie innerhalb weniger Momente, aber es war der Schlaf einer Traumgängerin.

Sie schwebte gestaltlos tief in einem Sternenozean, unendliche Lichtpunkte schimmerten in einem unendlichen Meer der Dunkelheit, unzählige Glühwürmchen flimmerten in einer ewigen Nacht. Es waren die Träume aller Schlafenden überall auf der Welt, vielleicht aller Schlafenden in allen möglichen Welten, und dies war der Spalt zwischen der Realität und *Tel'aran'rhiod*, der Zwischenraum, der die wache Welt von der Welt der Träume trennte. Wohin auch immer sie schaute, verschwanden zehntausend Glühwürmchen, wenn Menschen erwachten, und zehntausend neue ersetzten sie. Eine weite, sich ständig ändernde Anordnung funkelnder Schönheit.

Sie verschwendete jedoch keine Zeit mit Bewunderung. Dieser Ort barg Gefahren, mitunter sogar tödliche Gefahren. Sie wußte, wie man sie umgehen konnte, aber eine Gefahr zielte an diesem Ort genau auf sie ab, wenn sie zu lange verweilte, und darin gefangen zu werden, wäre, gelinde gesagt, peinlich. Sie bewegte sich vorwärts, wobei sie ein wachsames Auge auf alles hielt – nun, es wäre ein wachsames Auge gewesen, wenn sie hier Augen gehabt hätte. Sie hatte auch kein Gefühl für Bewegung. Es schien, als stünde sie still und der Ozean wirbele um sie herum, bis ein Licht vor ihr zum Stehen kam. Jeder funkelnde Stern sah genauso aus wie alle anderen, und doch wußte sie, daß dies Nynaeves Traum war. *Woher* sie es wußte, war eine andere Sache. Nicht einmal die Weisen Frauen verstanden dieses Erkennen.

Sie hatte auch erwogen, Nicolas und Areinas Träume zu suchen. Wenn sie diese erst aufgestöbert hätte, wüßte sie genau, wie sie die Angst des Lichts in ihre Knochen senken könnte, und es kümmerte sie nicht im geringsten, daß dies aufs schärfste verurteilt wurde. Ihr praktisches Wesen hatte sie hierher getrieben, nicht die Angst vor dem Verbotenen. Sie hatte getan, was niemals zuvor getan worden war, und sie war sich sicher, daß sie es erneut tun würde, wenn es notwendig wäre. *Tue, was du tun mußt, und bezahle dann den Preis dafür.* Das hatte sie dieselbe Frau gelehrt, die jene verbotenen Bereiche abgegrenzt hatte. Es war die Verweigerung, die Schuld einzugestehen, die Verweigerung, den Preis zu bezahlen, wodurch Notwendigkeit häufig zu Bösem entartete. Aber selbst wenn die beiden schliefen, war das Auffinden der Träume eines Menschen beim ersten Mal bestenfalls mühsam und gelang nicht auf Anhieb. Tage der Bemühungen – oder eher Nächte – konnten sehr wohl gar nichts ergeben. Das war zumindest wahrscheinlich.

Sie bewegte sich vorsichtig durch die ewige Dunkelheit, auch wenn es so schien, als stünde sie still und als wachse das stecknadelkopfgroße Licht zu einer schimmernden Perle, einem schillernden Apfel, einem Vollmond an, bis es ihre Sicht und die ganze Welt mit Helligkeit erfüllte. Sie berührte es jedoch nicht – noch nicht. Ein haarfeiner Zwischenraum trennte sie. Dann griff sie überaus vorsichtig über diesen Zwischenraum hinweg. Womit, das blieb, da ihr ein Körper fehlte, genauso ein Geheimnis wie ihre Fähigkeit, einen Traum von einem anderen zu unterscheiden. Die Weisen Frauen sagten, ihr Wille sei der Schlüssel, aber sie verstand noch immer nicht, wie das sein konnte. Sie berührte das Licht so behutsam, wie sie eine Seifenblase berührt hätte. Die leuchtende Wand schimmerte wie gesponnenes Glas und pulsierte wie ein Herz, zart und lebendig. Eine etwas festere Berührung – und sie könnte ›hineinsehen‹ und ›sehen‹, was Nynaeve träumte. Eine noch festere Berührung – und sie könnte tatsächlich ins Licht hineingelangen und Teil des Traumes sein. Das war von Zufällen abhängig, besonders wenn jemand einen starken Geist besaß, aber sowohl hineinzusehen als auch hineinzugelangen, könnte kränken. Zum Beispiel, wenn die Träumerin zufällig gerade von einem Mann träumte, an dem sie besonderes Interesse hatte. Allein die Entschuldigungen nahmen die halbe Nacht ein, wenn dies geschah. Oder sie könnte Nynaeve mit einer Art Beugebewegung, wie man sie vollführte, wenn man eine zerbrechliche Perle über eine Tischplatte rollte, heraus und in einen von ihr geschaffenen Traum reißen, einen Teil *Tel'aran'rhiods*, den sie vollständig unter Kontrolle hatte. Sie war sich sicher, daß es funktionieren könnte. Natürlich war es streng verboten, und sie glaubte nicht, daß es Nynaeve gefallen würde.

NYNAEVE, HIER IST EGWENE. DU DARFST UNTER KEINEN UM-
STÄNDEN ZURÜCKKEHREN, BEVOR DU DIE SCHALE GEFUNDEN
HAST UND BEVOR ICH EIN PROBLEM MIT AREINA UND NICOLA
AUS DER WELT SCHAFFEN KANN. SIE WISSEN, DASS DU ETWAS
VORGETÄUSCHT HAST. ICH WERDE DIR NÄHERES ERKLÄREN,
WENN WIR UNS DAS NÄCHSTE MAL IN DER KLEINEN BURG
SEHEN. SEI VORSICHTIG. MOGHEDIEN IST ENTKOMMEN.

Der Traum verblaßte, die Seifenblase zerplatzte. Sie hätte trotz der Botschaft gekichert, wenn sie eine Kehle besessen hätte. Eine Stimme ohne Körper in jemandes Traum konnte eine erschreckende Wirkung zeitigen – besonders wenn derjenige befürchtete, daß der Sprecher einen vielleicht auch beobachtete. Nynaeve würde es nicht vergessen, selbst wenn es zufällig geschah.

Der lichtübersäte Ozean wirbelte erneut um Egwene herum, bis sie sich auf einen anderen funkelnden Stecknadelkopf konzentrierte. Elayne. Die beiden Frauen schliefen in Ebou Dar höchstwahrscheinlich nicht mehr als ein Dutzend Schritte voneinander entfernt, aber hier bedeutete Entfernung nichts. Oder vielleicht bedeutete sie etwas anderes.

Als Egwene ihre Botschaft dieses Mal übermittelte, pulsierte der Traum und veränderte sich. Er schien noch immer genauso wie jeder andere, aber für sie war er dennoch verändert. Hatten die Worte Elayne in einen anderen Traum gezogen? Sie würden dennoch haften bleiben, und sie würde sich beim Erwachen erinnern.

Da Nicola und Areina drängten, war es an der Zeit, ihre Aufmerksamkeit Rand zuzuwenden. Leider wäre es genauso sinnlos, seinen Traum zu suchen wie den Traum irgendeiner Aes Sedai. Er schirmte seine Träume in etwa genauso sehr ab wie sie, obwohl sich der Schild eines Mannes offensichtlich von dem einer Frau unterschied. Der Schild einer Aes Sedai war eine kristallene Schale, eine nahtlose, aus Geist gewobene Sphäre, aber so durchlässig sie auch wirkte, könnte sie sehr wohl aus

Stahl bestehen. Egwene vermochte sich nicht mehr zu erinnern, wie viele fruchtlose Stunden sie mit dem Versuch vergeudet hatte, durch Rands Schild hindurchzuspähen. Wo der abgeschirmte Traum einer Schwester heller erschien, waren seine Träume trüber. Es war, als blicke man in schlammiges Wasser. Manchmal hatte man den Eindruck, als ob sich tief in diesen grau-braunen Strudeln etwas bewegt hätte, aber man konnte niemals ausmachen, was es war.

Die unendliche Anordnung von Lichtern wirbelte erneut umher und kam wieder zur Ruhe, und sie näherte sich vorsichtig dem Traum einer dritten Frau. So vieles lag zwischen ihr und Amys, daß es angemessen schien, sich den Träumen ihrer Mutter zu nähern, obwohl sie in Wahrheit zugeben mußte, daß sie Amys auf viele Arten nacheifern wollte. Sie begehrte Amys' Anerkennung genauso sehr wie die des Saals. Sicherlich wurde keine Sitzende höher geschätzt, als sie Amys schätzte. Sie versuchte, eine plötzliche Schüchternheit zu verdrängen, und bemühte sich umsonst, ihre ›Stimme‹ sanfter zu gestalten. AMYS, HIER IST EGWENE. ICH MUß MIT EUCH SPRECHEN.

Wir werden kommen, murmelte ihr eine Stimme zu. Amys' Stimme.

Egwene wich bestürzt zurück. Sie hatte das Gefühl, ausgelacht zu werden. Vielleicht war es gut, daran erinnert zu werden, daß die Weisen Frauen als Traumgängerinnen weitaus mehr Erfahrung hatten. Manchmal fürchtete sie, vielleicht verdorben worden zu sein, weil sie nicht härter um ihre Fähigkeiten mit der Einen Macht kämpfen mußte. Aber wie als Ausgleich erschien alles andere manchmal auch wie das Erklimmen einer Klippe im Regen.

Plötzlich nahm sie am äußersten Rand ihres Sichtfeldes eine Bewegung wahr. Einer der Lichtpunkte glitt durch den Sternenozean, schwebte aus eigenem Entschluß auf sie zu und wurde größer. Nur ein Traum konnte das bewirken, nur eine Träumerin. Sie floh entsetzt und wünschte, sie hätte eine Kehle, um schreien oder fluchen oder einfach rufen zu können. Um besonders den kleinen Winkel ihres Selbst anzuschreien oder zu verfluchen, der am Fleck verharren und abwarten wollte.

Dieses Mal bewegten sich nicht einmal mehr die Sterne. Sie verschwanden einfach, und sie lehnte an einer dicken Rotsteinsäule und keuchte, als wäre sie eine Meile gerannt, während ihr Herz zu zerspringen schien. Kurz darauf sah sie an sich hinab, lachte ein wenig unsicher und versuchte ruhiger zu atmen. Sie trug ein Gewand aus schimmernder, mit Goldfäden durchwirkter Seide, das Oberteil und der Saum mit Bändern geschmückt. Das Oberteil verdeckte erheblich mehr Busen, als sie im Wachzustand jemals aufzubieten hätte, und ein breiter, fester Gürtel aus geflochtenem Gold ließ ihre Taille schmaler scheinen, als sie in Wirklichkeit war. Andererseits war sie vielleicht tatsächlich schmaler. Hier in *Tel'aran'rhiod* konnte man sein, wie immer und was immer man sein wollte. Auch wenn man es nur unbewußt wollte und nicht darauf achtgab. Gawyn Trakand hatte einen verhängnisvollen Einfluß auf sie – einen *sehr* verhängnisvollen Einfluß.

Ein kleiner Teil ihrer selbst wünschte noch immer, sie hätte abgewartet und sich von seinem Traum einholen und hineinziehen lassen. Wenn eine Traumgängerin jemanden bis zur Raserei liebte oder haßte, besonders wenn diese Empfindung erwidert wurde, konnte sie in den Traum jenes Menschen hineingezogen werden. Sie zog den Traum an oder er zog sie an wie ein Magnet. Sicherlich haßte sie Gawyn nicht, aber sie konnte es sich nicht leisten, in seinem Traum gefangen zu werden – nicht heute nacht –, gefangen zu sein, bis er erwachte, und zu sein, wie er sie sah. Er hielt sie für erheblich hübscher, als sie in Wahrheit war. Seltsamerweise erschien *er* weniger ansehnlich, als er tatsächlich war. Ein starker Geist oder Aufmerksamkeit waren nutzlos, wenn so heftige Liebe oder Haß im Spiel waren. Wenn man erst in diesen Traum hineingelangt war, blieb man dort, bis der andere Mensch aufhörte, von einem zu träumen. Als sie sich erinnerte, was er mit ihr in seinen Träumen getan hatte, was sie zusammen getan hatten, überzog heftige Röte ihr Gesicht.

»Gut, daß mich jetzt keine der Sitzenden sehen kann«, murrte sie. »Obwohl sie mich immer noch für ein Mädchen halten.« Erwachsene Frauen waren wegen einem Mann nicht derart aufgeregt. Dessen war sie sich sicher. Keine vernünftige Frau jedenfalls. Seine Träume würden wahr werden, aber zu einem Zeitpunkt, den sie erwählte. Es könnte schwierig werden, die Erlaubnis ihrer Mutter zu bekommen, aber sie würde sie gewiß nicht verweigern, auch wenn sie Gawyn noch nie gesehen hatte. Marin al'Vere vertraute dem Urteil ihrer Töchter. Jetzt war es an der Zeit, daß ihre Jüngste ein wenig dieses Urteilsvermögens zeigte und sich ihre Phantasien für einen geeigneteren Zeitpunkt aufsparte.

Sie sah sich um und wünschte fast, sie könnte ihren Gedanken erlauben, sich weiterhin nur um Gawyn zu drehen. Wuchtige Säulen ragten empor und stützten eine hoch aufsteigende Kuppel. Keine der goldverzierten Lampen, die von goldenen Ketten von der Decke herabhingen, brannte, und doch herrschte ein diffuses Licht, das einfach da war, ohne einer Quelle zu entspringen, weder hell noch trübe. Das Herz des Steins in der großen Feste, die der Stein von Tear genannt wurde. Oder eher sein Bild in *Tel'aran'rhiod*, ein Bild, das auf vielerlei Arten so real wirkte wie das Original selbst. Hier hatte sie früher die Weisen Frauen getroffen – auf deren Wunsch hin. Ein seltsamer Wunsch für Aiel, wie ihr schien. Sie hätte Rhuidean erwartet, jetzt, wo es geöffnet war, oder irgendeinen anderen Treffpunkt in der Aiel-Wüste, oder einfach den Ort, wo auch immer sich die Weisen Frauen gerade befanden. Jeder Ort außer den Ogier-*Steddings* hatte in der Welt der Träume sein Spiegelbild – in Wahrheit sogar auch die *Steddings*, aber man konnte sie nicht betreten, genauso wie Rhuidean einst verschlossen gewesen war. Das Aes Sedai-Lager stand natürlich außer Frage. Eine Anzahl Schwestern hatte jetzt Zugriff zu einem *Ter'angreal*, das es ihnen erlaubte, die Welt der Träume zu betreten, und da keine der Schwestern wirklich wußte, was sie da taten, begannen sie ihre Unternehmen häufig, indem sie im Lager *Tel'aran'rhiods* erschienen, als begäben sie sich auf eine gewöhnliche Reise.

Wie die *Angreale* und die *Sa'angreale* waren auch die *Ter'angreale* dem Burggesetz zufolge Eigentum der Weißen Burg, gleichgültig, wer sie im Moment zufällig besaß. Die Burg beharrte sehr selten darauf, zumindest wenn sie sich an einem ähnlichen Ort wie der sogenannten Großen Feste in eben diesem Stein von Tear befanden – sie würden schließlich zu den Aes Sedai kommen, und die Weiße Burg hatte stets gut warten können, wenn es nötig war –, aber jene, die tatsächlich in Händen von Aes Sedai waren, wurden vom Saal vergeben, von einzelnen Sitzenden. Tatsächlich wurden sie verliehen – sie wurden fast niemals verschenkt. Elayne hatte gelernt, Traum-*Ter'angreale* zu kopieren, und sie und Nynaeve hatten zwei an sich genommen, aber die anderen befanden sich jetzt im Besitz des Saals. Was bedeutete, daß Sheriam und ihr kleiner Kreis sie benutzen konnten, wann immer sie wollten, und vermutlich auch Lelaine und Romanda, obwohl diese beiden wahrscheinlich andere sandten, anstatt *Tel'aran'rhiod* selbst zu betreten. Bis vor kurzem hatte jahrhundertelang keine Aes Sedai Träume begangen, und sie hatten noch immer erhebliche Schwierigkeiten damit, die hauptsächlich dem Glauben entstammten, sie könnten es allein lernen. Dennoch war das letzte, was Egwene wollte, daß eine *ihrer* Anhängerinnen dieses Treffen heute nacht beobachtete.

Als hätte der Gedanke an Spione sie empfindsamer gemacht, wurde sie sich plötzlich der Tatsache bewußt, von unsichtbaren Augen beobachtet zu werden. Dieses Gefühl war in *Tel'aran'rhiod* stets gegenwärtig, und nicht einmal die Weisen Frauen wußten warum, aber obwohl stets verborgene Augen dazusein schienen, waren vielleicht auch tatsächliche Beobachter zugegen. Und dabei dachte sie nicht an Romanda und Lelaine.

Egwene ließ ihre Hand über die Säule gleiten, während sie langsam ganz darum herumging und den in tiefen Schatten liegenden Rotstein-Wald betrachtete. Das sie umgebende Licht wirkte nicht real. Jedermann in den Schatten würde dasselbe Licht um sich herum sehen, während die Schatten sie verbargen. Menschen erschienen, Männer und Frauen, flimmernde Bilder, die selten länger als wenige Herzschläge lang verweilten. Sie hatte kein Interesse an den Menschen, welche die Welt der Träume in ihrem Schlaf berührten. Jedermann könnte dies zufällig tun, aber glücklicherweise nur für Augenblicke und selten lange genug, um sich einer der Gefahren stellen zu müssen. Die Schwarze Ajah besaß auch Traum-*Ter'angreale*, die sie der Burg gestohlen hatte. Schlimmer noch – Moghedien kannte *Tel'aran'rhiod* genauso gut wie jede Traumgängerin. Vielleicht sogar noch besser. Sie konnte diesen Ort und jedermann darin sehr leicht kontrollieren.

Egwene wünschte einen Moment, sie hätte Moghediens Träume ausspioniert, als die Frau eine Gefangene war, nur einmal, gerade so weit, um in der Lage sein zu können, sie zu erkennen. Aber selbst wenn sie ihre Träume identifizieren könnte, wüßte sie nicht, wo sie jetzt war. Außerdem hätte noch die Möglichkeit bestanden, gegen ihren Willen hineingezogen zu werden. Sie verachtete Moghedien gewiß genug, und die Verlorene haßte sie höchstwahrscheinlich grenzenlos. Was drinnen geschah, war nicht real, nicht einmal so real wie in *Tel'aran'rhiod*, aber man erinnerte sich daran, als wäre es so. Eine Nacht in Moghediens Gewalt wäre ein Alptraum gewesen, den sie wahrscheinlich den Rest ihres Lebens jedes Mal neu erlebt hätte, wenn sie schlafen gegangen wäre. Und im Wachzustand vielleicht ebenso.

Eine weitere Umrundung. Was war das? Eine dunkle, königlich schöne Frau mit einer perlenbesetzten Haube und einem Gewand mit Spitzenhalskrause schritt aus den Schatten und verschwand wieder. Eine träumende Tairenerin, eine hohe Dame oder jemand, der eine zu sein träumte. Vielleicht war sie im Wachzustand eine einfache, rundliche Frau, eine Bäuerin oder Händlerin.

Sie hätte besser Logain anstatt Moghedien ausspionieren sollen. Sie würde zwar auch nicht wissen, wo *er* sich befand, aber sie bekäme vielleicht eine Ahnung von seinen Plänen. Natürlich wäre es nicht wesentlich erfreulicher gewesen, in seine Träume hineingezogen zu werden als in Moghediens. Er haßte alle Aes Sedai. Es war notwendig gewesen, seine Flucht einzufädeln. Sie hoffte nur, der Preis würde nicht zu hoch sein. Vergiß Logain. Moghedien war die Gefahr, Moghedien, die sie vielleicht sogar hier – besonders hier – verfolgen könnte, Moghedien, die ...

Sie bemerkte plötzlich, wie schwerfällig sie sich bewegte und stieß einen verärgerten Laut aus, fast ein Stöhnen. Das wunderschöne Gewand war zu einer vollständigen Kettenpanzer-Rüstung geworden, wie sie Gareth Brynes schwere Kavallerie trug. Es fühlte sich so an, als ruhte ein Helm ohne Visier mit einer Spitze in der Form der Flamme von Tar Valon auf ihrem Kopf. Es war sehr ärgerlich. Sie mochte diese Art Kontrollverlust nicht.

Sie verwandelte die Rüstung entschlossen zu dem,

was sie bei ihren früheren Treffen mit den Weisen Frauen getragen hatte. Es war einfach eine Willenssache. Jetzt trug sie einen dunklen Tuchrock und eine lockere weiße *Algode*bluse – genau wie diejenigen, die sie getragen hatte, während sie bei ihnen gelernt hatte – mit einem tief dunkelgrünen, fast schwarzen, mit Fransen versehenen Schal und einem gefalteten Kopftuch, das ihr schwarzes Haar zurückhielt. Natürlich ahmte sie nicht ihren Schmuck nach, die vielen Halsketten und Armbänder, denn dafür hätten sie sie ausgelacht. Eine Frau erweiterte ihre Schmucksammlung über die Jahre und nicht im Handumdrehen in einem Traum.

»Logain ist auf dem Weg zur Schwarzen Burg«, sagte sie laut. Sie hoffte gewiß, daß dem so sei. Zumindest wäre er dann wieder etwas besser unter Kontrolle – zumindest hoffte sie auch das –, und wenn er gefangengenommen und wieder gedämpft wurde, konnte Rand keiner Schwester vorwerfen, ihr zu folgen. »Und Moghedien kann nicht wissen, wo ich bin.« Sie versuchte, es wie eine Gewißheit klingen zu lassen.

»Warum solltet Ihr die Schattenbeseelten fürchten?« fragte eine Stimme hinter ihr, und Egwene schrak zusammen. Da dies *Tel'aran'rhiod* und sie eine Traumgängerin war, befand sie sich bereits mehr als ihre Körpergröße hoch über dem Boden, bevor sie wieder zu sich kam. *O ja*, dachte sie, während sie schwebte, *ich bin weit über Anfängerfehler hinausgelangt*. Wenn dies so weiterging, würde sie als nächstes noch zusammenzucken, wenn Chesa ihr einen guten Morgen wünschte.

Sie hoffte, daß sie nicht zu stark errötete, während sie sich langsam wieder herabsinken ließ. Vielleicht konnte sie einen Rest Würde bewahren.

Bairs betagtes Gesicht hatte möglicherweise durch das fast bis zu ihren Ohren reichende Grinsen mehr Falten als üblich. Anders als die beiden anderen Frauen, die bei ihr waren, konnte sie die Macht lenken, aber das hatte nichts mit dem Traumgehen zu tun. Sie war genauso begabt wie alle anderen und auf manchen Gebieten noch begabter. Amys lächelte ebenfalls, wenn auch nicht so breit, aber die blonde Melaine warf den Kopf zurück und brüllte vor Lachen.

»Ich habe niemals jemanden gesehen ...«, brachte Melaine mühsam hervor. »Wie ein Kaninchen.« Sie vollführte einen kleinen Sprung und stieg damit einen vollen Schritt in die Luft.

»Ich habe Moghedien vor kurzem ziemlich verletzt.« Egwene war recht stolz auf ihre Haltung. Sie mochte Melaine – die Frau war jetzt weitaus weniger schwierig als zu der Zeit, bevor sie schwanger gewesen war, tatsächlich mit Zwillingen –, aber in diesem Moment hätte Egwene sie mit Vergnügen erwürgt. »Einige Freunde und ich haben ihren Stolz, wenn nicht mehr, verletzt. Ich glaube, sie würde die Möglichkeit begrüßen, es mir heimzuzahlen.« Sie wechselte erneut ihre Kleidung, zu einer Art Reitgewand in glänzendem Grün, das sie jetzt jeden Tag trug. Der Große Schlangenring umgab golden ihren Finger. Sie konnte ihnen nicht alles sagen, aber diese Frauen waren auch Freundinnen und verdienten, das Nötige zu wissen.

»Verletzter Stolz bleibt länger in Erinnerung als Verletzungen des Körpers.« Bairs Stimme klang dünn und hoch, aber stark – ein eisernes Schilfrohr.

»Erzählt uns davon«, sagte Melaine mit eifrigem Lächeln. »Wie habt Ihr sie beschämt?« Bairs Stimme klang genauso begeistert. In einem grausamen Land lernte man entweder, über Grausamkeit zu lachen, oder man verbrachte sein ganzes Leben mit Weinen. Im Dreifaltigen Land hatten die Aiel schon lange lachen gelernt. Außerdem wurde das Beschämen eines Feindes als Kunst angesehen.

Amys betrachtete einen Moment Egwenes neue Kleidung. »Ich denke, das kann warten. Ihr sagtet, wir müßten reden.« Sie deutete auf die Stelle, an der sich die Weisen Frauen gern unterhielten, auf der freien Fläche unter der gewaltigen Kuppel mitten im Raum.

Warum sie diesen Platz wählten, war ein weiteres Geheimnis, das Egwene nicht enträtseln konnte. Die drei Frauen ließen sich mit gekreuzten Beinen nieder und breiteten ihre Röcke ordentlich aus, nur wenige Schritte von etwas entfernt, das wie ein Schwert aus schimmerndem Kristall aussah und mit dem Heft nach oben aus der Stelle im Boden herausragte, in die es hineingetrieben worden war. Sie achteten jedoch nicht mehr darauf – es wurde in ihren Prophezeiungen nicht erwähnt – als auf die Menschen, die in dem großen Raum blitzartig auftauchten, denn sie kamen stets hierher.

Das sagenhafte *Callandor* würde, trotz seiner Erscheinungsform, tatsächlich wie ein Schwert zu handhaben sein, aber es war in Wahrheit ein männliches *Sa'angreal*, eines der mächtigsten, die im Zeitalter der Legenden jemals geschaffen worden waren. Egwene erschauderte leicht, als sie an männliche *Sa'angreale* dachte. Es war anders gewesen, als nur Rand dagewesen war. Und natürlich die Verlorenen. Aber jetzt waren da auch diese *Asha'man*. Mit *Callandor* konnte ein Mann genug der Einen Macht in sich aufnehmen, um eine Stadt während eines Herzschlags dem Erdboden gleichzumachen und auf Meilen alles zu verwüsten. Sie machte einen großen Bogen darum und nahm ihre Röcke mechanisch zur Seite. Rand hatte *Callandor* in Erfüllung der Prophezeiungen aus dem Herzen des Steins gezogen und dann aus seinen eigenen Gründen wieder zurückgebracht. Er hatte es zurückgebracht und es rundum mit aus *Saidin* gewobenen Fallen versehen, die ebenfalls ihr Spiegelbild hätten, eines, das vielleicht genauso entschieden ausgelöst würde wie das Original, wenn in der Nähe falsche Gewebe ausprobiert würden. Einige Dinge waren in *Tel'aran'rhiod* nur allzu real.

Egwene versuchte, nicht an *das Schwert, das kein Schwert ist* zu denken und stellte sich vor die drei Weisen Frauen. Diese befestigten die Stolen um ihre Taillen und schnürten ihre Blusen auf. So saßen Aiel in ihren Zelten unter einer heißen Sonne mit Freunden zusammen. Sie setzte sich nicht hin, und wenn sie das wie eine Bittstellerin oder Angeklagte erscheinen ließ, dann sollte es so sein. Im Herzen war sie es in gewisser Weise. »Ich habe Euch nicht gesagt, warum ich von Euch fortberufen wurde, und Ihr habt nicht danach gefragt.«

»Ihr werdet es uns erzählen, wenn Ihr dazu bereit seid«, sagte Amys selbstgefällig. Obwohl ihr das Haar, das ebenso weiß war wie Bairs, bis auf die Taille reichte, wirkte sie als wäre sie im gleichen Alter wie Melaine – ihr Haar hatte sich zu verfärben begonnen, als sie nur wenig älter als Egwene gewesen war –, aber sie war die Anführerin unter den dreien, nicht Bair. Egwene fragte sich zum ersten Mal, wie alt sie tatsächlich war. Aber diese Frage stellte man einer Weisen Frau genauso wenig wie einer Aes Sedai.

»Als ich Euch verließ, war ich eine der Aufgenommenen. Ihr wißt von der Spaltung der Burg.« Bair schüttelte den Kopf und verzog das Gesicht. Sie wußte, aber sie verstand nicht. Keine von ihnen verstand. Für Aiel war dies genauso unvorstellbar, als würde sich eine Clan- oder Kriegergemeinschaft zu ihrem eigenen Schaden spalten. Vielleicht bedeutete es in ihren Augen auch eine Bestätigung, daß Aes Sedai nicht das waren, was sie sein sollten. Egwene fuhr fort, überrascht, daß ihre Stimme gesammelt und fest klang. »Die Schwestern, die Elaida bekämpfen, haben mich zu ihrer Amyrlin erhoben. Wenn Elaida gestürzt ist, werde ich den Amyrlin-Sitz in der Weißen Burg einnehmen.« Sie legte sich die gestreifte Stola um und wartete ab. Sie hatte sie einst belogen, unter dem *Ji'e'toh* ein ernstes Vergehen, und war sich nicht sicher, wie sie auf die von ihr verheimlichte

Wahrheit reagieren würden. Wenn sie es ihr zumindest nur glaubten. Sie sahen sie lediglich an.

»Es gibt etwas, was Kinder tun«, sagte Melaine nach einiger Zeit zögernd. Die Schwangerschaft war ihr noch nicht anzusehen, aber sie zeigte bereits dieses innere Strahlen, das sie noch schöner als sonst erscheinen ließ, sowie eine unerschütterliche Ruhe. »Kinder wollen alle Speere handhaben, und sie wollen alle Clanhäuptling sein, aber schließlich erkennen sie, daß der Clanhäuptling die Speere nur selten selbst führt. Also erfinden sie eine Figur und erheben sie auf ein Podest.« Auf einer Seite wölbte sich der Boden plötzlich, bestand nicht mehr aus Fliesen, sondern war ein Grat aus von der Sonne ausgedörrtem braunen Fels. Darauf stand eine vage an einen Menschen erinnernde Gestalt aus gebogenen Zweigen und Stoffetzen. »Dies ist der Clanhäuptling, der ihnen von dem Hügel aus, von wo er die Schlacht beobachten kann, die Speere zu führen befiehlt. Aber die Kinder laufen, wohin sie wollen, denn ihr Clanhäuptling ist nur eine Gestalt aus Stöcken und Lumpen.« Wind peitschte die Stoffstreifen und enthüllte so die Falschheit der Gestalt, und dann waren Hügelkamm und Gestalt fort.

Egwene atmete tief ein. Natürlich. Sie hatte ihre Lüge, dem *Ji'e'toh* gemäß, selbstgewählt wiedergutgemacht, und das bedeutete, daß es so war, als wäre die Lüge niemals ausgesprochen worden. Sie hätte es besser wissen sollen. Sie hatten ihre Situation so genau erfaßt, als befänden sie sich schon wochenlang im Lager der Aes Sedai. Bair schaute zu Boden, wollte nicht Zeuge ihrer Scham sein. Amys saß mit in die Hand gestütztem Kinn da, und ihre durchdringenden blauen Augen versuchten, bis in ihr Herz zu blicken.

»Einige sehen mich so.« Sie atmete erneut tief ein und stieß dann die Wahrheit hervor. »Alle bis auf eine Handvoll sehen mich so. Jetzt. Wenn unser Kampf beendet ist, werden sie erkennen, daß ich *tatsächlich* ihr Häuptling bin, und sie werden tun, was *ich* sage.«

»Kommt zu uns zurück«, sagte Bair. »Ihr habt zuviel Ehre für diese Frauen. Sorilea läßt bereits ein Dutzend junge Männer für Euch suchen, die Ihr Euch im Schwitzzelt ansehen sollt. Sie verspürt den starken Wunsch, Euch einen Brautkranz winden zu sehen.«

»Ich hoffe, sie wird dort sein, wenn ich heirate, Bair.« Gawyn, wie sie hoffte; sie wußte von der Deutung ihrer Träume her, daß sie sich mit ihm verbinden würde, aber nur die Hoffnung und die Sicherheit der Liebe besagten, daß sie heiraten würden. »Ich hoffe, Ihr alle werdet dasein, aber ich habe meine Wahl getroffen.«

Bair hätte noch weiter debattiert und Melaine ebenso, aber Amys hob eine Hand, und sie schwiegen, wenn auch ungern. »Ihre Entscheidung beinhaltet viel *Ji*. Sie wird ihre Feinde ihrem Willen beugen, nicht vor ihnen davonlaufen. Ich wünsche Euch, daß Ihr Euren Kampf gut führt, Egwene al'Vere.« Amys war eine Tochter des Speers gewesen und dachte auch häufig noch so. »Setzt Euch. Setzt Euch.«

»Sie besitzt ihre eigene Ehre«, sagte Bair, während sie Amys stirnrunzelnd ansah. »Aber ich habe noch eine andere Frage.« Ihre Augen waren von einem fast wäßrigen Blau, aber als sie sich Egwene zuwandte, wirkten sie genauso durchdringend wie Amys'. »Werdet Ihr diese Aes Sedai dazu bringen, vor dem *Car'a'carn* niederzuknien?«

Egwene war bestürzt, aber sie zögerte nicht mit der Antwort. »Das kann ich nicht tun, Bair. Und ich würde es auch nicht tun, wenn ich es könnte. Unsere Treuezugehörigkeit gilt der Burg, den Aes Sedai insgesamt, noch vor den Ländern, in denen wir geboren wurden.« Das war die Wahrheit, oder sollte es sein, obwohl sie sich fragte, wie die Behauptung in ihren Gedanken mit ihrem und der anderen Aufruhr übereinstimmte. »Aes Sedai schwören nicht einmal der Amyrlin die Treue und sicherlich keinem Mann. Das wäre, als würde eine von Euch vor einem Clanhäuptling niederknien.« Sie gebrauchte ein ähnliches Bild, wie Melaine es benutzt hatte, indem sie sich auf seine Wirklichkeit konzentrierte. *Tel'aran'rhiod* war unendlich formbar, wenn man wußte wie. Jenseits *Callandors* knieten drei Weise Frauen vor einem Clanhäuptling nieder. Der Mann erinnerte sehr an Rhuarc, und die Frauen waren die drei vor ihr Sitzenden. Sie hielt dieses Bild nur einen Augenblick fest, aber Bair betrachtete es und rümpfte die Nase. Die Vorstellung war lächerlich.

»Vergleicht diese Frauen nicht mit uns.« Melaines grüne Augen blitzten fast so heftig wie früher, und ihre Stimme klang rasiermesserscharf.

Egwene schwieg. Die Weisen Frauen schienen die Aes Sedai zu verachten, oder vielleicht sollte man besser sagen: Sie schätzten sie gering. Sie glaubten, sie könnten die Prophezeiungen, die sie mit den Aes Sedai verbanden, tatsächlich zurückweisen. Bevor Egwene vom Saal gerufen worden war, um zur Amyrlin erhoben zu werden, hatten sich Sheriam und ihr Kreis regelmäßig mit diesen drei Frauen getroffen, aber das hatte ebenso aus dem Grund aufgehört, daß die Weisen Frauen sich weigerten, ihre Verachtung zu verbergen, wie aus dem Grund, *daß* Egwene schließlich berufen worden war. In *Tel'aran'rhiod* konnte eine Auseinandersetzung mit jemandem, der den Ort besser kannte, im äußersten Falle tödlich enden. Selbst zu Egwene hielten sie jetzt Abstand, und gewisse Angelegenheiten würden sie nicht besprechen – wie zum Beispiel, was immer sie über Rands Pläne wußten. Vorher hatte sie zu ihnen gehört, als eine Schülerin des Traumgehens. Jetzt war sie eine Aes Sedai, schon bevor sie erfuhren, was sie ihnen gerade erzählt hatte.

»Egwene al'Vere wird tun, was sie tun muß«, sagte Amys. Melaine sah sie lange an und richtete wichtigtuerisch ihre Stola, wobei mehrere lange Halsketten aus Elfenbein und Gold klimperten, aber sie schwieg. Amys schien noch mehr die Anführerin als zuvor. Die einzige Weise Frau, bei der Egwene jemals erlebt hatte, daß sie andere Weise Frauen auch so leicht dazu bringen konnte, ihr nachzugeben, war Sorilea.

Bair hatte Tee vor sich heraufbeschworen, wie es vielleicht in den Zelten angebracht gewesen wäre, eine goldene, mit Löwen verzierte Teekanne aus einem fernen Land, ein mit schnurartigen Verzierungen versehenes Silbertablett aus einem anderen Land und kleine grüne Becher aus erlesenem Meervolk-Porzellan. Der Tee schmeckte natürlich real, und man hatte tatsächlich das Gefühl, ihn hinunterzuschlucken. Egwene erkannte den Tee, trotz eines vagen Geschmacks nach süßen Beeren oder Kräutern, nicht – er war für ihr Empfinden zu bitter. Sie stellte sich ein wenig Honig darin vor und nahm einen weiteren Schluck. Zu süß. Ein Hauch weniger Honig. Jetzt schmeckte er richtig. Das war etwas, was man mit der Einen Macht nicht bewerkstelligen konnte. Egwene bezweifelte, daß irgend jemand so feine Stränge *Saidars* weben konnte, daß man damit Honig aus dem Tee entfernen konnte.

Sie saß einen Moment nur da, schaute in ihren Becher und dachte über Honig und Tee und feine Stränge *Saidars* nach, aber nicht das ließ sie schweigen. Die Weisen Frauen wollten Rand genauso gängeln wie Elaida oder Romanda oder Lelaine oder sehr wahrscheinlich jede andere Aes Sedai. Sie wollten den *Car'a'carn* natürlich nur auf die für die Aiel beste Art anleiten, aber jene Schwestern wollten den Wiedergeborenen Drachen auf etwas hinführen, was ihrer Meinung nach für die Welt das beste war. Sie schonte sich nicht. Rand zu helfen, ihn davor zu bewahren, einen nicht wiedergutzumachenden Streit mit Aes Sedai einzugehen, bedeutete auch, ihn anzuleiten. *Nur daß ich recht habe*, erinnerte sie sich. *Was auch immer ich tue, ist genauso sehr zu seinem Nutzen wie zum Nutzen aller anderen. Niemand sonst denkt jemals darüber nach, was für ihn richtig ist.* Aber sie sollte besser daran denken, daß diese Frauen mehr als lediglich ihre Freundinnen und Anhänger des *Car'a'carn* waren. Sie lernte allmählich, daß niemand jemals nur irgend etwas war.

»Ich glaube nicht, daß Ihr uns nur sagen wolltet, daß Ihr jetzt ein weiblicher Häuptling unter den Feuchtländern seid«, sagte Amys über ihren Teebecher hinweg. »Was beunruhigt Euch, Egwene al'Vere?«

»Mich beunruhigt, was mich stets beunruhigt.« Sie lächelte, um die Stimmung aufzulockern. »Manchmal denke ich, daß Rand mir vorzeitig graue Haare bescheren wird.«

»Ohne die Männer hätte keine Frau graue Haare.« Das wäre von Melaine normalerweise als Scherz gemeint gewesen, und dann hätte Bair ebenfalls einen Scherz über Melaines tiefgründiges Wissen über Männer gemacht, das sie in nur wenigen Monaten Ehe erlangt hatte. Aber jetzt war es nicht so. Alle drei Frauen beobachteten Egwene einfach nur und warteten ab.

Sie wollten also ernst sein. Nun, Rand war eine ernste Angelegenheit. Sie wünschte nur, sie könnte sicher sein, daß sie alles genauso beurteilten wie sie. Egwene balancierte ihren Teebecher auf den Fingerspitzen und erzählte ihnen alles. Von Rand ohnehin und von ihren Ängsten, seit sie von dem Schweigen aus Caemlyn erfahren hatte. »Ich weiß nicht, was er getan hat – oder was Merana getan hat. Jeder sagt mir, wie erfahren sie sei, aber sie hat noch nicht mit Menschen wie ihm zu tun gehabt. Wenn es um Aes Sedai geht – würdet Ihr diesen Becher auf einer Wiese verstecken, würde es ihm dennoch gelingen, innerhalb von drei Schritten hineinzutreten. Ich weiß, daß ich es besser machen könnte als Merana, aber ...«

»Ihr könntet zurückkehren«, schlug Bair erneut vor, doch Egwene schüttelte entschlossen den Kopf.

»Ich kann dort, wo ich bin, mehr tun – als Amyrlin. Aber es gibt auch für den Amyrlin-Sitz Regeln.« Sie verzog einen Moment den Mund. Sie gab es nicht gern zu, besonders nicht diesen Frauen gegenüber. »Ich kann ihn ohne die Erlaubnis des Saals nicht einmal besuchen. Ich bin jetzt eine Aes Sedai, und ich muß unseren Gesetzen gehorchen.« Es klang heftiger, als sie beabsichtigt hatte. Es war ein törichtes Gesetz, aber sie hatte noch keine Möglichkeit gefunden, es zu umgehen. Zudem blieben ihre Gesichter so ausdruckslos, daß sie ohne Zweifel innerlich ungläubig kicherten. Nicht einmal ein Clanhäuptling hatte das Recht zu sagen, wann oder wohin eine Weise Frau gehen sollte.

Die drei Frauen wechselten lange Blicke. Dann stellte Amys ihren Teebecher ab. »Merana Ambrey und andere Aes Sedai folgen dem *Car'a'carn* zur Stadt der Baummörder. Ihr braucht nicht zu befürchten, daß er sie falsch behandelt oder umgekehrt. Wir werden feststellen, daß es keine Schwierigkeiten zwischen ihm und irgend einer Aes Sedai gibt.«

»Das klingt kaum nach Rand«, sagte Egwene zweifelnd. Also hatte Sheriam wegen Merana recht gehabt. Aber warum blieb sie noch immer stumm?

Bair lachte vergnügt. »Die meisten Eltern haben mehr Probleme mit ihren Kindern als *der Car'a'carn* mit den Frauen, die mit Merana Ambrey kamen.«

»Solange er nicht das Kind ist«, sagte Egwene kichernd, erleichtert, daß jemand über etwas belustigt war. So wie diese Frauen Aes Sedai gegenüber empfanden, hätten sie sich die Haare gerauft, wenn sie geglaubt hätten, daß irgendeine Schwester Einfluß auf Rand gewänne. Andererseits mußte Merana einigen Einfluß gewinnen, sonst könnte sie genausogut aufgeben. »Aber Merana hätte berichten sollen. Ich verstehe nicht, warum

sie es nicht getan hat. Seid Ihr sicher, daß es keine ...?«
Sie wußte nicht, wie sie ihren Satz beenden sollte. Rand
hätte Merana in keiner Weise davon abhalten können,
eine Taube loszuschicken.

»Vielleicht hat sie einen Boten zu Pferde gesandt.«
Amys verzog leicht das Gesicht. Ihr widerstrebte das
Reiten genauso sehr wie jeder anderen Aiel. Die eigenen
Beine genügten. »Sie hat keinen der Vögel geschickt, die
die Feuchtländer benutzen.«

»Das war töricht von ihr«, murmelte Egwene. *Töricht*
traf es nicht einmal annähernd. Meranas Träume würden abgeschirmt sein, so daß kein Versuch möglich war,
dort mit ihr zu sprechen, selbst wenn sie gefunden
werden könnten. Licht, es war ärgerlich! Sie beugte sich
angespannt vor. »Amys, versprecht mir, daß Ihr nicht
versuchen werdet, ihn davon abzuhalten, mit ihr zu
sprechen, oder sie so sehr zu verärgern, daß sie etwas
Törichtes tut.« Sie waren sehr wohl in der Lage dazu. Sie
hatten das Erzürnen von Aes Sedai zu einem Talent per-
fektioniert. »Sie soll ihn nur davon überzeugen, daß
wir ihm nicht schaden wollen. Ich befürchte, daß Elaida
irgendeine häßliche Überraschung bereit hat, aber wir
nicht.« Sie würde dafür sorgen, falls jemand anderer Ansicht war. Irgendwie würde sie es tun. »Versprecht Ihr es
mir?« Sie wechselten ausdruckslose Blicke. Der Gedanke, eine Schwester ungehindert in Rands Nähe zu
lassen, konnte ihnen nicht gefallen. Eine von ihnen
würde es zweifellos einrichten, anwesend zu sein, wann
immer Merana es war, aber sie konnte damit leben, solange sie sie nicht zu stark behinderten.

»Ich verspreche es, Egwene al'Vere«, sagte Amys
schließlich mit vollkommen tonloser Stimme.

Sie war wahrscheinlich gekränkt, weil Egwene ihr
Versprechen für nötig gehalten hatte, aber Egwene fühlte
sich, als wäre ein Gewicht von ihr genommen worden.
Zwei Gewichte. Rand und Merana würden einander

nicht an die Kehle gehen, und Merana bekäme eine Gelegenheit, ihre Mission zu erfüllen. »Ich wußte, daß ich von Euch die unverblümte Wahrheit hören würde, Amys. Ich kann Euch nicht sagen, wie froh ich bin, das zu hören. Wenn etwas zwischen Rand und Merana falsch liefe ... Danke.«

Sie blinzelte bestürzt. Amys trug einen Moment den *Cadin'sor*. Sie vollführte auch eine Art kleiner Geste – vielleicht die Zeichensprache der Töchter des Speers. Weder Bair noch Melaine, die ihren Tee tranken, ließen sich anmerken, ob sie es bemerkt hatten. Amys mußte sich woandershin gewünscht haben, fort von dem Wirrwarr, das Rand aus dem Leben aller gemacht hatte. Es wäre für eine Traumgängerin der Weisen Frauen peinlich und beschämend, in *Tel'aran'rhiod* auch nur einen Moment die Selbstbeherrschung zu verlieren. Und Aiel verletzte Scham weitaus mehr als Schmerz, aber es mußte *bezeugte* Scham sein. Wenn sie nicht bemerkt wurde, oder jene, die sie erkannten, sich weigerten, sie zu bestätigen, dann konnte sie genausogut niemals aufgetreten sein. Ein seltsames Volk, aber sie wollte Amys sicherlich nicht beschämen. Sie setzte ein unbeteiligtes Gesicht auf und fuhr fort, als sei nichts geschehen.

»Ich muß Euch um einen Gefallen bitten. Um einen wichtigen Gefallen. Sagt Rand – oder auch sonst jemandem – nichts von mir. Hierüber, meine ich.« Sie hob ein Ende ihrer Stola an. Ihre Gesichter ließen den ruhigsten Ausdruck einer Aes Sedai aufgebracht wirken. »Ich meine nicht, daß Ihr lügen sollt«, fügte sie hastig hinzu. Jemanden unter dem *Ji'e'toh* um eine Lüge zu bitten, war kaum besser, als selbst zu lügen. »Bringt das Thema einfach nicht zur Sprache. Er hat bereits jemanden geschickt, um mich zu ›retten‹.« *Und wird er nicht wütend werden, wenn er herausfindet, daß ich Mat mit Nynaeve und Elayne nach Ebou Dar geschickt habe?* dachte sie. Sie hatte es jedoch tun müssen. »Ich brauche keine Rettung und will sie nicht, aber er denkt, er weiß es besser als jeder andere. Ich fürchte, er könnte mich selbst holen wollen.« Was ängstigte sie mehr – daß er zornig allein im Lager erscheinen könnte, mit ungefähr dreihundert Aes Sedai um sich herum? Oder daß er mit einigen der Asha'man kommen könnte? Es wäre in beiden Fällen eine Katastrophe.

»Das wäre ... unglücklich«, murmelte Melaine, obwohl sie selten untertrieb, und Bair murrte: »Der *Car'a'carn* ist dickköpfig, so schlimm wie jeder andere Mann, den ich jemals kennengelernt habe. Und auch einige Frauen.«

»Wir werden Euer Vertrauen nicht enttäuschen, Egwene al'Vere«, sagte Amys ernst.

Egwene wunderte sich über die schnelle Zustimmung. Aber vielleicht kam sie doch nicht so überraschend. Für die Weisen Frauen war der *Car'a'carn* nur ein weiterer Häuptling, und sie waren gewiß dafür bekannt, Dinge vor einem Häuptling geheimzuhalten, die er nicht wissen sollte.

Danach blieb nicht mehr viel zu sagen, obwohl sie noch eine Weile bei weiteren Bechern Tee verharrten. Egwene sehnte sich nach einer Lektion im Traumgehen, konnte aber nicht darum bitten, solange Amys dabei war. Dann würde Amys gehen, aber sie wünschte sich ihre Gesellschaft mehr als das Lernen. Was Rand tatsächlich tat, hatten die Weisen Frauen ihr am ehesten vermittelt, als Melaine murrte, er sollte die Shaido und Sevanna sofort vernichten, woraufhin sowohl Bair als auch Amys sie dermaßen stirnrunzelnd ansahen, daß sie zutiefst errötete. Sevanna war immerhin eine Weise Frau, wie Egwene nur zu gut wußte. Nicht einmal dem *Car'a'carn* würde es erlaubt sein, auch nur eine Weise Frau der Shaido zu stören. Und sie konnte ihnen keine Einzelheiten über ihre eigenen Umstände mitteilen. Es verminderte die Scham auch nicht, die sie empfinden würden, wenn sie darüber spräche, daß sie sofort den peinlichsten Teil ihrer Lage erfaßt hatten – es war sehr schwer, nicht in das Verhalten und die Denkungsart der Aiel zurückzufallen, wenn sie mit ihnen zusammen war; diesbezüglich glaubte sie, es wäre vielleicht beschämend für sie gewesen, wenn sie niemals einer Aiel begegnet wäre –, und ihrem einzigen in letzter Zeit geäußerten Rat über den Umgang mit Aes Sedai würde nicht einmal Elaida selbst zu folgen versuchen. Ein Aes Sedai-Aufruhr könnte, so unwahrscheinlich es auch klang, einen Erfolg zeitigen. Schlimmer noch – sie dachten bereits ausreichend schlecht über die Aes Sedai, ohne daß sie das Feuer noch schürte. Eines Tages wollte sie ein Verbindungsglied zwischen den Weisen Frauen und der Weißen Burg schmieden, aber das würde erst geschehen, wenn es ihr gelang, dieses Feuer niederzuschlagen. Aiel waren manchmal sehr empfindlich. Aber sie akzeptierten ihre Meinung, ohne gekränkt zu sein.

»Ich denke, wenn die Schattenbeseelten uns bedrohen wollten«, sagte Melaine, »dann hätten sie es inzwischen getan. Vielleicht erachten sie uns nicht als eine Gefahr für sie.«

»Wir haben diejenigen flüchtig gesehen, die Traumgänger sein müssen – sogar Männer.« Bair schüttelte ungläubig den Kopf. Egal, was sie über die Verlorenen wußte – sie hielt männliche Traumgänger für genauso alltäglich wie Schlangen mit Beinen. »Sie gehen uns aus dem Weg. Alle.«

»Ich denke, wir sind genauso stark wie sie«, fügte Amys hinzu. Sie und Melaine waren in der Einen Macht nicht stärker als Theodrin und Faolain – alles andere als schwach und tatsächlich stärker als die meisten Aes Sedai, wenn auch nicht annähernd so stark wie ein Verlorener –, aber in der Welt der Träume war das Wissen *Tel'aran'rhiods* oft genauso mächtig wie *Saidar* und manchmal sogar mächtiger. Hier war Bair jeder anderen

Schwester ebenbürtig. »Aber wir werden aufpassen. Der Feind tötet dich, den du unterschätzt.«

Egwene nahm Amys' und Melaines Hand und hätte auch Bairs ergriffen, wenn es möglich gewesen wäre. Statt dessen schloß sie Bair in ihr Lächeln mit ein. »Ich werde Euch niemals vermitteln können, was mir Eure Freundschaft bedeutet, was Ihr mir bedeutet.« Das war, trotz allem, die einfache Wahrheit. »Die ganze Welt scheint sich mit jedem Wimpernschlag zu verändern. Ihr drei seid einer der wenigen festen Anhaltspunkte darin.«

»Die Welt verändert sich tatsächlich«, sagte Amys traurig. »Sogar die Berge werden vom Wind abgetragen, und niemand kann denselben Hügel zweimal erklimmen. Ich hoffe, daß wir für Euch immer Freundinnen bleiben werden, Egwene al'Vere. Mögt Ihr stets Wasser und Schatten finden.« Und mit diesen Worten verschwanden sie, kehrten in ihre Körper zurück.

Egwene stand einige Zeit nur da und betrachtete *Callandor* stirnrunzelnd, ohne es zu sehen, bis sie sich verärgert zur Ordnung rief. Sie hatte über dieses endlose Sternenfeld nachgedacht. Wenn sie hier noch lange verweilte, würde Gawyns Traum sie erneut finden und sie umschlingen, wie seine Arme es bald danach tun würden. Eine erfreuliche Art, die restliche Nacht zu verbringen. Und eine törichte Zeitverschwendung.

Sie zwang sich entschlossen zur Rückkehr in ihren schlafenden Körper, aber nicht in tiefen Schlaf. Das tat sie nie mehr. Ein Winkel ihres Bewußtseins blieb stets vollkommen wach, verzeichnete ihre Träume und ordnete diejenigen ein, die die Zukunft voraussagten oder zumindest Hinweise auf ihren möglichen Verlauf gaben. Soviel konnte sie inzwischen immerhin feststellen, obwohl der einzige Traum, den sie bisher hatte deuten können, derjenige Traum gewesen war, der besagt hatte, daß Gawyn ihr Behüter würde. Aes Sedai nannten dies Träumen und die Frauen, die es tun konnten, Träumerinnen, aber außer ihr waren alle schon tot, und doch hatte es nicht mehr mit der Einen Macht zu tun als das Traumgehen.

Vielleicht war es unvermeidlich, daß sie zuerst von Gawyn träumte, weil sie an ihn gedacht hatte.

Sie stand in einem großen, trübe beleuchteten Raum, in dem alles undeutlich war. Alles außer Gawyn, der langsam auf sie zukam. Ein großer, gutaussehender Mann – hatte sie jemals geglaubt, sein Halbbruder Galand sähe besser aus? – mit goldenem Haar und wundervoll tiefblauen Augen. Er hatte noch einige Entfernung zurückzulegen, aber er konnte sie sehen. Sein Blick war auf sie gerichtet wie der Blick eines Bogenschützen auf sein Ziel. Ein schwach knirschendes und reibendes Geräusch schwebte in der Luft. Sie schaute hinab und spürte, wie sich in ihr ein Schrei aufbaute. Gawyn schritt barfuß über einen geborstenen Glasboden und zerbrach mit jedem Schritt weitere Scherben. Sie konnte selbst bei dieser schwachen Beleuchtung sehen, daß seine zerschnittenen Füße eine Blutspur hinterließen. Sie streckte eine Hand aus, wollte ihm zurufen stehenzubleiben, versuchte, zu ihm zu laufen, aber sie befand sich im Handumdrehen woanders.

Sie schwebte, wie in ihren Träumen üblich, über eine lange gerade Straße, die durch eine grasbewachsene Ebene führte, und blickte auf einen Mann auf einem schwarzen Hengst herab. Gawyn. Dann stand sie auf der Straße vor ihm, und er verhielt das Pferd. Nicht weil er sie jetzt sah, sondern weil sich die bisher gerade Straße nun genau an der Stelle gabelte, an der sie stand, und dann über hohe Hügel verlief, so daß man nicht sehen konnte, was jenseits lag. Sie wußte es jedoch. Der eine Weg führte zu seinem baldigen gewaltsamen Tod und der andere zu einem langen Leben mit einem natürlichen Tod. Auf dem einen Weg würde er sie heiraten, auf dem anderen nicht. Sie wußte, was vor ihm lag, aber sie wußte nicht, welcher Weg wohin führte. Plötzlich sah er sie oder schien sie zu sehen, lächelte und führte sein Pferd dann einen der Wege entlang ... Und sie befand sich in einem anderen Traum. Und wieder in einem anderen. Und wieder in einem anderen. Und wieder.

Nicht alle deuteten auf die Zukunft hin. Träume, in denen sie Gawyn küßte, in denen sie mit ihren Schwestern auf eine Frühlingswiese lief, wie sie es als Kinder getan hatten, glitten ebenso vorüber wie Alpträume, in denen Aes Sedai sie mit Ruten durch endlose Gänge jagten, in denen überall häßliche Wesen in den Schatten lauerten, eine grinsende Nicola sie vor dem Saal bloßstellte und Thom Merrilin als Zeuge auftrat. Sie entließ jene Träume und verdrängte die anderen, um sie später in der Hoffnung darauf zu überprüfen, daß sie vielleicht verstand, was sie bedeuteten.

Sie stand vor einer gewaltigen Mauer, klammerte sich daran, versuchte, sie mit bloßen Händen einzureißen. Die Mauer war nicht aus Ziegeln oder anderem Stein, sondern aus zahllosen Tausenden Scheiben, deren jede zur Hälfte weiß und zur Hälfte schwarz war, das uralte Symbol der Aes Sedai, wie die sieben Siegel, die einst das Gefängnis des Dunklen Königs verschlossen hielten. Einige jener Siegel waren jetzt gebrochen, obwohl nicht einmal die Eine Macht *Cuendillar* brechen konnte, und die restlichen waren auf irgendeine Weise schwächer geworden, aber die Mauer hielt stand, wie sehr sie auch dagegen anging. Sie konnte sie nicht einreißen. Vielleicht war das Symbol von Bedeutung. Vielleicht versuchte sie, die Aes Sedai niederzuzwingen, die Weiße Burg einzureißen. Vielleicht ...

Mat saß auf einem von der Nacht verhüllten Hügelkamm und beobachtete das Schauspiel eines großen Feuerwerkers, und plötzlich hob er ruckartig die Hand und ergriff eines jener aufbrechenden Lichter am Himmel. Feuerpfeile schossen aus seiner geschlossenen

Faust, und Egwene war von Furcht durchdrungen. Deswegen würden Menschen sterben. Die Welt würde sich verändern. Aber die Welt veränderte sich *tatsächlich* bereits. Sie veränderte sich ständig.

Riemen um Taille und Schultern hielten sie auf dem Block fest, und die Axt des Henkers sank herab, aber sie wußte, daß irgendwo jemand lief, und wenn er schnell genug lief, würde die Axt innehalten. Wenn nicht... Sie verspürte in jenem Winkel ihres Bewußtseins ein Schaudern.

Logain trat lachend über etwas auf dem Boden hinweg und stieg auf einen schwarzen Fels. Als Egwene hinabschaute, glaubte sie, es sei Rands Körper gewesen, über den er hinweggetreten war, der mit auf der Brust gekreuzten Händen auf einer Totenbahre lag, aber als sie sein Gesicht berührte, zerfiel es.

Ein goldener Falke streckte seine Flügel aus und berührte sie, und sie und der Falke waren irgendwie aneinander gebunden. Sie wußte nur, daß der Falke weiblich war. Ein Mann lag sterbend in einem schmalen Bett, und es war wichtig, daß er nicht starb, aber draußen wurde ein Scheiterhaufen zur Leichenverbrennung errichtet, und Stimmen erhoben Gesänge von Freude und Trauer. Ein dunkelhäutiger junger Mann hielt einen Gegenstand in der Hand, der so hell leuchtete, daß sie nicht sehen konnte, was es war.

Sie kamen immer näher, und sie überlegte fieberhaft, versuchte verzweifelt zu verstehen. Sie kam nicht zur Ruhe, aber es mußte getan werden. Sie würde tun, was nötig war.

KAPITEL 2

Ein Eid

»Ihr wolltet vor Sonnenaufgang geweckt werden, Mutter.«

Egwene öffnete ruckartig die Augen – sie hatte sich selbst kurz darauf aufwecken wollen – und schrak wider Willen vor dem Gesicht über ihr zurück. Der strenge Ausdruck des von einem Schweißfilm überzogenen Gesichts war kein erfreulicher erster Anblick am Morgen. Meri verhielt sich vollkommen respektvoll, aber sie rümpfte die Nase und hatte ständig die Mundwinkel nach unten gezogen. Ihre dunklen Augen blickten kritisch drein und vermittelten den Eindruck, als habe sie niemals jemanden kennengelernt, der auch nur halb so gut war, wie er sein sollte oder wie er zu sein vorgab, und ihre tonlose Stimme verlieh allen Worten eine andere Bedeutung.

»Ich hoffe, Ihr hattet eine angenehme Nacht, Mutter«, sagte sie, während ihr Gesichtsausdruck besagte, sie halte Egwene für faul. Ihr schwarzes Haar, das in festen Rollen über den Ohren aufgesteckt war, schien ihr Gesicht schmerzhaft zu verziehen. Das ungemilderte, triste Dunkelgrau, das sie stets trug, wie sehr sie auch darin schwitzte, trug noch zu dem düsteren Eindruck bei.

Egwene hatte nicht mehr richtig geschlafen. Sie stand gähnend von ihrem schmalen Bett auf, putzte sich die Zähne mit Salz und wusch sich Gesicht und Hände, während Meri ihr die Kleidung für diesen Tag zurechtlegte und sie dann drängte, sich anzuziehen. ›Drängen‹ war die richtige Bezeichnung.

»Ich fürchte, es wird ziepen, Mutter«, murmelte die freudlose Frau, während sie die Bürste durch Egwenes Haare zog, und Egwene hätte beinahe erwidert, sie habe ihr Haar nicht absichtlich im Schlaf verwirrt.

»Ich nehme an, daß wir hier heute einen Ruhetag einlegen, Mutter.« Bleierne Trägheit umgab Meris Spiegelbild.

»Diese Blauschattierung wird Eure Hautfarbe gut hervorheben, Mutter«, sagte sie, während sie Egwenes Knöpfe schloß, wohingegen ihr Gesichtsausdruck Egwene der Eitelkeit bezichtigte.

Voller Erleichterung darüber, daß heute abend Chesa dasein würde, legte Egwene sich die Stola um und floh beinahe, bevor die Frau ihre Aufgabe beendet hatte.

Über den Hügeln im Osten war noch keine Sonne zu sehen. Das Land erhob sich ringsumher zu langgezogenen Gebirgskämmen und unregelmäßigen Hügeln, manche Hunderte Fuß hoch, was häufig den Eindruck erweckte, als hätten gewaltige Finger sie zusammengepreßt. Schatten und Zwielicht überzogen das in einem der dazwischen liegenden Täler errichtete Lager, das aber in der niemals wirklich schwindenden Hitze schon erwacht war. Frühstücksdüfte erfüllten die Luft, und Menschen liefen geschäftig umher, obwohl sie sich nicht so hastig fortbewegten wie vor dem nächsten Tagesmarsch. Weiß gekleidete Novizinnen eilten fast im Laufschritt umher, denn eine kluge Novizin führte ihre Aufgaben stets so schnell wie möglich aus. Behüter schienen es natürlich niemals eilig zu haben, aber auch die Diener, die den Aes Sedai das Frühstück brachten, schlenderten heute morgen beinahe – zumindest im Vergleich zu den Novizinnen. Das ganze Lager nutzte die Rast. Ein Klappern und Flüche, als ein Wagenheber abrutschte, verkündeten, daß die Wagenbauer Reparaturen durchführten, und ein fernes Hämmern ließ vermuten, daß Hufschmiede Pferde neu beschlugen. Ein Dutzend

Kerzenmacher hatte ihre Gußformen bereits aufgereiht wie auch die Kessel, in denen die sorgfältig gehorteten Kerzenstummel geschmolzen wurden. Weitere große schwarze Kessel standen auf Feuern, um Wasser für Bäder und die Wäsche zu kochen, und Männer und Frauen häuften in der Nähe Kleidungsstücke auf. Egwene beachtete alle diese Aktivitäten kaum.

Sie war zu der Überzeugung gelangt, daß Meri es nicht absichtlich tat – sie konnte für ihr Gesicht nichts. Dennoch war es genauso schlimm, als wäre Romanda ihre Dienerin gewesen. Der Gedanke daran ließ sie laut auflachen. Ein grauhaariger Koch hielt beim Stochern der Kohlen auf einem Eisenherd inne, um sie belustigt anzulächeln – wenigstens einen Moment. Dann erkannte er, daß er den Amyrlin-Sitz anlächelte, nicht nur einfach irgendeine vorbeigehende junge Frau, und das Grinsen verzerrte sich, während er sich hastig verbeugte, bevor er sich wieder seiner Arbeit zuwandte.

Wenn sie Meri fortschickte, würde Romanda nur eine neue Spionin besorgen. Und Meri müßte sich erneut mühsam von Dorf zu Dorf durchschlagen. Egwene richtete ihr Gewand – sie war tatsächlich geflohen, bevor die Frau ganz fertig war – und betastete einen kleinen Leinenbeutel, dessen Bänder an ihrem Gürtel befestigt waren. Sie mußte ihn nicht an die Nase führen, um Rosenblätter und eine Kräutermischung mit kühlem Duft zu riechen. Sie seufzte. Meri hatte ein Gesicht wie ein Scharfrichter, war zweifellos eine Spionin für Romanda und versuchte, ihre Pflichten so gut wie möglich zu erfüllen. Warum waren diese Dinge niemals einfach?

Während sie sich dem Zelt näherte, das sie als Arbeitsraum benutzte – viele nannten es das Studierzimmer der Amyrlin, als sei es ein Raum in der Burg –, wurde der Ärger um Meri von einer feierlichen Zufriedenheit ersetzt. Wann immer sie einen Tag rasteten, war Sheriam mit dicken Bündeln Bittschriften schon vor ihr da. Eine Wäscherin, die mit in den Saum ihres Gewandes eingenähtem Schmuck erwischt worden war, flehte um Gnade, oder ein Hufschmied bat um ein Arbeitszeugnis, das er erst verwenden könnte, wenn er fortgehen wollte, und wahrscheinlich nicht einmal dann. Eine Geschirrmacherin bat die Amyrlin, darum zu beten, daß sie eine Tochter gebar. Einer von Lord Brynes Soldaten ersuchte um den persönlichen Segen der Amyrlin für seine Heirat mit einer Näherin. Zudem gab es stets eine Menge Bittschriften von älteren Novizinnen, die darum baten, Tiana aufsuchen zu dürfen und zusätzliche Aufgaben zu bekommen. Jedermann hatte das Recht, die Amyrlin um etwas zu bitten, aber jene, die der Burg dienten, taten dies selten und Novizinnen der Burg niemals. Egwene vermutete, daß Sheriam sich bemühte, Bittsteller aufzutreiben, um sie beschäftigt zu halten und sie von Sheriams Angelegenheiten abzulenken, während sich die Behüterin der Chroniken um das kümmerte, was sie für wichtig hielt. Egwene dachte, daß sie Sheriam die Bittschriften heute morgen vielleicht zum Frühstück verspeisen lassen sollte.

Als sie das Zelt betrat, war Sheriam jedoch nicht da. Egwene hätte vielleicht nicht überrascht sein sollen, wenn sie die letzte Nacht bedachte. Aber das Zelt war dennoch nicht leer.

»Das Licht erleuchte Euch, Mutter«, sagte Theodrin und vollführte einen tiefen Hofknicks, der die braunen Fransen ihrer Stola zum Schwingen brachte. Sie besaß die berühmte Domani-Anmut, obwohl ihr hochgeschlossenes Gewand wirklich recht bescheiden war. Aber Domani-Frauen waren nicht für Bescheidenheit bekannt. »Wir haben Eure Befehle befolgt, aber niemand hat gestern abend jemanden in der Nähe von Marigans Zelt gesehen.«

»Einige der Männer erinnern sich, Halima gesehen zu haben«, fügte Faolain mürrisch an, während sie sich weitaus knapper verbeugte, »aber abgesehen davon erinnern sie sich kaum daran, ob sie überhaupt schlafen gegangen sind.« Viele Frauen waren gegen Delanas Schriftführerin eingestellt, aber erst ihre nächste Bemerkung ließ Faolains Gesicht sich verdüstern. »Wir begegneten Tiana, als wir uns umhörten. Sie befahl uns, schleunigst zu Bett zu gehen.« Sie strich unbewußt über die blauen Fransen ihrer Stola. Siuan behauptete, neu ernannte Aes Sedai trügen ihre Stolen häufiger als notwendig.

Egwene gönnte ihnen ein, wie sie hoffte, freundliches Lächeln und nahm dann ihren Platz hinter dem kleinen Tisch ein. Sie tat dies vorsichtig, da sich der Stuhl einen Moment neigte, bis sie hinabgriff und ein Stuhlbein gerade zog. Der Rand eines gefalteten Pergaments lugte unter dem steinernen Tintenfaß hervor. Ihre Hände zuckten in die Richtung, aber sie zwang sie zur Ruhe. Zu viele Schwestern hielten Höflichkeit für unnötig. Sie würde nicht dazu gehören. Außerdem hatten diese beiden ein Anrecht auf sie.

»Es tut mir leid, daß Ihr Probleme habt, Töchter.« Sie waren durch Egwenes nach ihrer Ernennung zum Amyrlin-Sitz verkündeten Erlaß zu Aes Sedai erhoben worden und befanden sich in der gleichen mißlichen Lage wie sie selbst, ohne den zusätzlichen Schutz der Stola der Amyrlin zu haben, als wie gering sich dieser auch erwiesen hatte. Die meisten Schwestern verhielten sich, als wären sie noch immer nur Aufgenommene. Was innerhalb der Ajahs vor sich ging, gelangte nur selten nach draußen, aber es hieß, daß sie wahrhaftig um Zutritt hatten bitten müssen und daß Wächter bestimmt worden waren, ihr Verhalten zu überprüfen. Niemand hatte jemals etwas Derartiges gehört, aber alle nahmen es als gegeben. Sie hatte ihnen keinen Gefallen erwiesen. Aber auch dies war notwendig gewesen. »Ich werde mit Tiana sprechen.« Vielleicht nützte es etwas. Einen Tag oder eine Stunde lang.

»Danke, Mutter«, sagte Theodrin, »aber bemüht Euch nicht.« Sie berührte ebenfalls ihre Stola und ließ die Hände darauf ruhen. »Tiana wollte wissen, warum wir so spät noch auf waren«, fügte sie kurz darauf hinzu. »Aber wir haben es ihr nicht gesagt.«

»Es brauchte nicht geheimgehalten werden, Tochter.« Aber es war bedauerlich, daß sie keinen Zeugen gefunden hatten. Moghediens Retter würde ein flüchtiger Schatten bleiben – immer von der furchteinflößendsten Art. Sie betrachtete den Rand des Pergaments, wollte es so gern lesen. Vielleicht hatte Siuan etwas herausgefunden. »Ich danke Euch beiden.« Theodrin erkannte die Entlassung und machte sich bereit zu gehen, aber Faolain blieb sitzen.

»Ich wünschte, ich hätte die Eidesrute bereits gehalten«, erklärte Faolain enttäuscht, »damit Ihr wüßtet, daß ich die Wahrheit sage.«

»Jetzt ist nicht der richtige Zeitpunkt, die Amyrlin noch weiter zu stören«, begann Theodrin, faltete die Hände und wandte ihre Aufmerksamkeit Egwene zu. Ihr geduldiger Gesichtsausdruck veränderte sich geringfügig. Sie war im Gebrauch der Macht eindeutig die Stärkere der beiden und führte sie stets an, aber dieses Mal war sie bereit zurückzustehen. Warum? fragte sich Egwene.

»Nicht die Eidesrute macht eine Frau zur Aes Sedai, Tochter.« Was auch immer einige glaubten. »Sagt mir die Wahrheit, und ich werde sie glauben.«

»Ich mag Euch nicht.« Faolains dichte dunkle Locken schwangen, als sie nachdrücklich den Kopf schüttelte. »Das solltet Ihr wissen. Ihr hieltet mich wahrscheinlich für boshaft, als Ihr noch eine Novizin wart und zur Weißen Burg zurückkamt, nachdem Ihr davongelaufen wart, aber ich glaube noch immer, daß Ihr nicht halb so streng bestraft worden seid, wie es hätte geschehen sollen. Vielleicht wird mein Eingeständnis helfen, daß Ihr mir glaubt. Es ist nicht so, daß wir auch jetzt keine andere Wahl hätten. Romanda hat uns ihren Schutz angeboten, und Lelaine ebenfalls. Sie sagten, sie würden dafür sorgen, daß wir geprüft und angemessen erhoben würden, sobald wir zur Burg zurückkehren.« Ihr Gesichtsausdruck verdüsterte sich, und Theodrin verdrehte die Augen und schaltete sich ein.

»Mutter, was Faolain auf ihre umständliche Art sagen will, ist, daß wir uns Euch nicht angeschlossen haben, weil wir keine andere Wahl gehabt hätten. Und wir haben es auch nicht aus Dankbarkeit für die Stola getan.« Sie schürzte die Lippen, als glaubte sie, daß ihre Erhebung zur Aes Sedai auf Egwenes Art nicht wirklich ein Geschenk war, das große Dankbarkeit bewirken sollte.

»Warum dann?« fragte Egwene und lehnte sich zurück. Der Stuhl verschob sich, hielt aber stand.

Faolain ergriff das Wort, bevor Theodrin auch nur den Mund öffnen konnte. »Weil Ihr der Amyrlin-Sitz seid.« Sie klang noch immer verärgert. »Wir erkennen, was vor sich geht. Einige der Schwestern glauben, Ihr wärt Sheriams Marionette, aber die meisten denken, Romanda oder Lelaine sagten Euch, wann Ihr wohin gehen sollt. Es ist nicht richtig.« Sie runzelte die Stirn. »Ich habe die Burg verlassen, weil Elaida falsch gehandelt hat. Dann hat man Euch zur Amyrlin erhoben. Also gehöre ich zu Euch, wenn Ihr mich haben wollt und Ihr mir ohne die Eidesrute vertrauen könnt. Ihr müßt mir glauben.«

»Und Ihr, Theodrin?« fragte Egwene schnell und mit unbewegtem Gesicht. Es war schlimm genug zu wissen, wie die Schwestern empfanden, aber es zu hören, war ... schmerzlich.

»Ich gehöre auch zu Euch«, antwortete Theodrin seufzend, »wenn Ihr mich haben wollt.« Sie spreizte verächtlich die Hände. »Ich weiß, wir sind nicht viele, aber es sieht so aus, als wären wir die einzigen, die Ihr habt. Ich muß zugeben, daß ich zögerlich war, Mutter. Faolain bestand darauf, daß wir dies tun. Offen gesagt ...« Sie richtete unnötigerweise erneut ihre Stola, und ihre Stimme wurde fester. »Offen gesagt, kann ich nicht erkennen, wie Ihr gegen Romanda und Lelaine obsiegen wollt. Aber wir versuchen, uns wie Aes Sedai zu verhalten, auch wenn wir es noch nicht wirklich sind. Wir werden es auch nicht sein, Mutter, was immer Ihr sagt, bis die anderen Schwestern uns als Aes Sedai anerkennen, und das wird erst geschehen, wenn wir geprüft wurden und die Drei Eide geleistet haben.«

Egwene zog das gefaltete Pergament unter dem Tintenfaß hervor und betastete es, während sie nachdachte. Faolain war die treibende Kraft hinter alledem? Das schien genauso unwahrscheinlich wie ein sich mit einer Schafherde anfreundender Wolf. ›Abneigung‹ war ein milder Ausdruck für das, was Faolain für sie empfunden hatte, und die Frau mußte wissen, daß Egwene sie kaum als zukünftige Freundin ansah. Wenn sie die Anordnung aller Sitzenden akzeptiert hatten, wäre die Erwähnung des Angebots vielleicht ein gutes Mittel, ihr Mißtrauen zu entkräften.

»Mutter«, sagte Faolain und hielt dann inne, wobei sie über sich selbst überrascht schien. Es war das erste Mal, daß sie Egwene auf diese Weise angesprochen hatte. Sie atmete tief durch und fuhr fort. »Mutter, ich weiß, es muß Euch schwergefallen sein, uns zu glauben, da wir die Eidesrute niemals in der Hand hielten, aber ...«

»Ich wünschte, Ihr würdet dieses Thema fallenlassen«, sagte Egwene. Es war angemessen, vorsichtig zu sein, aber sie konnte es sich aus Angst vor Komplotten nicht leisten, ein Hilfsangebot auszuschlagen. »Denkt Ihr, jedermann glaubt einer Aes Sedai nur wegen der Drei Eide? Menschen, welche die Aes Sedai kennen, wissen, daß eine Schwester die Wahrheit auf den Kopf stellen und umkehren kann, wenn sie es will. Ich selbst glaube, daß die Drei Eide genauso viel schaden wie nützen, vielleicht sogar mehr. Ich werde Euch glauben, bis ich erfahre, daß Ihr mich belogen habt. Genauso wie jeder andere es mit Menschen macht.« Wenn man darüber nachdachte, änderten die Eide nicht wirklich etwas daran. Man mußte einer Schwester die meiste Zeit einfach vertrauen. Die Eide machten die Menschen nur vorsichtiger darin, weil sie sich fragten, ob und wie sie manipuliert wurden. »Noch etwas. Ihr beide seid Aes Sedai. Ich will nichts mehr über Prüfungen oder das Halten der Eidesrute hören. Es ist schlimm genug, daß Ihr diesen Unsinn ertragen müßt, ohne es selbst noch zu wiederholen. Habe ich mich klar genug ausgedrückt?«

Die beiden Frauen, die auf zwei Seiten des Tisches standen, murmelten hastig, daß dem so sei, und wechselten dann lange Blicke. Dieses Mal wirkte Faolain unentschlossen. Schließlich trat Theodrin um den Tisch herum, kniete sich neben Egwenes Stuhl und küßte ihren Ring. »Unter dem Licht und bei meiner Hoffnung auf Erlösung und Wiedergeburt, schwöre ich, Theodrin Dabei, Euch, Egwene al'Vere, Treue. Ich werde Euch treu dienen und bei meinem Leben gehorchen und ehren.« Sie sah Egwene fragend an.

Egwene konnte nur nicken. Dies gehörte nicht zum Ritual der Aes Sedai. So verschworen sich Adlige ihrem Herrscher. Und selbst manche Herrscher hörten keinen solch streng gefaßten Eid. Aber kaum hatte sich Theodrin mit erleichtertem Lächeln erhoben, als Faolain auch schon ihren Platz einnahm.

»Unter dem Licht und bei meiner Hoffnung auf Erlösung und Wiedergeburt schwöre ich, Faolain Orande ...«

Das war mehr, als Egwene sich hätte wünschen können. Zumindest nicht von irgendeiner anderen höhergestellten Schwester.

Als Faolain geendet hatte, verharrte sie, steif aufgerichtet, auf den Knien. »Mutter, ich muß noch Buße tun.

Für das, was ich zu Euch gesagt habe – daß ich Euch nicht mag. Ich werde die Buße selbst festlegen, wenn Ihr wollt, aber Ihr habt das Recht dazu.« Ihre Stimme klang genauso starr, wie es ihre Haltung war, aber überhaupt nicht furchtsam. Sie wirkte bereit, einem Löwen gegenüberzutreten. Und sogar begierig darauf.

Egwene biß sich auf die Lippen, um nicht laut herauszulachen. Es kostete sie Mühe, ihr Gesicht ausdruckslos zu halten. Vielleicht hielten sie ihre erstickten Laute für einen Schluckauf. Wie sehr sie es auch abstritten – sie waren wirkliche Aes Sedai. Faolain hatte gerade bewiesen, wieviel sie von einer Aes Sedai hatte. Manchmal legten Schwestern ihre Buße selbst fest, um die richtige Ausgewogenheit zwischen Stolz und Demut zu erhalten – diese Ausgewogenheit wurde vermutlich hoch geschätzt und war üblicherweise der einzige Grund –, aber sicherlich strebte niemand danach. Eine von jemand anderem auferlegte Buße konnte recht hart sein, und von der Amyrlin wurde erwartet, daß sie darin noch härter vorging als die Ajahs. In jedem Fall unterwarfen sich viele Schwestern stolz dem stärkeren Willen der Aes Sedai – eine anmaßende Vorführung ihres Mangels an Anmaßung. Der Stolz der Demut, wie Siuan es nannte. Egwene erwog, der Frau zu befehlen, eine Handvoll Seife zu essen, nur um ihren Gesichtsausdruck zu sehen – Faolain hatte eine böse Zunge –, aber statt dessen ...

»Ich erlege niemandem Buße auf, der die Wahrheit sagt, Tochter. Oder deshalb, weil er mich nicht mag. Folgt auch in der Abneigung Eurem Herzen, solange Ihr den Eid einhaltet.« Nicht daß jemand anderer außer einem Schattenfreund diesen besonderen Eid tatsächlich brechen würde. Dennoch gab es Möglichkeiten, fast alles zu umgehen. Aber schwache Stöcke waren besser als gar keine Stöcke, wenn man sich gegen einen Bären wehren mußte.

Faolains Augen weiteten sich, und Egwene seufzte,

während sie der Frau bedeutete, sich zu erheben. Wären ihre Positionen umgekehrt gewesen, dann *hätte* Faolain ihr eine gehörige Buße auferlegt.

»Ich übertrage Euch zu Beginn zwei Aufgaben, Töchter«, fuhr sie fort.

Sie lauschten aufmerksam. Faolain blinzelte nicht einmal, Theodrin hatte einen Finger nachdenklich an die Lippen gelegt, und als Egwene sie dieses Mal entließ, sagten sie im Chor: »Wie Ihr befehlt, Mutter« und vollführten Hofknickse.

Aber Egwenes gute Stimmung wich. Meri trat mit dem Frühstückstablett ein, als Theodrin und Faolain gingen, und als Egwene ihr für eine wie Rosenblätter geformte Duftkugel dankte, sagte sie: »Ich hatte noch ein wenig Zeit, Mutter.« Ihrem Gesichtsausdruck nach zu urteilen hätte dies eine Anklage sein können, daß Egwene sie zu schwer arbeiten ließ oder sie selbst nicht genug arbeitete. Keine erfreuliche Frühstücksbeilage. Egwene schickte sie fort, bevor sie zu frühstücken begann. Der Tee war ohnehin schwach. Tee war eines der karg bemessenen Dinge.

Die Notiz unter dem Tintenfaß stellte sich als wenig erfreulich heraus. »Nichts Interessantes im Traum«, hatte Siuan geschrieben. Also war Siuan letzte Nacht auch in *Tel'aran'rhiod* gewesen. Sie spionierte dort häufig. Es war eigentlich unwichtig, ob sie nach einem Hinweis auf Moghedien oder sonst etwas gesucht hatte, obwohl das unglaublich töricht gewesen wäre. Nichts war nichts.

Egwene verzog das Gesicht, und nicht nur wegen des »nichts«. Wenn Siuan letzte Nacht in *Tel'aran'rhiod* gewesen war, bedeutete das, daß Leane heute irgendwann käme und sich beschweren würde. Siuan war mit großer Sicherheit kein Traum-*Ter'angreal* mehr gestattet, seit sie versucht hatte, einigen der anderen Schwestern über die Welt der Träume zu berichten. Es ging weniger darum, daß Siuan kaum mehr wußte als die anderen oder auch

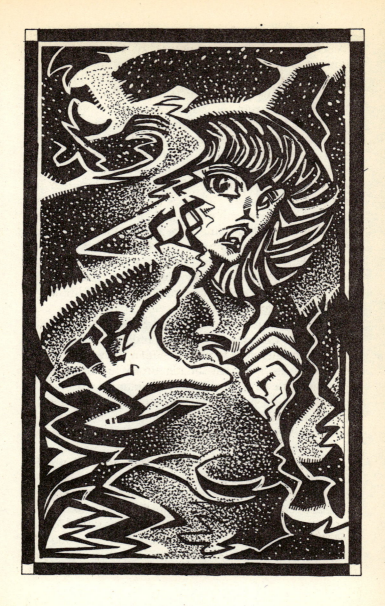

daß nur wenige Schwestern glaubten, sie brauchten wirklich einen Lehrer, um etwas zu lernen, sondern darum, daß Siuan wahrhaft eine scharfe und ungeduldige Zunge besaß. Gewöhnlich konnte sie sich im Zaum halten, aber zwei Wutausbrüche hatten bewirkt, daß sie froh sein konnte, nur den Zugriff auf das *Ter'angreal* verweigert zu bekommen. Leane gewährte ihr dennoch einen, wann immer sie darum bat, und Siuan benutzte häufig auch heimlich einen. Das war eine der wenigen Übereinstimmungen zwischen ihnen. Beide wären jede Nacht nach *Tel'aran'rhiod* gegangen, wenn es möglich gewesen wäre.

Egwene beschwor mit der Macht einen winzigen Funken Feuer herauf, um eine Ecke des Pergaments anzuzünden, und hielt es dann fest, bis es fast bis auf ihre Fingerspitzen herabgebrannt war. Es sollte nichts übrigbleiben, was jemand finden könnte, der ihre Sachen durchsuchte und Bericht erstattete, wo dies Mißtrauen erwecken könnte.

Sie hatte ihr Frühstück beinahe beendet und war noch immer allein, und das war ungewöhnlich. Sheriam ging ihr vielleicht aus dem Weg, aber Siuan hätte dasein sollen. Sie steckte sich den letzten Bissen in den Mund, spülte ihn mit einem Schluck Tee hinunter, erhob sich dann und wollte sich auf die Suche nach Siuan begeben, als diese ins Zelt stolzierte.

»Wo wart Ihr?« fragte Egwene, während sie einen Schutz gegen Lauscher wob.

»Aeldene hat mich schon früh beansprucht«, grollte Siuan und ließ sich auf einen der Stühle sinken. »Sie denkt noch immer, sie könnte die Namen der Augen- und-Ohren der Amyrlin aus mir herauspressen. Das kann niemand! Niemand!«

Als Siuan gerade in Salidar eingetroffen war, eine gedämpfte Frau auf der Flucht, eine abgesetzte Amyrlin, die von der Welt für tot gehalten wurde, hätten die

Schwestern sie durchaus fortschicken können, wenn sie nicht das Spione-Netz des Amyrlin-Sitzes sowie das der Blauen Ajah gekannt hätte, die sie geführt hatte, bevor sie zur Stola erhoben worden war. Das hatte ihr einen gewissen Einfluß verschafft, genau wie Leanes Spione in Tar Valon dieser einen gewissen Einfluß verschafft hatten. Die Ankunft Aeldene Steinbrückes, die ihren Platz bei den Augen-und-Ohren der Blauen eingenommen hatte, änderte für Siuan einiges. Aeldene war zornig darüber gewesen, daß Berichte der Handvoll Spione der Blauen Ajah, die Siuan hatte gewinnen können, an Frauen außerhalb der Ajah weitergegeben worden waren. Und daß Aeldenes eigene Position offenbart wurde – selbst innerhalb der Blauen wußten vermutlich nur zwei oder drei Schwestern davon –, erzürnte sie fast bis zur Weißglut. Sie riß nicht nur die Leitung der Blauen Ajah wieder an sich, sondern schalt Siuan auch in einer Lautstärke, daß man sie wohl noch eine Meile entfernt hören konnte, und ging ihr beinahe an die Kehle. Aeldene stammte aus einem andoranischen Bergbaudorf in den Verschleierten Bergen, und es hieß, ihre gekrümmte Nase sei ein Ergebnis der Faustkämpfe, die sie als Mädchen bestritten habe. Aeldenes Handlungen hatten viele nachdenklich gemacht.

Egwene setzte sich wieder auf ihren wackeligen Stuhl und schob das Frühstückstablett beiseite. »Aeldene wird es Euch nicht abnehmen, Siuan, und auch niemand sonst.« Als Aeldene die Augen-und-Ohren der Blauen wieder beanspruchte, waren andere zu dem Entschluß gekommen, daß die Blauen nicht auch noch die Augen-und-Ohren der Amyrlin haben sollten. Aber niemand machte den Vorschlag, daß sie Egwenes Kontrolle unterliegen sollten. Der Saal sollte sie haben – das sagten Romanda und Lelaine. Natürlich wollten sie beide diese Aufgabe übernehmen und diejenige sein, die diese Berichte als erste erhielt, denn es war von Vorteil, als erste

Bescheid zu wissen. Aeldene fand, die Spione sollten dem Netz der Blauen einverleibt werden, da Siuan eine Blaue war. Zumindest war Sheriam damit zufrieden, alle Berichte ausgehändigt zu bekommen, die Siuan erhielt.

»Sie können Euch nicht zwingen, es aufzugeben.«

Egwene goß sich Tee nach und stellte die Tasse und den blau glasierten Honigtopf neben Siuan auf die Ecke des Tisches, aber diese betrachtete die Gegenstände nur. Der Zorn war aus ihr gewichen. Sie sank auf dem Stuhl zusammen. »Ihr denkt niemals wirklich über die Kraft nach«, sagte sie mehr zu sich selbst. »Ihr seid Euch bewußt, wenn Ihr stärker seid als eine andere, aber Ihr denkt nicht darüber nach. Ihr wißt einfach, daß sie Euch nachgibt, oder daß Ihr nachgebt. Früher gab es niemanden, der stärker war als ich. Niemand, seit ...« Sie senkte den Blick auf ihre nervösen Hände. »Manchmal, wenn Romanda oder Lelaine mich beschimpfen, trifft es mich wie ein Schlag. Sie stehen jetzt so weit über mir, daß ich den Mund halten sollte, bis sie mir die Erlaubnis erteilen zu sprechen. Selbst Aeldene steht über mir, und sie ist nur Mittelmaß.« Sie zwang sich, den Kopf zu heben und fuhr verbittert fort. »Ich passe mich vermutlich der Realität an. Auch das liegt in uns, wird tief in uns verwurzelt, bevor wir die erste Prüfung zur Stola ablegen. Aber es gefällt mir nicht. Es gefällt mir nicht!«

Egwene hob die neben dem Tintenfaß liegende Feder auf und spielte damit, während sie ihre Worte sorgfältig wählte. »Siuan, Ihr wißt, wie ich über notwendige Veränderungen denke. Wir tun vieles, weil die Aes Sedai es stets auf diese Art getan haben. Aber die Dinge ändern sich, gleichgültig, ob jemand glaubt, alles kehre zum Urzustand zurück. Ich bezweifle, daß schon jemals eine Amyrlin erhoben wurde, die nicht zuvor eine Aes Sedai gewesen war.« Das hätte eine Bemerkung über die verborgenen Aufzeichnungen der Weißen Burg bewirken sollen – Siuan sagte häufig, es gäbe *nichts*, was in der Geschichte der Burg nicht mindestens einmal vorgekommen sei, auch wenn es zum ersten Mal zu geschehen schien –, aber Siuan saß nur entmutigt da. »Siuan, die Aes-Sedai-Art ist nicht die einzige und auch nicht immer die beste Möglichkeit. Ich möchte sicherstellen, daß wir den besten Weg wählen, und wer auch immer sich nicht ändern kann oder will, sollte besser damit zu leben lernen.« Sie beugte sich über den Tisch und versuchte, Siuan Mut zu geben. »Ich habe niemals herausgefunden, wie Weise Frauen Vorrang bestimmen, aber es geschieht nicht durch die der Macht innewohnende Kraft. Es gibt Frauen, die die Macht lenken können, sich aber Frauen fügen, die dies nicht können. Eine, Sorilea, hätte es niemals zur Aufgenommenen gebracht, und doch folgen selbst die Stärksten ihrem Befehl.«

»Wilde«, sagte Siuan verächtlich, aber ohne große Überzeugung.

»Und die Aes Sedai. Ich wurde nicht zur Amyrlin erhoben, weil ich die stärkste bin. Die weisesten und geschicktesten Frauen werden als Gesandte oder Beraterinnen für den Saal erwählt, nicht die stärksten.« Worin dieses Geschick bestand, sollte besser unerwähnt bleiben, obwohl Siuan diese besonderen Geschicke gewiß auch besaß.

»Der Saal? Der Saal würde mich vielleicht Tee holen schicken.«

Egwene lehnte sich zurück und legte die Feder hin. Sie hätte die Frau am liebsten geschüttelt. Siuan hatte weitergemacht, als sie die Macht gar nicht lenken konnte, und *jetzt* zitterten ihr die Knie? Egwene wollte ihr gerade von Theodrin und Faolain erzählen – das sollte sie aufrichten –, als sie eine Frau mit olivfarbener Haut am geöffneten Zelteingang vorbeireiten sah, die unter dem breiten grauen Hut, den sie zum Schutz gegen die Sonne trug, gedankenverloren wirkte.

»Siuan, das ist Myrelle.« Sie ließ den Lauschschutz

fahren und eilte hinaus. »Myrelle!« rief sie. Siuan brauchte einen Sieg, um das Gefühl, unterdrückt worden zu sein, zu vertreiben, und dies könnte genau der richtige Weg sein. Myrelle gehörte zu Sheriams Leuten und hütete offenbar ihr eigenes Geheimnis.

Myrelle verhielt ihren Fuchswallach, blickte sich um und erschrak, als sie Egwene erkannte. Ihrem Gesichtsausdruck nach zu urteilen, hatte die Grüne Schwester nicht bemerkt, durch welchen Teil des Lagers sie ritt. Ein leichter Staubmantel hing über die Schultern ihres hellgrauen Reitgewands herab. »Mutter«, sagte sie zögernd, »bitte vergebt mir, aber ich ...«

»Ich werde Euch nicht vergeben«, unterbrach Egwene sie, und Myrelle zuckte zusammen. Aller Zweifel schwand, daß Myrelle von Sheriam über die Ereignisse der letzten Nacht unterrichtet worden war. »Ich möchte mit Euch sprechen. Jetzt.«

Siuan war ebenfalls herausgekommen, aber anstatt zu beobachten, wie die Schwester unbehaglich vom Pferd stieg, blickte sie die Zeltreihen entlang zu einem untersetzten, bereits ergrauenden Mann mit einem über seinen lederfarbenen Umhang geschnürten, verbeulten Brustpanzer, der einen großen Kastanienbraunen in ihre Richtung führte. Seine Anwesenheit im Lager überraschte. Lord Bryne verständigte sich für gewöhnlich durch Boten mit dem Saal, und seine seltenen Besuche endeten meist schon, bevor Egwene erfuhr, daß er gekommen war. Siuan nahm einen solchen Ausdruck von Aes-Sedai-Ruhe an, daß man ihr jugendliches Gesicht fast vergaß.

Bryne schaute kurz zu Siuan und machte sich dann wenig anmutig an seinem Schwert zu schaffen. Sein Gesicht war wettergegerbt, und der Mann war nicht übermäßig groß, wenn ihn sein Verhalten auch größer erscheinen ließ. Es war nichts Auffallendes an ihm. Der Schweiß auf seinem breiten Gesicht vermittelte den Eindruck von Geschäftigkeit. »Mutter, kann ich Euch sprechen? Allein?«

Myrelle wandte sich zum Gehen, und Egwene fauchte: »Ihr bleibt hier stehen! Genau hier!« Myrelles Kinn sank herab. Sie schien ebenso erstaunt darüber, daß sie gehorchte, wie über Egwenes bestimmten Tonfall, und dann wurde die Überraschung zu verbitterter Resignation, die sie schnell hinter einer kühlen Fassade verbarg, die aber durch ihr nervöses Spiel mit den Zügeln Lügen gestraft wurde.

Bryne blinzelte nicht einmal, obwohl sich Egwene dessen gewiß war, daß er ihre Situation zumindest erahnte. Sie vermutete, daß ihn nur wenig überraschen oder beunruhigen konnte. Allein sein Anblick hatte in Siuan den Wunsch erweckt zuzuschlagen, denn es war nur zu offensichtlich, daß sie die meisten ihrer Streitigkeiten begann. Sie hatte die Fäuste bereits in die Hüften gestemmt und ihren Blick auf ihn gerichtet, einen unheilvollen Blick, der jedermann Unbehagen hätte bereiten sollen, auch wenn es nicht der Blick einer Aes Sedai gewesen wäre. Myrelle bot jedoch mehr als nur Hilfe für Siuan an. Vielleicht. »Ich hatte vor, Euch zu bitten, heute nachmittag zu kommen, Lord Bryne. Ich bitte Euch jetzt darum.« Sie mußte ihn einiges fragen. »Wir können dann miteinander sprechen. Wenn Ihr mich entschuldigt.«

Anstatt ihre Entschuldigung anzunehmen, sagte er: »Mutter, einer meiner Spähtrupps hat unmittelbar vor Sonnenaufgang etwas gefunden, was Ihr Euch, wie ich meine, selbst ansehen solltet. Ich kann eine Eskorte bereitstellen ...«

»Das ist nicht nötig«, unterbrach sie ihn schnell. »Myrelle, Ihr kommt mit uns. Siuan, würdet Ihr bitte jemanden mein Pferd bringen lassen? Unverzüglich.«

Mit Myrelle hinauszureiten wäre besser, als sich ihr hier gegenüberzustellen, wenn Siuans bruchstückhafte Hinweise wirklich etwas bedeuteten, und sie konnte

Bryne auch bei einem Ritt befragen, aber sie hatte es mit beidem nicht eilig. Sie hatte Lelaine und Takima gerade durch die Zeltreihen auf sich zukommen sehen. Alle Frauen, die Sitzende gewesen waren, bevor Siuan abgesetzt worden war, hatten sich mit einer Ausnahme entweder Lelaine oder Romanda angeschlossen. Die meisten der neugewählten Sitzenden gingen ihren eigenen Weg, was nach Egwenes Ansicht etwas besser war. Nur etwas.

Selbst aus einer gewissen Entfernung war Lelaines Anspannung erkennbar. Sie schien bereit, durch alles hindurchzubrechen, was ihr in den Weg geriet. Siuan bemerkte die Anspannung ebenfalls und eilte davon, ohne auch nur für einen Hofknicks innezuhalten, aber für Egwene reichte die Zeit nicht mehr aus, ungesehen davonzukommen.

Lelaine pflanzte sich vor ihr auf, aber ihr scharfer, nachdenklicher Blick war auf Bryne gerichtet, während sie zu überlegen schien, was er hier tat. Sie hatte jedoch Wichtigeres zu bedenken. »Ich muß mit der Amyrlin sprechen«, sagte sie herrisch und deutete dann auf Myrelle. »Ihr werdet warten. Mit Euch spreche ich später.« Bryne verbeugte sich nicht allzu tief und führte sein Pferd zu der von ihr angezeigten Stelle. Männer, die auch nur ein wenig Verstand besaßen, lernten nur allzu schnell, daß es wenig Sinn hatte, mit Aes Sedai zu streiten, und bei Sitzenden ging diese Rechnung noch weniger auf.

Bevor Lelaine etwas erwidern konnte, beherrschte Romandas Gegenwart plötzlich alles so sehr, daß Egwene Varilin, die bei Romanda war, zunächst gar nicht bemerkte, obwohl die schlanke, rothaarige Sitzende für die Graue Ajah mehrere Zoll größer war als die meisten Männer. Überraschend war nur, daß Romanda nicht früher aufgetaucht war. Sie und Lelaine beobachteten einander wie Falken. Keine von beiden ließ die andere allein in Egwenes Nähe. Das Schimmern *Saidars* umgab beide Frauen gleichzeitig, und beide woben einen Lauschschutz um sie alle. Ihre Blicke begegneten sich, forderten einander mit zutiefst unbewegten und gefaßten Gesichtern heraus, aber keine ließ den Schutz fahren.

Egwene biß sich auf die Zunge. An einem öffentlichen Ort oblag es der stärksten anwesenden Schwester zu entscheiden, ob eine Unterhaltung geschützt werden sollte oder nicht, und das Protokoll besagte, daß die Amyrlin diese Entscheidung traf, wann immer sie anwesend war. Sie hatte jedoch kein Verlangen nach halbherzigen Entschuldigungen, die eine Erwähnung dieses Umstands nach sich zog. Sie würden ihr natürlich beipflichten, wenn sie darauf bestünde. Sie biß sich erneut auf die Zunge und kochte innerlich. Wo *war* Siuan? Es war nicht fair, denn Pferde satteln zu lassen, dauerte seine Zeit.

Romanda senkte den Blick zuerst, obwohl sie sich damit nicht geschlagen gab. Sie wandte sich Egwene so abrupt zu, daß Lelaine jetzt an ihr vorbei blickte, was töricht aussah. »Delana macht wieder Schwierigkeiten.« Ihre schrille Stimme klang beinahe freundlich, aber doch mit einem scharfen Unterton, der das Fehlen jeglicher respektvollen Anrede noch unterstrich. Romandas Haar war vollkommen grau, im Nacken zu einem ordentlichen Knoten zusammengenommen, aber das Alter hatte sie sicherlich nicht weicher gemacht. Takima mit ihrem langen schwarzen Haar und dem matten Elfenbeinteint war fast neun Jahre lang eine Sitzende der Braunen Ajah gewesen, im Saal genauso energisch wie im Klassenzimmer, und doch stand sie bescheiden einen Schritt hinter Romanda, die Hände an der Taille gefaltet. Romanda führte ihre Splittergruppe mit genauso fester Hand wie Sorilea die ihre. Für sie war Stärke überaus wichtig, und Lelaine schien ihr darin nicht viel nachzustehen.

»Sie beabsichtigt, dem Saal einen Antrag vorzulegen«,

schaltete sich Lelaine verbittert ein und mied es jetzt völlig, Romanda anzusehen. Mit ihr übereinzustimmen, gefiel ihr sicherlich genauso wenig, wie erst das zweite Wort zu haben. Als Romanda merkte, daß sie einen Vorteil errungen hatte, lächelte sie kaum merklich.

»Worüber?« fragte Egwene, auf Zeitgewinn bedacht. Sie ahnte es bereits. Es fiel ihr schwer, nicht zu seufzen. Es fiel ihr sehr schwer, sich nicht die Schläfen zu reiben.

»Natürlich über die Schwarze Ajah, Mutter«, erwiderte Varilin und hob den Kopf, als überrasche sie die Frage. Nun, vielleicht war dem so. Delana wurde bei dem Thema wütend. »Sie will, daß der Saal Elaida öffentlich zur Schwarzen erklärt.« Sie hielt jäh inne, als Lelaine eine Hand hob. Lelaine gewährte ihren Gefolgsleuten mehr Spielraum als Romanda, oder vielleicht hatte sie diese einfach nicht so fest im Griff, aber es genügte.

»Ihr müßt mit ihr sprechen, Mutter.« Lelaine lächelte herzlich, wenn sie den Titel benutzte. Siuan zufolge waren sie einst Freunde gewesen – Lelaine hatte sie einigermaßen wohlwollend wieder aufgenommen –, und doch hielt Egwene dieses Lächeln für sorgfältig eingeübt.

»Um ihr was zu sagen?« Es drängte sie, sich die Schläfen zu reiben. Diese beiden sorgten dafür, daß der Saal nur erließ, was sie wollte und sicherlich wenig, was Egwene vorschlug, mit dem Ergebnis, daß überhaupt kaum etwas erlassen wurde, und sie wollten jetzt, daß *sie* sich für eine Sitzende einsetzte? Gewiß unterstützte Delana ihre Vorschläge – wenn sie ihr paßten. Delana war eine wetterwendische Person, drehte sich manchmal noch mit dem letzten Windzug, und wenn sie sich in letzter Zeit häufig in Egwenes Richtung drehte, dann bedeutete das nicht allzu viel. Die Schwarze Ajah schien ihr einziger Fixpunkt. Was hielt Siuan auf?

»Sagt Ihr, sie muß damit aufhören, Mutter.« Lelaines

Lächeln und Tonfall erweckten den Anschein, als berate sie eine Tochter. »Dieser Unsinn – schlimmer als Unsinn – bringt alle auf. Einige der Schwestern beginnen es schon zu glauben, Mutter. Es wird nicht mehr lange dauern, bis sich diese Vorstellung auch unter den Dienern und Soldaten verbreitet.« Sie warf Bryne einen überaus zweifelnden Blick zu. Bryne versuchte anscheinend, mit Myrelle zu reden, welche die von einem Schutz umgebene Gruppe beobachtete und die Zügel ihres Pferdes immer wieder unruhig durch die behandschuhten Hände gleiten ließ.

»Es ist kaum töricht, das Offensichtliche zu glauben«, blaffte Romanda. »Mutter...« Aus ihrem Munde klang dies entschieden zu sehr wie ›Mädchen‹. »Delana muß aufgehalten werden, weil sie nichts Gutes, sondern erheblichen Schaden bewirkt. Vielleicht ist Elaida eine Schwarze – obwohl ich es stark bezweifle, welche Gerüchte aus zweiter Hand auch immer diese Halima mitbrachte; Elaida ist schrecklich verbohrt, aber ich kann nicht glauben, daß sie schlecht ist –, aber selbst wenn sie es ist und es herausposaunt wird, werden Außenstehende jeder Aes Sedai mit Mißtrauen begegnen und die Schwarzen in noch entlegenere Verstecke treiben. Es gibt Methoden, sie hervorzulocken, wenn wir sie nicht wieder verjagen.«

Lelaine rümpfte heftig die Nase. »Selbst wenn dieser Unsinn zuträfe, würde sich keine Schwester mit Selbstachtung Euren *Methoden* unterordnen, Romanda. Euer Vorschlag wird in Frage gestellt werden.« Egwene blinzelte verwirrt. Weder Siuan noch Leane hatten ihr auch nur ansatzweise hiervon berichtet. Glücklicherweise achteten die Sitzenden nicht genug auf sie, um es zu bemerken. Wie üblich.

Romanda stemmte die Fäuste in die Hüften und fuhr zu Lelaine herum. »Verzweifelte Zeiten erfordern verzweifelte Taten. Einige könnten vielleicht fragen, warum jemand seine Würde hintanstellt, um die Diener des Dunklen Königs zu entlarven.«

»Das klingt verdächtig nach einer Anschuldigung«, sagte Lelaine mit verengten Augen.

Jetzt lächelte Romanda, ein kaltes, schnippisches Lächeln. »Ich werde die erste sein, die sich meinen *Methoden* unterordnet, Lelaine, wenn Ihr die zweite seid.«

Lelaine grollte jetzt tatsächlich und trat einen halben Schritt auf die andere Frau zu, und Romanda neigte sich ihr mit vorgerecktem Kinn entgegen. Sie wirkten bereit, einander an den Haaren zu ziehen, sich im Staub zu wälzen und ihre Aes-Sedai-Würde aufzugeben. Varilin und Takima sahen einander an, als wären auch sie kampfbereit, ein langbeiniger Stelzvogel in erbittertem Kampf mit einem Zaunkönig. Sie alle schienen Egwene vollkommen vergessen zu haben.

Siuan kam herbei, einen breiten Strohhut auf dem Kopf, und führte eine dicke, mausgraue Stute mit zur Hälfte weißen Hinterbeinen mit sich. Als sie die von einem Schutz umgebene Versammlung sah, blieb sie jäh stehen. Einer der Stallknechte war bei ihr, ein schlaksiger Bursche in einer langen, abgenutzten Weste und einem geflickten Hemd, der die Zügel eines großen Rotgrauen führte. Er konnte den Lauschschutz nicht sehen, aber *Saidar* verbarg nicht die Gesichter. Seine Augen weiteten sich, und er leckte sich die Lippen. Vorübergehende machten einen weiten Bogen um das Zelt und gaben vor, nichts zu sehen – Aes Sedai, Behüter und Diener gleichermaßen. Nur Bryne runzelte die Stirn und betrachtete sie, als frage er sich, was seinen Ohren verborgen blieb. Myrelle band ihre Satteltaschen fest und wollte eindeutig gehen.

»Wenn Ihr beschlossen habt, was ich sagen sollte«, verkündete Egwene, »kann ich beschließen, was zu tun ist.« Sie hatten sie wirklich vergessen. Alle vier starrten sie erstaunt an, als sie zwischen Romanda und Lelaine hindurch und aus dem doppelten Lauschschutz hinaustrat. Sie spürte natürlich nichts, als sie das Gewebe streifte. Sie waren nicht dafür geschaffen, etwas so Massives wie einen menschlichen Körper aufzuhalten.

Als Egwene auf den Rotgrauen gestiegen war, atmete Myrelle tief ein und tat es ihr resigniert gleich. Der Schutz war verschwunden, obwohl die beiden Sitzenden noch immer von Schimmern umgeben waren und ein Bild der Enttäuschung boten, während sie dastanden und schauten. Egwene zog eilig den dünnen Leinenstaubmantel an, der vor dem Sattel des Wallachs befestigt war, und die Reithandschuhe, die in einer kleinen Tasche in dem Mantel steckten. Ein Hut mit breiter Krempe hing am Sattelknauf, passend zu ihrem Gewand tiefblau und mit an der Vorderseite festgesteckten weißen Federn, die nach Chesas Handschrift aussahen. Die Hitze konnte sie mißachten, aber das grelle Licht war eine andere Sache. Sie entfernte die festgesteckten Federn, stopfte sie in die Satteltaschen, setzte sich den Hut auf den Kopf und band die Bänder unter dem Kinn fest.

»Wollen wir aufbrechen, Mutter?« fragte Bryne. Er war bereits aufgestiegen, und der Helm, der an seinem Sattel gehangen hatte, verbarg jetzt sein Gesicht. Es wirkte bei ihm recht natürlich – als sei er für die Rüstung geboren.

Egwene nickte. Niemand versuchte, sie aufzuhalten. Lelaine würde sich natürlich nicht soweit erniedrigen, öffentlich *Halt* zu rufen, aber Romanda ... Egwene empfand Erleichterung, als sie davonritten, aber ihr Kopf schien zu platzen. Was sollte sie *tatsächlich* mit Delana tun? Was konnte sie tun?

Die Hauptstraße in diesem Gebiet – ein breiter Streifen derart festgetretener Erde, daß nichts Staub aufwirbeln konnte – verlief durch das Lager des Heeres und zwischen diesem und dem Lager der Aes Sedai.

Obwohl sich im Heerlager mindestens dreißig Mal so

viele Menschen befanden wie im Lager der Aes Sedai, schienen kaum mehr Zelte als bei den Schwestern errichtet worden zu sein. Die Diener verteilten sich alle über die Ebenen und die Hügel hinauf. Die meisten Soldaten schliefen im Freien. Man konnte sich kaum daran erinnern, wann der letzte Regen gefallen war, und es war nicht eine Wolke zu sehen. Seltsamerweise hielten sich dort mehr Frauen auf als im Lager der Schwestern, obwohl sie, unter so vielen Männern, zunächst weniger erschienen. Köche kümmerten sich um große Kessel, und Wäscherinnen nahmen große Berge schmutziger Kleidung in Angriff, während andere bei den Pferden oder den Wagen arbeiteten. Eine Anzahl Frauen schienen Ehefrauen zu sein. Zumindest saßen sie über Strickarbeiten oder besserten Kleider oder Hemden aus oder rührten in kleinen Kochtöpfen. Waffenschmiede hatten sich fast überall aufgestellt, wo Egwene hinsah. Ihre Hämmer ließen Stahl auf den Ambossen klingen, Pfeilmacher fügten Pfeilbündeln zu ihren Füßen weitere Pfeile hinzu, und Hufschmiede überprüften die Pferde. Wagen aller Arten und Größen standen überall herum, Hunderte, vielleicht Tausende. Das Heer schien jedermann aufzulesen, der ihnen unterwegs begegnete. Die meisten der Furiere waren bereits draußen, um Verpflegung zu besorgen, aber einige hochrädrige Karren und schwerfällige Wagen rollten auf der Suche nach Bauernhöfen und Dörfern auch jetzt noch aus dem Lager. Hier und da jubelten ihnen Soldaten zu, wenn sie vorüberzogen. »Lord Bryne!« und »Der Bulle! Der Bulle!« Das war sein Siegel. Nichts über die Aes Sedai oder den Amyrlin-Sitz.

Egwene drehte sich im Sattel, um sich zu vergewissern, daß Myrelle noch immer dichtauf folgte. Das tat sie, ließ ihr Pferd selbständig folgen, mit entrückter, etwas überdrüssiger Miene. Siuan hatte eine Position in der Nachhut eingenommen. Aber vielleicht hatte sie auch einfach nur Angst, ihr Pferd vorwärts zu drängen.

Gewiß war es lammfromm, aber Siuan würde wahrscheinlich sogar ein Pony wie ein Schlachtroß behandeln.

Egwene war über ihr eigenes Pferd ein wenig verärgert. Sein Name war Daishar, was in der Alten Sprache Ruhm bedeutete. Sie hätte viel lieber Bela geritten, eine zottige kleine Stute, die nicht wesentlich schlanker als Siuans Pferd war und die sie geritten hatte, als sie die Zwei Flüsse verlassen hatte. Sie dachte manchmal, sie müßte wie eine Puppe wirken, die auf einem Wallach saß, der für ein Schlachtroß gehalten werden könnte, aber die Amyrlin mußte ein angemessenes Pferd reiten, keine zottigen Zugpferde. Obwohl sie selbst diese Regel geschaffen hatte, fühlte sie sich eingeschränkt wie eine Novizin.

Sie wandte sich im Sattel um. »Erwartet Ihr voraus irgendwelchen Widerstand, Lord Bryne?«

Er sah sie von der Seite an. Sie hatte dieselbe Frage schon einmal gestellt, bevor sie Salidar verlassen hatten, und zwei weitere Male, während sie Altara durchquerten. Nicht häufig genug, um Mißtrauen zu erregen, dachte sie.

»Murandy ist wie Altara, Mutter. Nachbarn sind zu sehr damit beschäftigt, gegeneinander zu intrigieren oder sich direkt zu bekämpfen, um sich für etwas anderes als einen bevorstehenden Krieg zu verbünden, und selbst dann wahrscheinlich nur halbherzig.« Sein Tonfall klang sehr trocken. Er war Befehlshaber der Königlichen Garde von Andor gewesen und hatte entlang den Grenzen jahrelang Scharmützel gegen die Murandianer bestritten. »Ich fürchte, in Andor wird es anders sein. Darauf freue ich mich nicht.« Er änderte die Richtung und ritt einen leichten Hang hinauf, um drei Wagen auszuweichen, die vor ihnen über die Felsen rumpelten.

Egwene behielt nur mühsam einen unbeteiligten Gesichtsausdruck bei. Andor. Zuvor hatte er es gerade abgestritten. Sie waren am Fuß der Cumbar-Berge, ein Stück südlich Lugards, der Hauptstadt von Murandy. Selbst wenn sie zügig vorankamen, lag die Grenze zu Andor noch mindestens zehn Tage voraus.

»Und wenn wir Tar Valon erreichen, Lord Bryne – wie wollt Ihr die Stadt dann einnehmen?«

»Das hat mich noch niemand gefragt, Mutter.« Zuvor hatte sie nur *geglaubt*, seine Stimme klinge trocken – jetzt klang sie *wirklich* trocken. »Wenn wir Tar Valon, wenn das Licht es will, erreichen, werde ich zwei bis drei Mal mehr Männer zur Verfügung haben als jetzt.« Egwene zuckte bei dem Gedanken daran zusammen, so viele Soldaten bezahlen zu müssen. Er schien es nicht zu bemerken. »Zunächst werde ich die Stadt belagern. Der schwerste Teil wird sein, Schiffe zu bekommen und sie zu versenken, um den Nordhafen und den Südhafen zu blockieren. Die Häfen sind ebensolche Schlüsselpositionen wie die Stadtbrücken, Mutter. Tar Valon ist größer als Cairhien und Caemlyn zusammen. Wenn erst keine Lebensmittel mehr hineingelangen...« Er zuckte die Achseln. »Der größte Teil der Soldaten wartet ab, wenn sie nicht voranmarschieren.«

»Und wenn Ihr nicht so viele Soldaten zur Verfügung habt?« Sie hatte niemals daran gedacht, daß so viele Menschen, Frauen und Kinder, hungern müßten. Sie hatte niemals wirklich geglaubt, daß jemand anderer außer den Aes Sedai und den Soldaten in diese Angelegenheit verwickelt werden könnte. Wie hatte sie so töricht sein können? Sie hatte die Kriegsfolgen in Cairhien gesehen. Bryne schien es so leicht zu nehmen. Andererseits war er Soldat. Entbehrung und Tod mußten für Soldaten alltäglich sein. »Was geschieht, wenn Ihr nur ... sagen wir ... so viele Männer wie jetzt habt?«

»Eine Belagerung?« Anscheinend war schließlich etwas von ihrer Unterhaltung in Myrelles wie auch immer geartete Gedanken vorgedrungen. Sie trieb den

Fuchs vorwärts, so daß mehrere Männer beiseite springen mußten, von denen einige hinfielen. Nur wenige öffneten verärgert den Mund, sahen dann ihre alterslosen Züge und schlossen ihn finster dreinblickend wieder. Sie hätten von ihr aus genausogut gar nicht da sein können. »Artur Falkenflügel hat Tar Valon zwanzig Jahre lang belagert und ist gescheitert.« Sie erkannte plötzlich, daß sie belauscht werden konnten, und senkte die Stimme, aber sie klang noch immer bissig. »Erwartet Ihr von uns, daß wir zwanzig Jahre lang abwarten?«

Ihr Unmut beeindruckte Bryne nicht. »Würdet Ihr einen unmittelbaren Angriff vorziehen, Myrelle Sedai?« Er hätte genausogut fragen können, ob sie ihren Tee süß oder herb wollte. »Mehrere von Falkenflügels Heerführern haben es versucht, und ihre Männer wurden abgeschlachtet. Keinem Heer ist es jemals gelungen, die Mauern Tar Valons niederzureißen.«

Egwene wußte, daß dies nicht ganz der Wahrheit entsprach. In den Trolloc-Kriegen hatte ein von Schattenlords angeführtes Heer von Trollocs tatsächlich einen Teil der Weißen Burg selbst geplündert und niedergebrannt. Am Ende des Krieges des Zweiten Drachen hatte ein Heer, das Guaire Amalasan zu retten versuchte, bevor er gedämpft wurde, die Burg ebenfalls erreicht. Myrelle konnte dies jedoch nicht wissen, und Bryne noch weniger. Der Zugriff zu jenen geheimen, tief in der Burgbibliothek verborgenen Geschichten wurde durch ein Gesetz geregelt, das selbst geheim war, und es galt als Verrat, die Existenz entweder der Aufzeichnungen oder des Gesetzes preiszugeben. Siuan sagte, man fände, wenn man zwischen den Zeilen lese, Hinweise auf Dinge, die nicht einmal dort festgehalten waren. Aes Sedai waren gut darin, die Wahrheit zu verbergen – sogar vor ihnen selbst –, wenn sie es für notwendig erachteten.

»Mit hunderttausend Mann, oder wie viele auch immer ich im Moment zur Verfügung habe, werde ich der erste sein«, fuhr Bryne fort. »Sofern ich die Häfen blockieren kann. Falkenflügels Befehlshabern ist dies niemals gelungen. Die Aes Sedai hoben stets rechtzeitig die Eisenketten an, welche die Einfahrt der Schiffe in die Hafenmündung verhinderten, und versenkten sie, bevor sie auf eine Position gebracht werden konnten, in der sie jeglichen Handel verhindert hätten. Nahrungsmittel und Vorräte gelangten weiterhin in die Stadt. Es wird schließlich zu Eurem Angriff kommen, aber erst, wenn die Stadt geschwächt ist, wenn es auf meine Art geschieht.« Seine Stimme klang noch immer ... ungerührt. Ein Mann, der über einen Ausflug sprach. Er blickte zu Myrelle, und obwohl sich sein Tonfall nicht veränderte, war seine Anspannung hinter der Schutzmaske an seinen Augen erkennbar. »Und Ihr habt alle zugestimmt, daß es auf meine Art geschehen soll, wenn das Heer einbegriffen wäre. Ich will keine Menschenleben opfern.«

Myrelle öffnete den Mund und schloß ihn dann langsam wieder. Sie wollte eindeutig etwas sagen, wußte aber nicht was. Sie hatten *tatsächlich* ihr Wort gegeben, sie und Sheriam und jene, die alles geregelt hatten, als er in Salidar auftauchte, so sehr es sie jetzt auch ärgerte. So sehr die Sitzenden es auch zu umgehen versucht hatten. *Sie* hatten ihr Wort nicht gegeben. Bryne handelte jedoch, als hätten sie es getan, und war bisher damit durchgekommen. Bisher.

Egwene fühlte sich schlecht. Sie *hatte* den Krieg gesehen. Bilder flammten in ihrem Geist auf, von kämpfenden Männern, die sich mordend ihren Weg durch Tar Valon bahnten, sterbende Männer. Ihr Blick fiel auf einen Burschen mit kantigem Kinn, der sich auf die Zunge biß, während er eine Pfeilspitze schärfte. Würde er in jenen Straßen sterben? Und der grauhaarige, bereits kahl werdende Mann, der seine Finger so vorsichtig jeden Pfeil hinabgleiten ließ, bevor er den Pfeilschaft in den Köcher steckte? Und dieser Bursche, der in seinen hohen Reitstiefeln einherstolzierte. Er wirkte noch zu jung, sich zu rasieren. Licht, so viele waren noch Jungen. Wie viele würden sterben? Für den Amyrlin-Sitz. Für die Gerechtigkeit, für das Recht, für die Welt, aber im Herzen für sie. Siuan hob die Hand, vollendete die Geste aber nicht. Selbst wenn sie ausreichend nahe gewesen wäre, hätte sie dem Amyrlin-Sitz dort, wo jedermann es sehen konnte, nicht auf die Schulter klopfen dürfen.

Egwene richtete sich auf. »Lord Bryne«, sagte sie mit angespannter Stimme, »was wollt Ihr mir verdeutlichen?« Sie glaubte zu bemerken, daß er Myrelle einen Seitenblick zuwarf, bevor er antwortete.

»Ihr solltet es besser selbst erkennen, Mutter.«

Egwene dachte, ihr Kopf würde bersten. Wenn Siuans Hinweise überhaupt etwas bedeuteten, würde sie Myrelle die Haut über die Ohren ziehen. Wenn dem nicht so war, würde sie vielleicht Siuan die Haut abziehen. Und sie könnte, der Ausgewogenheit halber, auch Gareth Bryne mit einbeziehen.

KAPITEL 3

Ein siegreicher Vormittag

Die gewundenen Hügel und Bergketten, die das Lager umgaben, zeigten alle Anzeichen von Trockenheit und für diese Jahreszeit ungewöhnlicher Hitze – tatsächlich unerträglicher Hitze. Selbst der schwerfälligste Küchenjunge, der Töpfe schrubbte, bemerkte die Berührung der Welt durch den Dunklen König. Der eigentliche Wald lag westlich hinter ihnen, aber verkrümmte Eichen wuchsen auch auf den felsigen Hängen, sowie Tupelobäume und ungewohnt geformte Kiefern und Bäume, deren Namen Egwene nicht kannte, braun und gelb und mit kahlen Zweigen. Es war keine Winterkahlheit oder Winterbraun. Sie dürsteten nach Feuchtigkeit und Kühle. Sie würden absterben, wenn sich das Wetter nicht bald änderte. Hinter den letzten Soldaten verlief ein Fluß von Süden nach Westen, der Reisendrelle, zwanzig Fuß breit und auf beiden Seiten von festgetretenem, mit Steinen durchsetzten Schlamm begrenzt. Zu anderen Zeiten hätten in Strudeln umherwirbelnde Steine die Überquerung gefährlich gemacht, aber heute war das Wasser nur wenige Handbreit tief. Egwene spürte, daß ihre eigenen Sorgen an Bedeutung verloren. Sie sprach, trotz ihrer Kopfschmerzen, ein kleines Gebet für Nynaeve und Elayne. Ihre Suche war genauso wichtig wie all ihr eigenes Handeln, wenn nicht wichtiger. Die Welt würde überleben, wenn sie versagte, aber die beiden mußten Erfolg haben.

Sie ritten in leichtem Galopp südwärts und zügelten ihre Pferde, wenn die Hänge zu steil wurden oder die

Tiere durch Bäume und kärgliches Gestrüpp klettern mußten, aber sie hielten sich insgesamt soweit wie möglich ans Tiefland und kamen gut voran. Brynes Wallach, der trittsicher und kräftig war, schien es nichts auszumachen, wohin sich der Boden neigte oder ob er uneben war, und Daishar hielt leicht Schritt. Siuans molliges Tier hatte manchmal zu kämpfen, obwohl sich vielleicht nur die Angst seiner Reiterin auf es übertrug. Auch nicht die größtmögliche Übung hätte aus Siuan etwas anderes als eine schreckliche Reiterin gemacht, die fast die Arme um den Hals der Stute schlang, wenn es bergauf ging, und fast aus dem Sattel fiel, wenn es bergab ging, unbeholfen wie eine Ente auf dem Land und mit fast genauso erschreckten Augen wie ihr Pferd. Sogar Myrelle gewann ihren Humor ein Stück weit zurück, als sie Siuan beobachtete. Ihr weißfüßiger Mausgrauer suchte sich seinen Weg sehr genau, und Myrelle ritt mit einer Sicherheit, daß sogar Bryne schwerfällig wirkte.

Bevor sie noch sehr weit gekommen waren, erschienen Reiter auf einem Hügelkamm im Westen, vielleicht einhundert Mann in Kolonne, auf deren Brustharnischen, Helmen und Speerspitzen die Sonne glitzerte. Ihnen voraus wehte eine weiße Fahne, die Egwene nicht erkennen konnte, aber sie wußte, daß sie die Rote Hand trug. Sie hatte nicht erwartet, sie so nahe am Lager der Aes Sedai zu sehen.

»Drachenverschworene Tiere«, murrte Myrelle. Ihre behandschuhten Hände schlossen sich fester um die Zügel – vor Zorn, nicht vor Angst.

»Die Bande der Roten Hand schickt Patrouillen aus«, erklärte Bryne in aller Ruhe und fügte dann mit einem Blick auf Egwene hinzu: »Lord Talmanes schien sich um Euch zu sorgen, Mutter, als ich zuletzt mit ihm sprach.« Er betonte dies nicht mehr als seine sonstigen Worte.

»Ihr habt mit ihm *gesprochen?*« Myrelles Heiterkeit schwand vollkommen. Den Zorn, den sie in Egwenes

Gegenwart im Zaum gehalten hatte, konnte sie unbeschadet an ihm auslassen. »Das kommt Verrat sehr nahe, Lord Bryne. Es könnte sogar Verrat *sein*!« Siuan richtete ihre Aufmerksamkeit sowohl auf ihr Pferd als auch auf die Männer auf dem Hügel, und sie sah Myrelle nicht an, aber sie versteifte sich. Niemand hatte die Bande zuvor mit Verrat in Verbindung gebracht.

Sie umrundeten eine Biegung im Tal unter dem Hügel. Ein Bauernhof klebte an einem Hang – oder zumindest die Überreste davon. Eine Wand des kleinen Steingebäudes war eingestürzt, und einige wenige verkohlte Holzpfosten ragten wie schmutzige Finger neben dem rußbedeckten Schornstein auf. Die Scheune, der das Dach fehlte, war ein geschwärzter, ausgehöhlter Steinkasten, und verstreute Asche bezeichnete, wo einst vielleicht Schuppen gestanden hatten. Ähnliches hatten sie in ganz Altara gesehen, manchmal ganze verbrannte Dörfer, in denen die Toten auf den Straßen lagen, Nahrung für Krähen und Füchse und wilde Hunde, die flohen, wenn Menschen herankamen. Geschichten über Chaos und Mord in Tarabon und Arad Doman waren plötzlich Wirklichkeit geworden. Viele Menschen nutzten jede Entschuldigung, um zu Banditen zu werden oder alte Mißstimmigkeiten zu regeln – Egwene hoffte inbrünstig, daß es so war –, aber der Name auf den Lippen jedes Überlebenden lautete ›Drachenverschworener‹, und die Schwestern machten Rand genauso dafür verantwortlich, als hätte er die Fackeln selbst getragen. Sie würden ihn dennoch weiterhin benutzen, wenn sie es noch könnten, ihn kontrollieren, wenn sie eine Möglichkeit hätten. Sie war nicht die einzige Aes Sedai, die daran glaubte zu tun, was sie tun mußte.

Myrelles Zorn beeindruckte Byrne genauso wenig, wie Regen einen Felsblock beeindruckte. Egwene sah plötzlich ein Bild von um seinen Kopf tobenden Stürmen und um seine Knie wirbelnden Fluten, während er unbekümmert weiterritt. »Myrelle Sedai«, sagte er mit der Gelassenheit, die eigentlich sie hätte zeigen sollen, »wenn zehntausend oder mehr Männer mich verfolgen, möchte ich wissen, was sie beabsichtigen. Besonders bei diesen Zehntausend oder mehr.«

Das war ein gefährliches Thema. So froh Egwene auch darüber war, daß das Thema von Talmanes' Sorge um sie überstanden war, hätte sie verärgert darüber sein sollen, daß er es überhaupt erwähnt hatte, aber jetzt war sie so erschrocken, daß sie sich jäh im Sattel aufrichtete. »Zehntausend? Seid Ihr sicher?« Die Bande hatte kaum mehr als die Hälfte Männer umfaßt, als Mat sie auf der Jagd nach Elayne und ihr nach Salidar gebracht hatte.

Bryne zuckte nur die Achseln. »Ich hebe unterwegs Rekruten aus und er ebenfalls. Nicht so viele, aber manche Männer haben eine bestimmte Vorstellung vom Dienst für die Aes Sedai.« Die Mehrzahl der Leute hätte sich entschieden unbehaglich gefühlt, dies drei Schwestern gegenüber zu erwähnen, aber er sagte es sogar mit einem schiefen Lächeln. »Außerdem scheint es, daß sich die Bande bei den Kämpfen in Cairhien einen gewissen Ruf erworben hat. Es heißt, *Shen an Calhar* verlöre niemals, ungeachtet der Umstände.« Genau das trieb Männer, hier ebenso wie in Altara, dazu, sich ihnen anzuschließen: der Gedanke, daß zwei Heere einen Kampf bedeuten müßten. Der Versuch, sich herauszuhalten, könnte genauso verhängnisvoll enden, wie die falsche Seite zu erwählen. »Ich habe einige Fahnenflüchtige von Talmanes' Neulingen in meinen Reihen gehabt. Einige scheinen zu glauben, das Glück der Bande sei eng mit Mat Cauthon verbunden und könne nicht ohne ihn bestehen.«

Myrelle verzog beinahe spöttisch die Lippen. »Diese törichten Ängste der Murandianer sind gewiß nützlich, aber ich hätte nicht gedacht, daß Ihr ebenfalls ein Narr seid. Talmanes folgt uns, weil er befürchtet, wir könnten uns gegen seinen wertvollen Lord Drache wenden, aber wenn er wirklich anzugreifen beabsichtigte – glaubt Ihr nicht, daß er es dann bereits getan hätte? Um diese Drachenverschworenen können wir uns kümmern, wenn wichtigere Angelegenheiten geregelt sind. Aber mit ihm zu sprechen ...!« Sie erschauderte, gewann aber ihre Gelassenheit zurück – zumindest nach außen hin.

Egwene achtete nicht auf Myrelles Worte. Bryne hatte sie angesehen, als er Mat erwähnte. Die Schwestern glaubten, die Situation bei der Bande und Mat zu kennen und dachten nicht weiter darüber nach, aber Bryne tat dies offensichtlich doch. Sie neigte den Kopf so weit, daß die Krempe ihres Huts ihr Gesicht verbarg, und betrachtete ihn aus den Augenwinkeln. Er war durch einen Eid daran gebunden, das Heer zu bilden und anzuführen, bis Elaida gestürzt war, aber warum hatte er die Eide geleistet? Er hätte sicherlich einen weniger gewichtigen Eid leisten können, der auch zweifellos von den Schwestern anerkannt worden wäre, die all jene Soldaten nur als Narrenmaske benutzen wollten, um Elaida zu erschrecken. Ihn auf ihrer Seite zu wissen, war tröstlich. Selbst die anderen Aes Sedai schienen so zu empfinden. Wie ihr Vater war auch er ein Mensch, der einem in jeder Situation alle Furcht nahm. Ihn gegen sich zu haben, erkannte sie plötzlich, könnte genauso schlimm sein, wie den Saal gegen sich zu haben. Die einzige Anerkennung, die Siuan ihm jemals gezollt hatte, war ihre Bemerkung, daß er ungeheuerlich sei, obwohl sie diese Bemerkung dann sofort wieder abschwächte. Jeder Mann, den Siuan Sanche für ungeheuerlich erachtete, war bemerkenswert.

Sie durchquerten einen schmalen Fluß, eher ein Flüßchen, das kaum die Pferdehufe benetzte. Eine angeschlagene Krähe, die sich an einem in zu flachem Wasser gestrandeten Fisch nährte, schlug hilflos mit ihren zerfetzten Flügeln und fraß dann weiter.

Siuan beobachtete auch Bryne – ihre Stute lief viel leichter, wenn sie nicht an den Zügeln zerrte oder die Fersen im falschen Moment in ihre Flanken schlug. Egwene hatte sie nach Lord Brynes Beweggründen befragt, aber Siuans eigene verworrene Verbindung zu dem Mann erlaubte kaum mehr als Bissigkeit, wenn es um ihn ging. Entweder haßte sie Gareth Bryne abgrundtief, oder sie liebte ihn, und sich Siuan verliebt vorzustellen, war, als stelle man sich diese Krähe schwimmend vor.

Auf dem Hügelkamm waren jetzt keine Soldaten der Bande mehr auszumachen, sondern nur noch abgestorbene Nadelbäume. Egwene hatte nicht bemerkt, daß die Männer verschwunden waren. Mat hatte einen Ruf als *Soldat?* Schwimmende Krähen kamen nicht nahe. Sie hatte geglaubt, er befehlige die Männer nur Rand zuliebe, und das war ausreichend schwer zu schlucken gewesen. *Es ist gefährlich zu glauben, weil man zu wissen meint,* erinnerte sie sich, während sie Bryne betrachtete.

»... sollte ausgepeitscht werden!« Myrelles Stimme klang noch immer zornig. »Ich warne Euch. Wenn ich erfahre, daß Ihr Euch wieder mit diesem Drachenverschworenen getroffen habt ...!«

Die Drohung prallte anscheinend wirkungslos an Bryne ab. Er ritt unbeeindruckt weiter, murmelte nur gelegentlich: »Ja, Myrelle Sedai« oder »Nein, Myrelle Sedai«, ohne Anzeichen von Sorge zu zeigen und ohne seine aufmerksame Beobachtung der Umgebung zu unterbrechen. *Er* hatte die Soldaten zweifellos davonreiten sehen. Wie auch immer er seine Geduld aufbot – und Egwene wußte innerlich, daß Angst nichts damit zu tun hatte –, war sie nicht in der Stimmung, dem zuzuhören.

»Seid still, Myrelle! Niemand wird Lord Bryne etwas anhaben.« Sie rieb sich die Schläfen und erwog, eine der Schwestern im Lager um Heilung zu bitten. Weder Siuan noch Myrelle besaßen ausreichende Fähigkeiten. Nicht daß das Heilen etwas nützen würde, wenn es nur am Schlafmangel und den Sorgen lag. Nicht daß sie Gerüchte hören wollte, die Anstrengung sei zuviel für sie. Außerdem gab es andere Möglichkeiten, mit Kopfschmerzen umzugehen, als das Heilen, wenn auch nicht hier.

Myrelle preßte kurz die Lippen zusammen. Dann wandte sie den Kopf ruckartig und mit geröteten Wangen ab, und Bryne schien plötzlich in die Betrachtung eines Falken mit roten Schwingen vertieft, der zu ihrer Linken abdrehte. Auch ein tapferer Mann konnte Taktlosigkeit erkennen. Der Falke legte die Flügel an und schoß mit sich aufplusternden Federn auf eine unsichtbare Beute hinter einem Hain Lederblattbäume herab. Egwene fühlte sich auch so – als stoße sie in der Hoffnung, das Richtige erwählt zu haben, auf unsichtbare Ziele herab, und auch in der Hoffnung, daß es hier überhaupt ein Ziel gab.

Sie atmete tief ein und wünschte, sie wäre ruhiger. »Richtig, Lord Bryne, es ist wohl das beste, wenn Ihr Talmanes nicht wieder trefft. Ihr wißt sicherlich inzwischen so viel über seine Absichten wie nötig.« Das Licht gebe, daß Talmanes nicht bereits zu viel verraten hatte. Schade, daß sie Siuan oder Leane nicht auftragen konnte, ihn zur Vorsicht zu ermahnen, wenn er diese Warnung überhaupt annähme, aber wenn man die Stimmung unter den Schwestern bedachte, könnte sie es genauso gut riskieren, Rand aufzusuchen.

Bryne verbeugte sich im Sattel. »Wie Ihr befehlt, Mutter.« Er klang nicht spöttisch – das tat er niemals. Er hatte in Gegenwart der Aes Sedai offensichtlich gelernt, seine Stimme zu zähmen. Siuan zögerte und sah ihn stirnrunzelnd an. Vielleicht konnte sie herausfinden, wem seine Loyalität galt. Trotz all ihrer Feindseligkeit verbrachte sie viel Zeit in seiner Gesellschaft, weitaus mehr, als eigentlich nötig war.

Egwene umfaßte bewußt Daishars Zügel fester, um

sich nicht an die Schläfen zu greifen. »Wie weit noch, Lord Bryne?« Es war mühsam, sich die Ungeduld nicht anmerken zu lassen.

»Es ist nicht mehr sehr weit, Mutter.« Aus einem unbestimmten Grund wandte er halbwegs den Kopf, um Myrelle anzusehen. »Es ist jetzt nicht mehr weit.«

Zunehmend sprenkelten Bauernhöfe die Landschaft, sowohl an den Hängen als auch in den Ebenen, obwohl die Emondsfelderin in Egwene ihr sagte, daß dies keinen Sinn ergab – niedrige graue Steingebäude und Scheunen und nicht eingezäunte Weiden mit nur wenigen mageren Kühen und traurig wirkenden Schafen mit schwarzen Schwänzen. Nicht alle waren verbrannt, nur hier und da. Die Brandstiftungen sollten den anderen vermutlich zeigen, was geschehen würde, wenn sie nicht für den Wiedergeborenen Drachen waren.

Auf einem der Gehöfte sah sie einige von Lord Brynes Furieren mit einem Wagen. Daß sie zu ihm gehörten, war genauso durch den Umstand, daß er sie beobachtete und dann nickte, wie auch durch das Fehlen einer weißen Flagge offensichtlich. Die Bande zeigte sich stets stolz. Zusätzlich zu den Bannern waren in letzter Zeit auch einige dazu übergegangen, sich ein rotes Tuch um den Arm zu binden. Ein halbes Dutzend Vieh und vielleicht zwei Dutzend Schafe muhten und blökten unter der Bewachung von Reitern, und andere Männer schleppten an einem mit eingesunkenen Schultern dastehenden Bauern und seiner Familie vorbei Säcke aus der Scheune zum Wagen. Eines der kleinen Mädchen, das wie die anderen eine Haube trug, preßte ihr Gesicht an die Röcke ihrer Mutter und weinte offenbar. Einige der Jungen hatten die Fäuste geballt, als wollten sie kämpfen. Der Bauer würde eine Entschädigung erhalten, aber wenn er wirklich nicht erübrigen konnte, was ihm genommen wurde, wenn er fast zwanzig Männern in Brustharnischen und Helmen widerstehen wollte, hätten jene verbrannten Höfe ihn doch daran gehindert. Brynes Soldaten fanden recht häufig verkohlte Leichen in den Ruinen, Männer und Frauen und Kinder, die bei dem Versuch hinauszugelangen gestorben waren. Einige der Türen und Fenster waren von außen verriegelt worden.

Egwene fragte sich, ob man den Bauern und Dorfbewohnern irgendwie verständlich machen könnte, daß zwischen den Straßenräubern und dem Heer ein Unterschied bestand. Sie wollte sie so gern davon überzeugen, aber sie wußte nicht wie, wenn sie ihre Soldaten nicht hungern lassen wollte, bis sie desertierten. Wenn die Schwestern schon keinen Unterschied zwischen den Straßenräubern und der Bande erkennen konnten, schien bei der Landbevölkerung erst recht keine Hoffnung darauf zu bestehen. Als das Gehöft hinter ihnen verschwand, widerstand sie dem Drang, sich im Sattel umzudrehen und zurückzuschauen. Sich umzusehen würde nichts ändern.

Lord Bryne hielt Wort. Ungefähr drei oder vier Meilen vor dem Lager – drei oder vier Meilen Luftlinie, aber doppelt soviel über Land – umrundeten sie eine mit Gestrüpp und Bäumen bewachsene Bergflanke, und er verhielt sein Pferd. Die Sonne war fast auf halbem Weg zu ihrem höchsten Stand. Eine weitere Straße verlief unter ihnen, schmaler und weitaus gewundener als diejenige, die durch das Lager führte. »Sie glaubten, sicher an den Straßenräubern vorbei zu gelangen, wenn sie bei Nacht ritten«, sagte er. »Es war anscheinend keine schlechte Idee, denn sonst müßten sie einfach das Glück des Dunklen Königs selbst gehabt haben. Sie kamen aus Caemlyn.«

Ein Händlerzug von etwa fünfzig Wagen hinter Gespannen von ungefähr zehn Pferden erstreckte sich die Straße entlang und hielt unter der Aufsicht weiterer Soldaten Brynes an. Einige der Soldaten waren zu Fuß und überwachten die Übergabe von Fässern und

Säcken von den Händlerwagen an ein halbes Dutzend ihrer eigenen Leute. Eine Frau in einem einfachen dunklen Gewand winkte mit den Armen und deutete energisch auf den einen oder anderen Gegenstand, entweder protestierend oder weil sie verhandelte, aber ihre Leute standen nur bedrückt und schweigend zusammen. Ein kleines Stück weiter die Straße hinauf zierten schreckliche Früchte die ausladenden Zweige einer Eiche – Männer, die gehängt worden waren. Es saßen so viele Krähen in dem Baum, daß er fast schwarz belaubt wirkte. Diese Vögel nährten sich von mehr als nur von Fisch. Selbst auf die Entfernung war der Anblick für Egwenes Magen belastend.

»Wolltet Ihr mir das zeigen? Die Händler oder die Banditen?« Sie konnte an den Gehängten keine Kleidung erkennen, und wenn Straßenräuber Menschen hängten, gehörten dazu auch Frauen und Kinder. Jedermann hätte die Leichen hierherbringen können, Brynes Soldaten, die Bande – daß die Bande alle sogenannten Drachenverschworenen aufknüpfte, die sie erwischte, machte für die Schwestern kaum einen Unterschied – oder sogar ein ortsansässiger Lord oder eine Lady. Hätten die murandianischen Adligen zusammengewirkt, würden inzwischen vielleicht alle Straßenräuber an Bäumen hängen, aber das war, als würde man Katzen zum Tanz auffordern. Warte. Er hatte Caemlyn gesagt. »Hat es etwas mit Rand zu tun? Oder mit den Asha'man?«

Dieses Mal schaute er ganz offen von ihr zu Myrelle und dann wieder zu ihr. Myrelles Hut beschattete ihr Gesicht. Sie schien in Düsternis versunken, war in ihrem Sattel zusammengesackt und ähnelte nicht im geringsten der zuversichtlichen Reiterin von vorher. Anscheinend gelangte er zu einer Entscheidung. »Ich dachte, Ihr solltet es vor allen anderen erfahren, aber vielleicht habe ich mißverstanden ...« Er sah Myrelle erneut an.

»Was erfahren, Ihr Lumpfisch mit den behaarten

Ohren?« grollte Siuan und trieb ihre dicke Stute mit den Fersen näher an ihn heran.

Egwene wollte sie beschwichtigen. »Myrelle kann alles hören, was Ihr mir zu sagen habt, Lord Bryne. Ich vertraue ihr vollkommen.« Die Grüne Schwester wandte ruckartig den Kopf. Ihrem betroffenen Blick nach zu urteilen, hätte jedermann bezweifelt, daß sie Egwene richtig verstanden hatten, aber Bryne nickte kurz darauf.

»Ich sehe, daß sich die Dinge ... geändert haben. Ja, Mutter.« Er nahm seinen Helm ab und setzte ihn auf den Knauf seines Sattels. Er schien noch immer zu zögern und wählte seine Worte sorgfältig. »Händler tragen Gerüchte heran wie Hunde Flöhe. Ich will natürlich nicht behaupten, daß irgend etwas davon stimmt, aber ...« Es war merkwürdig, ihn so zögerlich zu erleben. »Mutter, eine Geschichte, die sie unterwegs aufgeschnappt haben, besagt, daß Rand al'Thor zur Weißen Burg gegangen sei und Elaida die Treue geschworen habe.«

Myrelle und Siuan waren sich einen Moment sehr ähnlich, als alle Farbe aus ihren Gesichtern wich, während sie sich die Katastrophe vorstellten. Myrelle schwankte wahrhaftig im Sattel. Egwene starrte Bryne einen Moment nur an. Dann erschreckte sie sich und die anderen, indem sie in Lachen ausbrach. Dashar tänzelte überrascht, und ihn auf dem felsigen Hang beruhigen zu müssen, beruhigte auch ihre Nerven. »Lord Bryne«, sagte sie und tätschelte dem Wallach den Hals, »dem ist nicht so, glaubt mir. Ich weiß es zuverlässig, seit letzter Nacht.«

Siuan stieß sofort einen tiefen Seufzer aus, und Myrelle tat es ihr nur einen Herzschlag später gleich. Egwene hatte das Gefühl, erneut lachen zu müssen – über ihren Gesichtsausdruck. Sie waren so unglaublich erleichtert wie Kinder, denen man gesagt hatte, daß der Schattenmann nicht unter dem Bett war.

»Das ist erfreulich zu hören«, sagte Bryne tonlos, »aber selbst wenn ich jeden Mann dort unten fortschicke, wird die Geschichte meinen Leuten dennoch zu Ohren kommen. Sie wird sich wie ein Lauffeuer im Heer verbreiten.« Das nahm ihr jede Heiterkeit, denn das allein konnte schon eine Katastrophe sein.

»Ich werde die Schwestern anweisen, Euren Soldaten morgen die Wahrheit zu verkünden. Werden sechs energische Aes Sedai genügen? Myrelle und Sheriam, Carlinya und Beonin, Anaiya und Morvrin.« Die Schwestern würden den Weisen Frauen nicht gern begegnen, aber sie würden es ihr auch nicht verweigern können. Sie würden es gar nicht wollen, um die Verbreitung dieser Geschichte zu verhindern. Sie sollten es zumindest nicht wollen. Myrelle zuckte kaum wahrnehmbar zusammen und verzog dann den Mund.

Bryne stützte sich mit einem Ellenbogen auf seinen Helm und betrachtete Egwene und Myrelle. Siuan sah er nicht einmal flüchtig an. Sein Kastanienbrauner stampfte mit dem Huf auf den Fels, und eine Schar Möwen ähnlicher Vögel erhoben sich mit ausgebreiteten Flügeln aus nur wenige Schritt entfernten Büschen schwirrend in die Luft und ließen Daishar und Myrelles Pferd scheuen. Brynes Pferd rührte sich nicht. Er hatte zweifellos von den Wegetoren gehört, obwohl er sicherlich nicht wußte, was genau sie waren – Aes Sedai bewahrten ihre Geheimnisse gewohnheitsgemäß und hegten einige Hoffnung, dieses vor Elaida geheimhalten zu können –, und er wußte sicherlich überhaupt nichts über *Tel'aran'rhiod* – dieses lebenswichtige Geheimnis war leichter zu hüten, ohne sichtbare Anzeichen –, und doch fragte er nicht wie. Vielleicht war er inzwischen an die Aes Sedai und ihre Geheimnisse gewöhnt.

»So lange sie es geradeheraus sagen«, erwiderte er schließlich. »Wenn sie auch nur im geringsten ausweichen ...« Sein Blick sollte nicht einschüchtern, nur verdeutlichen, und er schien durch das zufriedengestellt, was er auf ihrem Gesicht las. »Ihr kommt anscheinend gut zurecht, Mutter. Ich wünsche Euch weiterhin steten Erfolg. Setzt für heute nachmittag einen Zeitpunkt fest, und ich werde kommen. Wir sollten regelmäßig miteinander sprechen. Ich werde kommen, wann immer Ihr nach mir schickt. Wir sollten genaue Pläne ausarbeiten, wie wir Euch auf den Amyrlin-Sitz bringen können, wenn wir Tar Valon erreichen.«

Er sprach vorsichtig – er war sich höchstwahrscheinlich noch immer nicht vollkommen im klaren, was vor sich ging oder wie weit er Myrelle trauen konnte – und es dauerte einen Moment, bis sie erkannte, was er getan hatte. Dann hielt sie den Atem an. Vielleicht gewöhnte sie sich zu sehr an die Art der Aes Sedai, in Rätseln zu sprechen, aber ... Bryne hatte gerade gesagt, das Heer gehöre ihr. Sie war sich dessen sicher. Nicht dem Saal, und nicht Sheriam – ihr.

»Danke, Lord Bryne.« Das schien wenig genug, besonders, als sein vorsichtiges Nicken und sein stetig auf ihr ruhender Blick ihre Annahme zu bestätigen schienen. Sie hatte plötzlich tausend weitere Fragen, von denen sie die meisten nicht einmal stellen könnte, wenn sie allein wären. Schade, daß sie ihn nicht vollständig ins Vertrauen ziehen konnte. *Sei vorsichtig, bis du Gewißheit hast, und dann sei noch ein wenig vorsichtiger.* Ein altes Sprichwort, das sehr gut zu allem mit den Aes Sedai zusammenhängenden Handeln paßte. Selbst die besten Menschen besprachen Dinge mit ihren Freunden, besonders, wenn es um Dinge ging, die geheim bleiben sollten. »Ihr müßt Euch bestimmt den restlichen Vormittag um tausend Kleinigkeiten kümmern«, sagte sie und nahm die Zügel auf. »Kehrt unbesorgt zurück. Wir werden noch etwas weiterreiten.«

Bryne widersprach natürlich. Er klang fast wie ein Behüter, der von der Unmöglichkeit sprach, überallhin gleichzeitig zu schauen, und daß ein Pfeil im Rücken eine Aes Sedai genauso schnell töten könnte wie jeden anderen Menschen. Egwene beschloß, daß der nächste Mensch, der ihr das sagen würde, dafür bezahlen müßte. Drei Aes Sedai waren dreihundert Mann gewiß ebenbürtig. Letztendlich hatte er, trotz all seines Murrens, keine andere Wahl, als zu gehorchen. Er nahm seinen Helm und führte sein Pferd den abschüssigen Hang hinab auf den Händlerzug zu, anstatt den Weg zu nehmen, auf dem er gekommen war, aber das war aus ihrer Sicht sogar besser.

»Reitet voran, Siuan«, sagte sie, als er ein Dutzend Schritte hinabgelangt war.

Siuan sah hinter ihm her, als hätte er ihr die ganze Zeit zugesetzt. Sie richtete schnaubend ihren Strohhut, riß ihre Stute herum – nun, zog sie herum – und brachte das gedrungene Tier mit den Fersen in Gang. Egwene bedeutete Myrelle, ihr zu folgen. Die Frau hatte, genau wie Bryne, keine andere Wahl.

Zuerst sah Myrelle sie von der Seite an, denn sie erwartete eindeutig, daß sie das Thema der zur Weißen Burg geschickten Schwestern aufbrächte, und ersann Entschuldigungen dafür, warum dies sogar vor dem Saal geheimgehalten werden mußte. Je länger Egwene schweigend weiterritt, desto unbehaglicher regte sich Myrelle im Sattel. Sie benetzte ihre Lippen, und erste Risse zeigten sich in der Aes-Sedai-Gelassenheit. Schweigen war ein *überaus* nützliches Instrument.

Eine Zeitlang war außer den Pferdehufen und dem gelegentlichen Schrei eines Vogels im Gebüsch nichts zu hören, aber als deutlich wurde, in welche Richtung Siuan ritt – ein wenig westlich vom Rückweg zum Lager ab –, steigerte sich Myrelles Unbehagen. Vielleicht enthielten die Hinweise, die Siuan zusammengetragen hatte, letztendlich doch ein Körnchen Wahrheit.

Als Siuan noch einmal westwärts schwenkte, zwischen zwei unförmigen Hügeln hindurch, die sich einander zuneigten, verhielt Myrelle ihr Pferd. »In ... in dieser Richtung liegt ein Wasserfall«, sagte sie und deutete gen Osten. »Er ist nicht sehr hoch, war es auch vor der Dürre nicht, aber er ist auch jetzt noch recht hübsch.« Siuan hielt ebenfalls inne und schaute lächelnd zurück.

Was hatte Myrelle zu verbergen? fragte sich Egwene neugierig. Sie betrachtete die Grüne Schwester und bemerkte erschrocken einen Schweißtropfen auf deren Stirn, der auch im Schatten am Rande ihres grauen Haars schimmerte. Sie wollte zweifelsfrei wissen, was eine Aes Sedai ausreichend erschüttern konnte, sie zum Schwitzen zu bringen.

»Ich glaube, Siuans Weg wird noch interessante Einblicke gewähren, meint Ihr nicht?« fragte Egwene und wandte Daishar um. Myrelle schien in sich zusammenzusinken. »Kommt schon.«

»Ihr wißt alles, nicht wahr?« murrte Myrelle unsicher, während sie zwischen den Hügeln hindurchritten. Jetzt war mehr als nur ein Tropfen Schweiß auf ihrem Gesicht zu sehen. Sie war bis ins Mark erschüttert. »Alles. Wie konntet Ihr ...?« Sie richtete sich plötzlich ruckartig im Sattel auf und starrte Siuans Rücken an. »Sie! Siuan war von Anfang an Eure Handlangerin!« Sie klang fast empört. »Wie konnten wir so blind sein? Aber ich verstehe noch immer nicht. Wir waren so vorsichtig.«

»Wenn Ihr etwas geheimhalten wollt«, sagte Siuan verächtlich über die Schulter, »dann versucht nicht, so weit im Süden Münzpfeffer zu kaufen.«

Was, um alles in der Welt, war Münzpfeffer? Und worüber redeten sie? Myrelle erschauderte. An dem Umstand, daß Siuans Tonfall keine heftige, zurechtweisende Erwiderung bewirkt hatte, konnte man ermessen, wie aufgebracht sie war. Statt dessen benetzte sie ihre Lippen, als wären sie plötzlich noch trockener geworden.

»Mutter, Ihr müßt verstehen, warum ich es getan habe, warum wir es getan haben.« Die Furcht in ihrer Stimme wäre auch angemessen gewesen, wenn sie der Hälfte der Verlorenen hätte gegenübertreten müssen. »Nicht nur, weil Moiraine darum gebeten hat, nicht nur, weil sie meine Freundin war. Ich hasse es, sie sterben zu lassen. Ich hasse es! Der Handel, den wir eingehen, fällt uns oft schwer, aber ihnen fällt er noch schwerer. Ihr müßt es verstehen. Ihr müßt!«

Gerade als Egwene dachte, sie würde alles preisgeben, verhielt Siuan ihre Stute und wandte sich zu ihnen um. Egwene hätte sie ohrfeigen können. »Vielleicht wäre es für Euch einfacher, Myrelle, wenn Ihr den restlichen Weg führt«, sagte sie kalt und wahrhaft angewidert. »Zusammenarbeit könnte Milderung bedeuten. Ein wenig.«

»Ja.« Myrelle nickte, während ihre Hände unablässig mit den Zügeln beschäftigt waren. »Ja, natürlich.«

Sie wirkte den Tränen nahe, als sie die Führung übernahm. Siuan, die ihr folgte, schien nur einen Moment erleichtert. Egwene dachte, auch sie würde in Tränen ausbrechen. Welcher Handel? Mit wem? Wen ließen sie sterben? Und wer waren »wir«? Sheriam und die anderen? Aber Myrelle hätte davon gehört, und es schien zu diesem Zeitpunkt kaum ratsam, ihr eigenes Unwissen zu offenbaren. *Eine unwissende Frau, die den Mund hält, wird für weise erachtet werden,* lautete ein Sprichwort. Und ein anderes lautete: *Wenn man das erste Geheimnis bewahrt, bewahrt man auch zehn weitere.* Sie konnte den beiden nur folgen und alles für sich behalten. Sie würde jedoch mit Siuan reden müssen. Die Frau sollte keine Geheimnisse vor *ihr* bewahren. Egwene bemühte sich zähneknirschend, Geduld zu beweisen und unbesorgt zu scheinen. Weise.

Fast auf dem Rückweg zum Lager, wenige Meilen westlich, führte Myrelle sie einen niedrigen, abgeflachten Hügel hinauf, der mit Kiefern und Lederblattbäumen bestanden war. Zwei gewaltige Eichen hielten alles andere Wachstum im Bereich ihrer weiten Kronen nieder. Unter dichten, ineinander verschlungenen Zweigen standen drei spitz zulaufende Zelte aus geflickter Leinwand und eine Reihe angepflockte Pferde in der Nähe eines Karrens, sowie fünf große Schlachtrosse, die sorgfältig von den anderen entfernt angepflockt waren. Nisao Dachen wartete in einem einfach geschnittenen, bronzefarbenen Reitgewand unter dem Sonnendach eines der Zelte, als wollte sie Gäste willkommen heißen. Neben ihr stand Sarin Hoigan in dem olivgrünen Umhang, den so viele Gaidin trugen. Nisaos Behüter, ein gedrungen wirkender, kahlköpfiger Mann mit dichtem schwarzen Bart, war größer als sie. Wenige Schritte entfernt beobachteten zwei von Myrelles drei Gaidin aufmerksam, wie sie in die Höhlung hinabstiegen: Croi Makin, schlank und blond, und Nuhel Dromand, dunkelhaarig und wuchtig und mit einem Bart, der seine Oberlippe frei ließ. Niemand wirkte im mindesten überrascht. Offensichtlich hatte einer der Behüter Wache gehalten und vorgewarnt. Jedoch schützte nichts Sichtbares die Heimlichkeit. Myrelle leckte sich nervös die Lippen. Wenn Nisao sie willkommen hieß – warum strichen Myrelles Hände dann unablässig über ihre Röcke? Sie wirkte, als würde sie lieber abgeschirmt Elaida gegenübertreten.

Zwei Frauen, die um die Ecke eines der Zelte gespäht hatten, wichen eilig wieder zurück, aber Egwene hatte sie bereits erkannt. Nicola und Areina. Sie fühlte sich plötzlich sehr unbehaglich. Wohin hatte Siuan sie geführt?

Siuan zeigte keinerlei Nervosität, als sie abstieg. »Bringt ihn heraus, Myrelle. Jetzt.« Sie richtete sich an ihrer Vergeltung wieder auf. Ihr Tonfall klang überaus schneidend. »Es ist zu spät, noch etwas zu verbergen.«

Myrelle brachte kaum Unmut über die Behandlung

zustande. Sie riß sich sichtlich zusammen, zog sich ruckartig den Hut vom Kopf, stieg schweigend ab, trat zu einem der Zelte und verschwand darin. Nisaos Blick aus bereits geweiteten und sich ständig noch stärker weitenden Augen folgte ihr. Sie schien am Fleck festgewachsen.

Nur Siuan war nahe genug, um Egwene hören zu können. »Warum habt Ihr uns unterbrochen?« verlangte sie leise zu wissen, während sie abstieg. »Ich bin sicher, daß sie gerade gestehen wollte ... was auch immer es ist ... und ich habe noch immer keinen Anhaltspunkt. Was ist Münzpfeffer?«

»Er ist in Shienar und Malkier sehr bekannt«, antwortete Siuan genauso leise. »Ich habe erst davon gehört, als ich Aeldene heute morgen verließ. Ich mußte Myrelle die Führung überlassen. Ich wußte nichts, jedenfalls nichts Genaues. Es hätte wohl nicht viel genützt, sie das erkennen zu lassen, oder? Ich wußte auch nichts von Nisao. Ich dachte, sie hätten kaum jemals miteinander gesprochen.« Sie betrachtete die Gelbe Schwester und schüttelte verärgert den Kopf. Siuan konnte nur schlecht mit der Erkenntnis umgehen, ein Versagen nicht erkannt zu haben. »Es sei denn, ich bin blind *und* dumm geworden, was diese beiden ...« Sie verzog den Mund und suchte nach einem angemessenen Schimpfwort. Plötzlich ergriff sie Egwenes Ärmel. »Da kommen sie. Jetzt werdet Ihr es selbst erkennen.«

Myrelle trat als erste aus dem Zelt, dann ein nur mit Stiefeln und einer Hose bekleideter Mann, der tief geduckt durch den Eingang treten mußte, ein blankgezogenes Schwert in der Hand und mit Narben kreuz und quer über seiner leicht behaarten Brust. Er war weitaus größer als Myrelle und auch als jeder der Behüter. Sein langes dunkles Haar, das von einem geflochtenen Lederband um seine Stirn gehalten wurde, war jetzt von mehr Grau durchzogen als zu dem Zeitpunkt, als Egwene ihn das letzte Mal gesehen hatte, aber es war nichts Sanftes an Lan Mandragoran. Teile des Puzzles fügten sich unvermittelt zusammen, und doch stimmte das Bild für sie noch immer nicht. Er war Moiraines Behüter gewesen, der Aes Sedai, die sie und Rand und die anderen vor scheinbar einem Zeitalter aus den zwei Flüssen herausgeführt hatte, aber Moiraine war nach der Tötung Lanfears gestorben, und Lan hatte kurz darauf in Cairhien als vermißt gegolten. Vielleicht war Siuan alles offenbar, aber sie selbst tappte zutiefst im dunkeln.

Myrelle flüsterte Lan etwas zu und berührte seinen Arm. Er zuckte leicht zusammen, wie ein nervöses Pferd, aber sein hartes Gesicht war beständig Egwene zugewandt. Schließlich nickte er jedoch, wandte sich auf dem Absatz um und schritt tiefer unter die Zweige der Eichen. Er hielt das Schwert mit beiden Händen über dem Kopf, die Klinge schräg nach unten, richtete sich auf die Zehenspitzen auf und blieb regungslos stehen.

Nisao sah ihn einen Moment stirnrunzelnd an, als wäre auch ihr etwas rätselhaft. Dann begegnete ihr Blick dem Myrelles, und sie beide schauten zu Egwene. Aber anstatt zu ihr zu kommen, traten sie zueinander und flüsterten einander hastig etwas zu. Es war zunächst einmal zumindest ein Austausch. Dann stand Nisao einfach ungläubig da und schüttelte abwehrend den Kopf. »Ihr habt mich mit hineingezogen«, stöhnte sie schließlich laut. »Ich war eine blinde Närrin, auf Euch gehört zu haben.«

»Dies sollte ... interessant sein«, bemerkte Siuan, als die beiden sich dann ihr und Egwene zuwandten. Die Art, wie sie das Wort aussprach, ließ es entschieden unerfreulich klingen.

Myrelle und Nisao berührten eilig ihr Haar und ihre Gewänder, während sie die kurze Entfernung überbrückten, um sicherzugehen, daß alles in Ordnung war. Vielleicht waren sie bei etwas erwischt worden – *bei was*?

fragte sich Egwene –, aber sie wollten offensichtlich das Beste aus der Situation machen.

»Wenn Ihr eintreten wollt, Mutter«, sagte Myrelle und deutete auf das nächststehende Zelt. Nur ein leichtes Zittern in ihrer Stimme strafte ihr unbewegtes Gesicht Lügen. Sie schwitzte nicht mehr. Sie hatte sich das Gesicht natürlich abgewischt, aber es war auch kein neuer Schweiß hinzugekommen.

»Danke, nein, Tochter.«

»Etwas gewürzten Wein?« fragte Nisao lächelnd. Die Hände über der Brust verschränkt, wirkte sie dennoch besorgt. »Siuan, geht und sagt Nicola, sie soll den gewürzten Wein bringen.« Siuan regte sich nicht, und Nisao blinzelte überrascht und preßte den Mund zusammen. Ihr Lächeln kehrte jedoch augenblicklich zurück, und sie hob ihre Stimme ein wenig. »Nicola? Kind, bringt den gewürzten Wein. Aus getrockneten Brombeeren, fürchte ich«, gestand sie Egwene ein, »aber recht stärkend.«

»Ich will keinen gewürzten Wein«, erwiderte Egwene kurz angebunden. Nicola tauchte hinter dem Zelt auf, machte jedoch keinerlei Anstalten, sofort gehorchen zu wollen. Statt dessen blieb sie stehen und starrte die vier Aes Sedai an, während sie auf der Unterlippe kaute. Nisao warf ihr einen Blick zu, der nur als Abneigung gedeutet werden konnte, aber sie schwieg. Ein weiteres Puzzleteil fügte sich plötzlich ein, und Egwene atmete ein wenig leichter. »Was ich will, Tochter, ist eine Erklärung.«

Ihr gelassener Gesichtsausdruck war nur eine dünne Fassade. Myrelle streckte bittend eine Hand aus. »Mutter, Moiraine hat mich nicht nur auserwählt, weil wir Freundinnen sind. Zwei meiner Behüter gehörten zunächst Schwestern, die gestorben sind – Avar und Nuhel. Keine andere Schwester hat seit Jahrhunderten mehr als einen Behüter gerettet.«

»Ich bekam nur durch seinen Geist hiermit zu tun«,

erklärte Nisao hastig. »Ich habe ein gewisses Interesse an Geisteskrankheiten, und dies muß wirklich als solche bezeichnet werden. Myrelle hat mich geradezu hineingezogen.«

Myrelle glättete ihre Röcke und sah die Gelbe mit finsterem Blick an, der lediglich interessiert erwidert wurde. »Mutter, wenn die Aes Sedai eines Behüters stirbt, ist es, als verinnerliche er ihren Tod und würde von innen davon vereinnahmt. Er ...«

»Das weiß ich, Myrelle«, unterbrach Egwene sie scharf. Siuan und Leane hatten ihr genug darüber erzählt, obwohl sie nicht wußten, daß sie die beiden nur darum gebeten hatte, weil sie wissen wollte, was bezüglich Gawyn zu erwarten war. Einen armseligen Handel, hatte Myrelle es genannt, und vielleicht war es das auch. Wenn der Behüter einer Schwester starb, wurde sie von Kummer vereinnahmt. Sie konnte diesen Kummer teilweise kontrollieren, ihm manchmal Einhalt gebieten, aber früher oder später fraß er sich doch nach außen. Wie gut sich Siuan auch immer unter Kontrolle hatte, wenn andere dabei waren, weinte sie dennoch manche Nacht, wenn sie allein war, um ihren Alric, der am Tage ihrer Absetzung getötet worden war. Aber was waren auch monatelange Tränen, verglichen mit dem Tod selbst? Viele Geschichten erzählten von Behütern, die gestorben waren, um ihre Aes Sedai zu rächen, was in der Tat sehr häufig geschah. Ein Mann, der sterben wollte, ein Mann, der danach suchte, was ihn töten könnte, nahm Risiken auf sich, die nicht einmal ein Behüter überleben konnte. Der schrecklichste Teil dieser Geschichte war für sie vielleicht, daß sie wußten, wie ihr Schicksal aussehen würde, wenn ihre Aes Sedai starb, daß sie wußten, was sie trieb, wenn es geschah, und keine Möglichkeit sahen, etwas daran zu ändern. Sie konnte sich nicht vorstellen, wieviel Mut nötig war, diesen Handel, dieses Wissen zu akzeptieren.

Sie trat beiseite, damit sie Lan deutlich sehen konnte. Er stand regungslos, schien nicht einmal zu atmen. Nicola hatte die Getränke offensichtlich vergessen, saß mit gekreuzten Beinen auf dem Boden und beobachtete ihn. Areina hockte neben Nicola, die ihren Zopf über die Schulter gezogen hatte, auf den Fersen und beobachtete ihn noch aufmerksamer. Tatsächlich weitaus aufmerksamer, da Nicola manchmal verstohlene Blicke zu Egwene und den anderen warf. Die übrigen Behüter bildeten eine kleine Gruppe und gaben vor, ihn ebenfalls zu beobachten, während sie ihre Aes Sedai aufmerksam bewachten.

Eine überaus warme Brise regte sich, ließ das tote Laub, das den Boden bedeckte, rascheln, und mit erschreckender Plötzlichkeit regte sich Lan, wechselte von einem Bein aufs andere, die Klinge in seinen Händen herumwirbelnd, immer schneller, bis er von einem Bein aufs andere zu *springen* schien, aber das alles so präzise wie die Bewegungen einer Uhr. Egwene erwartete, daß er einhalten oder seine Bewegungen zumindest verlangsamen würde, aber er tat nichts dergleichen. Er wurde eher noch schneller. Areinas Kinn sank allmählich herab, ihre Augen weiteten sich staunend, und das gleiche geschah mit Nicola. Sie beugten sich vor wie Kinder, die Kandiszucker auf dem Küchentisch beim Trocknen zusahen. Sogar die anderen Behüter teilten ihre Aufmerksamkeit jetzt zwischen ihren Aes Sedai und ihm auf, aber im Gegensatz zu den Frauen beobachteten sie einen Löwen, der jeden Moment angreifen konnte.

»Ich sehe, daß Ihr ihn hart fordert«, sagte Egwene. Das war ein Teil des Vorgehens, einen Behüter zu retten. Nur wenige Schwestern waren bereit, den Versuch zu wagen, da sie die Versagensrate und den Preis kannten, den sie selbst dafür zahlen mußten. Ein weiterer Teil des Vorgehens bestand darin, ihn von Risiken abzuhalten und ihn erneut zu binden. Das war der erste Schritt. Myrelle hatte sich zweifellos um dieses kleine Detail gekümmert. Arme Nynaeve. Es konnte durchaus sein, daß sie Myrelle erwürgte, wenn sie es erfuhr. Andererseits würde sie vielleicht alles unterstützen, was Lan am Leben hielt. Vielleicht. Was Lan betraf, so verdiente er das Schlimmste, was er bekam, wenn er sich von einer anderen Frau binden ließ, obwohl er wußte, daß Nynaeve sich nach ihm verzehrte.

Sie dachte, ihre Stimme klänge fest, aber etwas von ihren Empfindungen mußte sich hineingeschlichen haben, da Myrelle erneut zu erklären versuchte.

»Mutter, es ist nicht so schlimm, eine Bindung weiterzugeben. Nun, tatsächlich bedeutet es nicht mehr, als daß eine Frau entscheidet, wer ihren Ehemann bekommen soll, wenn sie stirbt, damit er in die richtigen Hände kommt.«

Egwene sah sie so starr an, daß Myrelle zurücktrat und beinahe über ihre Röcke stolperte. Es war jedoch nur der Schreck. Jedes Mal, wenn Egwene glaubte, nun von dem merkwürdigsten Brauch gehört zu haben, tauchte ein noch merkwürdigerer auf.

»Wir sind nicht alle Ebou Dari, Myrelle«, sagte Siuan trocken, »und ein Behüter ist kein Ehemann. Für die meisten von uns nicht.« Myrelle hob trotzig den Kopf. Manche Schwestern heirateten ihren Behüter, eine Handvoll, nur wenige heirateten überhaupt. Niemand forschte dem allzu genau nach, aber Gerüchte besagten, sie hätte ihre Behüter alle drei geheiratet, was gewiß sogar in Ebou Dar Gebräuche und Gesetze verletzte. »Nicht so schlimm, sagt Ihr, Myrelle? Nicht so schlimm?« Siuans Gesicht und Stimme drückten gleichermaßen Verärgerung aus. Sie klang, als hätte sie einen üblen Geschmack im Mund.

»Es gibt kein Gesetz dagegen«, protestierte Nisao an Egwene gewandt, nicht an Siuan. »Kein Gesetz dagegen, einen Bund weiterzugeben.« Siuan wurde ein derart düsterer Blick zugedacht, daß sie zurücktrat und schwieg. Sie dachte jedoch ganz anders.

»Das ist doch nicht der Punkt«, bemerkte Egwene. »Selbst wenn es während – wieviel? vierhundert oder mehr Jahren? – bereits einmal geschah, selbst wenn sich die Bräuche *tatsächlich* geändert haben, wärt Ihr vielleicht mit einigen schiefen Blicken und einem geringfügigen Verweis davongekommen, wenn ihr seinen Bund nur untereinander weitergegeben hättet. Ihr hättet ihn vielleicht sogar gegen seinen Willen binden können. Tatsächlich habt Ihr es, verdammt noch mal, sogar getan!«

Schließlich fügte sich das Puzzle für Egwene vollständig zusammen. Sie wußte, daß sie denselben Abscheu empfinden sollte wie Siuan. Aes Sedai setzen das Binden eines Mannes gegen seinen Willen einer Vergewaltigung gleich. Er hatte eine genauso große Chance, sich dagegen zu wehren, wie ein Bauernmädchen sie hätte, wenn ein Mann von der Statur Lans sie in einer Scheune in die Enge triebe – wenn drei Männer von der Statur Lans es täten. Schwestern waren jedoch nicht immer so rücksichtsvoll gewesen – tausend Jahre zuvor wäre es kaum erwähnt worden –, und selbst heutzutage konnte man sich darüber streiten, ob ein Mann tatsächlich gewußt hatte, worauf er sich einließ. Manche Aes Sedai beherrschten Heuchelei als ebenso große Kunst wie Intrigen oder das Bewahren von Geheimnissen. Der Punkt war, daß sie wußte, daß er Nynaeve seine Liebe zu ihr nicht eingestanden hatte, sondern irgendwelchen Unsinn darüber erzählt hatte, daß er gebunden wurde, um früher oder später getötet zu werden, und sie nicht als Witwe zurücklassen wollte. Männer redeten stets Unsinn, wenn sie vernünftig zu sein glaubten. Hätte Nynaeve ihn ungebunden gehen lassen, wenn sie eine andere Chance gehabt hätte, gleichgültig, was er gesagt hatte? Hätte sie selbst Gawyn gehen lassen? Er hatte gesagt, er würde annehmen, aber wenn er seine Meinung änderte?

Nisao bewegte den Mund, fand aber nicht die richtigen Worte. Sie sah Siuan an, als wäre alles ihr Fehler, aber das war noch nichts gegen den Blick, den sie Myrelle zugedachte. »Ich hätte *niemals* auf Euch hören sollen«, grollte sie. »Ich muß *verrückt* gewesen sein!«

Myrelle behielt ihren unbewegten Gesichtsausdruck noch immer irgendwie bei, aber sie schwankte ein wenig, als wollten ihre Knie nachgeben. »Ich habe es nicht für mich getan, Mutter. Das müßt Ihr mir glauben. Ich mußte ihn retten. Sobald er außer Gefahr ist, werde ich ihn an Nynaeve weitergeben, so wie Moiraine es wollte, sobald sie ...«

Egwene hob ruckartig eine Hand, und Myrelle brach so jäh ab, als hätte sie ihr auf den Mund geschlagen. »Ihr wollt seinen Bund an Nynaeve weitergeben?«

Myrelle nickte unsicher und Nisao weitaus heftiger. Siuan murmelte stirnrunzelnd etwas darüber, daß ein Fehler dreimal schlimmer wurde, wenn man ihn wiederholte. Lan war *noch immer* nicht langsamer geworden. Zwei Grashüpfer schwirrten aus dem Laub hinter ihm hervor, und er wirbelte herum und zerteilte sie mit dem Schwert in der Luft, ohne innezuhalten.

»Haben Eure Bemühungen Erfolg? Ist er in guter Verfassung? Wie lange habt Ihr ihn schon hier?«

»Erst knapp drei Wochen«, erwiderte Myrelle. »Heute ist der zwanzigste Tag. Mutter, es könnte Monate dauern, und es gibt keine Garantie.«

»Vielleicht ist es an der Zeit, etwas anderes zu versuchen«, sagte Egwene mehr zu sich selbst als zu jemand anderem und eher, um sich selbst zu überzeugen als andere. Unter diesen Umständen war Lan wohl kaum ein leicht zu überreichendes Geschenk für irgend jemanden, aber Bund hin oder her – er gehörte stärker zu Nynaeve, als er jemals zu Myrelle gehören würde.

Als sie zu ihm hinüberging, stiegen jedoch starke

Zweifel in ihr auf. Er wirbelte in seinem Tanz zu ihr herum, das Schwert auf sie zustoßend. Irgend jemand keuchte, als die Klinge nur um Haaresbreite vor ihrem Kopf innehielt. Sie war erleichtert, daß nicht sie gekeucht hatte.

Strahlend blaue Augen in einem wie aus Stein gemeißelten, ebenmäßigen Gesicht betrachteten sie unter gesenkten Brauen eingehend. Lan senkte das Schwert langsam. Schweiß bedeckte seinen Körper, und doch atmete er nicht einmal schwer. »Also seid Ihr jetzt die Amyrlin. Myrelle hat mir erzählt, daß sie eine Amyrlin erhoben haben, aber nicht wen. Anscheinend haben wir beide eine Menge gemeinsam.« Sein Lächeln wirkte genauso kalt wie seine Stimme, genauso kalt wie seine Augen.

Egwene unterdrückte den Wunsch, ihre Stola zurechtzurücken, und rief sich ins Bewußtsein, daß sie die Amyrlin und eine Aes Sedai war. Sie wollte *Saidar* umarmen. Bis zu diesem Moment hatte sie nicht wirklich erkannt, wie gefährlich er war. »Nynaeve ist jetzt ebenfalls eine Aes Sedai, Lan. Sie braucht einen guten Behüter.« Eine der anderen Frauen stieß einen Laut aus, aber Egwene hielt ihren Blick weiterhin auf ihn gerichtet.

»Ich hoffe, sie findet einen Helden aus der Legende.« Er lachte bellend. »Sie braucht einen Helden, der ihrem Temperament standhalten kann.«

Sein eishartes Lachen überzeugte sie. »Nynaeve befindet sich in Ebou Dar, Lan. Ihr wißt, wie gefährlich es in dieser Stadt ist. Sie sucht etwas, das wir verzweifelt brauchen. Wenn die Schwarze Ajah davon erfährt, werden sie Nynaeve töten, um es zu bekommen. Wenn die Verlorenen es herausfinden...« Sein Gesicht war ihr schon zuvor blaß erschienen, aber die in seinen sich verengenden Augen erkennbare Qual angesichts der Gefahr, in der Nynaeve schwebte, bekräftigte ihren Plan. Nynaeve, nicht Myrelle, hatte das Recht. »Ich schicke Euch als ihren Behüter zu ihr.«

»Mutter«, sagte Myrelle hinter ihr drängend.

Egwene hob rasch eine Ruhe gebietende Hand. »Ihr werdet für Nynaeves Sicherheit verantwortlich sein, Lan.«

Er zögerte nicht und schaute auch nicht zu Myrelle. »Es wird mindestens einen Monat dauern, Ebou Dar zu erreichen. Areina, sattelt Mandarb!« Er wollte sich gerade umwenden, hielt aber dann inne und hob seine freie Hand, als wollte er ihre Stola berühren. »Ich entschuldige mich dafür, daß ich Euch jemals geholfen habe, die Zwei Flüsse zu verlassen. Euch und Nynaeve.« Er schritt davon und verschwand in dem Zelt, aus dem er zuvor gekommen war, und bevor er nur zwei Schritte getan hatte, scharten sich Myrelle und Nisao und Siuan bereits alle um Egwene zusammen.

»Mutter, Ihr versteht nicht, was Ihr da vorhabt«, sagte Myrelle atemlos. »Ihr könntet genausogut einem Kind eine Laterne in die Hand geben und es damit in einem Heuschober spielen lassen. Ich habe Nynaeve vorbereitet, sobald ich spürte, daß sein Bund auf mich überging. Ich glaubte, ausreichend Zeit zu haben. Aber sie wurde in Windeseile zur Aes Sedai erhoben. Sie ist noch nicht bereit, mit ihm umzugehen, Mutter. Nicht mit ihm, nicht so, wie er jetzt ist.«

Egwene bewahrte mühsam die Geduld. Sie verstanden noch immer nicht. »Myrelle, selbst wenn Nynaeve die Macht überhaupt nicht beherrsche« – sie konnte es tatsächlich nicht, es sei denn, sie war verärgert –, »würde das keinen Unterschied machen, und das wißt Ihr. Nicht in bezug darauf, ob sie mit ihm umgehen kann, denn eines habt Ihr nicht vermocht – ihm eine so wichtige Aufgabe zu erteilen, daß er am Leben bleiben muß, um sie auszuführen.« Das war das letzte Argument. Es würde vermutlich besser greifen als die anderen. »Nynaeves Sicherheit ist für ihn sehr wichtig. Er liebt sie, Myrelle, und sie liebt ihn.«

»Das erklärt...«, begann Myrelle leise, aber Nisao unterbrach sie unglaublich schroff.

»Oh, bestimmt nicht. Nicht er. Sie liebt ihn vielleicht, oder sie glaubt, daß sie ihn liebt, aber Frauen jagen Lan schon hinterher, seit er noch ein bartloser Junge war und fangen ihn einen Tag oder einen Monat lang ein. Er war ein recht hübscher Junge, wie schwer das jetzt auch zu glauben sein mag. Dennoch besitzt er anscheinend noch immer eine gewisse Anziehungskraft.« Sie warf Myrelle, die leicht die Stirn runzelte und deren Wangen etwas gerötet waren, einen Seitenblick zu. Ansonsten ließ sie sich nichts anmerken, aber das genügte vollkommen. »Nein, Mutter. Jede Frau, die Lan Mandragoran an sich gebunden zu haben glaubt, wird feststellen, daß sie nur Luft gefangen hat.«

Egwene seufzte wider Willen. Einige Schwestern waren der Ansicht, es gehöre noch etwas dazu, einen Behüter zu retten, dessen Bund durch den Tod gebrochen war: ihn in die Arme – ins Bett – einer Frau zu bringen. Dann konnte sich kein Mann mehr auf den Tod konzentrieren, glaubte man. Myrelle hatte dafür anscheinend selbst gesorgt. Zumindest hatte sie ihn nicht tatsächlich geheiratet, nicht, wenn sie ihn weitergeben wollte. Es wäre genauso gut, wenn Nynaeve es niemals herausfände.

»Sei es, wie es sei«, belehrte sie Nisao abwesend. Areina zurrte Mandarbs Sattel gekonnt und energisch fest, während der große schwarze Hengst den Kopf zwar hoch erhoben hatte, es aber zuließ. Sie hatte eindeutig nicht zum ersten Mal mit diesem Tier zu tun. Nicola stand neben dem dicken Stamm einer entfernter stehenden Eiche, die Arme über der Brust gekreuzt, und beobachtete Egwene und die anderen. Sie wirkte bereit davonzulaufen. »Ich weiß nicht, was Areina Euch entlockt hat«, sagte Egwene ruhig, »aber die zusätzlichen Lektionen für Nicola haben jetzt ein Ende.«

Myrelle und Nisao zuckten zusammen, ein Spiegelbild der Überraschung. Siuans Augen wurden so groß wie Teetassen, aber glücklicherweise erholte sie sich wieder, bevor es jemand merkte. »Ihr wißt wirklich alles«, flüsterte Myrelle. »Areina will nur in Lans Nähe sein. Sie glaubt vermutlich, daß er sie Dinge lehren wird, die sie als Jägerin gebrauchen kann. Oder daß er vielleicht mit ihr auf die Jagd gehen wird.«

»Nicola will eine zweite Caraighan werden«, murmelte Nisao sarkastisch. »Oder eine zweite Moiraine. Sie dachte wohl, sie könnte Myrelle dazu bringen, Lans Bund an *sie* weiterzugeben. Nun, zumindest können wir mit diesen beiden verfahren, wie sie es verdienen, jetzt, wo Lan entdeckt ist. Was auch immer mit mir geschieht – ich werde mich freuen, daß sie lange schreien werden.«

Siuan erkannte schließlich, was geschehen war, und Zorn und Verwunderung kämpften auf ihrem Gesicht. Sie warf Egwene verwunderte Blicke zu. Daß jemand anderes die Angelegenheit zuerst geklärt hatte, erzürnte sie wahrscheinlich genauso sehr wie der Umstand, daß Nicola und Areina Aes Sedai erpreßten. Oder vielleicht auch nicht. Nicola und Areina waren immerhin keine Aes Sedai. Das änderte Siuans Sichtweise drastisch. Andererseits galt das gleiche für die Schwestern.

Als Nicola so viele unfreundliche Blicke auf sich gerichtet sah, wich sie so weit wie möglich an die Eiche zurück. Die Flecken auf ihrer weißen Weste würden ihr Schwierigkeiten bereiten, wenn sie ins Lager zurückkehrte. Areina war noch immer mit Lans Pferd beschäftigt und sich nicht bewußt, was da auf sie zukam.

»Das wäre gerecht«, stimmte Egwene Nisao zu, »aber nur, wenn Ihr beide ebenfalls eine gerechte Behandlung erfahrt.«

Niemand sah mehr Nicola an. Myrelles Augen weiteten sich, und Nisaos weiteten sich noch stärker. Anscheinend wagten beide keinen Widerspruch. Siuans Gesicht überzog grimmige Zufriedenheit wie eine zweite Haut. Sie verdienten wahrhaftig keine Gnade – nicht, daß Egwene sie ihnen zu gewähren beabsichtigte.

»Wir werden weiter darüber sprechen, wenn ich zurückkomme«, belehrte Egwene die beiden, als Lan wieder auftauchte, das Schwert über einen grünen, geöffneten Umhang geschnürt, der ein ebenfalls geöffnetes Hemd freigab, und mit gepackten Satteltaschen über der Schulter. Der die Farbe verändernde Umhang eines Behüters hing seinen Rücken hinab und zog die Blicke auf sich, als er hinter ihm herwehte.

Egwene überließ die Schwestern ihrer Bestürzung und trat zu Lan. Siuan würde ihre Bestürzung noch schüren, wenn sie Anzeichen neuerlichen Übermuts zeigten. »Ich kann Euch schneller als in einem Monat nach Ebou Dar bringen«, sagte sie. Er nickte nur ungeduldig und rief Areina zu, sie solle Mandarb zu ihm führen. Seine Anspannung war zermürbend, eine im Lösen begriffene Lawine, die nur noch an einem Faden hing.

Egwene eröffnete an der Stelle, an der er seine Schwertübungen durchgeführt hatte, ein Wegetor von acht mal acht Fuß und trat durch es hindurch auf ein Floß, das in der sich endlos erstreckenden Dunkelheit dahintrieb. Zum Gleiten benötigte man eine Plattform, und obwohl alles als solche dienen konnte, was man sich vorzustellen beliebte, schien jede Schwester eine bevorzugte Vorstellung von dieser Plattform zu haben. Für sie war es dieses Holzboot mit fester Reling. Wenn sie herabfiele, könnte sie unter sich ein zweites Floß bilden, obwohl es dann fraglich wäre, wo sie herauskäme, aber für jedermann, der die Macht nicht lenken konnte, würde der Sturz so ewig dauern wie die Schwärze, die sich überallhin erstreckte. Nur an diesem Ende des Flosses gab es etwas Licht durch das Wegetor, das einen verengten Blick auf die Öffnung gewährte. Dieses Licht vermochte die Dunkelheit nicht zu durchdringen, und doch

war eine Art Licht vorhanden. Zumindest konnte sie recht deutlich sehen – wie in *Tel'aran'rhiod*. Sie fragte sich nicht zum ersten Mal, ob dies tatsächlich ein Teil der Welt der Träume war.

Lan folgte ihr, ohne dazu aufgefordert werden zu müssen, und führte sein Pferd mit sich. Er untersuchte das Wegetor, während er hindurchschritt, und betrachtete die Dunkelheit, als er mit dem Hengst mit dumpfen Stiefel- und Hufgeräuschen über die Decksplanken auf sie zukam. Seine einzige Frage war: »Wie schnell werde ich hiermit nach Ebou Dar gelangen?«

»Gar nicht«, sagte sie und lenkte die Macht, um das Wegetor zu schließen. »Nicht direkt in die Stadt.« Nichts bewegte sich, was man hätte erkennen können. Es war kein Wind, keine Brise, nichts zu spüren. Dennoch bewegten sie sich. Und zwar schnell, schneller, als sie sich jegliche Bewegung vorstellen konnten. Sie mußten sechshundert Meilen oder mehr zurücklegen. »Ich kann Euch fünf oder sechs Tage nördlich von Ebou Dar absetzen.« Sie hatte zugesehen, wie das Wegetor gewoben wurde, als Nynaeve und Elayne südwärts reisten, und sie erinnerte sich ausreichend gut daran, um zum gleichen Ort zu gleiten.

Er nickte und spähte voraus, als könne er ihr Ziel bereits erkennen. Er erinnerte sie an einen Pfeil, der in einen gespannten Bogen eingelegt war.

»Lan, Nynaeve wohnt im Tarasin-Palast, als Gast Königin Tylins. Sie könnte leugnen, in Gefahr zu sein.« Was sie gewiß entrüstet tun würde, wenn Egwene sie richtig einschätzte, und das zu Recht. »Versucht nicht, darüber zu streiten. Ihr wißt, wie eigensinnig sie ist, aber Ihr dürft nicht darauf achten. Wenn nötig, beschützt sie einfach, ohne daß sie es merkt.« Er schwieg und sah sie auch nicht an. Sie hätte in diesem Augenblick hundert Fragen stellen mögen. »Lan, wenn Ihr sie findet, müßt Ihr Nynaeve sagen, daß Myrelle Euren Bund an sie weitergeben wird, sobald Ihr drei zusammensein könnt.« Sie hatte erwogen, diese Nachricht selbst weiterzugeben, aber es schien besser, Nynaeve nicht wissen zu lassen, daß er kam. Sie war so vernarrt in ihn wie ... wie ... *Wie ich in Gawyn*, dachte sie reumütig. Wenn Nynaeve wüßte, daß er unterwegs war, würde sie kaum noch an etwas anderes denken. Sie würde, obwohl sie es gewiß nicht wollte, Elayne die weitere Suche allein überlassen. Nicht, daß sie sich zurückziehen und tagträumen würde, aber sie wäre zu keiner gründlichen Suche mehr fähig. »Hört Ihr mir zu, Lan?«

»Tarasin-Palast«, sagte er tonlos und ohne den Blick zu wenden. »Gast Königin Tylins. Könnte leugnen, in Gefahr zu sein. Eigensinnig – als wenn ich das nicht bereits wüßte.« Nun sah er sie an, und sie wünschte fast, er hätte es nicht getan. Sie war von *Saidar*, von der Wärme und der Freude, dem reinen Leben erfüllt, aber in seinen kalten blauen Augen tobte etwas Starres und Ursprüngliches, ein Leugnen des Lebens. Sein Blick wirkte schlichtweg erschreckend. »Ich werde ihr alles sagen, was sie wissen muß. Wie Ihr seht, habe ich zugehört.«

Sie zwang sich, seinem Blick fest zu begegnen, aber er wandte sich ihr wieder ab. Er hatte ein Mal am Nacken, einen Bluterguß. Es könnte – es *könnte* – ein Biß sein. Vielleicht sollte sie ihn warnen, ihm sagen, daß er nicht zu viele ... Einzelheiten über sich selbst und Myrelle preiszugeben brauchte. Der Gedanke ließ sie erröten. Sie versuchte, den Bluterguß nicht zu beachten, aber jetzt, wo sie ihn bemerkt hatte, konnte sie anscheinend nichts anderes mehr sehen. Aber Lan würde wohl nicht so töricht sein. Man konnte von einem Mann kein Zartgefühl erwarten, aber selbst Männer waren nicht so zerstreut.

Sie trieben lautlos dahin, bewegten sich, ohne sich selbst zu bewegen. Sie hatte keine Angst, daß die Verlorenen oder sonst jemand plötzlich hier auftauchen könnten. Es war etwas Seltsames am Gleiten, wovon einiges Sicherheit und Zurückgezogenheit gewährte. Wenn zwei Schwestern nur Augenblicke nacheinander am selben Fleck Wegetore eröffneten, um zum gleichen Ort zu gleiten, würden sie einander nicht sehen, wenn es nicht *genau* derselbe Fleck war und die Gewebe nicht *genau* gleich gewoben wurden, und eine solche Genauigkeit war in beiden Fällen nicht so leicht zu erreichen, wie es vielleicht schien.

Nach einiger Zeit – es war schwer zu sagen, wieviel Zeit tatsächlich vergangen war, aber sie glaubte, es wäre noch keine halbe Stunde gewesen – stoppte das Floß jäh. Nichts änderte sich an dem Gefühl oder an den Geweben, die sie festhielt. Sie wußte einfach, daß sie in einem Moment noch durch die Dunkelheit eilten und im nächsten stillstanden. Sie eröffnete unmittelbar am Bug des Flosses ein Wegetor – sie war sich nicht sicher, wohin ein Wegetor führen würde, das sie am Heck eröffnete, und wollte es, um ehrlich zu sein, auch nicht herausfinden; Moghedien war allein der Gedanke daran schon erschreckend erschienen – und bedeutete Lan vorauszugehen. Das Floß existierte nur so lange, wie sie da war, anders als in *Tel'aran'rhiod*.

Lan öffnete die Schranke des Flosses und führte Mandarb hinab, und als sie ihm folgte, saß er bereits im Sattel. Sie ließ das Wegetor für ihre Rückkehr offen. Niedrige, mit verdorrtem Gras bedeckte Hügel erstreckten sich in alle Richtungen. Kein Baum war zu sehen und nur vereinzelt vertrocknetes Unterholz. Die Hufe des Hengstes wirbelten kleine Staubwolken auf. Die Morgensonne am wolkenlosen Himmel brannte hier noch heißer als in Murandy. Geier mit großer Flügelspannweite kreisten im Süden und Westen.

»Lan«, begann sie, um sicherzugehen, daß er verstanden hatte, was er Nynaeve sagen sollte, aber er kam ihr zuvor.

»Fünf oder sechs Tage, sagtet Ihr«, erwiderte er, während er gen Süden blickte. »Ich kann es schneller schaffen. Sie wird in Sicherheit sein, ich verspreche es.« Mandarb tänzelte, war genauso ungeduldig wie sein Reiter, aber Lan hatte ihn gut im Griff. »Ihr seid seit Emondsfelde sehr weit gekommen.« Er blickte auf sie herab und lächelte. Alle diesem Lächeln innewohnende Wärme wurde von seinen Augen verschluckt. »Myrelle und Nisao gehören jetzt Euch. Laßt nicht zu, daß sie erneut mit Euch diskutieren. Ihr befehlt, Mutter. Die Wache ist noch nicht vorüber.« Er verbeugte sich leicht, stieß dem Tier die Fersen in die Flanken und ließ es gerade ausreichend weit im Schritttempo gehen, daß sie nicht von Staub umhüllt wurde, bevor er das Pferd zum Galopp antrieb.

Sie sah ihn südwärts eilen und schloß den Mund. Nun, er hatte während seiner Schwertübungen alles mitbekommen und richtig kombiniert. Offensichtlich mit den Dingen, die er nicht hätte vermuten können, bevor er sie mit der Stola gesehen hatte. Nynaeve sollte besser aufpassen. Sie hielt Männer stets für einfältiger, als sie waren.

»Zumindest können sie nicht in wirkliche Schwierigkeiten geraten«, sagte sie sich laut. Lan erreichte einen Hügelkamm und verschwand auf der anderen Seite. Wenn Ebou Dar eine reale Gefahr darstellen würde, hätten Elayne oder Nynaeve etwas gesagt. Sie trafen sich nicht oft – sie hatte einfach zuviel zu tun –, aber sie hatten einen Weg gefunden, im Salidar *Tel'aran'rhiods* Nachrichten zu hinterlassen, wann immer es nötig war.

Der Wind wirbelte Staub auf. Sie hustete, bedeckte dann mit einer Ecke der gestreiften Stola der Amyrlin Mund und Nase und zog sich durch das Wegetor eilig auf ihr Floß zurück. Die Rückreise verlief still und war langweilig, so daß sie sich Gedanken machen konnte, ob es richtig gewesen war, Lan nach Ebou Dar zu schicken, und ob es richtig war, Nynaeve im unklaren zu lassen. *Es ist getan*, sagte sie sich immerzu, aber es half nicht.

Als sie erneut die Stelle unter den Eichen betrat, hatte sich Myrelles dritter Behüter, Avar Hachami, den anderen angeschlossen, ein Mann mit einer Hakennase und einem dichten, von Grau durchzogenen, wie Hörner abwärts gebogenen Schnurrbart. Alle vier Gaidin arbeiteten hart. Die Zelte waren bereits abgebaut und fast vollständig zusammengelegt. Nicola und Areina liefen hin und her und luden die gesamte Lagerausrüstung auf den Karren, angefangen von Decken bis hin zu Kochtöpfen und dem schwarzen, eisernen Waschkessel. Sie hielten nicht einmal inne, richteten aber mindestens ihre halbe Aufmerksamkeit auf Siuan und die anderen beiden Schwestern, die drüben nahe der Baumlinie standen. Die Behüter gewährten den drei Aes Sedai weitaus mehr Aufmerksamkeit. Ihre Ohren hätten genauso gut gespitzt aufrecht stehen können. Es war auf den ersten Blick fraglich, wer wen schmoren ließ.

»... nicht so mit mir sprechen, Siuan«, sagte Myrelle gerade. Nicht nur laut genug, daß es über die ganze Lichtung zu hören war, sondern auch kalt genug, daß alle erstarrten. Die Arme fest über der Brust gekreuzt, richtete sie sich zu ihrer vollen Größe auf, gebieterisch bis zum Bersten. »Hört Ihr mich? Das werdet Ihr nicht mehr tun!«

»Seid Ihr vollkommen verrückt geworden, Siuan?« Nisao hatte die Hände in ihren Röcken verkrampft, um nicht sichtbar zu zittern, und die Heftigkeit ihrer Stimme entsprach durchaus Myrelles kaltem Tonfall. »Wenn Ihr die einfachsten Anstandsregeln vergessen habt, wird man sie Euch wieder lehren!«

Siuan stellte sich ihnen mit in die Hüften gestemmten Händen entgegen, drehte ruckartig den Kopf und kämpfte sowohl darum, *ihr* Gesicht unter Kontrolle zu behalten, als auch die beiden weiterhin zu betrachten.

»Ich ... Ich bin die einzige ...« Als sie Egwene nähertreten sah, stieg Erleichterung in ihr auf. »Mutter ...«, es klang fast wie ein Keuchen, »ich habe gerade mögliche Strafen erklärt.« Sie atmete tief durch und fuhr bestimmter fort. »Der Saal wird es natürlich erklären müssen, wenn sie gehen, aber ich denke, man könnte sehr wohl damit beginnen, diese beiden dazu zu bringen, ihre Behüter an andere weiterzugeben, da sie so begeistert davon zu sein scheinen.«

Myrelle schloß fest die Augen, und Nisao wandte sich zu den Behütern um. Ihr Gesichtsausdruck änderte sich nicht – ruhig, wenn auch ein wenig gerötet –, aber Sarin kam stolpernd auf die Füße und tat drei schnelle Schritte auf sie zu, bevor sie eine Hand hob, um ihn aufzuhalten. Ein Behüter konnte die Gegenwart, den Schmerz und die Angst seiner Aes Sedai genauso sehr spüren, wie Egwene dies bei Moghedien spüren konnte, wenn sie das *A'dam* trug. Kein Wunder, daß sich alle Gaidin auf Zehenspitzen bewegten und sprungbereit wirkten. Sie wußten vielleicht nicht, was ihre Aes Sedai an den Rand der Verzweiflung getrieben hatte, aber sie wußten, daß die beiden Frauen genau dort angelangt waren.

Genau das hatte Egwene bewirken wollen. Ihr gefiel dieser Teil der Aufgabe nicht. Alles Manövrieren war wie ein Spiel, aber dies ... *Ich tue, was getan werden muß*, dachte sie, unentschlossen ob dies ein Versuch war, sich den Rücken zu stärken oder der Versuch, zu entschuldigen, was sie jetzt tun würde. »Siuan, bitte schickt Nicola und Areina ins Lager zurück.« Was sie nicht sahen, konnten sie nicht erzählen. »Wir können es uns nicht leisten, daß sie reden, also sorgt dafür, daß sie wissen, was mit ihnen geschehen wird. Sagt ihnen, sie bekommen noch eine Chance, weil die Amyrlin gnädiger Laune ist, aber sie werden keine weitere bekommen.«

»Ich denke, das kann ich bewerkstelligen«, erwiderte Siuan, raffte ihre Röcke und schritt davon. Niemand konnte wie Siuan schreiten, und doch schien sie vor allem eifrig bemüht, von Myrelle und Nisao fortzukommen.

»Mutter«, sagte Nisao und wählte ihre Worte sorgfältig, »bevor Ihr fortgingt, sagtet Ihr etwas ... deutetet Ihr an, daß es vielleicht eine Möglichkeit gäbe ... daß wir vermeiden könnten ... eine Möglichkeit, wie wir vielleicht nicht ...« Sie schaute erneut zu Sarin. Myrelle hätte ein gutes Studienobjekt für Aes Sedai-Gelassenheit geboten, während sie Egwene forschend betrachtete, wenn ihre Finger nicht so fest verschränkt gewesen wären, daß ihre Knöchel das dünne Leder ihrer Handschuhe spannten. Egwene bedeutete ihnen zu warten.

Nicola und Areina wandten sich von dem Karren ab, sahen Siuan herankommen und wurden stocksteif, was kein Wunder war, wenn man bedachte, daß Siuan sich ihnen näherte, als wollte sie die beiden *und* den Karren überrennen. Areina drehte suchend den Kopf, aber bevor sie auch nur daran denken konnte, tatsächlich davonzulaufen, schossen Siuans Hände vor und packten sie beide jeweils an einem Ohr. Was sie sagte, wurde zu leise gesprochen, um es verstehen zu können, aber Areina hörte auf, sich zu wehren. Ihre Hände lagen um Siuans Handgelenk, aber es schien fast, als hielte sie sich daran nur aufrecht. Ein Blick abgrundtiefen Entsetzens machte sich auf Nicolas Gesicht breit, und Egwene fragte sich, ob Siuan vielleicht zu weit ging. Aber andererseits war es unter den gegebenen Umständen vielleicht auch nicht so. Sie *würden* mit ihrem Verbrechen ungestraft davonkommen. Schade, daß sie keine Möglichkeit sah, ein solches Talent, Verborgenes aufzuspüren, zu nutzen. Eine Möglichkeit, es ungefährdet zu nutzen.

Was auch immer Siuan gesagt hatte – als sie ihre Ohren losließ, wandten sie sich augenblicklich Egwene zu und versanken in Hofknickse. Nicola knickste so tief, daß sie mit der Stirn fast den Boden berührte, und Areina fiel beinahe vornüber. Siuan klatschte laut in die Hände, und die beiden Frauen sprangen auf und bemühten sich dann, zwei zottige Zugpferde von der Pflockleine loszubinden. Sie schwangen sich auf deren bloße Rücken und galoppierten so schnell davon, daß man sich wunderte, daß sie keine Flügel besaßen.

»Sie werden nicht einmal im Schlaf reden«, bemerkte Siuan verärgert, als sie zurückkam. »Ich kann wenigstens immer noch mit Novizinnen und Schurken umgehen.« Ihr Blick blieb auf Egwenes Gesicht gerichtet und mied die beiden anderen Schwestern völlig.

Egwene unterdrückte ein Seufzen und wandte sich Myrelle und Nisao zu. Sie mußte wegen Siuan etwas unternehmen, aber eines nach dem anderen. Die Grüne und die Braune Schwester beobachteten sie aufmerksam. »Es ist ganz einfach«, sagte sie mit fester Stimme. »Ohne meinen Schutz werdet Ihr Eure Behüter sehr wahrscheinlich verlieren und fast sicher wünschen, Ihr wärt lebendig gehäutet worden, wenn der Saal mit Euch fertig ist. Eure Ajahs haben Euch vielleicht ebenfalls einiges zu sagen. Es kann Jahre dauern, bevor ihr die Köpfe wieder stolz erheben könnt, und es kann ebenfalls Jahre dauern, bis Euch keine Schwester mehr ständig über die Schulter schaut. Aber warum sollte ich Euch vor dem Lauf der Gerechtigkeit schützen? Damit erlege ich mir eine Verpflichtung auf. Ihr könntet dasselbe erneut tun, oder Schlimmeres.« Die Weisen Frauen hatten ihren Anteil daran, obwohl es nicht im eigentlichen Sinne *Ji'e'toh* war. »Wenn ich diese Verantwortung übernehmen soll, muß auch Euch eine Verpflichtung auferlegt werden. Ich muß Euch vollkommen vertrauen können, und ich sehe nur eine Möglichkeit, das zu erreichen.« Die Weisen Frauen, und dann Faolain und Theodrin. »Ihr müßt Treue schwören.«

Sie hatten sie stirnrunzelnd angesehen und sich gefragt, worauf sie hinauswollte, aber woran auch immer sie gedacht hatten – Egwene hatte sie überrascht. Ihre Gesichter waren sehenswert. Nisaos Kinn sank herab, und Myrelle schaute drein, als habe man ihr mit einem Hammer vor den Kopf geschlagen. Sogar Siuan keuchte ungläubig.

»Un-m-möglich«, brachte Myrelle stotternd hervor. »Keine Schwester hat jemals ...! Keine Amyrlin hat bisher verlangt ...! Ihr könnt doch nicht wirklich glauben ...!«

»Oh, seid still, Myrelle«, fauchte Nisao. »Das alles ist Euer Fehler! Ich hätte niemals auf Euch hören sollen ...! Nun, geschehen ist geschehen, daran ist nichts mehr zu ändern.« Sie spähte unter gesenkten Lidern zu Egwene und sagte leise: »Ihr seid eine gefährliche junge Frau, Mutter. Eine sehr gefährliche Frau. Ihr könntet die Burg noch stärker spalten, als sie es bereits ist, bevor Ihr fertig seid. Wenn ich dessen sicher wäre und ich den Mut hätte, meine Pflicht zu tun und mich dem zu stellen, was auch immer kommt ...« Aber sie kniete sich mit einer geschmeidigen Bewegung hin und preßte ihre Lippen auf den Großen Schlangenring an Egwenes Finger. »Unter dem Licht und bei meiner Hoffnung auf Wiedergeburt und Rettung ...« Es war nicht der gleiche Wortlaut wie bei Faolain und Theodrin, aber die Worte waren genauso aussagekräftig. Noch aussagekräftiger. Keine Aes Sedai konnte einen Schwur bei den Drei Eiden leisten, den sie nicht ernst meinte. Außer der Schwarzen Ajah natürlich. Es schien offensichtlich, daß sie eine Möglichkeit zu lügen gefunden haben mußten. Ob eine dieser Frauen eine Schwarze war, wäre jedoch ein später zu behandelndes Problem. Siuan, deren Augen hervorgetreten waren und deren Mund sich unaufhörlich bewegte, wirkte wie ein auf einer Sandbank gestrandeter Fisch.

Myrelle versuchte erneut, Einspruch zu erheben, aber Egwene streckte einfach ihre rechte Hand mit dem Ring aus, und Myrelle beugte ruckartig die Knie. Sie sprach mit verbitterter Stimme den Eid und schaute dann auf. »Ihr habt getan, was niemals zuvor getan worden ist, Mutter. Das ist stets gefährlich.«

»Es wird nicht das letzte Mal sein«, belehrte Egwene sie. »Tatsächlich lautet mein erster Befehl für Euch, niemandem zu erzählen, daß Siuan alles andere ist, als jedermann glaubt. Mein zweiter lautet, daß ihr jedem Befehl gehorchen werdet, den sie Euch gibt, als käme er von mir.«

Sie wandten die Köpfe mit gelassenen Gesichtern zu Siuan. »Wie Ihr befehlt, Mutter«, murmelten sie gleichzeitig. Es war Siuan, die einer Ohnmacht nahe schien.

Sie blickte noch immer ins Leere, als sie die Straße erreichten und ihre Pferde ostwärts auf das Aes-Sedai-Lager und das Heer zu wandten. Die Sonne befand sich noch auf ihrem Aufstieg zum Zenit, den sie jetzt beinahe erreicht hatte. Es war ein ebenso ereignisreicher Vormittag gewesen wie an den meisten Tagen. Und wie in den meisten Wochen. Egwene ließ Daishar im Paßgang gehen.

»Myrelle hatte recht«, murmelte Siuan schließlich. Da ihre Reiterin in Gedanken woanders war, bewegte sich die Stute geschmeidig voran. Tatsächlich ließ sie Siuan wie eine erfahrene Reiterin wirken. »Treue. Niemand hat das jemals getan. Niemand. Es gibt auch in den geheimen Geschichtsbüchern nicht den kleinsten Hinweis darauf. Und daß *sie mir* gehorchen sollen ... Ihr ändert nicht nur wenige Dinge, sondern baut das Boot um, während Ihr durch einen Sturm segelt! *Alles* ändert sich. Und Nicola! Zu meiner Zeit hätte sich eine Novizin eher die Zunge abgebissen, als daran zu denken, eine Schwester zu erpressen!«

»Es war nicht ihr erster Versuch«, belehrte Egwene sie und erzählte ihr die Fakten mit so wenigen Worten wie möglich.

Sie hatte erwartet, daß Siuan vor Zorn über das Paar explodieren würde, aber statt dessen sagte die Frau recht gefaßt: »Ich fürchte, unsere beiden abenteuerlustigen Mädchen werden Unfälle erleiden.«

»Nein!« Egwene verhielt ihr Pferd so plötzlich, daß Siuans Stute noch ein Dutzend Schritte im Paßgang weiterlief, bevor sie das Tier unter Kontrolle bringen und umwenden konnte, wobei sie unentwegt leise Verwünschungen murmelte. Dann saß sie da und gönnte Egwene einen geduldigen Blick, der Lelaine auf schlimmste Art übertraf.

»Mutter, sie werden Euch steinigen, wenn sie jemals klug genug sind, dies zu Ende zu denken. Selbst wenn der Saal Euch nicht zu einer Strafe zwingt, könntet Ihr alle Eure Hoffnungen mit ihnen schwinden sehen.« Sie schüttelte angewidert den Kopf. »Ich wußte, daß Ihr es tun würdet, als ich Euch aussandte – ich wußte, daß Ihr es tun mußtet –, aber ich hätte niemals gedacht, Elayne und Nynaeve wären ausreichend einfältig, jemanden mitzubringen, der *wußte*. Diese beiden Mädchen verdienen alles, was sie bekommen, wenn dies herauskommt. Aber Ihr könnt es Euch nicht leisten, es ans Licht kommen zu lassen.«

»Nicola oder Areina wird nichts geschehen, Siuan! Wenn ich ihre Tötung für das billige, was sie wissen – wer wird dann der nächste sein? Romanda und Lelaine, weil sie nicht mit mir übereinstimmen? Wo hört das auf?« Sie war in gewisser Weise von sich selbst angewidert. Früher hätte sie nicht verstanden, was Siuan meinte. Es war stets besser zu wissen, als unwissend zu sein, aber manchmal war Unwissen weitaus bequemer. Sie trieb Daishar voran. »Ich werde mir einen siegreichen Tag nicht durch Mordgerede verderben lassen. Myrelle war noch nicht einmal der Anfang, Siuan. Heute morgen warteten Faolain und Theodrin...« Siuan führte ihre Stute näher heran, um zuzuhören, während sie weiterritten.

Die Nachricht dämpfte Siuans Sorgen über Nicola und Areina nicht, aber Egwenes Pläne bewirkten immerhin einen Hoffnungsschimmer in ihren Augen und ein anerkennendes Lächeln um ihre Lippen. Als sie das Lager der Aes Sedai erreichten, drängte es sie zu ihrer nächsten Aufgabe, die darin bestand, Sheriam und den übrigen Freundinnen Myrelles mitzuteilen, daß sie mittags im Arbeitszimmer der Amyrlin erwartet würden. Sie konnte sogar recht wahrheitsgemäß erwähnen, daß von ihnen nur das gefordert würde, was andere Schwestern schon zuvor getan hatten.

Egwene fühlte sich, obwohl sie von einem siegreichen Tag gesprochen hatte, nicht sehr zufrieden. Sie hörte die Glückwünsche und Hochrufe kaum, reagierte nur mit einem Winken darauf und war sicher, mehr zu verpassen als zu bemerken. Sie konnte Mord nicht unterstützen, aber Nicola und Areina würden beobachtet werden müssen. *Werde ich jemals irgendwo ankommen, wo sich keine Schwierigkeiten auftürmen?* fragte sie sich. Irgendwie sollte auf einen Sieg keine neuerliche Gefahr folgen.

Als sie ihr Zelt betrat, sank ihr Mut endgültig. Ihr Kopf pochte. Sie begann zu glauben, sie sollte dem Zelt lieber vollkommen fernbleiben.

Zwei sorgfältig gefaltete Blätter Pergament lagen ordentlich auf dem Schreibtisch, beide mit Wachs verschlossen und mit der Aufschrift: »Der Flamme versiegelt«. Hätte jemand anderer als die Amyrlin diese Siegel gebrochen, wäre das als ernstlicher Angriff auf die Person der Amyrlin aufgefaßt worden. Sie wünschte, sie müßte sie nicht erbrechen. Sie hegte keinen Zweifel, wer die Nachrichten geschickt hatte. Leider hatte sie recht.

Romanda schlug vor – ›forderte‹ war ein besseres Wort –, daß die Amyrlin eine Verordnung erlassen sollte, ›der Halle versiegelt‹ und nur den Sitzenden zugänglich. Die Schwestern sollten alle nacheinander herbeizitiert werden, und jede, die sich weigerte, sollte als vermutliches Mitglied der Schwarzen Ajah abgeschirmt und eingesperrt werden. Es blieb eher ungewiß, warum sie herbeizitiert werden sollten, aber Lelaine hatte heute morgen mehr als nur Andeutungen gemacht. Lelaines Sendschreiben war sehr von ihrem Wesen geprägt, eine Mutter, die ihrem Kind riet, was zu seinem eigenen Nutzen und dem Nutzen aller getan werden sollte. Sie wollte eine Verordnung erlassen sehen, die nur »dem Ring versiegelt« sein sollte. Jede Schwester durfte davon wissen und würde tatsächlich in diesem Falle auch davon Kenntnis haben müssen. Die Erwähnung der Schwarzen Ajah sollte als das Schüren von Uneinigkeit, unter dem Burggesetz ein ernsthaftes Vergehen mit entsprechenden Strafen, verboten werden.

Egwene sank stöhnend in ihren Faltsessel; natürlich rutschten die Beine weg, und sie landete fast auf dem Teppich. Sie sollte sie hinhalten und ausweichen, aber sie würden immer wieder mit diesem Unsinn ankommen. Früher oder später würde eine von ihnen ihren bescheidenen Vorschlag dem Saal vortragen, und das hätte die Wirkung eines Fuchses im Hühnerstall. Waren sie blind? Das Schüren von *Uneinigkeit?* Lelaine würde jede Schwester nicht nur davon überzeugen, daß es eine Schwarze Ajah gab, sondern auch davon, daß Egwene dazugehörte. Eine wilde Flucht von Schwestern, die nach Tar Valon und Elaida zurückeilten, würde bald folgen. Romanda wollte einfach eine Meuterei auslösen. In den verborgenen Chroniken wurde über sechs Meutereien berichtet. Ein halbes Dutzend in über dreitausend Jahren war vielleicht nicht sehr viel, aber jede Meuterei hatte damit geendet, daß die Amyrlin zurückgetreten war und der gesamte Saal mit ihr. Lelaine wußte das, und Romanda wußte es ebenfalls. Lelaine war fast vierzig Jahre lang eine Sitzende gewesen, mit Zugriff auf alle verborgenen Geschichtsüberlieferungen. Romanda hatte, bevor sie zurückgetreten war, um sich aufs Land zurückzuziehen, wie es viele Schwestern im Alter taten, so lange einen Sitz für die Gelben innegehabt, daß einige behaupteten, sie hätte genauso viel Macht gehabt wie jede Amyrlin, unter der sie diente. Es war kaum bekannt, daß jemand ein zweites Mal gebeten wurde, eine Sitzende zu werden, aber Romanda war ein Mensch, der Macht nach Möglichkeit nicht aus der Hand gab.

Nein, sie waren nicht blind. Sie hatten nur Angst. Jedermann hatte Angst, sie eingeschlossen, und selbst Aes Sedai dachten nicht immer vernünftig, wenn sie Angst hatten. Sie faltete die Blätter wieder zusammen und hätte sie am liebsten zerknüllt und in den Staub getreten. Ihr Kopf *würde* bersten.

»Darf ich hereinkommen, Mutter?« Halima Saranov fegte ins Zelt, ohne auf eine Antwort zu warten. Die Art, in der Halima sich stets bewegte, zog jedes männliche Auge von Zwölfjährigen bis hin zu Greisen auf sich, und auch wenn sie sich in einen schweren Umhang einhüllte, schauten die Männer dennoch hin. Langes schwarzes Haar, das glänzte, als wüsche sie es jeden Tag mit Regenwasser, umrahmte ein Gesicht, das gleichermaßen Blicke auf sich zog. »Delana Sedai dachte, Ihr wolltet dies vielleicht sehen. Sie präsentiert es heute morgen dem Saal.«

Der Saal trat zusammen, ohne sie auch nur davon in Kenntnis zu setzen? Nun, sie war fort gewesen, aber die Gebräuche, wenn nicht das Gesetz besagten, daß die Amyrlin benachrichtigt werden mußte, bevor der Saal überhaupt zusammentreten *konnte*. Es sei denn, er trat zusammen, um sie abzusetzen. In diesem Moment hätte sie das fast als Segen empfunden. Sie betrachtete das gefaltete Blatt Papier, das Halima auf den Tisch gelegt hatte, wie eine giftige Schlange. Nicht versiegelt. Selbst die jüngste Novizin könnte es lesen, soweit es Delana betraf. Es war natürlich die Erklärung, daß Elaida eine Schattenfreundin war. Sie war nicht ganz so schlimm wie Romanda oder Lelaine, aber wenn sie erführe, daß der Saal in Aufruhr geraten war, würde sie wohl nicht einmal blinzeln.

»Halima, ich könnte mir wünschen, daß Ihr nach Hause gezogen wärt, als Cabriana starb.« Oder daß Delana zumindest soviel Verstand besessen hätte, die Nachricht für den Saal zu versiegeln – oder auch für die Flamme –, anstatt jeder Schwester zu erzählen, sie könnte ihre Gegner aufhalten.

»Das konnte ich wohl kaum tun, Mutter.« Halimas grüne Augen blitzten provozierend oder trotzig auf, aber sie konnte Menschen nur auf zwei verschiedene Arten ansehen: mit einem geweiteten, direkten Blick, der herausforderte, oder mit einem verhangenen Blick, der schwelte. Ihre Augen führten häufig zu Mißverständnissen. »Nachdem Cabriana Sedai mir erzählt hatte, was sie von Elaida erfahren hatte? Und von ihren Plänen? Cabriana war meine Freundin und Eure Freundin, die Freundin aller, die gegen Elaida eingestellt sind, also hatte ich keine Wahl. Ich danke dem Licht nur dafür, daß sie Salidar erwähnte, so daß ich wußte, wo ich hingehen mußte.« Sie stützte die Hände in die Taille, die genauso schmal war, wie Egwenes in *Tel'aran'rhiod* gewesen war, neigte den Kopf zu einer Seite und betrachtete Egwene angespannt. »Ihr habt wieder Kopfschmerzen, nicht wahr? Cabriana hatte immer solche Schmerzen, daß sich sogar ihre Zehen verkrampften. Sie mußte in heißem Wasser baden, bis sie es ertragen konnte, Kleidung anzulegen. Die Schmerzen dauerten manchmal Tage. Wenn ich nicht gekommen wäre, dann wären Eure Kopfschmerzen schließlich genauso schlimm geworden.« Sie trat hinter den Sessel und begann Egwenes Kopf zu massieren. Halimas Finger waren so geschickt, daß der Schmerz dahinschmolz. »Ihr könntet kaum eine andere Schwester so oft zu Heilen bitten, wie Ihr diese Schmerzen habt. Es ist nur Angespanntheit. Ich kann es spüren.«

»Vermutlich«, murmelte Egwene. Sie mochte die Frau recht gern, gleichgültig, was andere sagten, und nicht nur wegen ihres Talents, Kopfschmerzen zu lindern. Halima war bodenständig und offen, eine Frau vom Lande, gleichgültig, wieviel Zeit sie damit verbracht hatte, einen flüchtigen Anschein der Erfahrenheit einer Städterin zu erlangen, die ihren Respekt für die Amyrlin mit einer Art gutnachbarlichem Verhalten abwog, die Egwene als erfrischend empfand. Sie wirkte manchmal erschreckend, aber auch belebend. Selbst Chesa machte es nicht besser, aber Chesa war stets die Dienerin, auch wenn sie sich freundschaftlich verhielt, während Halima niemals auch nur die geringste Unterwürfigkeit zeigte. Und doch wünschte Egwene insgeheim, sie wäre nach Hause zurückgekehrt, als Cabriana von jenem Pferd fiel und sich den Hals brach.

Es wäre vielleicht nützlich gewesen, wenn die Schwestern Cabrianas Glauben übernommen hätten, daß Elaida noch immer beabsichtigte, die Hälfte von ihnen zu dämpfen und die übrigen zu zerbrechen, aber jedermann war überzeugt, daß Halima das irgendwie falsch dargestellt hatte. Sie schossen sich auf die Schwarze Ajah ein. Frauen, die nicht daran gewöhnt waren, vor irgend etwas Angst zu haben, hatten akzeptiert, daß das, was sie stets geleugnet hatten, existierte, und das brachte sie vor Angst halbwegs um den Verstand. Wie sollte sie die Schattenfreunde ausfindig machen, ohne die anderen Schwestern wie verschreckte Hühner auseinanderzutreiben? Wie sollte sie sie überhaupt daran hindern, früher oder später auseinanderzustieben? Licht, wie?

»Entspannung«, sagte Halima leise. »Euer Gesicht ist entspannt. Euer Nacken ist entspannt. Eure Schultern...« Ihre Stimme hatte etwas Hypnotisches, ein Summen, das fast jeden Teil von Egwenes Körper zu liebkosen schien, den sie entspannen wollte.

Einige Frauen mochten sie natürlich allein schon

wegen ihres Aussehens nicht, obwohl ein besonders lüsterner Mann sie erträumt hatte, und viele behaupteten, sie schäkere mit allem, was Hosen trug, was Egwene nicht gutgeheißen hätte, aber Halima gab zu, daß sie gern Männer anschaute. Nicht einmal ihre schärfsten Kritiker behaupteten, sie habe jemals mehr getan als zu schäkern, und sie selbst reagierte auf jegliche Andeutung empört. Sie war keine Närrin – Egwene hatte das seit ihrer ersten Unterhaltung am Tag nach Logains Flucht gewußt, als die Kopfschmerzen begonnen hatten – und absolut nicht dumm oder verantwortungslos. Egwene vermutete, daß es sich mit ihr ähnlich verhielt wie mit Meri. Halima konnte nichts für ihr Gesicht oder ihre Art. Ihr Lächeln schien durch die Form ihres Mundes verlockend oder neckend. Sie lächelte Männer, Frauen und Kinder auf die gleiche Weise an. Es war wohl kaum ihr Fehler, daß die Leute glaubten, sie schäkere, wenn sie nur schaute. Außerdem hatte sie ihre Kopfschmerzen niemals jemand anderem gegenüber erwähnt. Hätte sie es getan, würden sie alle anwesenden Gelben Schwestern belagern. Daraus konnte man auf Freundschaft schließen, wenn nicht sogar auf Treue.

Egwenes Blick fiel auf die Papiere auf dem Schreibtisch, und ihre Gedanken schweiften unter Halimas massierenden Fingern ab. Fackeln, die in einen Heuhaufen gesteckt werden sollten. Es waren noch zehn Tage bis zur Grenze von Andor, es sei denn, Lord Bryne wäre bereit vorzudringen, ohne zu wissen warum und ohne daß vorher Widerstand geleistet wurde. Konnte sie diese Fackeln zehn Tage lang zurückhalten? Südhafen. Nordhafen. Die Schlüsselpositionen zu Tar Valon. Wie konnte sie Nicolas und Areinas sicher sein, angesichts Siuans Andeutungen? Sie mußte anordnen, daß jede Schwester geprüft wurde, bevor sie Andor erreichten. Sie besaß das Talent, mit Metallen und Erzen umzugehen, aber es war unter den Aes Sedai selten. Nicola. Areina. Die Schwarze Ajah.

»Ihr spannt Euch schon wieder an. Hört endlich auf, Euch Gedanken über den Saal zu machen.« Die massierenden Finger hielten inne und begannen dann erneut. »Es würde heute abend besser wirken, wenn Ihr ein heißes Bad genommen hättet. Ich könnte Euch Schultern und Rücken massieren, alles massieren. Das haben wir noch nicht ausprobiert. Ihr seid stocksteif. Ihr solltet geschmeidig genug sein, um Euch zurückbeugen und den Kopf zwischen die Knöchel nehmen zu können. Geist und Körper. Eines kann sich ohne das andere nicht lockern. Gebt Euch einfach in meine Hände.«

Egwene schlief fast ein. Es war nicht der Schlaf einer Traumgängerin. Nur Schlaf. Wie lange hatte sie nicht mehr geschlafen? Das Lager würde in Aufruhr geraten, wenn Delanas Antrag bekannt wurde, was nur zu bald der Fall sein würde – noch bevor sie Romanda und Lelaine sagen mußte, daß sie nicht die Absicht hatte, diese Verordnungen zu erlassen. Aber es gab auch heute noch etwas zu beachten – ein Grund mehr, wach zu bleiben. »Das wird schön werden«, murmelte sie und meinte damit mehr als nur die versprochene Massage. Sie hatte vor langer Zeit gelobt, daß sie Sheriam eines Tages gefügig machen würde, und heute war dieser Tag. Sie begann letztendlich, die Amyrlin zu *sein*, Kontrolle auszuüben. »Sehr schön.«

KAPITEL 4

Die Schale der Winde

Aviendha hätte sich gern auf den Boden gesetzt, aber die drei anderen Frauen, die den wenigen Platz im Boot belegten, ließen ihr nicht genug Raum, so daß sie sich damit zufriedengeben mußte, ihre Beine auf einer der entlang den Wänden aufgestellten Holzbänke zu kreuzen. Die Tür war geschlossen, und es gab keine Fenster, nur phantasievolle, geschnitzte Schneckenornamente, die wie Oberlichter wirkten. Sie konnte das Wasser draußen nicht sehen, aber die Bohrungen ließen den Salzgeruch, das Schlagen der Wellen gegen den Schiffsrumpf und Wasserspritzer von den Rudern herein. Selbst die schrillen Schreie irgendwelcher Vögel hallten über das weite Wasser hinweg. Sie hatte Männer in Teichen sterben sehen, die sie hätten überschreiten können, aber diese Gewässer waren unvorstellbar beängstigend. Darüber zu lesen, war nicht dasselbe, wie es zu erleben. Und der Fluß war an der Stelle, an der sie an Bord dieses Schiffes mit seinen beiden, ihnen auf seltsame Art lüsterne Blicke zuwerfenden Ruderern gegangen waren, mindestens eine halbe Meile breit. Eine halbe *Meile* Wasser und kein Tropfen davon zum Trinken geeignet. Wer konnte sich vorstellen, daß Wasser nutzlos war?

Die Bewegungen des Schiffes hatten sich verändert, es schaukelte jetzt vor und zurück. Hatten sie den Fluß schon verlassen, bereits die sogenannte Bucht erreicht? Elayne hatte gesagt, diese sei noch weiter, noch breiter. Aviendha verschränkte die Hände um die Knie und versuchte verzweifelt, an etwas Erfreulicheres zu denken. Wenn die anderen ihre Angst sahen, würde sie sich bis ans Ende ihres Lebens schämen müssen. Und das schlimmste daran war, daß sie diese Fahrt vorgeschlagen hatte, nachdem sie Elayne und Nynaeve vom Meervolk hatte sprechen hören. Wie hatte sie wissen können, wie es sein würde?

Die blaue Seide ihres Gewands fühlte sich unglaublich weich an, und daran hielt sie sich fest. Sie war kaum an Röcke gewöhnt – sie sehnte sich noch immer nach dem *Cadin'sor*, den zu verbrennen die Weisen Frauen sie gezwungen hatten, als sie mit der Ausbildung begann – und hier trug sie ein *Seiden*gewand, von denen sie inzwischen vier besaß, und Seidenstrümpfe anstatt derben Stoffs, und ein seidenes Nachthemd, das sie ihre Haut auf eine Art spüren ließ, wie sie sie niemals zuvor empfunden hatte. Sie konnte die Schönheit des Gewands nicht leugnen, gleichgültig, wie seltsam es ihr erschien, solche Dinge zu tragen, aber Seide war kostbar und rar. Eine Frau mochte einen Schal aus Seide besitzen, den sie an Festtagen trug und um den andere sie beneideten. Nur wenige Frauen besaßen zwei solche Schals. Aber unter diesen Feuchtländern war es anders. Nicht jedermann trug Seide, aber manchmal schien es ihr, als würde jeder zweite es tun. Große Bündel und sogar Ballen Seide kamen mit Schiffen aus den Ländern jenseits des Dreifaltigen Landes. Mit Schiffen! Über das Meer! Wasser, das sich bis zum Horizont erstreckte, und Schiffsreisen, bei denen man, wenn sie es richtig verstanden hatte, tagelang überhaupt kein Land mehr sehen konnte. Bei diesem unglaublichen Gedanken erschauderte sie beinahe.

Niemand der anderen schien sich unterhalten zu wollen. Elayne drehte abwesend den Großen Schlangenring an ihrem Finger und blickte ins Leere. Häufig überkamen sie Sorgen. Sie hatte zwei Pflichten auferlegt bekommen, und obwohl ihr die eine mehr am Herzen lag als die andere, hatte sie sich für diejenige entschieden, die ihr wichtiger und ehrenvoller erschien. Sie hatte das Recht und die Pflicht, die Herrscherin – die Königin – Andors zu werden, aber sie hatte sich entschieden, weiterhin zu jagen. Das war in gewisser Weise, wie wichtig ihre Suche auch war, als hätte sie etwas über den Clan oder die Gemeinschaft gestellt, aber Aviendha empfand dennoch Stolz. Elayne hegte über den Begriff Ehre manchmal genauso eigensinnige Ansichten wie über die Vorstellung einer Frau als Herrscherin oder die Tatsache, daß sie Herrscherin wurde, nur weil ihre Mutter es gewesen war, aber sie folgte diesem Kurs auf bewundernswert geradlinige Art. Birgitte, in der weiten roten Hose und dem kurzen gelben Mantel, um die Aviendha sie beneidete, saß ebenfalls gedankenverloren da und spielte mit ihrem Zopf. Oder vielleicht teilte sie auch Elaynes Sorgen. Sie war Elaynes erste Behüterin, was die Aes Sedai im Tarasin-Palast unendlich aufregte, obwohl es ihre Behüter nicht zu stören schien. Die Bräuche der Feuchtländer waren so merkwürdig, daß sie es kaum ertrugen, darüber nachzudenken.

Wenn Elayne und Birgitte von jeglichem Gedanken an ein Gespräch abgelenkt schienen, so lehnte Nynaeve al'Meara, die direkt gegenüber von Aviendha an der Tür saß, es schroff ab. Nynaeve, nicht Nynaeve al'Meara. Feuchtländer wurden gern nur mit der Hälfte ihres Namens benannt, und Aviendha versuchte sich zu erinnern, wie sehr dies dem Gefühl glich, mit einem Kosenamen angesprochen zu werden. Rand al'Thor war der einzige Geliebte, den sie jemals gehabt hatte, und sie dachte nicht einmal an ihn so vertraulich, aber sie mußte ihre Art lernen, wenn sie einen Feuchtländer heiraten sollte.

Nynaeves tiefbraune Augen blickten durch sie hindurch. Ihre Knöchel traten weiß hervor, während sie ihren Zopf umklammerte, der genauso dunkel wie Birgittes golden war, und ihr Gesicht, das zunächst blaß geworden war, zeigte jetzt ein schwaches Grün. Manchmal stieß sie ein unterdrücktes Stöhnen aus. Sie schwitzte normalerweise nicht – sie und Elayne hatten Aviendha den Trick gelehrt. Nynaeve war ein Rätsel. Manchmal übertrieben mutig, stöhnte sie jetzt vermutlich aus Feigheit und zeigte ihre Scham so offen, daß jedermann sie erkennen mußte. Wie konnte *der Antrag* sie so beunruhigen, wenn all dies Wasser es nicht tat?

Erneut Wasser. Aviendha schloß die Augen, um Nynaeves Gesicht nicht sehen zu müssen, aber dadurch wurde ihr Kopf nur von den Lauten der Vögel und dem Schwappen des Wassers erfüllt.

»Ich habe gerade nachgedacht«, sagte Elayne plötzlich und hielt dann inne. »Geht es Euch gut, Aviendha? Ihr ...« Aviendhas Wangen röteten sich, aber zumindest erwähnte Elayne nicht, daß sie beim Klang ihrer Stimme wie ein Hase aufgeschreckt war. Elayne schien zu erkennen, wie nahe sie daran gewesen war, Aviendhas Unehre zu enthüllen. Sie errötete ebenfalls, während sie fortfuhr. »Ich habe gerade über Nicola und Areina nachgedacht und darüber, was Egwene uns gestern abend erzählt hat. Ihr vermutet doch wohl nicht, daß sie *ihr* irgendwelche Schwierigkeiten bereiten könnten, oder? Was soll sie tun?«

»Sie loswerden«, sagte Aviendha und fuhr mit dem Daumen über ihren Hals. Die Erleichterung zu sprechen, Stimmen zu hören, war so groß, daß sie fast gekeucht hätte. Elayne schien entsetzt. Sie war manchmal bemerkenswert weichherzig.

»Das wäre vielleicht das beste«, sagte Birgitte. Sie hatte nur diesen Namen offenbart. Aviendha hielt sie für eine Frau mit Geheimnissen. »Areina hätte in angemessener Zeit etwas aus sich machen können, aber ... Seht mich nicht so an, Elayne, und hört auf, Euch prüde und unwissend zu stellen.« Birgitte wechselte oft zwischen der Behüterin, die gehorchte, und der älteren Erstschwester, die unterwies, ob man lernen wollte oder nicht. Gerade jetzt, als sie ermahnend den Finger hob, war sie die Erstschwester. »Ihr beide wärt nicht gewarnt worden fernzubleiben, wenn es um ein Problem ginge, das die Amyrlin lösen könnte, indem sie die beiden die Wäsche oder Ähnliches erledigen ließe.«

Elayne rümpfte angesichts dessen, was sie nicht leugnen konnte, heftig die Nase und richtete ihre grünen Seidenröcke. Sie trug die örtliche Mode mit cremefarbener Spitze an den Handgelenken und um den Hals, ein Geschenk von Tylin Quintara, wie auch die eng anliegende Halskette aus geflochtenem Gold. Aviendha billigte es nicht. Die obere Hälfte des Gewands, das Mieder, lag genauso eng an wie die Halskette, und eine ovale Aussparung im Stoff gab die innere Wölbung ihrer Brüste frei. Dort damit herumzulaufen, wo jedermann es sehen konnte, war etwas anderes, als es in den Schwitzzelten zu zeigen. Die Menschen auf den Straßen der Stadt waren keine *Gai'shain*. Ihr eigenes Gewand hatte einen hohen Kragen, dessen Spitzenbesatz ihr Kinn streifte, und es gab keine Aussparungen im Stoff.

»Außerdem«, fuhr Birgitte fort, »sollte man glauben, *Marigan* würde Euch mehr beunruhigen. Mich beunruhigt sie sehr.«

Natürlich registrierte Nynaeve den Namen. Sie stöhnte heftiger und setzte sich auf. »Wenn sie uns holen kommt, werden wir uns mit ihr befassen müssen. Wir werden … wir werden …« Sie atmete tief ein und sah die anderen scharf an, als stritten sie mit ihr. Aber dann sagte sie mit schwacher Stimme: »Glaubt Ihr, sie wird es tun?«

»Es nützt nichts, sich aufzuregen«, belehrte Elayne sie weitaus ruhiger, als Aviendha hätte bleiben können, wenn sie geglaubt hätte, daß einer der Schattenbeseelten sie ausersehen hätte. »Wir werden einfach tun müssen, was Egwene gesagt hat, und dabei möglichst vorsichtig sein.« Nynaeve murmelte etwas Unhörbares, was wahrscheinlich gut so war.

Erneut entstand Schweigen. Elayne blickte noch düsterer drein als zuvor, und Birgitte stützte ihr Kinn auf eine Hand, während sie stirnrunzelnd ins Leere blickte. Nynaeve murrte weiterhin leise, aber sie hielt jetzt beide Hände auf die Körpermitte gepreßt und hielt von Zeit zu Zeit inne, um zu schlucken. Das Spritzen des Wassers schien lauter denn je, und die Schreie der Vögel ebenso.

»Ich habe auch nachgedacht, Nächstschwester.« Aviendha und Elayne waren noch nicht soweit, sich als Erst-Schwestern anzunehmen, aber sie war sich jetzt sicher, daß sie es tun würden. Sie strichen einander bereits übers Haar und teilten jede Nacht im Dunkeln ein weiteres Geheimnis, das sie noch niemals jemand anderem erzählt hatten. Diese Min jedoch ... Das mußte später besprochen werden, wenn sie allein waren.

»Worüber?« fragte Elayne abwesend.

»Über unsere Suche. Wir rechnen mit Erfolg, aber wir sind noch immer genauso weit davon entfernt wie zu Anfang. Ist es sinnvoll, verfügbare Waffen nicht einzusetzen? Mat Cauthon ist ein *Ta'veren*, aber wir meiden ihn tunlichst. Warum nehmen wir ihn nicht mit uns? Mit seiner Hilfe könnten wir die Schale endlich finden.«

»Mat?« rief Nynaeve ungläubig aus. »Genausogut könntest du dich in Nesseln setzen! Ich würde den Mann nicht einmal ertragen, wenn er die Schale in seiner Manteltasche hätte.«

»Oh, *sei* doch still, Nynaeve«, murmelte Elayne leidenschaftslos. Sie schüttelte verwundert den Kopf und bemerkte den plötzlich finsteren Blick der anderen Frau nicht. Die Bezeichnung »heikel« beschrieb Nynaeve nur schwach, aber sie waren alle an ihre Art gewöhnt. »*Warum* habe ich nicht daran gedacht? Es ist so *offensichtlich!*«

»Vielleicht«, murmelte Birgitte trocken. »Ihr hattet eine solch schlechte Meinung von dem Schurken, daß Ihr nicht erkennen konntet, daß Mat nützlich sein könnte.« Elayne sah sie kühl an, das Kinn emporgereckt, dann grinste sie plötzlich und nickte widerwillig. Sie nahm Kritik nicht leicht an.

»Nein«, sagte Nynaeve mit einer Stimme, die gleichzeitig scharf und schwach klang. Die kränkliche Hautfarbe ihres Gesichts hatte sich noch verstärkt, aber sie schien nicht mehr durch das Heben und Senken des Schiffes verursacht. »Das kannst du nicht wirklich meinen! Elayne, du weißt, wie wütend er werden kann und wie stur er ist. Er wird darauf bestehen, seine Soldaten wie eine Festtagsparade heranzubringen. Versuche einmal, im Rahad etwas zu finden, wenn dir Soldaten über die Schulter sehen. Versuche es nur! Er wird nach zwei Schritten anführen wollen und mit diesem *Ter'angreal* vor uns protzen. Er ist tausendmal schlimmer als Vandene oder Adeleas oder sogar Merilille. So wie er sich verhält, könnte man durchaus denken, wir schritten in die Höhle des Löwen, nur um den Löwen zu sehen!«

Birgitte stieß einen Laut aus, der vielleicht Belustigung ausdrücken sollte, und wurde drohend angesehen. Daraufhin nahm sie wieder einen solch unschuldigen Gesichtsausdruck an, daß Nynaeve vor Empörung schnaubte.

Elayne war vernünftiger. »Er ist ein *Ta'veren*, Nynaeve. Er ändert das Muster, ändert das *Schicksal* einfach dadurch, daß er da ist. Ich gebe zu, daß wir Glück brauchen, und ein *Ta'veren* bedeutet mehr als Glück. Außerdem können wir so zwei Fliegen mit einer Klappe schlagen. Wir hätten ihn nicht die ganze Zeit unbeobachtet lassen sollen, gleichgültig, wie beschäftigt wir waren. Das hat niemandem genützt, und ihm am allerwenigsten. Er muß lernen, ein angenehmer Gesellschafter zu werden. Wir werden ihn von Anfang an im Auge behalten.«

Nynaeve glättete energisch ihre Röcke. Sie behauptete, nicht mehr Interesse an Kleidung zu haben als Aviendha – worin sie sich ohnehin ähnlich sahen; sie erwähnte stets, guter, einfacher Stoff sei für jedermann ausreichend –, aber ihr blaues Gewand war an den Röcken und Ärmeln gelb geschlitzt, und das Muster hatte sie selbst ausgesucht. Jedes Kleidungsstück, das sie besaß, war entweder aus Seide oder bestickt oder beides und mit der auserlesenen Sorgfalt zugeschnitten, die Aviendha zu erkennen gelernt hatte.

Endlich einmal schien Nynaeve zu begreifen, daß es nicht nach ihrem Kopf gehen würde. Sie bekam manchmal beachtenswerte Wutanfälle, bevor es geschah, ohne daß sie hinterher zugeben würde, daß es Wutanfälle gewesen waren. Der finstere Gesichtsausdruck wurde zu einem verdrießlichen Schmollen. »Wer wird ihn fragen? Wer auch immer es tut – er wird sie betteln lassen. Ihr wißt, daß er es tun wird!«

Elayne zögerte und sagte dann entschlossen: »Birgitte wird diejenige sein. Und sie wird nicht betteln – sie wird es ihm sagen. Die meisten Menschen tun, was man sagt, wenn man in festem, zuversichtlichen Tonfall spricht.« Nynaeve wirkte skeptisch, und Birgitte richtete sich jäh auf ihrer Bank auf – es war das erste Mal, daß Aviendha sie bestürzt erlebte. Bei jedem anderen hätte Aviendha zudem behauptet, sie wirke auch ein wenig ängstlich. Für eine Feuchtländerin wäre Birgitte eine gute *Far Dareis Mai* gewesen. Sie konnte bemerkenswert gut mit dem Bogen umgehen.

»Ihr seid einstimmig gewählt, Birgitte«, fuhr Elayne schnell fort. »Nynaeve und ich sind Aes Sedai, und Aviendha wird es vielleicht ebenfalls. Wir können es *unmöglich* tun. Nicht, ohne unsere Würde zu verlieren. Nicht bei ihm. Ihr *wißt*, wie er ist.« Was war aus dem ganzen Gerede über eine feste, zuversichtliche Stimme geworden? Nicht, daß Aviendha jemals bemerkt hätte, daß es bei jemand anderem als Sorilea gewirkt hätte. Es hatte bisher auch sicherlich nicht bei Mat Cauthon gewirkt, soweit sie es miterlebt hatte. »Birgitte, er *kann* Euch nicht wiedererkannt haben. Wenn dem so wäre, hätte er inzwischen etwas verlauten lassen.«

Was auch immer es bedeutete – Birgitte lehnte sich an die Wand zurück und verschränkte die Finger über dem Bauch. »Ich hätte wissen sollen, daß Ihr es mir heimzahlen würdet, seit ich gesagt habe, es wäre gut, daß Euer Hintern kein ...« Sie hielt inne, und ein kleines, zufriedenes Lächeln umspielte ihre Lippen. An Elaynes Gesichtsausdruck änderte sich nichts, aber Birgitte glaubte eindeutig, ein gewisses Maß an Rache erreicht zu haben. Es mußte etwas gewesen sein, was durch den Behüter-Bund zu spüren war. Was jedoch Elaynes Hintern damit zu tun hatte, konnte Aviendha sich nicht denken. Feuchtländer waren so ... *seltsam* ... manchmal. Birgitte fuhr fort, während sie noch immer lächelte. »Was ich nicht verstehe, ist, warum er sich ärgert, sobald er Euch beide sieht. Es kann nicht daran liegen, daß Ihr ihn hier behindert habt. Egwene hatte genauso viel Anteil daran wie Ihr, aber ich habe bemerkt, daß er sie respektvoller behandelt, als die meisten Schwestern es tun. Außerdem hatte er sich jedesmal, wenn ich ihn aus der *Wanderin* kommen sah, anscheinend gut amüsiert.« Ihr Lächeln wurde zu einem Grinsen, das Elayne dazu veranlaßte, mißbilligend die Nase zu rümpfen.

»Das ist eines der Dinge, die wir ändern müssen. Eine anständige Frau kann nicht denselben Raum mit ihm teilen. Oh, nehmt dieses Grinsen von Eurem Gesicht, Birgitte. Ich schwöre Euch, Ihr seid manchmal genauso schlimm wie er.«

»Der Mann wurde einfach als Prüfung geboren«, murrte Nynaeve verärgert.

Als plötzlich alles schwankte und dann sich rundum drehend zum Halt kam, wurde Aviendha eindringlich daran erinnert, daß sie sich auf einem Schiff befanden. Die Frauen erhoben sich, glätteten ihre Gewänder und nahmen die leichten Umhänge auf, die sie mitgenommen hatten. Aviendha zog den ihren nicht an. Das Sonnenlicht war hier nicht so hell, daß sie die Kapuze zum Schutz ihrer Augen benötigt hätte. Birgitte legte ihren Umhang über eine Schulter, stieß die Tür auf und stieg die drei Stufen hinauf, nachdem Nynaeve mit einer vor den Mund gehaltenen Hand an ihr vorbeigerauscht war.

Elayne hielt inne, um ihren Umhang zu schließen und die Kapuze um ihr Gesicht zurechtzuziehen, wobei die rot-goldenen Locken überall herauslugten. »Ihr habt nicht viel gesagt, Nächstschwester.«

»Ich habe gesagt, was ich zu sagen hatte. Die Entscheidung mußtet Ihr treffen.«

»Aber der Schlüsselgedanke kam von Euch. Manchmal denke ich, daß wir anderen allmählich verdummen.« Elayne wandte sich halb zu den Stufen um und hielt dann inne. »Die Weite des Meeres beunruhigt mich manchmal. Ich glaube, ich werde nur aufs Schiff sehen und auf nichts anderes.« Aviendha nickte – ihre Nächstschwester besaß ein gutes Einfühlungsvermögen –, und sie stiegen die Stufen hinauf.

An Deck lehnte Nynaeve gerade Birgittes Angebot zu helfen ab und stieß sich von der Reling hoch. Die beiden Ruderer sahen belustigt zu, wie sie sich mit dem Handrücken den Mund abwischte. Sie waren Burschen mit nacktem Oberkörper und Messingringen in beiden Ohren und hatten die hinter ihre Schärpen gesteckten gebogenen Dolche sicherlich schon häufig benutzt. Aber ihr Hauptaugenmerk galt der Bewegung ihrer Ruder, die sie an Deck vor und zurück führten, um das Boot neben einem Schiff stabil zu halten, das Aviendha durch seine Größe fast den Atem nahm und das über ihrem plötzlich sehr klein wirkenden Boot aufragte, seine drei großen Masten höher als die meisten Bäume, die sie hier in den

Feuchtlanden gesehen hatte. Sie hatte es auserwählt, weil es das größte von Hunderten von Meervolk-Schiffen war, die in der Bucht ankerten. Auf einem solch riesigen Schiff mußte es gewiß möglich sein, all das Wasser rundum zu vergessen. Außer ...

Elayne hatte ihre Schande nicht wirklich zugegeben, und wenn sie es getan hätte, durfte eine Nächstschwester ruhig von der tiefen Demütigung wissen, ohne daß es wichtig wäre, aber ... Amys sagte, sie sei zu stolz. Sie zwang sich, sich umzudrehen und vom Boot fortzuschauen.

Sie hatte noch niemals in ihrem Leben soviel Wasser erlebt, nicht einmal wenn jeder Tropfen Wasser, den sie bisher gesehen hatte, zusammengeschüttet würde, und es rollte grau-grün und hier und da weiß schäumend heran. Sie wandte den Blick ruckartig ab, versuchte, es zu ignorieren. Selbst der Himmel schien hier weiter, riesig, mit einer von Osten heraufziehenden Sonne wie flüssiges Gold. Ein heftiger Wind blies, kühler als an Land und niemals einhaltend. Wolken von Vögeln schwirrten durch die Luft, grau und weiß und manchmal schwarz getupft, die schrille Schreie ausstießen. Ein Vogel, der bis auf den Kopf vollkommen schwarz war, glitt an der Wasseroberfläche entlang, wobei sein langer, gesenkter Schnabel das Wasser durchschnitt, und eine Reihe plumper brauner Vögel – Pelikane hatte Elayne sie genannt – falteten plötzlich nacheinander die Schwingen, tauchten spritzend ins Wasser ein und stießen dann wieder an die Oberfläche, wo sie dahintrieben, die unglaublich großen Schnäbel aufwärts gerichtet. Überall waren Schiffe, viele fast so groß wie dasjenige hinter ihr, die nicht alle den Atha'an Miere gehörten, und kleinere Schiffe mit nur einem oder zwei Masten, die unter dreieckigen Segeln fuhren. Auch kleinere Schiffe, wie das Boot, auf dem sie sich befanden, ohne Masten, mit einem hohen, spitzen Bug und einem niedrigen, flachen Boots-

haus im Heck, zogen, von einem oder zwei oder auch drei Paar Rudern bewegt, übers Wasser. Ein langes, schmales Boot, das wohl zwanzig Ruder pro Seite aufwies, wirkte wie ein dahingleitender Tausendfüßler. Und da war Land. Vielleicht sieben oder acht Meilen entfernt schimmerte Sonnenlicht auf den weiß getünchten Häusern der Stadt. Sieben oder acht Meilen Wasser.

Sie schluckte und drehte sich schneller wieder um, als sie sich vom Schiff abgewandt hatte. Sie glaubte, ihre Wangen müßten grüner sein, als Nynaeves gewesen waren. Elayne beobachtete sie, versuchte, einen ruhigen Gesichtsausdruck beizubehalten, aber Feuchtländer zeigten ihre Empfindungen so deutlich, daß ihre Sorge doch sichtbar war. »Ich bin eine Närrin, Elayne.« Selbst bei ihr bereitete es Aviendha Unbehagen, nur den Vornamen zu benutzen. Wenn sie Erstschwestern wären, wenn sie Schwester-Frauen wären, wäre es leichter. »Eine weise Frau hört auf weisen Rat.«

»Ihr seid tapferer, als ich jemals sein werde«, erwiderte Elayne vollkommen ernsthaft. Sie leugnete ebenfalls, Mut zu haben. Vielleicht war das auch ein Feuchtländer-Brauch? Nein, Aviendha hatte schon Feuchtländer über ihre Tapferkeit sprechen hören. Diese Ebou Dari schien, zum Beispiel, keine drei Worte äußern zu können, ohne sich zu rühmen. Elayne atmete tief ein, um sich zu stählen. »Heute abend werden wir über Rand sprechen.«

Aviendha nickte, aber sie verstand nicht, wie Elayne auf dieses Thema kam. Wie konnten Schwester-Frauen mit einem Ehemann zurechtkommen, wenn sie nicht ausführlich über ihn sprachen? Das sagte ihr die ältere Frau und die Weisen Frauen ohnehin. Sie waren natürlich nicht immer so entgegenkommend. Als Aviendha sich Amys und Bair gegenüber beklagte, sie müsse krank sein, weil sie sich fühle, als trüge Rand al'Thor einen Teil von ihr mit sich herum, waren sie in Gelächter ausgebrochen. *Ihr werdet lernen*, belehrten sie Aviendha lachend, und *Ihr hättet es schon früher gelernt, wenn Ihr in Röcken aufgewachsen wärt*. Als hätte sie jemals ein anderes Leben als das einer Tochter des Speers führen wollen, die mit ihren Speer-Schwestern einherging. Vielleicht empfand Elayne die gleiche Leere. Doch über Rand zu sprechen, verstärkte die Leere anscheinend, noch während man sie füllte.

Sie hatte schon einige Zeit lauter werdende Stimmen wahrgenommen, und jetzt konnte sie auch die Worte verstehen.

»... Ihr beringter Possenreißer!« Nynaeve zeigte einem sehr dunkelhäutigen Mann die Faust, der über die hohe Seite des Schiffes zu ihr herabsah. Er wirkte gelassen, konnte aber andererseits das Schimmern *Saidars* um sie herum nicht sehen. »Wir sind nicht hier, um darum zu bitten, an Bord kommen zu dürfen, also macht es nichts, wenn Ihr es Aes Sedai verweigert! Laßt sofort eine Leiter herunter!« Die Männer an den Rudern blieben ernst. Anscheinend hatten sie vorher die Schlangenringe am befestigten Anlegesteg übersehen, und sie schienen nicht erfreut darüber, Aes Sedai an Bord zu haben.

»O je«, seufzte Elayne. »Ich muß dies wiedergutmachen, Aviendha, sonst haben wir den Vormittag verschwendet, nur damit sie ihr Frühstück loswerden konnte.« Elayne glitt übers *Deck* – Aviendha war stolz darauf, die Namen der Dinge auf Schiffen zu kennen – und sprach den Mann oben auf dem Schiff an. »Ich bin Elayne Trakand, Tochter-Erbin von Andor und Aes Sedai der Grünen Ajah. Meine Begleiterin sagt die Wahrheit. Wir wollen nicht darum bitten, an Bord kommen zu dürfen, sondern wir müssen mit Eurer Windsucherin über eine dringende Angelegenheit sprechen. Sagt ihr, wir wüßten vom Gewebe der Winde. Sagt ihr, wir wüßten von den Windsuchern.«

Der Mann blickte stirnrunzelnd zu ihr herab und verschwand dann plötzlich ohne ein Wort.

»Die Frau wird wahrscheinlich denken, du wolltest ihre Geheimnisse ausplaudern«, murrte Nynaeve und zog energisch ihren Umhang zurecht. »Du weißt, wieviel Angst sie davor haben, daß Aes Sedai sie alle zur Burg schleppen werden, wenn bekannt wird, daß die meisten die Macht lenken können. Nur ein Dummkopf glaubt, er könne Leute bedrohen, Elayne, und dennoch davonkommen.«

Aviendha brach in Gelächter aus. Nynaeves bestürztem Blick nach zu urteilen, erkannte sie nicht, daß sie einen Scherz auf eigene Kosten gemacht hatte. Elaynes Lippen zitterten jedoch, wie sehr sie sich auch dagegen wehrte. Man konnte sich des Feuchtländer-Humors niemals sicher sein. Sie fanden eigenartige Dinge lustig, aber die besten Scherze entgingen ihnen.

Als Elayne den Bootsmann bezahlt und die Männer belehrt hatte, auf ihre Rückkehr zu warten – woraufhin Nynaeve ihnen sagte, sie würde sie schlagen, wenn sie davonführen; und ihre Beschreibung, wie sie das bewerkstelligen wollte, ließ Aviendha beinahe erneut in einen Lachanfall ausbrechen –, als das alles getan war, schien die Entscheidung gefallen zu sein, daß sie an Bord kommen durften. Es wurde keine Leiter herabgelassen, sondern statt dessen eine flache Holzplanke, deren beide Seile, an denen sie herabhing, schließlich zu einem Seil verflochten war, das zu einer dicken, über die Seite eines der Masten hinausführenden Stange verlief. Nynaeve nahm ihren Platz auf der Planke ein, während sie die Bootsleute eindringlich warnte, keinesfalls unter ihre Röcke zu schauen, woraufhin Elayne errötete, ihre Röcke fest um die Beine zusammengenommen hielt und so gekrümmt saß, daß sie mit dem Kopf voraus hinabzufallen drohte, als sie in der Luft schwankte und auf dem Schiff außer Sicht geriet. Einer der Burschen schaute dennoch hoch, und Birgitte schlug ihm mit der Faust auf die Nase. Sie sahen *ihr* sicherlich nicht beim Aufstieg zu.

Aviendhas Gürtelmesser war klein und besaß eine nicht einmal einen halben Fuß lange Klinge, aber die Ruderer runzelten dennoch besorgt die Stirn, als sie es blankzog. Sie nahm den Arm zurück, und die Männer ließen sich aufs Deck fallen, als das Messer über ihre Köpfe wirbelte und mit einem wuchtigen *Plonk* in den dicken Holzpfosten im Bug des Bootes steckenblieb. Aviendha schlang sich ihren Umhang wie eine Stola um den Arm und raffte die Röcke bis über die Knie, so daß sie über die Ruder hinwegsteigen und ihr Messer zurückholen konnte, um dann ihren Platz auf der baumelnden Planke einzunehmen. Sie steckte das Messer nicht wieder ein. Aus irgendeinem Grund wechselten die beiden Männer verwirrte Blicke, aber sie hielten die Augen gesenkt, während Aviendha hinaufgehoben wurde. Vielleicht bekam sie allmählich ein Gefühl für Feuchtländer-Bräuche.

Als sie auf das Deck des großen Schiffes gelangte, staunte Aviendha und vergaß beinahe, den schmalen Sitz zu verlassen. Sie hatte über die Atha'an Miere gelesen, aber darüber zu lesen und sie zu sehen, war genau solch ein Unterschied, wie über Salzwasser zu lesen und es zu schmecken. Zum einen waren sie alle dunkelhäutig, viel dunkler als die Ebou Dari und sogar dunkler als die meisten Tairener, mit glattem schwarzen Haar, schwarzen Augen und tätowierten Händen. Barfüßige Männer mit bloßem Oberkörper und bunten, schmalen Schärpen, die ausgebeulte, schmutzig aussehende Hosen aus einem dunklen Stoff hielten, und Frauen in ebenso bunten Blusen wie Schärpen und mit schwingenden Bewegungen paßten sich anmutig dem Rollen des Schiffes an. Meervolk-Frauen hatten nach dem, was sie gelesen hatte, in bezug auf Männer sehr merkwürdige Bräuche, tanzten nur mit einem Tuch bekleidet und Schlimmeres, aber es waren die Ohrringe, die Aviendhas Blicke auf sich zogen. Die meisten Frauen besaßen drei oder vier, häufig mit glänzenden Steinen, und eine Frau wies tatsächlich einen kleinen Ring in einem Nasenflügel auf! Bei den Männern war es ähnlich, zumindest was die Ohrringe betraf, und genauso viele trugen Gold- und Silberketten um den Hals. Männer! Einige Feuchtländer trugen auch Ringe in den Ohren – die meisten Ebou Dari anscheinend ebenfalls – aber so viele! Und Halsketten! Feuchtländer hatten seltsame Angewohnheiten. Sie hatte gelesen, daß das Meervolk seine Schiffe niemals verließ – niemals –, und daß es vermutlich seine Toten aß. Das hatte sie nicht wirklich glauben können, aber wenn die Männer Halsketten trugen, wer wußte dann, was sie sonst noch taten?

Die Frau, die ihnen entgegenkam, trug Hose, Bluse und Schärpe wie die anderen, aber ihre Kleidung war aus gelber, brokatdurchwirkter Seide, und die Schärpe, deren Enden bis zu den Knien herabhingen, war mehrfach geknotet. An einer ihrer Halsketten baumelte eine kleine goldene, kompliziert gearbeitete Dose. Ein süßlicher Moschusgeruch umgab die Frau. Ihr Haar war stark von Grau durchzogen, und sie hatte ein ernstes Gesicht. Jeweils fünf kleine, breite Goldringe schmückten ihre Ohren, und eine dünne Kette verband einen davon mit einem ähnlichen Ring in ihrer Nase. Winzige Medaillons aus glänzendem Gold, die von dieser Kette herabbaumelten, blitzten im Sonnenlicht auf, während sie die Ankömmlinge betrachtete.

Aviendha nahm die Hand von ihrer eigenen Nase – solch eine Kette zu tragen, die immer herabzog! – und konnte kaum ein Lachen unterdrücken. Feuchtländer-Bräuche waren unglaublich, und sicherlich verdiente kein Volk diese Charakterisierung eher als das Meervolk.

»Ich bin Malin din Toral Brechende Woge«, sagte die

Frau, »eine Herrin der Wogen des Clans Somarin und Segelherrin der *Windläufer*.« Eine Herrin der Wogen war eine wichtige Persönlichkeit, wie ein Clanhäuptling, und doch schien sie unsicher und schaute von einem zum anderen Gesicht, bis ihr Blick auf die Großen Schlangenringe fiel, die Elayne und Nynaeve trugen, und dann atmete sie ergeben aus. »Wenn Ihr mir folgen wollt, Aes Sedai?« sagte sie zu Nynaeve.

Das Heck des Schiffs war hochgezogen. Die Frau führte sie durch eine Tür ins Innere und dann einen Gang hinab zu einem großen Raum – eine *Kabine* – mit einer niedrigen Decke. Aviendha bezweifelte, daß Rand al'Thor unter einem dieser dicken Balken hätte aufrecht stehen können. Bis auf einige wenige Lackkisten schien alles fest eingebaut zu sein, die Schränke an den Wänden und sogar der große Tisch, der die halbe Länge des Raums einnahm, wie auch die ihn umgebenden Armsessel. Es war schwer, sich vorzustellen, daß ein Schiff dieser Größe aus Holz bestand, und selbst nach der langen Zeit, die Aviendha bereits bei den Feuchtländern verbrachte, ließ sie der Anblick all dieses glänzenden Holzes beinahe keuchen. Es glänzte fast genauso sehr wie die vergoldeten Lampen, die unangezündet in einer Art Käfig hingen, damit sie aufrecht blieben, wenn sich das Schiff mit den Wogen bewegte. In Wahrheit schien sich das Schiff kaum jemals zu bewegen, zumindest im Vergleich mit dem Boot, auf dem sie hergekommen waren, aber leider bestand die Rückseite der Kabine und des Schiffes aus einer Reihe Fenster, deren bemalte und vergoldete Läden geöffnet waren und einen herrlichen Blick auf die Bucht ermöglichten. Schlimmer noch, es war aus diesen Fenstern kein Land in Sicht. Kein Land! Aviendhas Kehle zog sich zusammen. Sie hätte nicht zu sprechen vermocht. Sie hätte nicht schreien können, obwohl sie es wollte.

Diese Fenster und was sie zeigten – oder was sie nicht

zeigten – hatten ihren Blick so schnell auf sich gezogen, daß sie einen Moment zu der Erkenntnis brauchte, daß bereits Menschen im Raum waren. Eine schöne Bescherung! Wenn sie es gewollt hätten, hätten sie sie töten können, bevor sie es gemerkt hätte. Nicht daß die Leute auch nur den Anschein von Feindseligkeit erweckten, aber man konnte bei Feuchtländern nie vorsichtig genug sein.

Ein spindeldürrer Mann mit tiefliegenden Augen saß bequem auf einer Kiste. Das wenige ihm verbliebene Haar war weiß, und sein dunkles Gesicht hatte einen freundlichen Ausdruck, obwohl insgesamt ein volles Dutzend Ohrringe und eine Anzahl schwerer goldener Ketten um seinen Hals seinen Ausdruck, ihrer Meinung nach, seltsam verzerrten. Wie die Männer oben an Deck war auch er barfuß und trug kein Hemd, aber seine Hose war aus dunkelblauer Seide und seine lange Schärpe strahlend rot. Ein Schwert mit Elfenbeinheft steckte in der Schärpe, wie Aviendha verächtlich registrierte, sowie zwei gebogene, zueinander passende Dolche.

Aber ihre Aufmerksamkeit galt mehr der schlanken, hübschen Frau mit den gekreuzten Armen und einem grimmig vorahnungsvollen Stirnrunzeln. Sie trug nur vier Ohrringe in jedem Ohr und weniger Medaillons an ihrer Kette als Malin din Toral, und ihre Kleidung bestand ganz aus rötlich-gelber Seide. Sie konnte die Macht lenken. Aviendha erkannte es, da sie ihr so nahe war. Sie mußte die Frau sein, deretwegen sie hergekommen waren, die Windsucherin. Und doch war es eine andere, die Aviendhas Blick schließlich gefangen hielt. Und Elaynes, Nynaeves und Birgittes Blicke ebenso.

Die Frau, die von einer entrollten Landkarte auf dem Tisch aufgeschaut hatte, mochte, ihrem weißen Haar nach zu urteilen, genauso alt sein wie der Mann. Sie war klein, nicht größer als Nynaeve, und wirkte, als wäre sie einst stämmig gewesen und begänne jetzt dick zu werden, aber sie reckte ihr Kinn entschlossen vor, und ihre schwarzen Augen zeugten von Intelligenz. Und von Macht. Nicht die Eine Macht, nur die Macht eines Menschen, der »geh« sagte und wußte, daß die Menschen gehen würden. Ihre Hose war aus grüner, brokatdurchwirkter Seide, ihre Bluse blau und ihre Schärpe rot wie die des Mannes. Der Dolch mit der gebogenen Klinge in einer in der Schärpe steckenden Scheide hatte einen runden, mit roten und grünen Steinen besetzten Knauf. Feuertropfen und Smaragde, dachte Aviendha. Von ihrer Nasenkette hingen doppelt so viele Medaillons herab wie von Malin din Torals, und eine weitere, dünnere Goldkette verband die sechs Ringe in ihren beiden Ohren. Aviendha hatte Mühe, nicht erneut die Hand zu ihrer eigenen Nase zu führen.

Die weißhaarige Frau stellte sich schweigend vor Nynaeve, betrachtete sie unhöflich von Kopf bis Fuß und runzelte besonders bei der Betrachtung ihres Gesichts und des Großen Schlangenrings an ihrer rechten Hand die Stirn. Sie hielt sich nicht lange mit Nynaeve auf, sondern trat mit einem Brummen zu Elayne, um sie der gleichen schnellen, angespannten Prüfung zu unterziehen, und dann zu Birgitte. Schließlich sprach sie. »Ihr seid keine Aes Sedai.« Ihre Stimme klang wie herabstürzende Felsbrocken.

»Bei den neun Winden und Sturmbringers Bart, ich bin es wahrhaftig nicht«, erwiderte Birgitte. Sie sagte manchmal Dinge, die Elayne und Nynaeve nicht recht verstanden, aber die weißhaarige Frau zuckte zusammen, als sei sie gestochen worden, und sah Birgitte einen langen Moment an, bevor sie sich stirnrunzelnd Aviendha zuwandte.

»Ihr seid auch keine Aes Sedai«, stellte sie zähneknirschend fest.

Aviendha richtete sich zu ihrer vollen Größe auf. Sie fühlte sich, als hätte die Frau ihr Innerstes nach außen gekehrt, um sie besser betrachten zu können. »Ich bin Aviendha, von der Neun Täler-Septime der Taardad-Aiel.«

Die Frau zuckte noch heftiger zusammen wie bei Birgitte, und ihre schwarzen Augen weiteten sich. »Ihr seid nicht so gekleidet, wie ich es erwartet hätte, Mädchen«, lautete jedoch ihre einzige Antwort, und sie schritt zum anderen Ende des Tisches zurück, wo sie die Fäuste in die Hüften stemmte und erneut alle prüfend musterte, wie sie vielleicht auch ein fremdartiges Tier betrachtet hätte, das sie noch nie zuvor gesehen hatte. »Ich bin Nesta din Reas Zwei Monde«, sagte sie schließlich, »Herrin der Schiffe der Athan'an Miere. Woher wißt Ihr, was Ihr wißt?«

Nynaeve hatte sich um einen finsteren Gesichtsausdruck bemüht, seit die Frau sie zum ersten Mal angesehen hatte, und fauchte jetzt: »Aes Sedai wissen, was sie wissen. Und wir erwarten mehr Entgegenkommen, als ich bis jetzt erfahren habe! Als ich das letzte Mal auf einem Meervolk-Schiff war, wurde ich gewiß besser behandelt. Vielleicht sollten wir uns ein anderes aussuchen, auf dem die Menschen freundlicher sind.« Nesta din Reas' Gesicht wurde finsterer, aber Elayne sprang natürlich in die Bresche, nahm ihren Umhang ab und legte ihn auf die Tischkante.

»Das Licht erleuchte Euch und Eure Schiffe, Herrin, und sende die Winde, die Euch alle schnell voranbringen.« Sie vollführte einen nicht allzu tiefen Hofknicks. Aviendha hatte solche Dinge beurteilen gelernt, wenn sie einen Hofknicks auch für das Unbeholfenste hielt, was eine Frau jemals tun konnte. »Vergebt uns, wenn hastige Worte gefallen sind. Wir wollten niemandem unseren Respekt verweigern, der für die Atha'an Miere einer Königin gleichkommt.« Letzteres äußerte sie mit einem vielsagenden Blick zu Nynaeve, die jedoch nur die Achseln zuckte.

Elayne und die anderen stellten sich erneut vor und ernteten seltsame Blicke. Nicht durch den Umstand, daß Elayne Tochter-Erbin war, obwohl dies unter den Feuchtländern als hoher Rang angesehen wurde. Daß sie der Grünen und Nynaeve der Gelben Ajah angehörte, ließ Nesta din Reas die Nase rümpfen und den spindeldürren alten Mann sie scharf ansehen. Elayne blinzelte überrascht, aber dann fuhr sie sanftmütig fort. »Wir sind aus zwei Gründen hierhergekommen. Der weniger wichtige Grund ist, Euch zu fragen, wie Ihr dem Wiedergeborenen Drachen helfen wollt, den Ihr der Jendai-Prophezeiung nach Coramoor nennt. Der wichtigere Grund ist der, die Hilfe der Windsucherin dieses Schiffes zu erbitten. Deren Namen ich«, fügte sie bedächtig hinzu, »leider noch nicht kenne.«

Die schlanke Frau, die die Macht lenken konnte, errötete. »Ich bin Dorile din Eiran Langfeder, Aes Sedai. Ich könnte Euch vielleicht helfen, wenn das Licht es will.«

Malin din Toral blickte ebenfalls verlegen drein. »Mein Schiff heißt Euch willkommen«, murmelte sie, »und das Licht gewähre Euch seine Gnade, bis Ihr diese Decks wieder verlaßt.«

Nesta din Reas war keineswegs verlegen. »Der Handel wird mit dem Coramoor beschlossen«, sagte sie fest und unterstrich ihre Worte noch mit einer barschen Geste. »Die Landgebundenen haben keinen anderen Anteil daran als ihre Vorhersage seiner Ankunft. Ihr, Mädchen, Nynaeve. Welches Schiff ließ Euch an Bord kommen? Wer war diese Windsucherin?«

»Ich kann mich nicht erinnern.« Nynaeves leichtfertiger Tonfall stand im Gegensatz zu ihrem gezwungenen Lächeln. Sie umklammerte ihren Zopf heftig, aber zumindest hatte sie nicht erneut *Saidar* umarmt. »Und ich bin Nynaeve Sedai, Nynaeve Aes Sedai, nicht Mädchen.«

Nesta din Reas legte ihre Hände flach auf den Tisch und warf Aviendha einen Blick zu, der diese an Sorilea erinnerte. »Vielleicht seid Ihr das, aber ich werde erfahren, wer enthüllt hat, was nicht hätte enthüllt werden dürfen. Sie muß noch schweigen lernen.«

»Ein gerissenes Segel ist gerissen, Nesta«, sagte der alte Mann plötzlich mit einer weitaus stärkeren und tieferen Stimme, als seine knochigen Glieder vermuten ließen. Aviendha hatte ihn für einen Wächter gehalten, aber er sprach wie ein Gleichgestellter. »Es ist vielleicht gut, die Aes Sedai zu fragen, was sie von uns wollen, wenn der Coramoor gekommen ist, die Meere in endlosen Stürmen wüten und das Verhängnis der Prophezeiung auf den Meeren segelt. Wenn sie wirklich Aes Sedai sind?« Letzteres wurde mit einer gewölbten Augenbraue an die Windsucherin gewandt geäußert.

Sie antwortete ruhig und in respektvollem Tonfall. »Drei können die Macht lenken, sie eingeschlossen.« Sie deutete auf Aviendha. »Ich bin noch niemals jemandem begegnet, der so stark ist wie sie. Sie müssen Aes Sedai sein. Wer sonst würde es wagen, den Ring zu tragen?«

Nesta din Reas bedeutete ihr zu schweigen und bedachte den Mann mit dem gleichen eisenharten Blick. »Aes Sedai bitten niemals um Hilfe, Baroc«, grollte sie. »Aes Sedai bitten niemals um *irgend etwas*.« Er erwiderte ihren Blick sanft, aber kurz darauf seufzte sie, als hätte er sie mit seinem Blick bezwungen. Aber sie sah Elayne dennoch genauso hart an wie zuvor die beiden anderen. »Was wollt Ihr von uns« – sie zögerte – »Tochter-Erbin von Andor?« Selbst das klang skeptisch.

Nynaeve sammelte sich, zum Angriff bereit – Aviendha hatte sich mehr als eine von den Aes Sedai im Tarasin-Palast heftig geäußerte Tirade anhören müssen, wie oft sie vergaßen, daß sie und Elayne auch Aes Sedai waren; jemand, von dem nicht einmal Aes Sedai leugneten, er könnte Blutvergießen bringen. Nynaeve öffnete den Mund ... Und Elayne brachte sie mit einer Berührung am Arm und mit einem für Aviendha unhörbaren Flüstern zum Schweigen. Nynaeves Gesicht war noch immer karmesinrot, und sie wirkte, als wollte sie sich ihren Zopf samt Haarwurzeln ausreißen, aber sie hielt dennoch den Mund.

Es konnte Elayne natürlich nicht gefallen, wenn nicht nur ihr Recht, Aes Sedai genannt zu werden, sondern auch ihr Recht auf den Titel der Tochter-Erbin offen in Frage gestellt wurde. Die meisten hätten sie für sehr gefaßt gehalten, aber Aviendha erkannte die Zeichen. Das erhobene Kinn zeugte von Zorn. Wenn man weiterhin die stark geweiteten Augen in Betracht zog, wußte man, daß Elayne wie eine Fackel war, die Nynaeves Glut noch übertraf. Birgitte hatte sich ebenfalls auf die Zehenspitzen erhoben, das Gesicht starr und die Augen wie Feuer. Sie spiegelte Elaynes Empfindungen normalerweise nicht wieder, außer wenn sie sehr heftig waren. Aviendha legte die Finger um das Heft ihres Gürtelmessers und machte sich bereit, *Saidar* zu umarmen. Sie würde zuerst die Windsucherin töten. Die Frau konnte die Macht gut lenken, und sie wäre gefährlich. Sie konnten bei so vielen Schiffen noch andere Windsucherinnen finden.

»Wir suchen ein *Ter'angreal*.« Abgesehen von ihrem gezwungenen Tonfall würde jedermann, der sie nicht kannte, glauben, Elayne sei vollkommen ruhig. Sie sah Nesta din Reas an, sprach aber an alle gewandt, vielleicht an die Windsucherin im besonderen. »Wir glauben, damit das Wetter heilen zu können. Es sollte Euch doch genauso viele Sorgen bereiten wie der Landbevölkerung. Baroc sprach von endlosen Stürmen. Ihr müßt die Berührung des Dunklen Königs, die Berührung des Vaters der Stürme, auf See genauso erkennen wie wir an Land. Mit diesem *Ter'angreal* könnten wir das ändern, aber wir vermögen es nicht allein zu tun. Es wird die Zusammenarbeit vieler Frauen benötigt, vielleicht ein voller Kreis von dreizehn. Wir denken, daß unter diesen Frauen auch Windsucherinnen sein sollten. Niemand sonst weiß so viel über das Wetter, keine lebende Aes Sedai – um diese Hilfe bitten wir.«

Tödliches Schweigen folgte auf ihre Rede, bis Dorile din Eiran vorsichtig äußerte: »Dieses *Ter'angreal*, Aes Sedai. Wie heißt es? Wie sieht es aus?«

»Es besitzt keinen mir bekannten Namen«, belehrte Elayne sie. »Es ist eine dicke Kristallschale, flach, aber mit etwas über zwei Fuß Durchmesser und innen mit Wolken verziert. Wenn man die Macht hineinlenkt, bewegen die Wolken ...«

»Die Schale der Winde«, unterbrach die Windsucherin sie aufgeregt und trat unbewußt auf Elayne zu. »Sie haben die Schale der Winde.«

»Ihr habt sie wirklich?« Der Blick der Herrin der Wogen heftete sich begierig auf Elayne, und auch sie trat unbewußt vor.

»Wir *suchen* sie«, erklärte Elayne. »Aber wir wissen, daß sie sich in Ebou Dar befindet. Wenn es dieselbe ...«

»Sie muß es sein«, rief Malin din Toral aus. »Eurer Beschreibung nach muß sie es sein!«

»Die Schale der Winde«, keuchte Dorile din Eiran. »Wenn man sich vorstellt, daß sie nach zweitausend Jahren hier wiedergefunden würde! Es muß der Coramoor sein. Er muß ...«

Nesta din Reas schlug laut die Hände zusammen. »Habe ich hier die Herrin der Wogen und eine Windsucherin vor mir oder zwei Decksmädchen bei ihrer ersten Begegnung mit einem Schiff?« Malin din Torals Wangen röteten sich vor Verärgerung, und sie neigte starrsinnig den Kopf. Dorile din Eiran errötete doppelt so stark, verbeugte sich und legte die Fingerspitzen an Stirn, Lippen und Herz.

Die Herrin der Schiffe sah sie einen Moment stirnrunzelnd an, bevor sie fortfuhr. »Baroc, ruft die anderen Herrinnen der Wogen zusammen, die diesen Hafen halten, und auch die Ersten Zwölf – mit ihren Windsucherinnen. Laßt sie wissen, daß Ihr sie in ihrer eigenen Takelage aufhängt, wenn sie sich nicht beeilen.« Als er sich erhob, fügte sie hinzu: »Oh, und laßt Tee herunterschicken. Die Bedingungen dieses Handels auszuarbeiten, wird uns durstig machen.«

Der alte Mann nickte. Er akzeptierte gleichmütig, daß er vielleicht Herrinnen der Wogen in ihrer Takelage aufhängen als auch daß er Tee schicken sollte. Er sah Aviendha und die anderen an und schlenderte dann hinaus. Aviendha änderte ihre Meinung, als sie seine Augen aus der Nähe sah. Es wäre vielleicht ein tödlicher Irrtum gewesen, die Windsucherin als erste zu töten.

Jemand mußte entsprechende Befehle erwartet haben, weil Baroc erst wenige Augenblicke fort war, als ein schlanker, hübscher junger Mann mit einem einzigen dünnen Ring in jedem Ohr mit einem Holztablett eintrat, auf dem eine eckige, blau glasierte Teekanne mit goldenem Henkel und große blaue, getöpferte Becher standen. Nesta din Reas winkte ihn hinaus. »Er wird auch so ausreichend viele Geschichten verbreiten, ohne zu hören, was er nicht hören sollte«, sagte sie, als er fort war – und forderte Birgitte auf, einzugießen. Was diese zu Aviendhas und vielleicht auch zu ihrer eigenen Überraschung tat.

Die Herrin der Schiffe wies Elayne und Nynaeve zwei Sessel an einem Ende des Tisches zu, offensichtlich bemüht, den Handel zu beginnen. Aviendha lehnte den angebotenen Platz – am anderen Ende des Tisches – ab, aber Birgitte setzte sich. Die Herrin der Wogen und die Windsucherin waren auch von dieser Besprechung ausgeschlossen, wenn man es denn eine Besprechung nennen konnte. Es wurde sehr leise gesprochen, aber Nesta din Reas betonte jedes ihrer Worte mit einem speerartig geführten Finger. Elayne hielt das Kinn so hoch emporgereckt, daß sie an ihrer Nase herabzuschauen schien, und obwohl es Nynaeve dieses eine Mal gelang, einen ruhigen Gesichtsausdruck zu bewahren, war sie doch sehr aufgewühlt.

»Wenn das Licht es will, werde ich mit Euch beiden sprechen«, sagte Malin din Toral und schaute von Aviendha zu Birgitte. »Aber ich denke, ich muß zuerst Eure Geschichte hören.« Birgitte wirkte allmählich beunruhigt, als sich die Frau ihr gegenüber hinsetzte.

»Was bedeutet, daß ich zunächst mit Euch sprechen werde, wenn es dem Licht gefällt«, belehrte Dorile din Eiran Aviendha. »Ich habe über die Aiel gelesen. Wenn Ihr mögt, erzählt mir doch, warum noch Männer unter Euch weilen, wenn eine Aielfrau jeden Tag einen Mann töten muß?«

Aviendha bemühte sich, ihre Überraschung nicht anmerken zu lassen. Wie konnte die Frau solch einen Unsinn glauben?

»Wann habt Ihr unter uns gelebt?« fragte Malin din Toral an diesem Ende des Tisches über ihre Teetasse hinweg. Birgitte lehnte sich möglichst weit von ihr fort.

Nesta din Reas' Stimme erhob sich einen Moment vom anderen Ende des Tisches. » ... kamt zu mir, nicht ich zu Euch. *Das* ist die Grundlage für unseren Handel, auch wenn Ihr Aes Sedai seid.«

Baroc schlüpfte in den Raum und blieb zwischen Aviendha und Birgitte stehen. »Anscheinend ist Euer Küstenboot unmittelbar nachdem Ihr an Bord kamt zurückgefahren, aber seid unbesorgt. Die *Windläufer* hat eigene Boote, die Euch zurückbringen werden.« Er nahm einen Platz unterhalb von Elayne und Nynaeve ein und beteiligte sich sofort am Gespräch. Wenn sie ansahen, wer auch immer gerade sprach, konnten die anderen sie unbemerkt beobachten. Sie hatten einen nötigen Vorteil verloren. »Natürlich findet der Handel zu unseren Bedingungen statt«, sagte er in einem Tonfall, als wundere er sich, wie es anders sein könnte, während die Herrin der Schiffe Elayne und Nynaeve so fixierte, wie man vielleicht zwei Ziegen betrachtete, die man für ein Fest schlachten wollte. Baroc lächelte fast väterlich. »Wer bittet, muß natürlich den höchsten Preis bezahlen.«

»Aber Ihr müßt doch lange genug unter uns gelebt haben, um diese alten Eide zu kennen«, beharrte Malin din Toral.

»Geht es Euch gut, Aviendha?« fragte Dorile din Eiran. »Selbst hier beeinträchtigen die Schiffsbewegungen Landmenschen bisweilen. Nein? Und meine Fragen sind für Euch nicht verletzend? Dann erzählt es mir. Fesseln Aiel-Frauen einen Mann wirklich, bevor sie ... ich meine, wenn Ihr und er ... wenn Ihr ...« Sie brach mit geröteten Wangen und einem schwachen Lächeln ab. »Können viele Aiel-Frauen die Eine Macht genauso stark lenken wie Ihr?«

Nicht das törichte Herumdrucksen der Windsucherin oder Birgittes flehentliche Blicke zur Tür oder auch Nynaeves und Elaynes Entdeckung, daß sie helläugige Mädchen in den Händen geschickter Händler auf einem Jahrmarkt waren, hatte Aviendha erbleichen lassen. Sie würden es alle ihr vorwerfen, und das zu Recht. Sie hatte gesagt, wenn sie das *Ter'angreal* nicht zu Egwene und den anderen Aes Sedai zurückbringen könnten – warum sollten sie sich dann nicht der Hilfe dieser Meervolk-Frauen versichern, von denen sie gesprochen hatten? Es durfte keine Zeit damit verschwendet werden, darauf zu warten, daß Egwene al'Vere sagen würde, sie könnten zurückkommen. Sie würden es ihr vorwerfen, und sie würde ihrem *Toh* begegnen, aber plötzlich erinnerte sie sich an das Boot, das sie an Deck gesehen hatte, kopfüber auf einem weiteren aufgestapelt. Boote, die ungeschützt an Bord lagen. Sie würden es ihr vorwerfen, aber welche Schuld auch immer sie auf sich geladen hatte – sie würde die Scham, wenn sie in einem offenen Boot sieben oder acht Meilen weit hinübergerudert würde, tausendfach zurückzahlen.

»Habt Ihr einen Eimer?« fragte sie die Windsucherin schwach.

KAPITEL 5

Weiße Federn

Der *Silberkreis* hatte seinen Namen auf den ersten Blick nicht verdient, aber Ebou Dar liebte großartige Namen, und manchmal schien es, daß sie für desto angemessener gehalten wurden, je schlechter sie paßten. Die schmutzigste Schenke in der Stadt, die Mat je gesehen hatte und die nach sehr altem Fisch roch, trug den Namen *Der strahlende Ruhm der Königin,* während der Name *Die Goldene Himmelskrone* im Rahad jenseits des Flusses ein trübes Loch mit nur einer blauen Tür als Hervorhebung zierte, in dem schwarze Flecken von alten Dolchkämpfen den schmutzigen Boden sprenkelten. *Der Silberkreis* war für Pferderennen bekannt.

Mat nahm seinen Hut ab, fächelte sich mit der breiten Krempe Luft zu und ging sogar so weit, seinen schwarzen Seidenschal zu lösen, den er trug, um die Narbe an seinem Hals zu verdecken. Die Morgenluft flimmerte bereits vor Hitze, und doch waren die beiden langen Erdbänke, die die Rennbahn begrenzten, bereits dicht besetzt. Mehr hatte *der Silberkreis* nicht zu bieten. Das Murmeln von Stimmen übertönte beinahe die Schreie der Möwen über ihnen. Es kostete nichts zuzusehen, so daß Salinenarbeiter in der weißen Weste ihrer Zunft und Bauern mit hageren Gesichtern, die aus dem drachenverschworenen Inland geflohen waren, Schulter an Schulter mit rauhen Tarabonern mit durchsichtigen Schleiern über dichten Schnurrbärten, Webern mit senkrecht gestreiften Westen, Druckern mit waagerechten Streifen und Färbern mit bis zu den Ellenbogen befleckten Armen saßen. Das ungemilderte Schwarz der amadicianischen Landbewohner, bis zum Hals zugeknöpft, obwohl sie sich anscheinend fast zu Tode schwitzten, war neben murandianischen Dorfbewohnern mit langen, bunten, derart schmalen Schürzen, daß sie wohl nur zur Zierde getragen wurden, zu sehen. Sogar eine Handvoll Domani mit kupferfarbener Haut, die Männer in kurzen Mänteln, wenn sie überhaupt einen Mantel trugen, die Frauen in so dünner Wolle oder Leinen, daß sich die Kleidung wie Seide anschmiegte, hatte sich eingefunden. Es waren Lehrlinge und Arbeiter von den Docks und aus den Lagerhäusern da, Gerber, die aufgrund des für ihre Arbeit typischen Geruchs ein wenig Freiraum in der Menge hatten, und Straßenkinder mit schmutzigen Gesichtern, die genau beobachtet wurden, weil sie alles stehlen würden, worauf auch immer sie Hand legen konnten. Bei der arbeitenden Bevölkerung gab es jedoch kaum etwas zu stehlen.

Sie alle saßen oberhalb der dicken, um Pfosten gebundenen Hanfseile. Die Plätze unterhalb waren jenen vorbehalten, die Silber – und Gold – besaßen, den Menschen vornehmer Herkunft, die gut gekleidet und wohlhabend waren. Selbstgefällige Diener gossen für ihre Herren gewürzten Wein in Silberbecher, aufgeregte Mädchen fächerten ihren Herrinnen Kühle zu, und es war sogar ein Luftsprünge vollführender Narr mit weißbemaltem Gesicht und klingenden Messingglöckchen an seinem schwarz-weißen Hut und Mantel zu sehen. Stolze Männer mit hohen Samthüten schritten mit schmalen Schwertern an den Hüften einher, und ihr Haar streifte über ihre Schultern geschlungene Seidenmäntel, die von Gold- oder Silberketten zwischen den schmalen, bestickten Revers gehalten wurden. Einige der Frauen trugen das Haar kürzer als die Männer, einige länger, und auf so viele Arten frisiert, wie Frauen anwesend waren. Sie trugen breite Hüte mit Federn oder manchmal feinen Netzen, die ihre Gesichter verbargen, und ihre Gewänder waren üblicherweise so geschnitten, daß entweder im Stil dieser Stadt oder einem anderen der Busen sichtbar war. Bei den Adligen, die unter bunten Sonnenschirmen saßen, glitzerten Ringe und Ohrringe, Halsketten und Armbänder in Gold und Elfenbein und kostbaren Edelsteinen, und sie betrachteten ihre Umgebung von oben herab. Gut genährte Händler und Geldverleiher, die nur einen Hauch Spitze oder vielleicht eine Nadel oder einen Ring mit einem dicken, glänzenden Stein trugen, verbeugten sich demütig oder vollführten Hofknickse vor den Höherstehenden, die ihnen wahrscheinlich ungeheure Summen schuldeten. Im *Silberkreis* wechselten Vermögen ihre Besitzer, und das nicht nur bei Wetten. Es hieß, daß unterhalb der Seile auch Leben und Ehre aus der Hand gegeben wurden.

Mat setzte sich seinen Hut wieder auf und hob eine Hand, und einer der Buchmacher kam heran – eine adlergesichtige Frau mit einer Nase wie eine Ahle. Die Frau spreizte die Hände, während sie sich verneigte, und sprach das rituelle »Ich werde wahrhaft niederschreiben, wie mein Lord zu wetten wünscht«. Der Ebou-Dari-Akzent klang trotz der jähen Endungen einiger Wörter dennoch weich. »Das Buch ist geöffnet.« Wie der Spruch stammte auch das auf die Vorderseite ihrer roten Weste gestickte Buch aus einer lange vergangenen Zeit, als die Wetten tatsächlich noch in ein Buch eingetragen wurden, aber Mat vermutete, daß er hier der einzige war, der das wußte. Er erinnerte sich an viele Dinge, die er niemals gesehen hatte, aus lange zu Staub zerfallenen Zeiten.

Mit einem schnellen Blick auf die Gewinnquoten des fünften Rennens an diesem Vormittag, die mit Kreide auf eine Schiefertafel geschrieben waren, nickte er. Wind war, trotz seiner Siege, nur als dritter Favorit genannt.

Mat wandte sich seinem Begleiter zu. »Setzt alles auf Wind, Nalesean.«

Der Tairener zögerte und zupfte nachdenklich an den Spitzen seines geölten Barts. Schweiß glänzte auf seinem Gesicht, und doch hielt er seinen Mantel mit den dicken, blaugestreiften Ärmeln bis obenhin geschlossen und trug eine blaue, eckige Samtkappe, die keinen Schutz vor der Sonne bot. »Alles, Mat?« Er sprach leise, wollte nicht, daß die Frau mithörte. Die Gewinnchancen konnten sich jederzeit ändern, bis man seine Wette tatsächlich plazierte. »Verdammt, aber dieser kleine Schecke sieht schnell aus, und der helle kastanienbraune Wallach mit der Silbermähne auch.« Sie waren heute die Favoriten, neu in der Stadt, und wie alles Neue mit großen Erwartungen behaftet.

Mat machte sich nicht die Mühe, zu den zehn Pferden zu blicken, die am nächsten Rennen teilnahmen und am Ende der Bahn aufgereiht standen. Er hatte bereits genau hingeschaut, als er Olver auf den Rücken von Wind setzte. »Alles. Irgendein Dummkopf hat dem Schecken den Schweif eingebunden. Die Fliegen machen ihn schon jetzt halbwegs verrückt. Der Kastanienbraune ist prächtig, aber er hat einen bösen Knick im Fesselgelenk. Vielleicht hat er Rennen auf dem Land gewonnen, aber heute wird er als letzter einlaufen.« Mit Pferden kannte Mat sich aus. Sein Vater hatte es ihm beigebracht, und Abell Cauthon besaß ein scharfes Auge für Pferde.

»Er wirkt auf mich mehr als prächtig«, grollte Nalesean, aber er stritt nicht mehr.

Die Buchmacherin blinzelte, als Nalesean seufzend eine dicke Geldbörse nach der anderen aus seinen Manteltaschen zog. Einmal öffnete sie den Mund, um Einspruch zu erheben, aber die Illustre und Ehrenwerte Gilde der Buchmacher behauptete schließlich stets, jede Wette in jeder Höhe anzunehmen. Sie wetteten sogar mit Schiffsbesitzern und Händlern, ob ein Schiff sinken oder sich die

Preise ändern würden. Genauer gesagt, tat dies die Gilde selbst, nicht einzelne Buchmacher. Das Gold verschwand in einer ihrer eisenbeschlagenen Kisten, deren jede von zwei Burschen mit Armen so dick wie Mats Beine getragen wurden. Ihre Wächter, mit harten Augen, Hakennasen und Lederwesten, die noch dickere Arme freigaben, hielten lange, mit Messing verstärkte Knüppel in der Hand. Ein anderer ihrer Männer reichte ihr eine weiße Marke mit einem genau gezeichneten blauen Fisch – jeder Buchmacher hatte ein anderes Zeichen –, und sie notierte die Wette, den Namen des Pferdes oder ein Symbol, das das Rennen anzeigte, mit einem feinen Pinsel, den sie einer von einem hübschen Mädchen gehaltenen Lackschachtel entnahm, auf der Rückseite der Marke. Das schlanke Mädchen mit den großen dunklen Augen lächelte Mat an. Die adlergesichtige Frau lächelte nicht. Sie verneigte sich erneut, gab dem Mädchen beiläufig einen Klaps und ging, mit dem Gildenvorsteher flüsternd, davon, der mit einem Tuch hastig die Schiefertafel abwischte. Als er sie erneut hochhielt, war Wind mit den schlechtesten Gewinnquoten aufgeführt. Das Mädchen rieb sich heimlich die Wange und blickte stirnrunzelnd zu Mat zurück, als sei der Klaps seine Schuld gewesen.

»Ich hoffe, Ihr habt Glück«, sagte Nalesean, der die Marke vorsichtig hochhielt, um die Tinte trocknen zu lassen. Buchmacher konnten sehr eigen sein, wenn sie auf eine Marke hin auszahlen sollten, auf der die Tinte verwischt war, und niemand war eigensinniger darin als ein Ebou Dari. »Ich weiß, daß Ihr nicht oft verliert, aber ich habe es schon geschehen sehen, verdammt, ich habe es schon erlebt. Ich möchte heute abend ein Mädchen zum Tanz ausführen. Nur eine Näherin ...« Er war ein Lord, wenn auch wirklich kein schlechter Bursche, und solche Dinge schienen ihm wichtig zu sein. »... aber sehr hübsch. Sie mag Geschmeide. Goldgeschmeide. Sie mag auch Feuerwerk – ich habe gehört, daß für heute abend eines vorbereitet wird; das wird Euch interessieren –, aber Geschmeide läßt sie lächeln. Sie wird mir nicht freundlich gesonnen sein, wenn ich es mir nicht leisten kann, sie zum Lächeln zu bringen, Mat.«

»Ihr werdet sie zum Lächeln bringen«, sagte Mat abwesend. Die Pferde gingen an der Startposition noch immer im Kreis. Olver saß stolz auf Winds Rücken, den Mund zu einem sehr breiten Grinsen verzogen. Bei Ebou-Dari-Rennen waren alle Reiter Jungen. Wenige Meilen weiter landeinwärts ritten Mädchen. Olver war heute hier der kleinste und leichteste Reiter. Nicht daß der langbeinige graue Wallach den Vorteil gebraucht hätte. »Ihr werdet sie zum Lachen bringen, bis sie nicht mehr aufstehen kann.« Nalesean sah ihn stirnrunzelnd an, was Mat kaum bemerkte. Der Mann sollte wissen, daß Gold eine Sache war, über die sich Mat niemals Sorgen machte. Er gewann zwar vielleicht nicht immer, aber doch beinahe immer. Sein Glück hatte ohnehin nichts damit zu tun, ob Wind siegte. Dessen war er sich sicher.

Gold kümmerte ihn also nicht, aber Olver schon. Es gab keine Regel dagegen, daß die Jungen ihre Gerten gegeneinander anstatt bei den Pferden anwendeten. Bei jedem bisherigen Rennen hatte Wind die Führung übernommen und beibehalten, aber wenn Olver verletzt würde, auch wenn es nur eine leichte Prellung wäre, würde Mat schwere Vorwürfe gemacht bekommen – von Herrin Anan, seiner Wirtin, von Nynaeve und Elayne und von Aviendha oder Birgitte. Die ehemalige Tochter des Speers und die seltsame Frau, die Elayne als Behüterin erwählt hatte, waren die letzten, von denen er erwartet hätte, daß sie vor mütterlichen Gefühlen überströmten, und doch hatten sie bereits hinter seinem Rücken versucht, den Jungen aus der *Wanderin* heraus und in den Tarasin-Palast zu bringen. Ein Ort mit so vielen Aes Sedai war der schlechteste Platz für Olver oder sonst jemanden, aber anstatt Birgitte und Aviendha zu sagen,

daß sie kein Recht hatten, den Jungen fortzubringen, würde Setalle Anan ihn wahrscheinlich selbst eilig davonzerren. Olver würde sich wahrscheinlich in den Schlaf weinen, wenn er keine Rennen mehr reiten durfte, aber Frauen verstanden diese Dinge nie. Mat verfluchte Nalesean zum ungefähr tausendsten Mal dafür, daß er Olver und Wind heimlich zu diesen ersten Rennen gebracht hatte. Natürlich mußten sie etwas finden, um all die vielen Mußestunden auszufüllen, aber sie hätten etwas anderes finden können. Nach Ansicht der Frauen wäre Taschendiebstahl nicht schlimmer gewesen.

»Hier ist der Diebefänger«, sagte Nalesean und stopfte die Marke in seinen Mantel. Er grinste recht höhnisch. »Er hat bisher nicht viel geleistet. Wir hätten statt dessen lieber weitere fünfzig Soldaten mitbringen sollen.«

Juilin schritt zielbewußt durch die Menge, ein dunkler, harter Mann mit einem Bambusstab als Gehstock, der genauso groß war wie er selbst. Mit der flachen, konischen roten Kappe der Taraboner auf dem Kopf und einem einfachen, um die Taille gebundenen und sich dann bis auf die Stiefel bauschenden Mantel, der recht abgetragen und offensichtlich nicht der Mantel eines Reichen war, hätte er sich eigentlich nicht unterhalb der Seile aufhalten dürfen, aber er gab vor, die Pferde zu studieren, und ließ prahlerisch eine wertvolle Münze auf seiner Handfläche tanzen. Einige der Wächter der Buchmacher beobachteten ihn mißtrauisch, aber das Goldstück verschaffte ihm Zugang.

»Nun?« sagte Mat verärgert und zog seinen Hut tief in die Stirn, sobald der Diebefänger ihn erreichte. »Nein, laßt mich raten. Sie sind dem Palast erneut entkommen. Und wieder sah sie niemand gehen. Wieder hat niemand eine verdammte Idee, wo sie sein könnten.«

Juilin steckte die Goldmünze sorgfältig in seine Manteltasche. Er wettete nicht. Er schien jedes Kupferstück zu sparen, das ihm in die Hände geriet. »Sie nahmen alle vier vom Palast aus eine geschlossene Kutsche zu einem Anlegesteg am Fluß, wo sie ein Boot mieteten. Thom hat ein weiteres gemietet und ist ihnen gefolgt, um zu sehen, wohin sie gehen. Ihrer Kleidung nach zu urteilen, vermutlich an keinen düsteren oder unerfreulichen Ort. Aber es stimmt schon – Adlige tragen sogar Seide, wenn sie im Schlamm wühlen.« Er grinste Nalesean an, der die Arme kreuzte und vorgab, in die Betrachtung der Pferde vertieft zu sein. Das Grinsen war lediglich ein Entblößen der Zähne. Beide waren Tairener, aber in Tear bestand eine breite Kluft zwischen Adligen und Bürgerlichen, und keiner fühlte sich in Gegenwart des anderen wohl.

»Frauen!« Mehrere vornehm gekleidete Frauen in ihrer Nähe wandten sich um und sahen Mat unter hellen Sonnenschirmen fragend an. Er erwiderte ihre Blicke stirnrunzelnd, obwohl zwei von ihnen hübsch waren, und sie begannen zu lachen und miteinander zu tuscheln, als hätte er etwas Lustiges gesagt. Eine Frau tat etwas, bis man sicher war, daß sie es immer tun würde, und dann tat sie etwas anderes, nur um einen zu verwirren. Aber er hatte Rand versprochen, dafür zu sorgen, daß Elayne sicher nach Caemlyn gelangte, und Nynaeve und Egwene mit ihr. Zudem hatte er Egwene versprochen, dafür zu sorgen, daß die anderen beiden auf dieser Reise nach Ebou Dar wohlbehütet waren, ganz zu schweigen von Aviendha. Das war der Preis dafür, Elayne nach Caemlyn zu bekommen. Nicht, daß sie ihm gesagt hatten, warum sie hiersein mußten – o nein. Nicht daß sie seit ihrer Ankunft in dieser verdammten Stadt auch nur zwanzig Worte mit ihm gewechselt hätten!

»Ich werde für ihre Sicherheit sorgen«, murrte er leise. »Und wenn ich sie in Fässer stecken und auf einem Karren nach Caemlyn befördern muß.« Er war vielleicht der einzige Mann auf der Welt, der das über Aes Sedai sagen konnte, ohne über die Schulter sehen zu müssen, vielleicht sogar der einzige einschließlich Rand und jenen Burschen, die er um sich versammelte. Er berührte das Fuchskopf-Medaillon unter seinem Hemd, um sich zu vergewissern, daß es da war, obwohl er es niemals abnahm, nicht einmal beim Baden. Es hatte Fehler, aber ein Mann ließ sich gern erinnern.

»Tarabon muß jetzt furchtbar sein für eine Frau, die nicht daran gewöhnt ist, auf sich aufzupassen«, murmelte Juilin. Er beobachtete, wie drei verschleierte Männer in zerrissenen Mänteln und ausgebeulten, einstmals weißen Hosen vor zwei knüppelschwingenden Wächtern der Buchmacher die Bänke hinaufkletterten. Keine Regel bestimmte, daß arme Menschen sich nicht unterhalb der Seile aufhalten durften, aber die Wächter der Buchmacher bestimmten es. Die beiden hübschen Frauen, die Mat beobachtet hatten, schienen eine private Wette darauf abzuschließen, ob die Taraboner den Wächtern entkämen oder nicht.

»Wir haben hier mehr als genug Frauen ohne Verstand«, belehrte Mat ihn. »Geht wieder zu diesem Anlegesteg zurück und wartet auf Thom. Sagt ihm, daß ich ihn so bald wie möglich brauche. Ich will wissen, was diese törichten Frauen vorhaben.«

Juilins Blick wirkte recht verdutzt. Genau das hatten sie immerhin seit über einem Monat herauszufinden versucht, seitdem sie hierhergekommen waren. Mit einem letzten Blick auf den fliehenden Mann schlenderte er den Weg zurück, den er gekommen war, und ließ die Münze erneut auf seiner Handfläche tanzen.

Mat spähte stirnrunzelnd über die Rennbahn. Die gegenüberliegende Zuschauermenge war kaum fünfzig Fuß entfernt, und einige Gesichter fielen ihm auf – ein gebeugter, weißhaariger alter Mann mit einer Hakennase, eine Frau mit einem scharfgeschnittenen Gesicht unter einem Hut, der fast nur aus Federn zu bestehen schien, ein großer Bursche, der wie ein Storch in grüner

Seide mit Goldborte wirkte und eine recht dralle junge Frau mit vollen Lippen, die oben aus ihrem Gewand herauszuquellen schien. Je länger die Hitze anhielt, desto weniger und dünnere Kleidung trugen die Frauen in Ebou Dar, aber dieses Mal achtete er kaum darauf. Wochen waren vergangen, seit er die Frauen auch nur angesehen hatte, die ihn jetzt beschäftigten.

Birgitte brauchte gewiß niemanden, der ihr die Hand hielt. Sie war eine Jägerin des Horns, und jedermann, der ihr Ärger bereitete, würde seinen Irrtum sehr schnell einsehen. Und Aviendha... Sie brauchte nur jemanden, der sie davon abhielt, alle zu erstechen, die sie schief ansahen. Soweit es ihn betraf, konnte sie erstechen, wen immer sie wollte, solange es nicht Elayne war. Auch wenn die verdammte Tochter-Erbin eingebildet einherstolzierte, sah sie sich doch mit großen Augen zu Rand um, und wenn Aviendha sich auch verhielt, als wollte sie jeden Mann erdolchen, der in ihre Richtung schaute, tat sie es ihr doch gleich. Rand wußte für gewöhnlich, wie er mit Frauen umgehen mußte, aber er hatte sich eine schwere Bürde aufgeladen, als er diese beiden zusammengebracht hatte. Die Katastrophe war unausweichlich, und es war Mat ein Rätsel, warum sie noch nicht eingetreten war.

Aus einem unbestimmten Grund schwenkte sein Blick zu der Frau mit den scharfgeschnittenen Gesichtszügen zurück. Sie war hübsch, wenn sie auch etwas Fuchsartiges hatte. Er schätzte sie ungefähr auf Nynaeves Alter. Es war auf die Entfernung schwer festzustellen, aber er konnte Frauen genauso gut einschätzen wie Pferde, wenn Frauen einen natürlich auch schneller narren konnten als jedes Pferd. Sie war schlank. Warum mußte er bei ihr an Stroh denken? Ihr unter dem Federhut herauslugendes Haar war dunkel. Gleichgültig.

Birgitte und Aviendha konnten ohne seine Anleitung zurechtkommen, und normalerweise hätte er dasselbe von Elayne und Nynaeve behauptet, wie verbohrt, eingebildet und regelrecht unverschämt sie auch sein konnten. Daß sie die ganze Zeit davongeschlichen waren, besagte jedoch etwas anderes. Verbohrtheit war der Schlüssel. Sie gehörten zu der Sorte Frauen, die einen Mann davonjagten, wenn er sich einmischte, und ihn aber erneut abwiesen, wenn er da war, wenn sie ihn brauchten. Nicht daß sie zugeben würden, daß er gebraucht wurde, selbst dann nicht, nicht sie. Erhebe eine helfende Hand, und du mischst dich ein, tue nichts, und du bist ein unwürdiger Schurke.

Sein Blick fiel erneut auf die Frau mit dem fuchsähnlichen Gesicht ihm gegenüber. Nicht Stroh, vielmehr ein Stall. Was nicht mehr Sinn machte. Er hatte schöne Zeiten mit manch einer jungen Frau und einigen nicht mehr ganz so jungen Frauen in Ställen verbracht, aber diese trug hochgeschlossene blaue Seide mit schneeweißer Spitze an Kragen und Manschetten. Eine Lady, und er mied adlige Damen wie die Pest. Sie spielten die Stolzen und erwarteten stets, daß ein Mann zu ihrer Verfügung stand. Nicht Mat Cauthon. Seltsamerweise fächelte sie sich mit einem Sprühregen von Federn Kühle zu. Wo war ihre Zofe? Ein Messer. Warum sollte sie ihn an ein Messer denken lassen? Und ... an Feuer? Auf jeden Fall an etwas Brennendes.

Mat schüttelte den Kopf und versuchte, sich auf Wichtigeres zu konzentrieren. Die Erinnerungen anderer Menschen an Schlachten und Höfe und vor Jahrhunderten verschwundene Länder füllten Lücken in seinen Erinnerungen, Momente, in denen sein eigenes Leben plötzlich dürftig wurde oder gar nicht mehr zählte. Er konnte sich recht deutlich daran erinnern, den Zwei Flüssen mit Moiraine und Lan entflohen zu sein, aber dann an fast nichts mehr, bis sie Caemlyn erreichte, und auch vorher und nachher bestanden Lücken. Wenn vollständige Jahre seines eigenen Aufwachsens im Dunkel lagen – warum sollte er dann erwarten können, sich an jede Frau zu erinnern, der er begegnet war? Vielleicht erinnerte sie ihn an irgendeine Frau, die schon tausend Jahre oder länger tot war. Das Licht wußte, daß dies häufig genug geschah. Selbst Birgitte regte manchmal seine Erinnerung an. Nun, es gab hier und jetzt vier Frauen, die seinen Geist gefangenhielten. Sie waren wichtig.

Nynaeve und die anderen mieden ihn, als hätte er Flöhe. Fünfmal war er im Palast gewesen, und das einzige Mal, daß sie ihn vorgelassen hatten, war nur geschehen, um ihm zu sagen, daß sie zu beschäftigt seien, um sich um ihn zu kümmern, woraufhin sie ihn davonschickten wie einen Botenjungen. Alles lief auf eines hinaus: Sie glaubten, er würde sich in das einmischen, was immer sie vorhatten, doch der einzige Grund, warum er das täte, wäre, wenn sie sich in Gefahr begaben. Sie waren keine Närrinnen, häufig unbedacht, aber keine vollständigen Närrinnen. Wenn sie eine Gefahr sahen, bestand eine Gefahr. An einigen Orten in dieser Stadt würde man sich ein Messer zwischen den Rippen einhandeln, wenn man ein Fremder war oder Geld offen zeigte, und nicht einmal das Lenken der Einen Macht könnte dies verhindern, wenn sie es nicht rechtzeitig bemerkten. Und hier war er, mit Nalesean und einem Dutzend guten Männern der Bande, ganz zu schweigen von Thom und Juilin, die Räume in den Bedienstetenquartieren des Palasts belegten, wo sie nur die Daumen drehen konnten. Diese dickköpfigen Frauen würden dennoch getötet werden. »Nicht, wenn ich es verhindern kann«, grollte er.

»Was?« fragte Nalesean. »Seht, sie stellen sich auf, Mat. Das Licht verbrenne meine Seele, aber ich hoffe, Ihr habt recht. Dieser Schecke wirkt auf mich nicht halb verrückt, sondern sehr eifrig.«

Die Pferde tänzelten, nahmen ihre Plätze zwischen hohen, in den Boden gesteckten Stangen ein, an deren

Spitzen in einer warmen Brise Wimpel in Blau und Grün und jeder anderen Farbe sowie einige gestreift wehten. Fünfhundert Schritte die Bahn aus festgetretener roter Erde hinab bildeten eine identische Anzahl Stangen eine weitere Reihe. Jeder Reiter mußte um die Stange mit dem Wimpel, der die gleiche Farbe trug wie derjenige, der am Start zu seiner Rechten flatterte, herum- und wieder zurückreiten. Je ein Buchmacher stand an beiden Enden der Reihe Pferde, eine rundliche Frau und ein noch rundlicherer Mann, die beide ein weißes Tuch über den Kopf hielten. Die Buchmacher übernahmen den Start und durften für ein Rennen, das sie starteten, keine Wetten annehmen.

»Verdammt«, murrte Nalesean.

»Licht, Mann, beruhigt Euch. Ihr werdet Eure Näherin bald unter dem Kinn kraulen.« Ein Tosen übertönte das letzte Wort, als die Tücher gesenkt wurden und die Pferde vorwärts preschten. Selbst das Geräusch ihrer Hufe ging im Lärm der Menge unter. Wind hatte bereits nach zehn Schritten die Führung übernommen. Olver drückte sich flach an seinen Hals, und der Kastanienbraune mit der Silbermähne lag nur eine Kopflänge zurück. Der Schecke lief im Hauptfeld mit, wo die Reiter ihre Gerten bereits heftig benutzten.

»Ich habe Euch gesagt, daß der Kastanienbraune gefährlich ist«, stöhnte Nalesean. »Wir hätten nicht alles verwetten sollen.«

Mat machte sich nicht die Mühe zu antworten. Er hatte noch einen Geldbeutel in seiner Tasche und außerdem noch lose Münzen. Er nannte den Geldbeutel sein Saatgut. Damit, auch wenn sich nur wenige Münzen darin befanden, und mit einem Würfelspiel konnte er sein Vermögen wieder aufstocken, gleichgültig, was heute morgen geschah. Auf halber Strecke hielt Wind noch immer die Spitze, während sich der Kastanienbraune, der ihm auf den Fersen blieb, eine volle Länge vor dem nächsten Pferd befand. Der Schecke lief auf fünfter Position. Nach der Wende würde es gefährlich. Es war bekannt, daß die Jungen auf den Nachzügler-Pferden auf diejenigen einschlugen, die die Stangen vor ihnen umrundeten.

Als Mats Blick den Pferden folgte, schwenkte er auch wieder über die Frau mit dem scharfgeschnittenen Gesicht ... und zuckte zurück. Die Rufe und Schreie der Menge verklangen. Die Frau deutete mit ihrem Fächer auf die Pferde und hüpfte aufgeregt auf und ab, aber plötzlich sah er sie in Hellgrün und einem üppig grauen Umhang, das Haar in einem glänzenden Spitzennetz, die Röcke elegant gerafft, während sie von einem Stall nicht weit von Caemlyn herankam.

Rand lag noch immer stöhnend dort im Stroh, obwohl das Fieber gesunken zu sein schien. Zumindest schrie er keine Menschen mehr an, die nicht da waren. Mat betrachtete die Frau mißtrauisch, als sie sich neben Rand kniete. Vielleicht konnte sie helfen, wie sie behauptet hatte, aber Mat traute ihr nicht mehr so wie früher. Was tat eine edle Dame wie sie in einem Dorfstall? Er betastete das mit Rubinen besetzte Heft seines vom Umhang verborgenen Dolchs und fragte sich, warum er ihr jemals getraut hatte. Es zahlte sich niemals aus. Niemals.

»... schwach wie ein einen Tag altes Kätzchen«, sagte sie gerade, während sie unter ihren Umhang griff. »Ich glaube ...«

Ein Dolch blitzte so plötzlich in ihrer Hand auf, mit dem sie auf Mats Kehle zielte, daß er tot gewesen wäre, wenn er nicht vorbereitet gewesen wäre. Er ließ sich flach zu Boden fallen, ergriff ihr Handgelenk und stieß es einfach von sich fort, während die gebogene Shadar-Logoth-Klinge emporschoß und an ihrem weißen Hals zu liegen kam. Die Frau erstarrte und versuchte, auf die ihre Haut eindrückende, scharfe Schneide hinabzublicken. Er wollte sie verletzen. Besonders als er die Stelle sah, an der ihr Dolch in die Stallwand eingedrungen war. Um die schmale Klinge bildete sich ein verkohlter Kreis, und ein dünner grauer Rauchfaden stieg von dem Holz auf, das gleich entflammen würde.

Mat rieb sich zitternd mit der Hand über die Augen. Es hatte ihn schon fast das Leben gekostet, diesen Shadar-Logoth-Dolch zu tragen, da er die Lücken in seine Erinnerung gefressen hatte, aber wie konnte er eine Frau vergessen, die ihn zu töten versucht hatte? Eine Schattenfreundin – das hatte sie zugegeben –, die ihn mit einem Dolch zu töten versuchte, der einen Eimer Wasser fast zum Kochen brachte, als sie ihn hineinwarfen, nachdem sie sie eingesperrt hatten. Eine Schattenfreundin, die Rand und ihn gejagt hatte. War es ein Zufall, daß sie zum gleichen Zeitpunkt wie er in Ebou Dar war – bei denselben Rennen, am gleichen Tag? Vielleicht war *Ta'veren* die Antwort – er dachte daran ungefähr genauso gern wie an das verdammte Horn von Valere –, aber Tatsache war, daß die Verlorenen seinen Namen kannten. Der Stall war nicht die letzte Gelegenheit gewesen, bei der Schattenfreunde Mat Cauthon ein Ende bereiten wollten.

Er schwankte, als Nalesean ihm plötzlich auf den Rücken schlug. »Seht ihn Euch an, Mat! Licht des Himmels, seht ihn Euch an!«

Die Pferde hatten die Stangen am anderen Ende der Bahn umrundet und befanden sich bereits auf dem Rückweg. Den Kopf vorgestreckt, Mähne und Schweif hinter ihm herflatternd, raste Wind die Rennbahn hinab, während Olver sich an seinen Rücken schmiegte, als wäre er ein Teil des Sattels. Der Junge ritt, als sei er auf dem Pferderücken geboren. Vier Längen hinter ihm mühte sich der Schecke ab, dessen Reiter in dem nutzlosen Unterfangen aufzuholen die Gerte gebrauchte. In dieser Formation ritten sie über die Ziellinie, wobei das direkt auf Wind folgende Pferd noch immer drei Längen zurücklag. Der Kastanienbraune mit der Silbermähne lief als letzter ein. Das Stöhnen und Murren der Wetter, die verloren hatten, übertönte die Rufe der Gewinner. Die Marken der verlorenen Wetten regneten weiß auf die Bahn, und Dutzende von Dienern von Buchmachern eilten hin, um sie vor dem nächsten Rennen aufzusammeln.

»Wir müssen diese Frau finden, Mat. Ich halte es für durchaus möglich, daß sie davonläuft, ohne uns zu bezahlen, was sie uns schuldet.« Nach dem, was Mat gehört hatte, ging die Gilde der Buchmacher überaus hart mit Mitgliedern um, die zum ersten Mal so etwas versuchten, und beim zweiten Mal endete es tödlich, aber sie waren Bürgerliche, und das genügte Nalesean.

»Sie steht gut sichtbar direkt dort drüben.« Mat deutete hin, ohne die Schattenfreundin mit dem fuchsartigen Gesicht aus den Augen zu lassen. Sie betrachtete eine Marke in ihrer Hand, warf sie zu Boden und raffte sogar die Röcke, um daraufzutreten. Sie hatte offensichtlich nicht auf Wind gesetzt. Mit noch immer verzerrtem Gesicht bahnte sie sich ihren Weg durch die Menge. Mat erstarrte. Sie ging. »Holt unsere Gewinne, Nalesean, und bringt Olver dann zur Schenke. Wenn er seine Lesestunden verpaßt, werdet Ihr mit der Schwester des Dunklen Königs Bekanntschaft machen, bevor Herrin Anan ihn ein weiteres Rennen bestreiten läßt.«

»Wohin geht Ihr?«

»Ich habe eine Frau gesehen, die mich einmal zu töten versucht hat«, sagte Mat über die Schulter.

»Schenkt Ihr das nächste Mal Geschmeide«, rief Nalesean ihm nach.

Es war nicht weiter schwer, der Frau zu folgen, da ihr weiß befiederter Hut wie ein Banner durch die Menge zog. Die Sitzbänke mündeten auf eine große, offene Fläche, auf der unter den wachsamen Augen der Kutscher und Sänftenträger bunt lackierte Karossen und Sänften warteten. Mats Pferd Pips stand unter Aufsicht der Alten und Angesehenen Gilde der Stallknechte. In

Ebou Dar gab es für die meisten Berufe eine Gilde, und wehe demjenigen, der ihr Terrain unbefugt betrat. Er hielt inne, aber die Frau ging an den Transportmitteln vorbei, die die Hochrangigen und Reichen hierhergebracht hatten. Keine Dienerin, und jetzt nicht einmal ein Sitzplatz. Niemand lief in dieser Hitze zu Fuß, der sich eine Kutsche leisten konnte. War es Mylady schlecht ergangen?

Der Silberkreis lag unmittelbar südlich der großen, weiß getünchten Stadtmauer, und sie schlenderte die ungefähr hundert Schritte bis zum breiten, spitz zulaufenden Bogen des Moldine-Tores entlang und dann hindurch. Mat versuchte, ihr unauffällig zu folgen. Das Tor bildete einen zehn Spann langen, düsteren Tunnel, aber ihr Hut hob sie von der übrigen Menge ab. Menschen, die zu Fuß gehen mußten, trugen selten Federn. Sie schien zu wissen, wohin sie auf der anderen Seite wollte. Die Federn schoben sich vor ihm durch die Menge, nicht eilig, aber stets in Bewegung.

Ebou Dar schimmerte in der Sonne weiß. Weiße Paläste mit marmornen Säulen und sonnengeschützten Balkonen mit schmiedeeisernen Gittern Seite an Seite mit weiß getünchten Geschäften von Webern und Fischhändlern und mit Ställen und großen weißen Häusern mit schräggestellten Fensterläden, die Bogenfenster verbargen, neben weißen Schenken mit davor hängenden gemalten Schildern und offenen Marktständen unter langgezogenen Dächern, wo Schafe und Hühner, Kälber und Gänse und Enten neben ihren bereits geschlachteten und aufgehängten Artgenossen ein Scheunenhof-Getöse veranstalteten. Alles war weiß, Steine oder Tünche, außer hier und dort sichtbaren roten oder blauen oder goldenen Bändern auf wie Rüben geformten Kuppeln und spitz zulaufenden Erkern, um die Balkone verliefen. Überall gab es Plätze, immer mit einer überlebensgroßen Statue auf einem Podest oder einem spritzenden Springbrunnen, der die Hitze nur noch unterstrich, und immer gedrängt voller Menschen. Flüchtlinge erfüllten die Stadt sowie Kaufleute und Händler aller Art. Es gab niemals Schwierigkeiten, die einem anderen nicht Profit einbrachten. Was Saldaea einst nach Arad Doman gesandt hatte, kam jetzt den Fluß hinab nach Ebou Dar, und ebenso das, womit Amadicia in Tarabon gehandelt hatte. Jedermann hastete umher, für eine oder tausend Münzen, für einen Bissen zu essen für den heutigen Tag. Der in der Luft liegende Duft bestand zu gleichen Teilen aus Parfüm, Staub und Schweiß. Und irgendwie roch alles nach Verzweiflung.

Kanäle voller Lastkähne durchschnitten die Stadt, von Dutzenden von Brücken überspannt, einige so schmal, daß zwei Menschen sich aneinander vorbeiquetschen mußten, andere ausreichend groß, daß sie sogar von Geschäften gesäumt wurden, die über das Wasser ragten. Auf einer dieser Brücken erkannte Mat plötzlich, daß der weiß befiederte Hut stehengeblieben war. Menschen eilten um Mat herum, als er ebenfalls stehenblieb. Die Brückengeschäfte waren genau betrachtet nur offene Holzbuden mit schweren, aus Bohlen gezimmerten Läden, die heruntergelassen wurden, um die Geschäfte nachts zu schließen. In hochgestellter Position wiesen sie Schilder der Geschäfte auf. Dasjenige über dem Federhut zeigte eine goldene Waage und einen Hammer, das Zeichen der Gilde der Goldschmiede, wenn auch eindeutig nicht dasjenige eines sehr wohlhabenden Mitglieds. Durch eine kurzzeitig bestehende Lücke in der Menge sah Mat die Frau zu sich zurückschauen und wandte sich schnell dem kleinen Stand zu seiner Rechten zu. An der Rückwand hingen Fingerringe, und auf Brettern waren in allen Formen geschliffene Steine ausgelegt.

»Wünscht mein Lord einen neuen Siegelring?« fragte der vogelähnliche Bursche hinter dem Ladentisch, während er sich verbeugte und sich die Hände rieb. Er war dünn wie eine Bohnenstange und machte sich keine Sorgen darum, daß jemand seine Waren stehlen könnte, denn in einer Ecke des Stands kauerte ein einäugiger Bursche auf einem Stuhl, der vielleicht Mühe gehabt hätte, aufrecht darin zu stehen, mit einem langen, mit Nägeln beschlagenen Knüppel zwischen den wuchtigen Knien. »Ich kann Euch jedes Muster anfertigen, wie mein Lord sehen kann, und ich habe natürlich Proberinge da, um die erforderliche Größe festzustellen.«

»Zeigt mir diesen.« Mat deutete blindlings irgendwohin. Er brauchte einen Grund, um hier stehenzubleiben, bis die Frau weiterging. Vielleicht konnte er die Zeit nutzen, um zu entscheiden, was er tun sollte.

»Ein gutes Beispiel für den jetzt sehr beliebten Längsstil. Dieser Ring ist aus Gold, aber ich fertige auch Silberarbeiten an. Nun, ich glaube, die Größe ist richtig. Wenn mein Lord ihn anprobieren möchte? Wollen mein Lord vielleicht den ausgezeichneten Schliff betrachten? Bevorzugt mein Lord Gold oder Silber?«

Mit einem Brummen, von dem er hoffte, daß es als Antwort auf irgendeine dieser Fragen gewertet würde, schob Mat den angebotenen Ring auf den Ringfinger seiner linken Hand und gab vor, das dunkle Oval des geschliffenen Steins zu betrachten. Aber in Wahrheit sah er nur, daß er so lang wie sein Fingergelenk war. Mit gesenktem Kopf beobachtete er aus den Augenwinkeln die Frau – so gut es durch Lücken in der Menge möglich war. Sie hielt eine breite, flache, goldene Halskette ins Licht.

In Ebou Dar gab es eine Bürgerwehr, aber keine sehr erfolgreiche, die in den Straßen nur selten zu sehen war. Wenn er die Frau anzeigte, würde sein Wort gegen ihres stehen, und selbst wenn man ihm glaubte, würde sie vielleicht sogar bei dieser Anschuldigung gegen ein paar Münzen freikommen. Die Bürgerwehr war preiswerter als ein Richter, aber beide konnten gekauft werden, wenn nicht ein Mächtiger zusah, und selbst dann war es möglich, wenn genug Gold geboten wurde.

Ein Aufruhr in der Menge gab plötzlich einen Weißmantel frei, dessen konischer Helm und langes Kettenhemd wie Silber schimmerten und dessen weißer Umhang mit der flammenden goldenen Sonne sich bauschte, als er einherschritt, zuversichtlich, daß sich ein Weg vor ihm eröffnen würde. Was natürlich geschah. Kaum jemand war bereit, sich den Kindern des Lichts in den Weg zu stellen. Dennoch wurden die Blicke eines jeden, der die Augen von dem Mann mit dem steinernen Gesicht abwandte, durch anerkennende Blicke anderer ersetzt. Die Frau mit dem scharfgeschnittenen Gesicht sah ihn nicht nur offen an, sie lächelte sogar. Eine gegen sie vorgebrachte Beschuldigung würde sie vielleicht – oder vielleicht auch nicht – ins Gefängnis bringen, aber das konnte dann der Funke sein, der in der ganzen Stadt Erzählungen über Schattenfreunde im Tarasin-Palast anregte. Weißmäntel waren gut darin, den Pöbel aufzuwiegeln, und für sie waren Aes Sedai Schattenfreunde. Als das Kind des Lichts an der Frau vorüberging, legte sie die Kette, offensichtlich bedauernd, zurück und wandte sich zum Gehen.

»Gefällt der Stil meinem Lord?«

Mat zuckte zusammen. Er hatte den mageren Mann und den Ring vergessen. »Nein, ich möchte nicht ...« Er zog stirnrunzelnd an dem Ring. Er wollte sich nicht bewegen!

»Nicht ziehen. Ihr könntet den Stein zerbrechen.« Jetzt, wo er kein potentieller Kunde mehr war, war Mat auch nicht länger ein Lord. Der Bursche rümpfte die Nase und beobachtete ihn scharf, damit er nicht davonliefe. »Ich habe etwas Fett. Deryl, wo ist die Dose mit dem Fett?« Der Wächter blinzelte und kratzte sich den Kopf, als frage er sich, was eine Dose mit Fett sei. Der weiß befiederte Hut hatte die Brücke bereits halbwegs überquert.

»Ich werde ihn nehmen«, fauchte Mat. Es war keine Zeit zu feilschen. Er nahm eine Handvoll Münzen aus seiner Umhangtasche und warf sie auf den Ladentisch – überwiegend Gold und ein wenig Silber. »Genügt das?«

Die Augen des Ringmachers quollen hervor. »Es ist etwas zuviel«, erwiderte er mit zitternder Stimme. Seine Hand zögerte über den Münzen, und dann schob er Mat mit zwei Fingern einige Silbermünzen wieder zu. »Soviel?«

»Gebt sie Deryl«, grollte Mat, als der verdammte Ring plötzlich doch noch von seinem Finger glitt. Der magere Mann sammelte schnell die restlichen Münzen ein. Es war zu spät, um den Handel rückgängig zu machen. Mat fragte sich, wie viele Goldstücke er zuviel bezahlt hatte. Er stopfte den Ring in seine Tasche und eilte hinter der Schattenfreundin her. Der Hut war nirgends mehr zu sehen.

Zwei Statuen zierten das Ende der Brücke, über einen Spann große Frauengestalten aus hellem Marmor, jede mit einer entblößten Brust und einer himmelwärts erhobenen Hand. In Ebou Dar bedeutete eine entblößte Brust Offenheit und Ehrlichkeit. Mat ignorierte die Blicke, kletterte neben eine der Frauengestalten hinauf und hielt sich, einen Arm um ihre Taille gelegt, fest. Entlang dem Kanal verlief eine Straße, und zwei weitere zweigten im Winkel davon ab, alle voller Leute und Karren, Sänften und Wagen und Kutschen. Jemand rief mit rauher Stimme, lebendige Frauen seien wärmer, und ein Teil der Menge lachte. Weiße Federn erschienen hinter einer blau lackierten Kutsche in der linken Abzweigung der Straße.

Mat sprang hinab und eilte die Straße entlang hinter der Frau her, wobei er die Flüche jener ignorierte, die er anstieß. Bei den vielen Leuten und mit ihm ständig in den Weg geratenden Wagen und Kutschen konnte er den

Hut von der Straße aus nicht deutlich im Auge behalten. Er sprang die breiten Marmorstufen eines Palasts hinauf, erblickte den Hut erneut, lief wieder hinab und drängte weiter vorwärts. Der Rand eines großen Springbrunnens ermöglichte ihm einen weiteren Blick, dann ein umgedrehtes Faß an einer Wand und eine Kiste, die gerade von einem Ochsenkarren geladen worden war. Einmal klammerte er sich an die Seite eines Wagens, bis ihn die Kutscherin mit ihrer Peitsche bedrohte. Durch all sein Klettern und Schauen kam er der Schattenfreundin nicht wesentlich näher. Aber andererseits wußte er auch nicht, was er tun sollte, falls er sie einholte. Plötzlich, als er sich auf die schmale Mauerkrönung vor einem der großen Häuser zog, war sie nicht mehr da.

Er blickte erschreckt die Straße hinauf und hinab. Die weißen Federn wogten nicht mehr durch die Menge. Er konnte leicht ein halbes Dutzend Häuser wie dasjenige, an dem er kauerte, mehrere Paläste unterschiedlicher Größen, zwei Gasthäuser, drei Schenken, den Laden eines Scherenschleifers mit einem Messer und einer Schere auf dem Ladenschild, einen Fischhändler mit fünfzig Sorten Fisch, zwei Teppichknüpfer mit eingerollten Teppichen auf Tischen unter den Planen, einen Schneiderladen und vier Stoffverkäufer, zwei Läden mit Lackwaren, einen Goldschmied, einen Silberschmied, einen Mietstall und anderes überblicken. Die Liste war zu lang. Sie hätte in jedes dieser Gebäude hineingehen können. Sie hätte, von ihm unbemerkt, um eine Ecke gehen können.

Er sprang wieder hinab, richtete seinen Hut und murrte leise vor sich hin ... und sah sie plötzlich oben auf einer breiten, zu einem ihm fast gegenüberstehenden Palast führenden Marmortreppe stehen, bereits halbwegs von hohen, kannelierten Säulen verborgen. Es war kein großer Palast, er wies nur zwei schmale Erker und eine einzige birnenförmige, gestreifte Kuppel auf. In den

Palästen Ebou Dars war das Erdgeschoß stets Dienern und Küchen und ähnlichem vorbehalten. Die besseren Räume waren höher angesiedelt, um jede Brise zu nutzen. Schwarz und Gelb livrierte Türsteher verbeugten sich tief und öffneten die verzierten Türen bereits weit, noch bevor die Frau sie erreicht hatte. Eine Dienerin im Innern vollführte einen Hofknicks, sagte offensichtlich etwas, wandte sich dann sofort um und führte sie weiter hinein. Die Frau war dort bekannt. Er hätte alles darauf verwettet.

Nachdem sich die Türen geschlossen hatten, stand Mat eine Weile nur da und beobachtete den Palast. Es war bei weitem nicht der wohlhabendste in der Stadt, aber nur ein Adliger würde es wagen, ein solches Gebäude zu errichten. »Aber wer, im Krater des Verderbens, lebt dort?« murmelte er schließlich, während er seinen Hut abnahm, um sich Luft zuzufächeln. Nicht sie, nicht, wenn sie zu Fuß gehen mußte. Einige in den Schenken entlang der Straße gestellte Fragen würden ihm Aufschluß geben. Und die Nachricht, daß er Fragen stellte, würde gewiß auch bis zum Palast durchsickern.

Jemand sagte: »Carridin.« Es war ein dürrer, weißhaariger Bursche, der in der Nähe in den Schatten herumlungerte. Mat sah ihn fragend an, und er grinste, wodurch Zahnlücken sichtbar wurden. Seine gebeugten Schultern und das verwitterte Gesicht paßten nicht zu seinem edlen grauen Umhang. Trotz etwas Spitze an seinem Hals war er *das* Abbild schlechter Zeiten. »Ihr habt gefragt, wer dort lebt. Der Chelsaine-Palast wurde an Jaichim Carridin verpachtet.«

Mat hielt in seiner Bewegung inne, sich Luft zuzufächeln. »Ihr meint den Gesandten der Weißmäntel?«

»Ja. Und den Inquisitor der Hand des Lichts.« Der alte Mann tippte mit einem knotigen Finger seitlich an seine Hakennase. Beide schienen mehrmals gebrochen gewesen zu sein. »Kein Mann, den man stören sollte, wenn man nicht unbedingt muß, und selbst dann würde ich noch dreimal darüber nachdenken.«

Mat summte unbewußt einige Töne aus ›Sturm von den Bergen‹ vor sich hin. Tatsächlich – kein Mann, den man stören sollte. Zweifler waren die unangenehmsten Weißmäntel. Ein Weißmantel-Inquisitor, dessen Ruf eine Schattenfreundin folgte.

»Danke...« Mat zuckte zusammen. Der Bursche war fort, von der Menge verschluckt. Seltsam, aber er war ihm irgendwie vertraut erschienen. Vielleicht ein weiterer, vor langer Zeit gestorbener Bekannter aus jenen alten Erinnerungen. Vielleicht... Dann traf es ihn, als wäre das Schauspiel eines Feuerwerkers in seinem Kopf explodiert. Ein weißhaariger Mann mit Hakennase. Dieser alte Mann war im *Silberkreis* gewesen, hatte nicht weit von der Frau entfernt gestanden, die gerade in Carridins Palast verschwunden war. Mat drehte seinen Hut in den Händen und blickte unbehaglich die Stirn runzelnd zum Palast. Er konnte die Würfel in seinem Kopf plötzlich fallen spüren, und das war stets ein schlechtes Zeichen.

KAPITEL 6

Insekten

Carridin schaute nicht sofort von dem Brief auf, den er gerade schrieb, als Lady Shiaine, wie sie sich nannte, hereingeführt wurde. Drei Ameisen kämpften vergebens in der nassen Tinte, waren gefangen. Alles andere mochte sterben, aber Ameisen und Schaben und alle anderen Arten von Ungeziefer schienen zu gedeihen. Er drückte den Tintenlöscher vorsichtig hinab. Er würde nicht wegen ein paar Ameisen von vorn beginnen. Das Versäumnis, diesen Bericht abzuschicken, oder der Bericht über das Versäumnis, würde ihn genauso verdammen wie diese widerlichen Insekten, aber die Angst vor noch einem anderen Versäumnis wütete in ihm.

Er sorgte sich nicht darum, daß Shiaine lesen könnte, was er geschrieben hatte. Es war in einer außer ihm nur zwei anderen Menschen bekannten Geheimschrift verfaßt. Es waren so viele Banden ›Drachenverschworener‹ am Werk, eine jede vom Kern ihrer vertrauenswürdigsten Männer gestärkt, und so viele andere, die Banditen oder sogar wahrhaftig diesem Schmutz al'Thor verschrieben sein mochten. Letzteres würde Pedron Niall vielleicht nicht gefallen, aber sein Befehl hatte gelautet, Altara und Murandy in Blut und Chaos zu tauchen, aus denen nur Niall und die Kinder des Lichts sie retten könnten, ein Wahnsinn, der eindeutig diesem sogenannten Wiedergeborenen Drachen zur Last gelegt werden sollte, und das hatte er getan. Angst hielt beide Länder gepackt. Erzählungen darüber, daß die Hexen durch das

Land marschierten, waren ein zusätzlicher Lohn. Hexen Tar Valons und Drachenverschworene, Aes Sedai, die junge Frauen verschleppten und falsche Drachen ernannten, Dörfer in Flammen und an Scheunentore genagelte Männer – das war bei den auf der Straße gehandelten Gerüchten jetzt alles das gleiche. Niall wäre erfreut und würde weitere Befehle senden. Es war unvorstellbar, wie er von Carridin erwartete, Elayne Trakand aus dem Tarasin-Palast zu entführen.

Noch eine Ameise lief über den mit Elfenbein-Einlegearbeiten versehenen Tisch auf das Blatt Papier, die er mit dem Daumen zerdrückte. Und ein Wort bis zur Unleserlichkeit verschmierte. Der gesamte Bericht müßte neu geschrieben werden. Er sehnte sich sehr nach etwas zu trinken. Auf dem Tisch an der Tür stand eine Kristallflasche mit Weinbrand, aber er wollte nicht, daß die Frau ihn trinken sah. Er unterdrückte ein Seufzen, schob den Brief beiseite und zog ein Taschentuch aus seinem Ärmel, um sich die Hand abzuwischen. »Also, Shiaine, könnt Ihr endlich über Fortschritte berichten? Oder seid Ihr nur wegen des Geldes gekommen?«

Sie lächelte ihn von einem hohen, verzierten Armsessel aus träge an. »Eine Suche erfordert Ausgaben«, sagte sie fast im Akzent einer andoranischen Adligen. »Besonders wenn wir erreichen wollen, daß keine Fragen gestellt werden.«

Die meisten Menschen hätten sich beim Anblick Jaichim Carridins – durch sein stählernes Gesicht, die tiefliegenden Augen und den weißen Wappenrock über seinem Umhang mit der auf den karmesinroten Hirtenstab der Hand eingedrückten Sonne der Kinder des Lichts – unbehaglich gefühlt. Aber nicht Mili Skane. So lautete ihr richtiger Name, obwohl sie nicht wußte, ob er ihn kannte. Als Tochter eines Sattlers aus einem Dorf in der Nähe von Weißbrücke war sie im Alter von fünfzehn Jahren zur Weißen Burg gegangen, noch eine Sache, die sie geheimgehalten zu haben glaubte. Es war wohl kaum der beste Anfang, ein Schattenfreund zu werden, weil die Hexen ihr gesagt hatten, sie könnte nicht lernen, die Macht zu lenken, aber bevor ein Jahr vorüber war, hatte sie nicht nur in Caemlyn einen Kreis gefunden, sondern auch ihre erste Tötung vollzogen. In den seither vergangenen sieben Jahren hatte sie dieser einen neunzehn weitere Tötungen hinzugefügt. Sie war eine der besten verfügbaren Mörderinnen und eine Jägerin, die alle und alles finden konnte. Soviel hatte man ihm gesagt, als sie zu ihm geschickt wurde. Das hatte ein Kreis gesagt, der jetzt ihr berichtete. Tatsächlich waren mehrere seiner Mitglieder Adlige und fast alle älter, aber nichts davon hatte unter jenen Bedeutung, die dem Großen Herrn dienten. Ein weiterer Kreis, der für Carridin arbeitete, wurde von einem knorrigen, einäugigen Bettler angeführt, der keine Zähne und die Angewohnheit hatte, nur einmal im Jahr zu baden. Wären die Umstände andere gewesen, hätte Carridin selbst das Knie vor Old Cully gebeugt, der einzige Name, den der übelriechende Schurke zuließ. Mili Skane kroch gewiß vor Old Cully, und jeder andere Gefährte ihres Kreises ebenfalls, ob adlig oder nicht. Es ärgerte Carridin, daß ›Lady Shiaine‹ blitzartig auf die Knie fiel, wenn der alte Bettler mit den strähnigen Haaren den Raum betrat, aber vor ihm mit gekreuzten Beinen dasaß, lächelte und ungeduldig mit dem Fuß wippte. Sie hatte Befehl erhalten, ihm bedingungslos zu gehorchen, von jemandem, vor dem sogar Old Cully kriechen würde, und er brauchte verzweifelt einen Erfolg. Nialls Pläne durften ruhig zu Staub zerfallen, aber nicht dies.

»Man kann vieles entschuldigen.« Carridin steckte die Schreibfeder in ihren Elfenbeinständer und schob sein Haar zurück. »Bei jenen, welche die ihnen gestellten Aufgaben erfüllen.« Er war ein großer Mann und ragte drohend auf; zugleich war er sich sehr wohl des Umstands bewußt, daß die goldgerahmten Spiegel an den Wänden eine kraftvolle Gestalt, einen gefährlichen Mann zeigten. »Selbst Gewänder und Tand und Spiele, was alles mit Geld bezahlt wurde, das für Informationen verwendet werden sollte.« Der wippende Fuß verharrte einen Moment und begann dann erneut, aber ihr Lächeln wirkte jetzt gezwungen, ihr Gesicht blaß. Ihr Kreis gehorchte ihr im Augenblick, aber sie würden sie kopfüber hängen und lebendig häuten, wenn er das Wort aussprach. »Ihr habt nicht sehr viel erreicht, nicht wahr? Tatsächlich scheint Ihr überhaupt nichts erreicht zu haben.«

»Es gibt Probleme, wie Ihr sehr wohl wißt«, hauchte sie. Es gelang ihr jedoch, seinen Blick offen zu erwidern.

»Ausflüchte. Erzählt mir von überwundenen Problemen, nicht von solchen, über die Ihr stolpert und fallt. Ihr könnt tief fallen, wenn Ihr hierin versagt.« Er wandte ihr den Rücken zu und schritt zum nächstgelegenen Fenster. Er konnte ebenfalls tief fallen, und er wollte es nicht riskieren, daß sie dies in seinen Augen erkannte. Sonnenlicht fiel durch reichverzierte Steingitter. Der Raum mit der hohen Decke, dem grün-weiß gefliesten Boden und den hellblauen Wänden blieb hinter den dicken Mauern des Palasts vergleichsweise kühl, aber die draußen herrschende Hitze sickerte durch die Fenster dennoch herein. Er konnte den Weinbrand auf der anderen Seite des Raumes fast spüren. Er konnte kaum erwarten, daß sie ging.

»Mein Lord Carridin, wie kann ich jemanden zu offene Fragen über Gegenstände der Macht stellen lassen? Das würde Fragen *bewirken*, und es sind Aes Sedai in der Stadt, wie Ihr Euch vielleicht erinnert.«

Carridin spähte auf die Straße hinab und rümpfte bei dem heraufdringenden Geruch die Nase. Dort unten waren alle Arten von Menschen zusammengedrängt. Ein Arafelle mit zu zwei langen Zöpfen geflochtenem Haar und einem gebogenen Schwert auf dem Rücken warf einem einarmigen Bettler eine Münze zu, der das Geschenk stirnrunzelnd betrachtete, bevor er es unter seine Lumpen steckte und seine kläglichen Rufe an die Vorbeigehenden wieder aufnahm. Ein Bursche in einem zerrissenen hellroten Umhang und heller gelber Hose kam aus einem Laden gelaufen und preßte einen Stoffballen an seine Brust, verfolgt von einer schreienden hellhaarigen Frau, die ihre Röcke bis über die Knie gerafft hatte und schneller lief als der stämmige Wächter, der sich, seinen Knüppel schwingend, schwerfällig hinter ihr herschleppte. Der Kutscher einer rot lackierten Kutsche mit den Goldmünzen und der geöffneten Hand eines Geldverleihers auf der Tür drohte dem Wagenlenker eines Planwagens mit der Peitsche, dessen Pferdegespann dem Gespann der Kutsche ins Gehege geraten war, während beide über die Straße hinweg fluchten. Verdreckte Straßenjungen kauerten hinter einem klapprigen Karren, während sie sich winzige, verschrumpelte Früchte schnappten, die vom Land hierhergebracht worden waren. Eine verschleierte Tarabonerin, das dunkle Haar zu dünnen Zöpfen geflochten, bahnte sich ihren Weg durch die Menge und zog in ihrem staubigen roten Gewand, das sich schamlos an ihren Körper anschmiegte, die Augen aller Männer auf sich.

»Mein Lord, ich brauche Zeit. Ich *brauche* sie! Ich kann nicht das Unmögliche tun, und gewiß nicht innerhalb weniger Tage.«

Gesindel, sie alle. Goldgräber und Jäger des Horns, Diebe, Flüchtlinge und sogar Kesselflicker. Abschaum. Es wäre leicht, Aufstände zu schüren, eine Säuberung von all diesem Unrat zu bewirken. Fremde waren stets das erste Ziel, ihnen wurde regelmäßig die Schuld an dem zugeschoben, was falsch war, ebenso wie den Nachbarn, die das Pech hatten, auf der falschen Seite der Mißgunst zu stehen, den Frauen, die mit Kräutern und

Heilmitteln hausieren gingen, und Menschen ohne Freunde, besonders, wenn sie allein lebten. Richtig und so behutsam, wie in solchen Fällen möglich, angeleitet, könnte ein guter Aufstand sehr wohl den Tarasin-Palast rund um dieses nutzlose Weibsbild Tylin und auch um die Hexen herum niederbrennen. Er betrachtete den Menschenschwarm unter dem Fenster. Aufstände hatten die Tendenz, außer Kontrolle zu geraten. Die Bürgerwehr würde sich vielleicht regen, und eine Handvoll wahrer Freunde würden unausweichlich hart herangenommen werden. Er durfte es nicht riskieren, daß einige jener vielleicht den Kreisen entstammten, die er gejagt hatte. Auch nur einige wenige Tage eines Aufstands würden ihre Arbeit unterbrechen. Dafür war Tylin nicht wichtig genug. Sie war tatsächlich überhaupt nicht wichtig. Nein, noch nicht. Er konnte riskieren, Niall zu enttäuschen, aber nicht seinen wahren Herrn.

»Mein Lord Carridin ...« In Shiaines Stimme klang jetzt ein wenig Trotz mit. Er hatte sie zu lange schmoren lassen. »Mein Lord Carridin, einige der Mitglieder meines Kreises stellen in Frage, warum wir die Suche nach ...«

Er wollte sich umwenden und sie barsch zurechtweisen – er brauchte einen Erfolg, keine Ausflüchte, keine Fragen! –, aber ihre Stimme wurde unhörbar, als sein Blick auf einen jungen Mann fiel, der in einem blauen Mantel mit genug rot-goldener Stickerei an Ärmeln und Aufschlägen für zwei Adlige schräg gegenüber auf der Straße stand. Größer als die meisten anderen, fächelte er sich mit einem breitkrempigen schwarzen Hut Luft zu und richtete sein Halstuch, während er mit einem gebeugten weißhaarigen Mann sprach. Carridin erkannte den jungen Mann.

Er fühlte sich plötzlich, als wäre eine Schlinge um seinen Kopf gelegt worden, die immer fester zugezogen wurde. Einen Augenblick sah er ein hinter einer roten Maske verborgenes Gesicht. Nachtdunkle Augen starrten ihn an, und dann waren da unergründliche Flammenhöhlen, die ihn noch immer anstarrten. Die Welt brach in seinem Kopf in Feuer aus, in wasserfallartig herabstürzende Bilder, die ihn so zerschlugen, daß er nicht einmal schreien konnte. Die Gestalten dreier junger Männer schwebten in der Luft, und eine der Gestalten begann zu glühen, die Gestalt des Mannes auf der Straße, heller und immer heller, bis sie alle lebendigen Augen zu Asche versengt haben mußte, und noch heller – bis sie brannte. Ein gedrehtes goldenes Horn schoß auf Carridin zu, und sein Schrei zerrte an seiner Seele, brach dann in einen Ring goldenen Lichts auf, verschlang ihn und durchdrang ihn mit Kälte, bis das letzte Bruchstück seiner selbst, das sich noch an seinen Namen erinnerte, sicher war, seine Knochen müßten zersplittern. Ein Dolch mit Rubinspitze wirbelte direkt auf ihn zu, die gebogene Klinge traf ihn zwischen die Augen und versank in ihm, bis das goldumwickelte Heft vollkommen verschwunden war, und er erfuhr Qualen, die alle Gedanken in einer Woge von Schmerz fortspülten. Er hätte zu einem Schöpfer gebetet, den er schon lange aufgegeben hatte, wenn er sich daran erinnert hätte, wenn er sich erinnert hätte, daß Menschen schrien, daß er ein Mensch war. Immer weiter, immer mehr ...

Er hob eine Hand an seine Stirn und fragte sich, warum sie zitterte. Sein Kopf schmerzte heftig. Da war etwas gewesen ... Er sah erschreckt auf die Straße unter ihm. Alles hatte sich im Handumdrehen verändert, die Menschen waren anders, die Wagen waren entfernt worden, bunte Kutschen und Sänften waren durch andere ersetzt worden. Und was noch schlimmer war – Cauthon war fort. Er hätte am liebsten die ganze Flasche Weinbrand in einem Zug getrunken.

Plötzlich erkannte er, daß Shiaine aufgehört hatte zu sprechen. Er wandte sich um, bereit, sie weiterhin in ihre Schranken zu verweisen.

Sie beugte sich vor, um aufzustehen, eine Hand auf der Sessellehne, die andere zu einer Geste erhoben. Ihr schmales Gesicht war in einem Ausdruck verdrießlicher Herausforderung erstarrt. Aber sie sah nicht Carridin an. Sie regte sich nicht. Sie blinzelte nicht. Er war sich nicht einmal sicher, ob sie atmete. Er spürte kaum Leben in ihr.

»Grübelst du?« fragte Sammael. »Darf ich zumindest hoffen, daß du darüber nachgrübelst, was du hier für mich finden sollst?« Er war nur ein wenig größer als der Durchschnitt, ein muskulöser, kompakter Mann in einem Umhang mit einem hohen Kragen in illianischem Stil, der so sehr mit Goldstickerei verziert war, daß der grüne Stoff darunter nur schwer zu erkennen war, aber mehr als nur der Umstand, daß er einer der Auserwählten war, verlieh ihm Statur. Seine blauen Augen waren kälter als der Odem des Winters. Eine bläuliche Narbe zog sich von der blonden Haarlinie bis zum Rand des blonden, eckig geschnitten Bartes hinab, und diese Zierde schien zu ihm zu passen. Was auch immer ihm in den Weg geriet, wurde fortgewischt, zertreten oder ausgelöscht. Carridin wußte, daß Sammael ihm die Hölle heiß gemacht hätte, wenn der Mann einfach jemand gewesen wäre, den er zufällig getroffen hätte.

Er trat eilig vom Fenster fort und fiel vor dem Auserwählten auf die Knie. Carridin verachtete die Hexen Tar Valons. Tatsächlich verachtete er jedermann, der die Eine Macht gebrauchte, sich in das einmischte, was die Welt einst zerstört hatte, mit dem umging, was bloße Sterbliche nicht berühren sollten. Dieser Mann gebrauchte die Macht ebenfalls, aber die Auserwählten konnten nicht als bloße Sterbliche bezeichnet werden. Vielleicht überhaupt nicht als Sterbliche. Und wenn er seinen Dienst gut versah, wäre er auch nicht mehr sterblich. »Großer Meister, ich sah Mat Cauthon.«

»Hier?« Sammael schien seltsamerweise einen Moment überrascht. Er murmelte leise etwas, und bei einem Wort wich alles Blut aus Carridins Gesicht.

»Großer Lord, Ihr wißt, daß ich Euch niemals betrügen würde ...«

»Du Narr! Du hast nicht einmal den Mut dazu. Bist du sicher, daß es Cauthon war, den du gesehen hast?«

»Ja, Großer Meister. Auf der Straße. Ich kann ihn bestimmt wiederfinden.«

Sammael schaute stirnrunzelnd auf ihn hinab, strich sich über den Bart und blickte durch Jaichim Carridin hindurch und über ihn hinaus. Carridin mochte es nicht, sich bedeutungslos zu fühlen, besonders wenn er wußte, daß es der Wahrheit entsprach.

»Nein«, sagte Sammael schließlich. »Deine Suche ist die wichtigste Sache, die *einzige* Sache, soweit es dich betrifft. Cauthons Tod käme mir gewiß gelegen, aber nicht, wenn er hier Aufmerksamkeit erregt. Wenn bereits Aufmerksamkeit besteht und er Interesse an deiner Suche zeigen sollte, dann stirbt er, aber ansonsten kann er warten.«

»Aber ...«

»Hast du mich nicht verstanden?« Sammaels Narbe ließ sein Lächeln einseitig höhnisch geraten. »Ich sah kürzlich deine Schwester Vanora. Sie sah zunächst nicht wohl aus. Sie schrie und weinte, zuckte ständig zusammen und zog sich an den Haaren. Frauen leiden unter den Gefälligkeiten von Myrddraals stärker als Männer, aber selbst Myrddraals müssen irgendwo ihr Vergnügen suchen. Sorge dich nicht, daß sie zu lange gelitten hätte. Trollocs sind immer hungrig.« Das Lächeln schwand. Seine Stimme war steinhart. »Jene, die nicht gehorchen, können sich auch über einem Herdfeuer wiederfinden. Vanora schien zu lächeln, Carridin. Glaubst du, du würdest lächeln, wenn man dich auf einem Spieß dreht?«

Carridin schluckte ungewollt und unterdrückte den

Schmerz um Vanora mit ihrem bereitwilligen Lachen und ihrem geschickten Umgang mit Pferden, die dort zu galoppieren wagte, wo andere sich zu Fuß zu gehen fürchteten. Sie war seine Lieblingsschwester gewesen, und doch war sie tot, und er war es nicht. Wenn es überhaupt Barmherzigkeit auf der Welt gab, hatte sie nicht erfahren, warum. »Ich lebe, um zu dienen und zu gehorchen, Großer Meister.« Er glaubte nicht, daß er ein Feigling war, aber niemand verweigerte einem der Auserwählten den Gehorsam. Nicht häufiger als ein Mal.

»Dann finde, was ich haben will!« brüllte Sammael. »Ich weiß, daß es irgendwo in diesem *kjasic* Fliegenschiß von Stadt verborgen ist! *Ter'angreale*, *angreale*, sogar *Sa'angreale*! Ich habe ihnen nachgespürt, bin ihnen gefolgt! Jetzt wirst du sie finden, Carridin. Stelle meine Geduld nicht auf die Probe.«

»Großer Meister...« Sein Mund war ausgetrocknet. »Großer Meister, hier sind Hexen... Aes Sedai... Ich weiß nicht genau, wie viele. Wenn sie auch nur ein Flüstern hören...«

Sammael gebot ihm zu schweigen und tat dreimal einige schnelle Schritte hin und zurück, die Hände hinter dem Rücken verschränkt. Er wirkte nicht besorgt, nur... nachdenklich. Schließlich nickte er. »Ich werde... jemanden... schicken, der sich um diese *Aes Sedai* kümmert.« Er lachte kurz scharf auf. »Ich wünschte fast, ich könnte ihre Gesichter sehen. Sehr gut. Dir bleibt noch ein wenig Zeit. Dann bekommt vielleicht jemand anderer eine Chance.« Er hob mit einem Finger eine Strähne von Shiaines Haar an. Sie bewegte sich noch immer nicht. Ihre Augen starrten regungslos ins Leere. »Dieses Kind würde die Gelegenheit gewiß nur zu gern ergreifen.«

Carridin kämpfte gegen plötzliche Angst an. Die Auserwählten warfen genauso schnell nieder, wie sie erhoben, und auch genauso häufig. Versagen blieb niemals unbestraft. »Großer Meister, die Gunst, um die ich Euch bat ... Wenn ich wissen dürfte ... Habt Ihr ... werdet Ihr ...?«

»Du bist kein Glückspilz, Carridin«, sagte Sammael mit neuerlichem Lächeln. »Du solltest besser hoffen, meine Befehle bald ausführen zu können. Anscheinend stellt zumindest jemand sicher, daß einige von *Ishamaels* Befehlen noch ausgeführt werden.« Er lächelte, aber er schien nicht im mindesten belustigt. Oder vielleicht machte das nur die Narbe. »Du hast ihm gegenüber versagt und deshalb deine ganze Familie verloren. Nur meine Hand schützt dich jetzt noch. Ich sah vor langer Zeit einmal drei Myrddraals einen Mann dazu bringen, ihnen nach und nach seine Frau und seine Töchter zu übergeben, und sie dann zu bitten, ihm das rechte Bein abzuhacken, dann das linke, dann seine Arme und ihm die Augen auszubrennen.« Der vollkommen beiläufig gehaltene Tonfall machte den Vortrag noch schlimmer, als alles Schreien oder Höhnen es gekonnt hätte. »Es war für sie ein Spiel, verstehst du? Sie wollten sehen, wie weit sie ihn bringen konnten, worum er sie schließlich bitten würde. Sie bewahrten sich seine Zunge natürlich bis zum Schluß auf, aber bis dahin war nicht mehr viel von ihm übriggeblieben. Er war recht mächtig, gutaussehend und berühmt gewesen. Beneidet. Aber niemand würde jemals beneiden, was sie schließlich den Trollocs vorwarfen. Du würdest nicht glauben, welche Töne dieser Überrest von sich gab. Finde, was ich haben will, Carridin. Es wird dir nicht gefallen, wenn ich meine Hand zurückziehe.«

Plötzlich erschien in der Luft vor dem Auserwählten eine senkrechte Linie. Sie schien sich irgendwie zu drehen und erweiterte sich dabei zu einem Viereck ... eine Öffnung. Carridin starrte sie fassungslos an. Er blickte durch einen Spalt in der Luft auf etwas voller grauer Säulen und dichtem Nebel. Sammael trat hindurch, und die Öffnung schloß sich ruckartig, wurde zu einem glän-

zenden Lichtstab, der verschwand und nur eine purpurfarbene Nachempfindung zurückließ, die in Carridins Augen glühte.

Er richtete sich schwankend auf. Ein Versagen wurde stets bestraft, aber niemand überlebte es, dem Befehl einer der Auserwählten den Gehorsam zu verweigern.

Plötzlich bewegte sich Shiaine und vollendete die Bewegung, aus dem Sessel aufzustehen. Sie wollte etwas sagen, brach aber dann wieder ab und blickte zum Fenster, wo Carridin zuvor gestanden hatte. Ihr Blick suchte ihn hektisch, fand ihn, und sie zuckte zusammen. So wie ihre Augen hervortraten, hätte er selbst einer der Auserwählten sein können.

Niemand überlebte es, dem Befehl der Auserwählten den Gehorsam zu verweigern. Er preßte die Hände gegen seine Schläfen. Sein Kopf schien platzen zu wollen. »Ein Mann ist in der Stadt, Mat Cauthon. Ihr werdet...« Sie zuckte abermals leicht zusammen, und er runzelte die Stirn. »Ihr kennt ihn?«

»Ich habe den Namen gehört«, sagte sie vorsichtig. Und ärgerlich, hätte er behauptet. »Nur wenige, die mit al'Thor verbunden sind, bleiben lange unbekannt.« Als er näher herantrat, kreuzte sie schützend die Arme vor sich und blieb nur zögerlich am Fleck stehen. »Was macht ein schäbiger Bauernjunge in Ebou Dar? Wie ist er...«

»Belästigt mich nicht mit törichten Fragen, Shiaine.« Er hatte noch niemals solche Kopfschmerzen gehabt. Noch nie. Es fühlte sich an, als würde ihm zwischen den Augen ein Dolch in den Schädel getrieben. Niemand überlebte... »Ihr werdet Euren Kreis anweisen, Cauthon sofort ausfindig zu machen. Sie alle.« Old Cully kam heute nacht durch die Rückfront der Ställe herein. Sie brauchte nicht zu wissen, daß auch noch andere da sein würden. »Nichts anderes darf dazwischen kommen.«

»Aber ich dachte...«

Sie brach keuchend ab, als er ihren Nacken ergriff. Ein schmaler Dolch erschien in ihrer Hand, aber er entwand ihn ihr. Sie drehte sich und versuchte, sich ihm zu entziehen, aber er zwang ihr Gesicht auf die Tischplatte, wobei sie mit der Wange noch feuchte Tinte auf dem vergessenen Brief an Pedron Niall verwischte. Der Dolch, der unmittelbar vor ihren Augen niedersauste, ließ sie erstarren. Zufällig hatte die Klinge, die das Papier durchbohrt hatte, auch eine Ameise an einem Bein erwischt. Sie kämpfte genauso nutzlos, wie das Tier es getan hatte.

»Ihr seid ein Insekt, Mili.« Der Schmerz in seinem Kopf ließ seine Stimme rauh klingen. »Es ist an der Zeit, daß Ihr das begreift. Ein Insekt ist wie das andere, und wenn eines seine Aufgabe nicht erfüllt...« Ihr Blick folgte seinem herabsinkenden Daumen, und als er die Ameise zerdrückte, zuckte sie zurück.

»Ich lebe, um zu dienen und zu gehorchen, Meister«, keuchte sie. Sie hatte das jedes Mal zu Old Cully gesagt, wenn sie ihnen zusammen begegnete, aber niemals zuvor zu ihm.

»Und so werdet Ihr gehorchen...« Niemand überlebte Ungehorsam. Niemand.

KAPITEL 7

Eine Berührung
an der Wange

Der Tarasin-Palast erstrahlte in schimmerndem Marmor und weißem Putz mit geschützten Balkonen aus weiß bemaltem Schmiedeeisen und Säulengängen bis vier Stockwerke über dem Boden. Tauben schwirrten um spitz zulaufende Kuppeln herum, und hohe, mit Balkonen verzierte Erker, die durch rote und grüne Ziegel miteinander verbunden waren, glänzten in der Sonne. Prächtige Bogentore im Palast selbst führten auf verschiedene Höfe, und weitere befanden sich in den hohen Mauern, die die Gärten verbargen; tiefe, schneeweiße, zehn Spann breite Stufen führten auf die dem Mol-Hara-Platz gegenüberliegende Seite zu großen, mit gehämmertem Gold belegten Türen hinauf, die wie die Balkongitter mit gewundenen Mustern verziert waren.

Die ungefähr ein Dutzend Wächter, die sich vor diesen Türen aufgereiht hatten und in der Sonne schwitzten, trugen vergoldete Brustharnische über grünen Umhängen und sackartigen weißen Hosen, die in dunkelgrünen Stiefeln steckten. Grüne Schnüre sicherten dichte Geflechte weißen Stoffs um Goldhelme, deren lange Enden ihre Rücken hinabhingen. Selbst die Hellebarden und die Scheiden ihrer Dolche und Kurzschwerter schimmerten golden. Wächter, die imponieren, aber nicht kämpfen sollten. Aber als Mat ihnen nahe kam, konnte er die Schwertkämpfer-Schwielen an ihren Händen erkennen. Er war zuvor stets durch einen der Stallhöfe hereingekommen, um die Palastpferde im Vorbeigehen zu überprüfen, aber dieses Mal betrat er den Palast, wie ein Lord es tun würde.

»Das Licht segne Euch alle«, sagte er zum wachhabenden Offizier, einen Mann, der nicht viel älter war als er selbst. Ebou Dari waren höfliche Menschen. »Ich bin gekommen, um Nynaeve Sedai und Elayne Sedai eine Nachricht zu hinterlassen. Oder sie ihnen zu überbringen, falls sie schon zurückgekehrt sind.«

Der Offizier sah ihn bestürzt an und blickte dann auf die Stufen. Die goldenen Schnüre wie auch das Grün an seinem Spitzhelm bezeichneten einen Rang, den Mat nicht kannte, und er trug ein vergoldetes Stangenbajonett anstatt einer Hellebarde, die ein scharfes Ende und einen Haken wie ein Ochsen-Treibstock aufwies. Seinem Gesichtsausdruck nach zu urteilen, hatte niemand den Palast jemals auf diesem Weg betreten. Er betrachtete Mats Umhang, sann sichtlich darüber nach und beschloß letztendlich, ihn nicht abweisen zu können. Der Mann erwiderte seufzend Mats Segenswunsch, fragte ihn nach seinem Namen, öffnete dann eine kleine Tür in einer der größeren Türen und führte ihn in eine gewaltige Eingangshalle, die von fünf mit Steinbrüstungen versehenen Balkonen unter einer kuppelartigen, wie ein Himmel mit Wolken und einer Sonne bemalten Decke umgeben war.

Der Wächter schnippte mit den Fingern und rief so eine schlanke junge Dienerin in einem weißen Gewand herbei, das auf der linken Seite hochgenäht und über der linken Brust mit grünem Anker und Schwert bestickt war. Sie kam eilig über den rot-blauen Marmorboden heran und vollführte vor Mat und dem Offizier jeweils einen Hofknicks. Kurzes schwarzes Haar umrahmte ein liebliches, hübsches Gesicht mit seidiger olivfarbener Haut, und ihre Bedienstetentracht wies den tiefen, schmalen Ausschnitt auf, der allen Frauen Ebou

Dars, außer den Adligen, eigen war. Aber dieses Mal bemerkte Mat es nicht. Als sie hörte, was er wollte, weiteten sich ihre großen schwarzen Augen noch mehr. Aes Sedai waren in Ebou Dar nicht unbeliebt, aber die meisten Ebou Dari würden dennoch einen weiten Umweg machen, um sie zu meiden.

»Ja, Schwert-Leutnant«, sagte sie und versank erneut in einen Hofknicks. »Natürlich, Schwert-Leutnant. Wenn Ihr mir bitte folgen wollt, mein Lord?« Mat wollte.

Außen funkelte Ebou Dar weiß, aber innen sprühte es vor Farben. Es schien im Palast Meilen breiter Gänge zu geben, in denen hier die hohen Decken blau und die Wände gelb und dort die Wände hellrot und die Decken grün waren, was sich nach jeder Biegung änderte, wenn Farbzusammenstellungen geboten wurden, die jedes Auge, außer dem eines Kesselflickers, beleidigten. Mats Stiefel klangen auf den Bodenfliesen, die in zwei oder drei oder manchmal auch vier Farben Rhomben- oder Stern- oder Dreiecksmuster bildeten, laut wider. Wo auch immer Gänge kreuzten, bestand der Boden aus einem Mosaik winziger Fliesen in komplizierten Wirbeln und Windungen und Schleifen. Einige wenige Seidengobelins zeigten Meeresszenen, und gewölbte Nischen bargen geschliffene Kristallschalen, kleine Statuen und gelbes Meervolk-Porzellan, das überall gutes Geld bringen würde. Gelegentlich eilte ein livrierter Diener schweigend vorbei, manchmal mit einem Gold- oder Silbertablett.

Normalerweise empfand Mat die Zurschaustellung von Reichtum als tröstlich, denn wo Geld war, könnte auch etwas an seinen Fingern haften bleiben. Doch dieses Mal empfand er mit jedem Schritt mehr Ungeduld. Und Angst. Als er die Würfel in seinem Kopf das letzte Mal so hart hatte fallen spüren, hatte er sich unmittelbar darauf mit dreihundert Mitgliedern der Bande und eintausend von Gaebrils Weißen Löwen auf einem

Bergkamm vor sich wiedergefunden, sowie weiteren Tausend Mann, die eilig den Weg hinter ihm herankamen, obwohl er nur versucht hatte, dem ganzen Durcheinander zu entkommen. Damals war er dem Schlag durch die Gunst der Erinnerungen anderer Menschen und mehr Glück, als ihm zustand, ausgewichen. Die Würfel bedeuteten fast immer Gefahr und noch etwas, was er noch nicht herausgefunden hatte. Die Vorstellung, den Schädel eingeschlagen zu bekommen, genügte nicht, aber die bevorstehende Wahrscheinlichkeit von Mat Cauthons auf irgendeine aufsehenerregende Weise eingetretenem Tod schien der üblichste Grund. Das war im Tarasin-Palast eher unwahrscheinlich, aber diese Unwahrscheinlichkeit ließ die Würfel nicht verschwinden. Er würde seine Nachricht loswerden, Nynaeve und Elayne am Kragen packen, wenn er die Gelegenheit dazu bekam, ihnen die Leviten lesen und dann gehen.

Die junge Frau glitt vor ihm dahin, bis sie auf einen kleineren, gedrungenen Mann trafen, der ein wenig älter als sie war, ein weiterer Diener in einer engen weißen Hose, einem weißen Hemd mit weiten Ärmeln und einer langen grünen Weste mit dem Anker und Schwert des Hauses Mitsobar in einer weißen Scheibe. »Meister Jen«, sagte sie und vollführte erneut einen Hofknicks, »dies ist Lord Mat Cauthon, der eine Nachricht für die geehrte Elayne Aes Sedai und die geehrte Nynaeve Aes Sedai hinterlassen möchte.«

»Sehr gut, Haesel. Ihr könnt gehen.« Er verbeugte sich vor Mat. »Wenn Ihr mir bitte folgen wollt, mein Lord?«

Jen führte ihn nur bis zu einer dunklen Frau mit grimmigem Gesichtsausdruck, die ungefähr in mittlerem Alter war, und verbeugte sich. »Herrin Carin, dies ist Lord Mat Cauthon, der eine Nachricht für die geehrte Elayne Aes Sedai und die geehrte Nynaeve Aes Sedai hinterlassen möchte.«

»Sehr gut, Jen. Ihr könnt gehen. Wenn Ihr mir bitte folgen wollt, mein Lord?«

Carin führte ihn eine gewundene Marmortreppe hinauf, deren Stützen gelb und rot bemalt waren, zu einer mageren Frau namens Matilde, die ihn einem gedrungenen Burschen namens Bren übergab, der ihn zu einem bereits kahl werdenden Mann namens Madic führte, wobei jeder ein wenig älter war als der vorige. An einer Stelle, an der sich fünf Gänge wie die Speichen eines Rads trafen, ließ Madic ihn bei einer rundlichen Frau namens Laren, deren Haar an den Schläfen bereits ergraute, und bei einer stattlichen Kutsche zurück. Wie Carin und Matilde trug auch sie, was die Ebou Dari einen Hochzeitsdolch nannten, der mit dem Heft nach unten von einer engen Silberhalskette zwischen den mehr als drallen Brüsten herabhing. Fünf weiße Steine im Heft, zwei rot eingefaßt, und vier rote Steine, einer schwarz eingefaßt, besagten, daß drei ihrer neun Kinder tot und davon zwei Söhne im Duell gestorben waren. Laren beendete ihren Hofknicks vor Mat und wollte dann einen der Gänge entlangeilen, aber er ergriff schnell ihren Arm.

Sie wölbte leicht die dunklen Augenbrauen, als sie auf seine Hand sah. Sie besaß keinen anderen Dolch als den Hochzeitsdolch, aber er ließ sie dennoch augenblicklich los. Der Brauch besagte, daß sie diesen Dolch nur gegen ihren Ehemann benutzen durfte, aber man mußte nichts herausfordern. Er dämpfte seine Stimme jedoch nicht. »Wie weit muß ich noch laufen, um eine Nachricht zu hinterlassen? Bringt mich zu ihren Räumen. Zwei Aes Sedai sollten nicht so schwer zu finden sein. Dies ist nicht die verdammte Weiße Burg.«

»Aes Sedai?« sagte eine Frau hinter ihm mit schwerem illianischem Akzent. »Wenn Ihr zwei Aes Sedai sucht, so habt Ihr zwei gefunden.« Larens Gesichtsausdruck änderte sich nur unmerklich. Ihre beinahe schwarzen

Augen blickten eilig an ihm vorbei, und er war sich sicher, daß sie angespannte Sorge zeigten.

Mat nahm seinen Hut ab und wandte sich mit unbekümmertem Lächeln um. Da er den silbernen Fuchskopf um den Hals trug, konnten ihm Aes Sedai absolut nichts anhaben. Nun, nicht allzu viel.

Die beiden ihm gegenüberstehenden Frauen hätten nicht unterschiedlicher sein können. Die eine war schlank, mit einem einnehmenden Lächeln, in grün-goldenem Gewand, das einen seiner Meinung nach hübschen Busen erahnen ließ. Wäre das alterslose Gesicht nicht gewesen, hätte er vielleicht erwogen, eine Unterhaltung zu beginnen, denn es war ein hübsches Gesicht mit großen Augen, in denen ein Mann versinken konnte. Schade. Auch die andere Frau wies diese Alterslosigkeit auf, aber es dauerte einen Moment, bis er sie erkannte. Er dachte, sie runzele die Stirn, bis er gewahr wurde, daß dies ihr normaler Gesichtsausdruck sein mußte. Ihr dunkles, fast schwarzes Gewand bedeckte sie bis auf Handgelenke und Kinn, wofür er dankbar war. Sie wirkte dürr wie ein alter Brombeerstrauch. Sie sah auch aus, als würde sie nur Brombeeren zum Frühstück essen.

»Ich versuche, eine Nachricht für Nynaeve und Elayne zu hinterlassen«, belehrte er sie. »Diese Frau ...« Er blinzelte und blickte sämtliche Gänge entlang. Diener eilten vorbei, aber Laren war nirgends zu sehen. Er hätte nicht gedacht, daß sie sich so schnell bewegen konnte. »Wie dem auch sei, ich wollte eine Nachricht hinterlassen.« Und plötzlich vorsichtig geworden, fügte er hinzu: »Seid Ihr Freundinnen von ihnen?«

»Nicht wirklich«, sagte die Hübsche. »Ich bin Joline, und dies ist Teslyn. Und Ihr seid Mat Cauthon.« Mats Magen verkrampfte sich. Neun Aes Sedai im Palast – und er mußte den beiden begegnen, die Elaida folgten. Und eine von ihnen war noch dazu eine Rote. Nicht, daß er etwas zu befürchten hätte. Er ließ seine Hand wieder sinken, bevor sie den Fuchskopf unter seiner Kleidung berühren konnte.

Diejenige, die Brombeeren aß – Teslyn – trat näher an ihn heran. Sie war Thom zufolge eine Sitzende, obwohl selbst Thom nicht verstand, was eine Sitzende hier wollte. »Wir wären ihre Freundinnen, wenn wir könnten. Aber sie brauchen keine Freundinnen, Meister Cauthon, genauso wenig wie Ihr.« Ihr Blick versuchte in seine Gedanken einzudringen.

Joline trat neben ihn und legte eine Hand auf sein Revers. Bei einer anderen Frau hätte er ihr Lächeln als Einladung aufgefaßt. Sie gehörte der Grünen Ajah an. »Sie befinden sich auf gefährlichem Boden und sehen nicht, was unter ihren Füßen liegt. Ich weiß, Ihr seid ihr Freund. Ihr könntet es beweisen, indem Ihr ihnen sagt, sie sollen mit diesem Unsinn aufhören, bevor es zu spät ist. Törichte Kinder, die zu weit gehen, können sich eine ernstliche Strafe einhandeln.«

Mat wäre am liebsten zurückgewichen. Selbst Teslyn stand nahe genug, daß sie ihn fast berühren konnte. Statt dessen setzte er sein unverschämtestes Grinsen auf. Das hatte ihn früher zu Hause stets in Schwierigkeiten gebracht, aber jetzt schien es angemessen. Die Würfel in seinem Kopf konnten nichts mit diesen beiden zu tun haben, sonst hätten sie aufgehört, sich zu drehen. Und er hatte das Medaillon. »Ich würde sagen, sie sehen recht gut.« Nynaeve mußte dringend zur Vernunft gebracht werden, und Elayne noch dringender, aber er würde nicht dastehen und zuhören, wie diese Frau Nynaeve niedermachte. Wenn das bedeutete, daß er auch Elayne verteidigen müßte, dann sollte es so sein. »Vielleicht solltet Ihr mit Eurem Unsinn aufhören.« Jolines Lächeln schwand, aber jetzt lächelte Teslyn – ein rasiermesserscharfes Lächeln.

»Wir wissen über Euch Bescheid, Meister Cauthon.« Sie schien bereit, jemanden zu häuten, und wer auch immer zur Verfügung stand, würde genügen. »Es wird behauptet, Ihr wärt ein *Ta'veren*. Welch gefährliche Verbindungen Ihr pflegt. Es scheint mehr als nur ein Gerücht zu sein.«

Jolines Miene war eisig. »Ein junger Mann in Eurer Position, der seine Zukunft sichern möchte, könnte etwas weitaus Schlechteres tun, als den Schutz der Burg zu suchen. Ihr hättet ihn niemals verlassen sollen.«

Sein Magen verkrampfte sich noch stärker. Was wußten sie noch? Sicherlich nichts über das Medaillon. Nynaeve und Elayne wußten davon, und Adeleas und Vandene, und nur das Licht wußte, wem sie davon erzählt hatten, aber gewiß nicht diesen beiden. Es gab jedoch Schlimmeres als *Ta'veren* oder den Fuchskopf oder sogar Rand, soweit es ihn betraf. Wenn sie von dem verdammten Horn wußten ...

Er wurde so plötzlich von ihnen fortgerissen, daß er stolperte, und fast hätte er seinen Hut fallen lassen. Eine schlanke Frau mit glattem Gesicht und fast weißem, im Nacken zusammengenommenen Haar hielt ihn an Ärmel und Revers fest. Als Reflex hielt Teslyn ihn auf der anderen Seite auf die gleiche Art fest. Er erkannte die gerade eingetroffene Frau mit dem geraden Rücken in gewisser Weise an ihrem einfachen grauen Gewand. Sie war entweder Adeleas oder Vandene, zwei Schwestern – wirkliche Schwestern, nicht nur Aes Sedai –, die genausogut hätten Zwillinge sein können. Er konnte sie niemals mit Gewißheit auseinanderhalten. Sie und Teslyn starrten einander an, kalt und ernst, zwei Katzen, die dieselbe Maus gefangen hatten.

»Ihr braucht mir nicht die Jacke zu zerreißen«, grollte er und versuchte sich freizuwinden. »Meine Jacke?« Er war nicht sicher, daß sie ihn gehört hatten. Er war selbst mit dem Fuchskopf um seinen Hals nicht bereit, so weit zu gehen, ihre Finger gewaltsam zu lösen, es sei denn, er mußte es tun.

Zwei andere Aes Sedai begleiteten sie, welche der Schwestern auch immer es war, obwohl die eine der beiden, eine dunkle, stämmige Frau mit neugierigen Augen, nur durch den Großen Schlangenring und die Stola mit den braunen Fransen, die sie trug und die auf der Rückseite die weiße Flamme Tar Valons zwischen Weinranken zeigte, gekennzeichnet war. Sie schien nur wenig älter als Nynaeve zu sein, weshalb sie Sareitha Tomares sein mußte, die erst seit ungefähr zwei Jahren eine Aes Sedai war.

»Laßt Ihr Euch jetzt schon dazu herab, Menschen in den Gängen zu entführen, Teslyn?« sagte die andere. »Ein Mann, der nicht die Macht lenken kann, dürfte für Euch wohl kaum von Interesse sein.« Klein und blaß, in spitzenverziertem Grau mit blauen Schlitzen, war sie die pure, kühle, alterslose Eleganz und lächelte zuversichtlich. Ihr cairhienischer Akzent wies sie aus. Mat hatte wohl die Aufmerksamkeit der Höchsten auf sich gezogen. Thom war sich nicht sicher gewesen, ob Joline oder Teslyn Elaidas Abordnung anführten.

Teslyn behielt ihr rasiermesserscharfes Lächeln bei. »Macht mir nichts vor, Merilille. Mat Cauthon ist von erheblichem Interesse. Er sollte nicht frei herumlaufen.« Als würde er nicht daneben stehen und zuhören!

»Streitet Euch nicht wegen mir«, sagte er. Obwohl er an seiner Jacke zog, ließen beide nicht los. »Es gibt genug andere Gründe.«

Fünf Augenpaare ließen ihn sich wünschen, daß er den Mund gehalten hätte. Aes Sedai hatten keinerlei Sinn für Humor. Er zog ein wenig fester, und Vandene – oder Adeleas – zog ausreichend fest dagegen, daß *ihm* die Jacke aus der Hand gerissen wurde. Es war Vandene, entschied er. Sie war eine Grüne, und er hatte stets erwartet, daß sie ihn auf den Kopf stellen und das Geheimnis des Medaillons aus ihm herausschütteln würde. Aber welche auch immer sie war, sie lächelte –

zum Teil wissend, zum Teil belustigt. Er konnte nichts Komisches entdecken. Die anderen sahen ihn nicht lange an. Er hätte genausogut verschwunden sein können.

»Er muß in Gewahrsam genommen werden«, sagte Joline entschieden. »Zu seinem eigenen Schutz und auch aus anderen Gründen. Drei *Ta'veren*, die aus einem einzigen Dorf kommen? Und einer davon der Wiedergeborene Drache? Meister Cauthon sollte sofort zur Weißen Burg geschickt werden.« Und er hatte sie hübsch gefunden!

Merilille schüttelte nur den Kopf. »Ihr überschätzt Eure Situation, Joline, wenn Ihr glaubt, ich würde Euch den Jungen einfach mitnehmen lassen.«

»Ihr überschätzt die Eure, Merilille.« Joline trat näher, bis sie auf die andere Frau hinabsah. Sie verzog die Lippen, überlegen und herablassend. »Oder glaubt Ihr, nur der Wunsch, Tylin nicht zu beleidigen, hielte uns davon ab, Euch alle bei Brot und Wasser zu halten, bis *Ihr* zur Burg zurückgeschickt werden könnt?«

Mat hätte erwartet, daß Merilille ihr ins Gesicht lachen würde, aber sie drehte nur leicht den Kopf, als wollte sie tatsächlich Jolines Blick ausweichen.

»Das würdet Ihr nicht wagen.« Sareitha trug die Aes-Sedai-Gelassenheit wie eine Maske auf dem glatten Gesicht, während ihre Hände die Stola richteten, aber ihre gehauchte Stimme verkündete schreiend, daß es tatsächlich eine Maske war.

»Das sind Kinderspiele, Joline«, bemerkte Vandene gelassen. Genau das war sie. Sie war die einzige der drei, die wirklich gelassen schien.

Hellrote Flecke erschienen auf Merililles Wangen, als hätte die weißhaarige Frau zu ihr gesprochen, aber ihr Blick wurde fest. »Ihr könnt kaum von uns erwarten, daß wir demütig einhergehen«, belehrte sie Joline entschieden, »und wir sind fünf. Und sieben, wenn Ihr

Nynaeve und Elayne dazurechnet.« Letzteres war eindeutig eine nachträgliche Überlegung, wenn auch eher widerwillig.

Joline wölbte eine Augenbraue. Teslyns knochige Finger lösten ihren Griff nicht weiter als Vandenes, und sie beobachtete Joline und Merilille mit unlesbarem Gesichtsausdruck. Aes Sedai waren Fremdland, bei dem man niemals wußte, was man erwarten sollte, bis es zu spät war. Es gab hier tieferliegende Strömungen. Aes Sedai umgebende tiefliegende Strömungen konnten einen Mann ergreifen und zu Tode bringen, ohne daß sie es auch nur bemerkten. Vielleicht war es an der Zeit, die Finger gewaltsam zu lösen.

Larens plötzliches Wiederauftauchen ersparte ihm jedoch die Mühe. Die dralle Frau rang nach Atem, als wäre sie gerannt, und versank in einen deutlich tieferen Hofknicks als zuvor. »Verzeiht, wenn ich Euch störe, Aes Sedai, aber die Königin ruft Lord Cauthon zu sich. Verzeiht, bitte. Es wäre ungehörig, wenn ich ihn nicht sofort zu ihr brächte.«

Die Aes Sedai sahen Laren an, sie alle, bis sie nervös zu werden begann. Dann sahen zwei Gruppen einander an, als wollten sie prüfen, welche Aes Sedai welche übertrumpfen konnten. Und dann sahen sie ihn an. Er frage sich, ob irgend jemand zurückstecken würde.

»Ich kann die Königin nicht warten lassen«, stellte er vergnügt fest. Ihrem Naserümpfen nach zu urteilen hätte man glauben können, er hätte eine von ihnen ins Gesäß gezwickt. Sogar Laren wölbte mißbilligend die Augenbrauen.

»Laßt ihn los, Adeleas«, sagte Merilille schließlich.

Er runzelte die Stirn, als die weißhaarige Frau der Aufforderung nachkam. Die beiden sollten kleine Schilder mit ihren Namen oder unterschiedliche Haarbänder oder sonst etwas tragen, wodurch man sie unterscheiden könnte. Sie sah ihn erneut belustigt und wissend an. Er haßte das. Es war die List einer Frau, nicht nur einer Aes Sedai, und sie wußten üblicherweise überhaupt nichts über das, was sie einen glauben lassen wollten. »Teslyn?« fragte er. Die grimmig dreinblickende Rote hielt seine Jacke noch immer mit beiden Händen fest. Sie spähte zu ihm hoch und achtete auf niemand anderen. »Die Königin?«

Merilille öffnete den Mund, zögerte dann aber und sagte etwas anderes als ursprünglich beabsichtigt. »Wie lange wollt Ihr hier noch stehen und ihn festhalten, Teslyn? Vielleicht wollt Ihr Tylin erklären, warum ihr Ruf unbeachtet bleibt.«

»Überlegt Euch gut, an wen Ihr Euch bindet, Meister Cauthon«, sagte Teslyn, die ihn noch immer ansah. »Die falsche Wahl kann in eine unerfreuliche Zukunft führen, selbst für einen *Ta'veren*. Überlegt es Euch gut.« Dann ließ sie ihn los.

Als er Laren folgte, verbarg er sein Verlangen, eilig davonzukommen, aber er wünschte, die Frau würde ein wenig schneller gehen. Sie glitt wie eine Königin vor ihm dahin. Königlich wie jede Aes Sedai. Als sie die erste Biegung erreichten, schaute er über die Schulter. Die fünf Aes Sedai standen noch immer da und sahen ihm nach. Als sei sein Blick ein Zeichen gewesen, wechselten sie schweigend Blicke und gingen dann, jede in eine andere Richtung, davon. Adeleas kam auf ihn zu, aber ein Dutzend Schritte vor ihm lächelte sie ihn nur erneut an und verschwand dann durch eine Tür. Tiefliegende Strömungen. Er zog es vor zu schwimmen, auch wenn seine Füße den Boden des Teiches berühren konnten.

Laren wartete um die Ecke, die Hände in die breiten Hüften gestemmt und das Gesicht viel zu glatt. Er vermutete, daß sie unter ihren Röcken ungeduldig mit dem Fuß wippte. Er gönnte ihr sein gewinnendstes Lächeln. Kichernde Mädchen oder grauhaarige Großmütter – bei diesem Lächeln wurden Frauen schwach. Es hatte ihm Küsse eingebracht und ihn schon häufiger aus mißlichen Lagen gerettet, als er zählen konnte. Es war fast so gut wie Blumen. »Das war gut gemacht, ich danke Euch. Gewiß will die Königin mich nicht wirklich sehen.« Wenn dem so wäre, wollte er es aber nicht. Alles, was er über Adlige dachte, galt für das Königtum in dreifachem Maße. Nichts, was er in den alten Erinnerungen gefunden hatte, konnte daran etwas ändern, und einige jener Burschen hatten erhebliche Zeit in der Nähe von Königen und Königinnen und dergleichen verbracht. »Wenn Ihr mir jetzt einfach zeigen würdet, wo ich Nynaeve und Elayne finden kann ...«

Seltsamerweise schien sein Lächeln überhaupt keine Wirkung zu zeigen. »Ich würde nicht lügen, Lord Cauthon. Das würde mich zuviel kosten. Die Königin wartet, mein Lord. Ihr seid ein sehr tapferer Mann«, fügte sie hinzu, wandte sich um und sagte dann leise noch etwas: »Oder ein sehr großer Narr.« Er bezweifelte, daß er letzteres hatte hören sollen.

Er hatte die Wahl zwischen der Möglichkeit, die Königin aufzusuchen, oder Meilen von Gängen zu durchwandern, bis er auf jemanden stieße, der ihm sagen würde, was er wissen wollte. Er ging zur Königin.

Tylin Quintara, durch die Gnade des Lichts Königin von Altara, Herrin der Vier Winde, Wächterin des Meers der Stürme, Hochsitz des Hauses Mitsobar, erwartete ihn in einem Raum mit gelben Wänden und einer hellblauen Decke, wo sie vor einem gewaltigen weißen Kamin mit einem maritim gestalteten Steinsturz stand. Er entschied, daß sie recht betrachtenswert war. Sie war nicht mehr jung – das glänzende schwarze Haar, das ihr über die Schultern fiel, wurde an den Schläfen bereits grau, und um ihre Augenwinkel bildeten sich netzartige Linien –, und sie war auch nicht im eigentlichen Sinne hübsch, obwohl die beiden dünnen Narben an ihren

Wangen mit dem Alter fast verschwunden waren. Ansehnlich traf es eher. Aber sie war... eindrucksvoll. Große dunkle Augen betrachteten ihn würdevoll, die Augen eines Adlers. Sie hatte nur wenig reale Macht – man konnte innerhalb von zwei bis drei Tagen aus ihrem Einflußbereich herausreiten und hätte noch immer einen großen Teil Altaras vor sich –, aber er vermutete, daß sie sogar eine Aes Sedai zurückweichen lassen könnte. Wie Isebele von Dal Calain, welche die Amyrlin Anghara zu sich befohlen hatte. Das war eine der alten Erinnerungen. Dal Calain war in den Trolloc-Kriegen verschwunden.

»Majestät«, sagte er, schwang seinen Hut in weitem Bogen und bauschte einen imaginären Umhang, »ich folge Eurem Ruf.« Ob eindrucksvoll oder nicht – es fiel ihm nicht leicht, den Blick von dem üppigen, spitzenverzierten Oval abzuwenden, in das ihr in einer weißen Scheide steckender Hochzeitsdolch herabhing. Es war in der Tat eine sehr hübsch gerundete Ansicht, aber je mehr Busen eine Frau zeigte, desto weniger wollte sie ihn betrachtet wissen. Zumindest nicht offen. Eine weiße Scheide... aber er wußte bereits, daß sie Witwe war. Nicht, daß es von Bedeutung gewesen wäre. Er würde sich mit einer Königin ungefähr genauso bereitwillig einlassen wie mit der fuchsgesichtigen Schattenfreundin. Es war schwer, gar nicht hinzusehen, aber es gelang ihm. Höchstwahrscheinlich würde sie eher Wächter rufen als den mit Edelsteinen versehenen Dolch ziehen, der hinter einem zu der Halskette mit dem Hochzeitsdolch passenden Gürtel aus geflochtenem Gold steckte. Vielleicht rollten deshalb die Würfel in seinem Kopf noch immer. Die Möglichkeit einer Begegnung mit dem Scharfrichter würde sie am ehesten in Bewegung versetzen.

Schichten von Seide kräuselten sich weiß und gelb, als sie den Raum durchquerte und langsam zu ihm herankam. »Ihr sprecht die Alte Sprache«, stellte sie fest, als sie erneut vor ihm stehenblieb. Ihre Stimme war dunkel und melodiös. Die Königin glitt, ohne auf eine Antwort zu warten, zu einem Sessel und setzte sich hin, während sie ihre grünen Röcke richtete. Eine unbewußte Geste. Ihr Blick blieb auf ihn geheftet. Er hatte das Gefühl, daß ihn dieser Blick durchdrang. »Ihr wollt eine Nachricht hinterlassen. Ich habe alles Notwendige hier.« Der Spitzenbesatz an ihrem Handgelenk schwang, als sie auf einen kleinen Schreibtisch unter einem goldgerahmten Spiegel deutete. Alle Möbel waren vergoldet und mit floralen Ornamenten verziert.

Hohe dreigeteilte Bogenfenster führten auf einen schmiedeeisernen Balkon und ließen eine Meeresbrise herein, die überraschend wohltuend wirkte, wenn auch nicht wirklich kühl, und doch fühlte sich Mat erhitzter als auf der Straße, und es hatte nichts mit ihrem Blick zu tun. *Deyeniye, dyu ninte concion ca'lyet ye.* Das hatte er gesagt. Die verdammte Alte Sprache strömte wieder aus seinem Mund, ohne daß er es merkte. Er dachte, er hätte dieses kleine Problem unter Kontrolle. Er wußte nicht, wann diese verdammten Würfel zum Stillstand kommen würden und warum. Er sollte sich besser auf sich besinnen und so weit wie möglich den Mund halten. »Ich danke Euch, Majestät.« Er sprach diese Worte sehr bewußt aus.

Dicke Blätter hellen Papiers warteten bereits auf einem schrägen Tisch mit bequemer Schreibhöhe. Er lehnte seinen Hut gegen das Tischbein. Er konnte sie im Spiegel sehen. Sie beobachtete ihn. Warum hatte er seine Zunge nicht im Zaum gehalten? Er tauchte eine goldene Feder ein – womit sonst würde eine Königin schreiben? – und formulierte, was er zu Papier bringen wollte, zunächst in Gedanken, bevor er sich mit einem um das Blatt gelegten Arm darüberbeugte. Seine Hand bewegte sich unbeholfen. Er schrieb nicht gern.

Ich bin einer Schattenfreundin bis zu einem Palast gefolgt, den Jaichim Carridin gepachtet hat. Sie hat mich einmal zu töten versucht, und vielleicht auch Rand. Sie wurde wie eine alte Freundin des Hauses begrüßt.

Er betrachtete die Zeilen einen Moment und kaute auf dem Ende der Feder, bevor er erkannte, daß er das weiche Gold einkerbte. Vielleicht würde Tylin es nicht bemerken. Sie mußten von Carridin erfahren. Was noch? Er fügte schließlich einige sachlich formulierte Zeilen hinzu. Er wollte sie nicht verärgern.

Seid vernünftig. Wenn Ihr hier herumlungern müßt, laßt mich Euch wenigstens einige Männer schicken, die verhindern können, daß man Euch die Köpfe einschlägt. Wäre es übrigens nicht an der Zeit, daß ich Euch zu Egwene zurückbringe? Hier gibt es nur Hitze und Fliegen, und davon können wir auch in Caemlyn genug finden.

So. Freundlicher hätte er es nicht ausdrücken können.

Er löschte die Seite sorgfältig mit Streusand ab und faltete sie viermal. Sand in einer kleinen goldenen Schale bedeckte ein Stück Kohle. Er blies darauf, bis sie glühte, benutzte sie dann zum Entzünden einer Kerze und nahm ein Stück rotes Wachs auf. Als das Siegelwachs auf das Papier tropfte, fiel ihm plötzlich ein, daß er einen Siegelring in der Tasche trug. Nur ein Probestück des Ringmachers, der sein Können zeigen wollte, aber besser als ein ungesiegelter Klumpen Wachs. Der Ring war ein wenig breiter als der sich bereits erhärtende Wachsfleck, aber der größte Teil des Motivs war dennoch zu sehen.

Er konnte zum ersten Mal genau betrachten, was er gekauft hatte. In einer Umgrenzung großer Halbmonde schreckte ein Fuchs im Lauf anscheinend zwei Vögel auf. Das ließ ihn grinsen. Zu schade, daß es keine Hand für die Bande war, aber es paßte ausreichend. Er mußte gewiß schlau wie ein Fuchs sein, um mit Nynaeve und Elayne mitzuhalten, und wenn sie nicht regelrecht leichtsinnig waren, nun ... Außerdem hatte er durch das Medaillon Gefallen an Füchsen gefunden. Er kritzelte Nynaeves Namen außen auf das Blatt, und dann, als nachträgliche Überlegung, auch Elaynes. Die eine oder die andere sollte die Nachricht bald lesen.

Er wandte sich mit dem versiegelten Brief in Händen um und zuckte zusammen, als seine Knöchel Tylins Busen streiften. Er taumelte gegen den Schreibtisch zurück, sah sie an und versuchte, nicht rot zu werden. Er blickte ihr ins Gesicht, nur ins Gesicht. Er hatte sie nicht herankommen hören. Er sollte die Berührung am besten einfach ignorieren, um sie nicht auch noch in Verlegenheit zu bringen. Sie hielt ihn jetzt wahrscheinlich für einen ungeschickten Flegel. »Es steht etwas in diesem Brief, das Ihr wissen solltet, Majestät.« Es war zu wenig Raum zwischen ihnen, um den Brief hochzuheben. »Jaichim Carridin nimmt Schattenfreunde auf, und ich meine damit nicht, daß er sie einsperrt.«

»Seid Ihr Euch dessen gewiß? Natürlich seid Ihr es. Niemand würde diese Anschuldigung aussprechen, ohne sicher zu sein.« Sie furchte die Stirn, schüttelte dann aber den Kopf, und das Stirnrunzeln schwand wieder. »Sprechen wir von erfreulicheren Dingen.«

Er hätte am liebsten aufgeschrien. Er berichtete ihr, daß der Weißmantel-Gesandte ihres Hofes ein Schattenfreund war, und sie verzog nur das Gesicht.

»Seid Ihr Lord Cauthon?« Sie sprach den Titel ein wenig fragend aus. Ihre Augen erinnerten ihn mehr denn je an die eines Adlers. Eine Königin konnte niemanden mögen, der als Lord zu ihr kam.

»Nur Mat Cauthon.« Etwas sagte ihm, daß sie eine Lüge hören wollte. Außerdem war es nur eine List, die Leute wissen zu lassen, daß er ein Lord war, eine List, ohne die er auch ganz gut zurechtgekommen wäre. In

Ebou Dar konnte jedermann jederzeit zu einem Duell herausgefordert werden, aber nur wenige forderten Lords heraus – außer anderen Lords. Infolgedessen hatte er im letzten Monat auf mehrere Schädel eingeschlagen, vier Männer verletzt und war eine halbe Meile gelaufen, um einer Frau zu entkommen. Tylins Blick machte ihn nervös. Die Würfel rollten noch immer in seinem Kopf umher. Er wollte hier herausgelangen. »Wenn Ihr mir sagen würdet, wo ich den Brief lassen soll, Majestät ...?«

»Die Tochter-Erbin und Nynaeve Sedai erwähnen Euch selten«, sagte sie, »aber man lernt zu hören, was nicht gesagt wird.« Sie hob beiläufig die Hand und berührte seine Wange. Er hob seine Hand ebenfalls unsicher. Hatte er sich dort mit Tinte beschmiert, als er an der Feder gekaut hatte? Frauen brachten alle möglichen Dinge gern in Ordnung, einschließlich Männern. Vielleicht galt das auch für Königinnen. »Was sie nicht sagen, was ich aber höre, ist, daß Ihr ein ungezähmter Schurke seid, ein Spieler und Frauenheld.« Ihr Blick hielt seinen fest, ihr Gesichtsausdruck änderte sich keinen Deut, und ihre Stimme blieb fest und kühl, aber ihre Finger strichen jetzt auch über seine andere Wange, während sie sprach. »Ungezähmte Männer sind häufig die interessantesten. Um mit ihnen zu reden.« Ein Finger zog die Konturen seiner Lippen nach. »Ein ungezähmter Schurke, der mit Aes Sedai reist, ein *Ta'veren*, der ihnen, glaube ich, ein wenig Angst einjagt. Oder sie sich zumindest unbehaglich fühlen läßt. Es erfordert einen Mann mit ausgeprägtem Temperament, Aes Sedai Unbehagen zu bereiten. Wie werdet Ihr das Muster in Ebou Dar beugen, wenn Ihr nur Mat Cauthon seid?« Ihre Hand lag an seinem Hals. Er konnte den Puls an ihren Fingern pochen spüren.

Sein Kinn sank herab. Der Schreibtisch in seinem Rücken berührte klappernd die Wand, als er zurückzuweichen versuchte. Der einzige Ausweg war, sie beiseite zu schieben oder über ihre Röcke zu steigen. Frauen benahmen sich nicht so! Oh, einige der alten Erinnerungen vermittelten ihm einen anderen Eindruck, aber es waren hauptsächlich Erinnerungen an Erinnerungen, daß diese Frau dies oder jene Frau jenes getan hatte. Er erinnerte sich hauptsächlich an Kämpfe, und hier gab es keinerlei Hilfe. Sie lächelte, ein leichtes Kräuseln ihrer Lippen, das das raubtierhafte Schimmern in ihren Augen nicht schmälerte. Sein Kopfhaar wollte sich aufrichten.

Ihr Blick glitt flackernd über seine Schulter zum Spiegel, und sie wandte sich abrupt um, so daß er nur noch ihren Rücken anstarren konnte, als sie von ihm fort trat. »Ich muß es einrichten, erneut mit Euch zu sprechen, Meister Cauthon. Ich ...« Sie brach offensichtlich überrascht ab, als die Tür aufschwang, aber dann erkannte er, daß sie im Spiegel gesehen hatte, wie sie sich bewegt hatte.

Ein schlanker junger Mann trat ein, der leicht hinkte, ein dunkler Bursche mit scharfem Blick, der ohne innezuhalten an Mat vorbeieilte. Schwarzes Haar hing ihm bis auf die Schultern, und er trug eine dieser Jacken, die niemals dazu gedacht waren, sie einfach um die Schultern gelegt zu tragen, aus grüner Seide, mit einer Goldkette über der Brust und in die Aufschläge eingearbeiteten goldenen Leoparden. »Mutter«, sagte er, verbeugte sich vor Tylin und berührte mit den Fingern seine Lippen.

»Beslan.« Sie sprach den Namen herzlich aus und küßte ihn auf beide Wangen und Lider. Der feste, sogar eisige Ton, den sie Mat gegenüber angeschlagen hatte, hätte genausogut niemals gewesen sein können. »Ich sehe, daß es gutgegangen ist.«

»Nicht so gut, wie es hätte sein können.« Der Junge seufzte. Er hatte trotz seiner Augen eine weiche Art und eine sanfte Stimme. »Nevin hat beim zweiten Durchgang meinen Arm geritzt und glitt dann im dritten aus, so daß ich ihn ins Herz anstatt seines Schwertarms getroffen habe. Der Angriff war das Töten nicht wert, und jetzt muß ich seiner Witwe kondolieren.« Er schien das genauso sehr zu bedauern wie den Tod dieses Nevin.

Tylins strahlendes Gesicht schien einer Frau, deren Sohn ihr gerade berichtet hatte, daß er einen Menschen getötet hatte, nicht angemessen. »Halte den Besuch kurz. Ich könnte schwören, daß Davindra eine jener Witwen sein wird, die Trost fordern, und dann wirst du sie entweder heiraten oder ihre Brüder töten müssen.« Ihrem Tonfall nach zu urteilen, war die erste Möglichkeit bei weitem die schlimmere und die zweite nur ein Ärgernis. »Dies ist Meister Mat Cauthon, mein Sohn. Er ist ein *Ta'veren*. Ich hoffe, du wirst dich mit ihm anfreunden. Vielleicht werdet ihr beide zusammen zu den Festlichkeiten gehen.«

Mat zuckte zusammen. Das letzte, was er wollte, war, mit einem Burschen irgendwohin zu gehen, der Duelle ausfocht und dessen Mutter ihm die Wange streicheln wollte. »Ich mag Bälle nicht sehr«, sagte er eilig. Ebou Dari liebten Feste. Hier war Hoch Chasaline gerade vorüber, und sie feierten in der nächsten Woche noch fünf Feste, zwei davon ganztägige, nicht nur Abendfestlichkeiten. »Ich tanze lieber in Tavernen. Ich fürchte, ich bevorzuge die rauhere Art. Es würde Euch nicht gefallen.«

»Ich ziehe ebenfalls Tavernen der rauheren Art vor«, verkündete Beslan mit dieser sanften Stimme lächelnd. »Die Bälle sind für Ältere und ihre Schönen gedacht.«

Danach ging alles rasend schnell. Bevor Mat wußte, wie ihm geschah, hatte Tylin ihn in der Falle. Er und Beslan würden zusammen an Festlichkeiten teilnehmen. An allen Festlichkeiten. Beslan nannte es Jagen, und als Mat ohne nachzudenken sagte, daß er wohl die Jagd auf Mädchen meine – er hätte dies niemals in Gegenwart der Mutter eines jungen Mannes gesagt, wenn er darüber nachgedacht hätte –, lachte der Junge und sagte: »Ein Mädchen oder ein Kampf, schmollende Lippen oder eine blitzende Klinge. Jeweils *der* Tanz macht am meisten Spaß, den man gerade tanzt. Meint Ihr nicht auch, Mat?« Tylin lächelte Beslan zärtlich an.

Mat rang sich ein schwaches Lachen ab. Dieser Beslan war wahnsinnig, er – und auch seine Mutter.

KAPITEL 8

Der Triumph der Logik

Mat war aus dem Palast geeilt, als Tylin ihn schließlich hatte gehen lassen, und wenn er geglaubt hätte, daß es etwas genützt hätte, wäre er gerannt. Die Haut zwischen seinen Schulterblättern kribbelte dermaßen, daß er fast die in seinem Kopf tanzenden Würfel vergaß. Der schlimmste Augenblick – der allerschlimmste unter einem Dutzend schlimmer Augenblicke – war gewesen, als Beslan seine Mutter neckte und meinte, sie sollte sich selbst einen Hübschen für den Ball suchen, und Tylin lachend erwiderte, eine Königin hätte keine Zeit für junge Männer, während sie Mat die ganze Zeit mit diesen verdammten Adleraugen ansah. Jetzt wußte er, warum Hasen so schnell laufen konnten. Er überquerte den Mol-Hara-Platz, ohne etwas wahrzunehmen. Hätten Nynaeve und Elayne in dem Springbrunnen unter dieser Statue irgendeiner lange verstorbenen Königin, die mindestens zwei Spann groß war und zum Meer deutete, mit Jaichim Carridin und Elaida Kapriolen geschlagen, wäre er vorbeigegangen, ohne ihnen einen zweiten Blick zu gönnen.

Der Schankraum der *Wanderin* war düster, aber nach der sengenden Hitze draußen vergleichsweise kühl. Er nahm dankbar seinen Hut ab. Ein schwacher Dunst von Pfeifenrauch hing in der Luft, aber die arabeskenartig geschnitzten Läden über den breiten Bogenfenstern ließen ausreichend Licht herein. Einige staubige Kiefernzweige waren für die Festlichkeiten über die Fenster gebunden worden. In einer Ecke spielten zwei Frauen mit

Flöten und ein Bursche mit einer kleinen Trommel zwischen den Knien eine schrille, pulsierende Musik, die Mat schätzen gelernt hatte. Selbst zu dieser Tageszeit waren schon einige Gäste da, fremdländische Kaufleute in angemessen einfacher Kleidung und hier und da ein Ebou Dari, die meisten in Westen verschiedener Gilden. Keine Lehrlinge oder Gesellen waren hier. So nahe am Palast war die *Wanderin* kein preiswerter Ort zum Essen und Trinken, und noch viel weniger zum Übernachten.

Das Klappern von Würfeln an einem Tisch in der Ecke bildete ein Echo zu dem Empfinden in Mats Kopf, aber er wandte sich in die andere Richtung, wo drei seiner Männer auf Bänken um einen Tisch saßen. Corevin, ein sehr muskulöser Cairhiener mit einer Nase, die seine Augen noch kleiner wirken ließ, als sie ohnehin schon waren, saß bis zur Taille entblößt da und hielt seine tätowierten Arme über den Kopf, während Vanin einen Verband um seine Körpermitte anlegte. Vanin besaß die dreifache Körperfülle von Corevin und wurde bereits kahl. Seine Jacke erweckte den Eindruck, als habe er eine Woche lang darin geschlafen. So wirkte sie immer, auch schon eine Stunde, nachdem eine der Dienerinnen sie gebügelt hatte. Einige der Kaufleute, aber keiner der Ebou Dari betrachteten die drei unbehaglich. Männer und Frauen hatten schon häufig solche und Schlimmere erlebt.

Harnan, ein tairenischer Rottenführer mit kantigem Kinn und der groben Tätowierung eines Falken auf der linken Wange, schalt Corevin. »... kümmert mich nicht, was der wütende Fischhändler gesagt hat, du Kröte, du benutzt deinen verdammten Knüppel und nimmst keine heftigen Herausforderungen an, nur weil ...« Er brach ab, als er Mat sah, und versuchte den Eindruck zu erwecken, als hätte er nicht gesagt, was er gesagt hatte.

Würde Mat nachfragen, würde er erzählt bekommen, daß Corevin ausgeglitten und in seinen eigenen Dolch gefallen war – oder etwas ähnlich Törichtes, was Mat zu glauben vorgeben sollte. Also stützte er einfach nur die Fäuste auf den Tisch, als wäre nichts Ungewöhnliches geschehen. Tatsächlich war es auch nicht so ungewöhnlich. Vanin war der einzige Mensch, der noch nicht bereits in zwei Dutzend Klemmen geraten war. Aus einem unerfindlichen Grund machten Menschen, die Ärger wollten, einen ebenso großen Bogen um Vanin wie um Nalesean. Der einzige Unterschied bestand darin, daß es Vanin anscheinend so gefiel. »Waren Thom oder Juilin schon hier?«

Vanin schaute nicht von seiner Tätigkeit auf. »Habe noch kein Stück von den beiden gesehen. Aber Nalesean war kurz hier.« Kein ›Mein Lord‹-Unsinn von Vanin. Er machte keinen Hehl daraus, daß er Adlige nicht mochte. Mit der unglückseligen Ausnahme Elaynes. »Er hat oben in Eurem Raum eine eisenbeschlagene Kiste zurückgelassen und ging dann wieder, wobei er etwas über Tand murmelte.« Er schickte sich an, durch seine Zahnlücke zu speien, erblickte jedoch eines der Schankmädchen und unterließ es. Herrin Anan reagierte bei jedermann tödlich, der auf ihre Böden spie oder Knochen darauf warf oder auch nur eine Pfeife darauf ausklopfte. »Der Junge ist draußen im Stall«, fuhr er fort, bevor Mat fragen konnte, »mit seinem Buch und einer der Töchter der Wirtin. Ein anderes der Mädchen hat ihm den Hintern versohlt, weil er sie in ihren gekniffen hatte.« Er verknotete den Verband und sah Mat vorwurfsvoll an, als sei es irgendwie seine Schuld gewesen.

»Armes kleines Würmchen«, murrte Corevin und drehte sich, um zu überprüfen, ob der Verband halten würde. Er hatte einen Leoparden und einen Keiler auf einen Arm tuschiert, und einen Löwen und eine Frau auf den anderen. Die Frau schien außer ihrem Haar kaum etwas zu tragen. »Olver hat geweint. Obwohl er wieder strahlte, als Leral ihm ihre Hand überließ.« Die

Männer kümmerten sich alle um den Jungen wie eine Schar Onkel, wenn auch sicherlich von einer Art, wie keine Mutter sie in der Nähe ihres Sohnes wissen wollte.

»Er wird es überleben«, sagte Mat nüchtern. Der Junge nahm diese Gewohnheiten wahrscheinlich von seinen »Onkeln« an. Als nächstes würden sie ihn tätowieren. Zumindest hatte sich Olver nicht davongeschlichen, um mit den Straßenkindern umherzuziehen. Er schien daran genauso viel Gefallen zu finden wie daran, erwachsene Frauen zu belästigen. »Harnan, Ihr wartet hier, und wenn Ihr Thom oder Juilin seht, dann haltet sie fest. Vanin, Ihr seht zu, was ihr in der Nähe des Chelsaine-Palasts erfahren könnt, drüben bei den *Drei Burgtoren*.« Er zögerte und sah sich im Raum um. Schankmädchen betraten und verließen die Küche mit Essen und häufiger mit Getränken. Die meisten der Gäste schienen sich nur um ihre Silberbecher zu kümmern, obwohl zwei Frauen in den Westen der Weberinnen leise stritten, ihren gewürzten Wein vergaßen und sich über den Tisch hinweg einander zuneigten. Einige der Kaufleute feilschten anscheinend, fuchtelten mit den Händen und tauchten die Finger in ihre Becher, um Zahlen auf den Tisch zu malen. Die Musik sollte Mats Worte vor Lauschern schützen, aber er senkte seine Stimme dennoch.

Die Nachricht, daß Jaichim Carridin Schattenfreunde empfing, schien in Vanin den Wunsch zu erwecken, dennoch auszuspeien, gleichgültig, wer es sah. Hanan murmelte etwas über widerwärtige Weißmäntel, und Corevin schlug vor, Carridin der Bürgerwehr zu melden. Das brachte ihm dermaßen empörte Blicke von den beiden anderen ein, daß er sein Gesicht in einem Becher Bier verbarg. Er war einer der wenigen Männer die Mat kannte, die bei dieser Hitze Ebou-Dari-Bier trinken konnten. Beziehungsweise, es *überhaupt* trinken konnten.

»Seid vorsichtig«, warnte Mat, als Vanin aufstand. Nicht daß er sich wirklich Sorgen gemacht hätte. Vanin bewegte sich für einen solch dicken Mann überraschend gewandt. Er war der beste Pferdedieb in mindestens zwei Ländern und konnte sogar an einem Behüter ungesehen vorbei gelangen, aber ... »Sie sind unangenehme Menschen. Weißmäntel und Schattenfreunde – beide.« Der Mann brummte nur und bedeutete Corevin, sein Hemd und seine Jacke anzuziehen und mitzukommen.

»Mein Lord?« sagte Harnan, als sie gingen. »Mein Lord, ich habe gehört, daß es im Rahad gestern Nebel gegeben haben soll.«

Mat hatte sich schon umwenden wollen, hielt aber jetzt in der Bewegung inne. Harnan wirkte besorgt, und er war selten besorgt. »Was meint Ihr mit Nebel?« In dieser Hitze würde dichter Nebel keinen Herzschlag lang bestehen bleiben.

Der Rottenführer zuckte unbehaglich die Achseln und spähte in seinen Becher. »Nebel. Ich hörte, daß ... Wesen ... darin gewesen sein sollen.« Er sah zu Mat auf. »Ich habe gehört, daß Menschen einfach verschwunden sind. Und einige wurden teilweise angefressen aufgefunden.«

Mat hatte Mühe, nicht zu erschaudern. »Der Nebel ist wieder fort, nicht wahr? Und Ihr wart nicht darin. Sorgt Euch darum, wenn Ihr es seid. Mehr könnt Ihr nicht tun.« Harnan runzelte zweifelnd die Stirn, aber es war die reine Wahrheit. Diese Blasen des Bösen – so nannte Rand sie, wie auch Moiraine – brachen auf, wo und wann sie wollten, und selbst Rand schien nichts tun zu können, um sie aufzuhalten. Sich darum zu sorgen, nutzte genauso viel, wie sich darüber Gedanken zu machen, ob einem morgen auf der Straße ein Dachziegel auf den Kopf fallen würde. Oder noch weniger, da man dann beschließen konnte, im Haus zu bleiben.

Es gab jedoch etwas, worüber man sich sorgen sollte. Nalesean hatte ihre Gewinne oben im Raum zurückgelassen. Die verdammten Adligen gingen mit Gold um wie mit Wasser. Mat überließ Harnan seinem Getränk und eilte auf die geländerlose Treppe an der Rückseite des Raums zu, aber bevor er sie erreichte, sprach ihn eines der Schankmädchen an.

Caira war ein schlankes Mädchen mit vollen Lippen und verhangenen Augen. »Ein Mann kam herein und hat nach Euch gefragt, mein Lord«, sagte sie, indem sie ihre Röcke schwang und durch lange Wimpern zu ihm aufsah. Ihre Stimme klang leicht schleppend. »Er sagte, er sei ein Feuerwerker, aber er wirkte auf mich schäbig. Er bestellte Essen und ging wieder, als Herrin Anan es ihm nicht gewähren wollte. Er wollte, daß Ihr bezahlt.«

»Das nächste Mal gebt ihm das Essen«, befahl Mat ihr und ließ eine Silbermünze in ihren Ausschnitt fallen. »Ich werde mit Herrin Anan sprechen.« Er suchte einen Feuerwerker – einen richtigen, nicht irgendeinen Burschen, der Feuerwerk voller Sägespäne verkaufte –, aber das war jetzt unwichtig. Nicht, solange das Gold unbewacht dalag. Und solange es im Rahad Nebel gab, und solange es Schattenfreunde gab und Aes Sedai, und solange die verdammte Tylin den Verstand verlor, und …

Caira kicherte und wand sich wie eine Katze, die man streichelt. »Soll ich Euch etwas gewürzten Wein auf euer Zimmer bringen, mein Lord? Oder etwas anderes?« Sie lächelte hoffnungsvoll und einladend.

»Vielleicht später.« Mat tippte ihr mit der Fingerspitze auf die Nase. Sie kicherte erneut. Das tat sie stets. Caira hätte ihre Röcke so nähen lassen, daß man die Spitzenunterröcke bis zur Mitte des Oberschenkels hätte sehen können, wenn Herrin Anan es zugelassen hätte, aber die Wirtin achtete auf ihre Schankmädchen genauso wie auf ihre Töchter. Fast. »Vielleicht später.«

Mat stieg die breite Steintreppe hinauf und verbannte Caira aus seinen Gedanken. Was sollte er wegen Olver unternehmen? Der Junge würde eines Tages in ernsthafte Schwierigkeiten geraten, wenn er glaubte, Frauen so behandeln zu können. Er würde ihn vermutlich so weit wie möglich von Harnan und den anderen fernhalten müssen. Sie hatten einen schlechten Einfluß auf den Jungen. Das noch zu allem anderen! Er mußte Nynaeve und Elayne aus Ebou Dar hinausbringen, bevor noch etwas Schlimmeres passierte.

Sein Zimmer lag auf der Vorderseite des Gasthauses. Die Fenster gingen auf den Platz hinaus. Als Mat nach dem Türgriff faßte, knarrte der Flurboden hinter ihm. In hundert anderen Gaststätten hätte er es nicht einmal bemerkt, aber die Böden in der *Wanderin* knarrten nicht.

Er schaute zurück – und fuhr gerade noch rechtzeitig genug herum, um seinen Hut fallen zu lassen und den herabsausenden Knüppel mit der linken Hand statt mit dem Schädel aufzufangen. Der Schlag ließ seine Hand taub werden, aber er hielt den Knüppel dennoch verzweifelt fest, während sich dicke Finger um seinen Hals legten und ihn gegen die Tür seines Zimmers schlugen. Er prallte mit dem Kopf fest dagegen. Silbern gesäumte schwarze Flecken tanzten vor seinen Augen und verdunkelten ein schwitzendes Gesicht. Er konnte nur eine große Nase und gelbe Zähne erkennen, und selbst das nur unklar. Plötzlich erkannte er, daß er am Rande einer Ohnmacht stand. Die dicken Finger unterbrachen die Blutzufuhr zum Gehirn genauso wie die Luftzufuhr. Mat griff mit der freien Hand unter seine Jacke und betastete die Hefte seiner Dolche, als erinnerten sich seine Finger nicht mehr, wofür sie gedacht waren. Der Knüppel entglitt seiner Hand. Mat konnte sehen, wie er angehoben und wieder gesenkt wurde, um seinen Schädel zu zerschmettern. Er schloß alles andere aus, riß einen Dolch aus seiner Scheide und stach zu.

Sein Angreifer stieß einen hohen Schrei aus, und Mat bemerkte vage, wie der Knüppel von seiner Schulter abprallte und zu Boden fiel, aber der Mann ließ seine Kehle nicht los. Mat trieb ihn stolpernd rückwärts und riß mit einer Hand an den zudrückenden Fingern, während er mit dem Dolch abermals zustieß.

Plötzlich sank der Bursche zusammen und glitt von der Klinge ab. Der Dolch folgte ihm fast auf den Boden. Und Mat ebenfalls. Er rang nach Atem, nach lieblicher Luft, und klammerte sich an etwas, einen Eingang, um stehen zu bleiben. Vom Boden aus starrte ihn ein Mann mit einem unscheinbaren Gesicht aus Augen an, die niemals wieder etwas sehen würden, ein kräftiger Bursche mit einem gezwirbelten murandianischen Schnurrbart in einer Jacke, die eher zu einem kleinen Händler oder einem Ladenbesitzer gepaßt hätte. Er wirkte überhaupt nicht wie ein Dieb.

Plötzlich erkannte Mat, daß sie während ihres Kampfes durch eine geöffnete Tür gestolpert waren. Dieser Raum war kleiner als Mats, ohne Fenster, und zwei Öllampen auf kleinen Tischen neben dem schmalen Bett sorgten für eine trübe Beleuchtung. Ein schlaksiger, hellhaariger Mann richtete sich von einer großen geöffneten Kiste auf und betrachtete den Leichnam auf sonderbare Weise. Die Kiste nahm den größten Teil des freien Raums in diesem Zimmer ein.

Mat öffnete den Mund, um sich für das rauhe Eindringen zu entschuldigen, als der schlaksige Mann einen langen Dolch aus seinem Gürtel und einen Knüppel vom Bett riß und über die Kiste hinweg auf Mat zusprang. Es war nicht der Blick gewesen, den man einem fremden Toten gewährt. Mat klammerte sich schwankend an den Türrahmen und warf unbemerkt seinen Dolch, wobei das Heft kaum seine Hand verlassen hatte, als er unter seiner Jacke schon nach einem weiteren Dolch griff. Sein erster Dolch blieb genau in der Kehle des anderen Mannes stecken, und Mat sank fast erneut zu Boden, dieses Mal vor Erleichterung, als der Mann sich an die Kehle griff, Blut zwischen seinen Fingern hervorschoß und er rückwärts in die geöffnete Kiste fiel.

»Es ist gut, wenn man Glück hat«, krächzte Mat.

Er nahm seinen Dolch taumelnd wieder an sich und wischte ihn an der grauen Jacke des Burschen ab. Es war eine bessere Jacke als die des anderen; ebenfalls aus Tuch, aber besser geschnitten. Ein niedriger gestellter Lord hätte sich ihrer nicht geschämt. Dem Kragen nach zu urteilen, war es eine andoranische Jacke. Mat sank auf das Bett und betrachtete den gespreizt in der Kiste liegenden Mann stirnrunzelnd, als ihn ein Geräusch aufschauen ließ.

Sein Diener stand im Eingang und versuchte erfolglos, eine große schwarze Eisenbratpfanne hinter dem Rücken zu verbergen. Nerim bewahrte in dem kleinen Raum neben Mats Zimmer, den er sich mit Olver teilte, eine ganze Reihe Töpfe und alles andere auf, wovon er glaubte, daß der Diener eines Lords es unterwegs gebrauchen könnte. Er war selbst für einen Cairhiener klein und äußerst mager. »Ich fürchte, mein Lord hat erneut Blut an der Jacke«, murmelte er in schwermütigem Tonfall. An dem Tag, an dem er anders klingen würde, ginge die Sonne im Westen auf. »Ich wünschte, mein Lord wäre vorsichtiger mit seiner Kleidung. Es ist so schwer, Blut zu entfernen, ohne daß ein Fleck zurückbleibt, und die Insekten müssen nicht noch ermutigt werden, Löcher hineinzufressen. An diesem Ort gibt es mehr Insekten, als ich je gesehen habe, mein Lord.« Er erwähnte die beiden toten Männer oder das, was er mit der Bratpfanne vorgehabt hatte, mit keinem Wort.

Der Lärm hatte auch anderweitig Aufmerksamkeit erregt. Die *Wanderin* war kein Gasthaus, in dem Schreie unbemerkt blieben. Schritte hallten im Gang wider, und Herrin Anan schob Nerim energisch aus dem Weg und raffte ihre Röcke, um den Leichnam auf dem Boden zu umgehen. Ihr Ehemann folgte ihr in den Raum, ein grauhaariger Mann mit kantigem Gesicht, von dessen linkem Ohrläppchen der doppelte Ohrring der Alten und Ehrenwerten Gilde der Netze herabhing. Die beiden weißen Steine am unteren Ring besagten, daß er noch andere Schiffe außer demjenigen besaß, das er befehligte. Jasfer Anan war teilweise der Grund, warum sich Mat bemühte, eine von Herrin Anans Töchtern nicht zu offen anzulächeln. Der Mann trug einen Dolch und noch eine längere, gebogene Klinge in seinem Gürtel, und seine lange blau-grüne Weste ließ Arme und Brust frei, die von Duellnarben übersät waren. Er lebte jedoch, und die meisten der Männer, die ihm diese Narben zugefügt hatten, lebten nicht mehr.

Ein zweiter Grund für Mats Vorsicht war Setalle Anan selbst. Mat hatte sich noch nie zuvor wegen der Mutter von einem Mädchen abbringen lassen, selbst wenn dieser Mutter das Gasthaus gehörte, in dem er wohnte, aber Herrin Anan hatte so eine Art... Die großen goldenen Kreolen in ihren Ohren schwangen, als sie die toten Männer betrachtete, ohne mit der Wimper zu zucken. Sie war trotz einer Spur Grau im Haar hübsch, und ihr Hochzeitsdolch schmiegte sich in Rundungen, die Mats Blick normalerweise angezogen hätten wie Motten das Licht, aber sie so anzusehen, wäre gewesen, wie etwas anderes anzusehen... nicht seine Mutter... vielleicht eine Aes Sedai, obwohl er das natürlich schon getan hatte, nur um zu schauen... oder Königin Tylin, das Licht helfe ihm. Es war nicht leicht zu bestimmen warum. Sie hatten einfach eine gewisse Art an sich. Und genauso unvorstellbar war es, etwas zu tun, das Setalle Anan beleidigen würde.

»Der eine der beiden hat mich im Gang angegriffen.« Mat berührte mit dem Fuß leicht dessen Brust. Ein hohles Geräusch erklang, obwohl der Tote in der Kiste lag und Arme und Beine herausschauten. »Es befindet sich außer ihm nichts in der Kiste. Ich glaube, sie wollten sie mit dem füllen, was immer sie hätten stehlen können.« Das Gold vielleicht? Es war unwahrscheinlich, daß sie davon gehört hatten, da Mat und Nalesean es erst vor Stunden gewonnen hatten, aber er würde Herrin Anan dennoch nach einem sichereren Aufbewahrungsort fragen.

Sie nickte ruhig, die haselnußbraunen Augen gelassen. Männer, die in ihrem Gasthaus niedergestochen wurden, brachten sie nicht aus der Ruhe. »Sie bestanden darauf, die Kiste selbst heraufzutragen. Sie behaupteten, es sei ihr Warenlager. Sie haben den Raum erst unmittelbar bevor Ihr hereinkamt gemietet. Nur für wenige Stunden, sagten sie, um sich auszuschlafen, bevor sie nach Nor Chasen weiterzögen.« Das war ein kleines Dorf an der Küste östlich von hier, aber es war unwahrscheinlich, daß sie die Wahrheit gesagt hatten. Ihr Tonfall verdeutlichte es. Sie betrachtete die toten Männer stirnrunzelnd, als wünschte sie, die beiden durch Schütteln wieder zum Leben zu erwecken, damit sie Fragen beantworten könnten. »Aber sie wollten unbedingt diesen Raum haben. Der hellhaarige Mann hatte das Sagen. Er lehnte die ersten drei Zimmer ab, die ich ihm anbot, und nahm erst dieses an, obwohl es eigentlich für einen einzelnen Diener bestimmt ist. Ich dachte, er wäre geizig.«

»Selbst ein Dieb kann geizig sein«, sagte Mat abwesend. Dies hätte genügt, die Würfel in seinem Kopf erneut rollen zu lassen – in einem Kopf, der sicherlich gespalten worden wäre, wenn dieser Bursche nicht ausgerechnet auf das einzige knarrende Brett im ganzen Gasthaus getreten wäre –, aber die verdammten Dinger rollten ohnehin noch immer. Es gefiel ihm nicht.

»Also denkt Ihr, daß es ein Zufall war, mein Lord?«
»Was sonst?«

Sie wußte keine Antwort, aber sie betrachtete die Leichname erneut mit gerunzelter Stirn. Vielleicht war sie nicht so unbeschwert, wie er geglaubt hatte. Sie war immerhin nicht in Ebou Dar geboren.

»In letzter Zeit gibt es zu viele Grobiane in der Stadt.« Jasfer hatte eine tiefe Stimme und hörte sich, schon wenn er normal sprach, gebieterisch an. »Vielleicht solltet Ihr erwägen, Wächter anzuheuern.« Herrin Anan sah ihren Mann nur mit einer gewölbten Augenbraue an, und er hob abwehrend die Hände. »Friede, Frau. Ich habe gesprochen, ohne nachzudenken.« Es war bekannt, daß Ebou-Dari-Frauen ihren Ehemännern ihr Mißfallen scharf verdeutlichten. Es war nicht auszuschließen, daß einige seiner Narben von ihr stammten. Der Hochzeitsdolch konnte auf vielerlei Arten benutzt werden.

Mat dankte dem Licht, daß er nicht mit einer Ebou Dari verheiratet war, und steckte seinen Dolch wieder ein. Dank dem Licht war er überhaupt nicht verheiratet. Seine Finger streiften Papier.

Herrin Anan ließ ihren Mann nicht so leicht davonkommen. »Das tust du häufig, Mann«, sagte sie und betastete das Heft zwischen ihren Brüsten. »Viele Frauen würden das nicht durchgehen lassen. Elynde sagt mir stets, ich wäre nicht hart genug mit dir, wenn du Unsinn redest. Ich muß meinen Töchtern ein gutes Vorbild sein.« Strenge löste sich in einem Lächeln, wenn auch in einem schwachen Lächeln. »Betrachte dich als gezüchtigt. Ich werde es mir auch versagen, dir zu erzählen, wer welches Netz auf welchem Boot ziehen sollte.«

»Du bist zu nett zu mir, Frau«, erwiderte er trocken. Es gab in Ebou Dar keine Gilde für Wirte, aber jedes Gasthaus in der Stadt wurde von Frauen betrieben. Die Ebou Dari glaubten, daß jedes von einem Mann geleitete Gasthaus und jedes von einer Frau geführte Boot vom schlimmsten Pech heimgesucht würde. Es gab in der Gilde der Fischer keine Frauen.

Mat nahm das Papier hervor. Es war schneeweiß, teuer und starr und klein zusammengefaltet. Die wenigen Zeilen darauf waren in kantigen Buchstaben geschrieben, wie Olver sie vielleicht benutzen würde. Oder ein Erwachsener, der nicht wollte, daß seine Schrift wiedererkannt würde.

ELAYNE UND NYNAEVE GEHEN ZU WEIT. ERINNERT SIE DARAN, DASS IHNEN VON DER BURG NOCH IMMER GEFAHR DROHT. ERMAHNT SIE, VORSICHTIG ZU SEIN, SONST WERDEN SIE NOCH VOR ELAIDA KNIEN UND UM VERZEIHUNG BITTEN MÜSSEN.

Das war alles. Keine Unterschrift. *Noch immer* droht Gefahr? Das beinhaltete, daß die Gefahr nichts Neues war, und das paßte irgendwie nicht dazu, daß sie von den Aufrührern gefangengenommen worden sein sollten. Nein, es war die falsche Frage. Wer hatte ihm diesen Zettel zugesteckt? Offensichtlich Leute, die glaubten, sie könnten ihm die Botschaft nicht einfach geben. Wer hatte die Gelegenheit dazu gehabt, seit er die Jacke heute morgen angezogen hatte? Da war er mit Sicherheit noch nicht dagewesen. Menschen, die ihm nahe gekommen waren. Leute ... Plötzlich bemerkte er ungewollt, daß er ein altes Lied der Aes Sedai summte. Nur Teslyn oder Joline konnten es gewesen sein, und das war unmöglich.

»Schlechte Nachrichten, mein Lord?« fragte Herrin Anan.

Mat stopfte den Zettel in die Tasche. »Kann irgendein Mann die Frauen jemals verstehen? Ich meine nicht nur Aes Sedai, sondern alle Frauen.«

Jasfer brüllte vor Lachen, und als seine Frau ihm einen bedeutungsvollen Blick zuwarf, lachte er nur noch lauter. Der Blick, den sie dann Mat zuwarf, hätte in seiner Gelassenheit sogar eine Aes Sedai beschämt. »Männer hätten es recht leicht, mein Lord, wenn sie nur richtig sehen oder zuhören könnten. Frauen fällt die schwierigere Aufgabe zu. Wir müssen versuchen, die Männer zu verstehen.« Jasfer hielt sich am Türrahmen fest, während ihm Tränen das dunkle Gesicht hinabliefen. Herrin Anan sah ihn von der Seite an, neigte den Kopf, wandte sich dann um, ganz kühle Gelassenheit – und hieb ihm mit der Faust so fest gegen die Rippen, daß seine Knie nachgaben. Sein Gelächter wurde zu einem Keuchen, ohne jedoch aufzuhören. »Es gibt in Ebou Dar ein Sprichwort, mein Lord«, sagte sie über die Schulter zu Mat. »Ein Mann ist ein Labyrinth von Dunkelheit umhüllter Brombeersträucher, und nicht einmal er selbst kennt den Weg.«

Mat schnaubte. Sie war wirklich eine große Hilfe. Nun, Teslyn oder Joline oder sonst jemand – es *mußte* jemand anderer gewesen sein; wenn er nur wüßte, wer – die Weiße Burg war weit entfernt. Mat betrachtete stirnrunzelnd die beiden Leichname. Jaichim Carridin war hier am Ort. Und einhundert andere Schurken ebenfalls. Er würde diese zwei Frauen irgendwie sicher aus Ebou Dar herausbringen. Das Problem war nur, daß er keinen blassen Schimmer hatte, wie er das bewerkstelligen sollte. Er wünschte, diese verdammten Würfel würden anhalten und es wäre vorbei.

Die Räume, die sich Joline mit Teslyn teilte, waren ziemlich geräumig, einschließlich eines Schlafzimmers für jede von ihnen sowie eines für ihre Mägde und eines weiteren, das sehr gut für Blaeric und Fen geeignet gewesen wäre, wenn Teslyn es hätte ertragen können, ihre Behüter bei sich zu haben. Die Frau sah jeden Mann als möglicherweise tollwütigen Wolf an, und sie duldete keinen Widerspruch, wenn sie etwas wirklich wollte. Sie war genauso unerbittlich wie Elaida und machte alles nieder, was ihr in den Weg geriet. Gewiß waren sie in jeder Beziehung gleichgestellt, aber nicht vielen gelang es, ohne wirklichen Vorteil die Oberhand über Teslyn zu bekommen. Sie saß im Wohnzimmer am Schreibtisch, als Joline eintrat, und ihre Feder verursachte ein schreckliches Kratzen. Sie geizte stets mit der Tinte.

Joline fegte ohne ein Wort an ihr vorbei und auf den Balkon hinaus, ein langer Käfig aus weiß bemaltem Schmiedeeisen. Die Schnörkelverzierungen waren so dicht gearbeitet, daß es den drei Stockwerke tiefer im

Garten arbeitenden Männern schwergefallen wäre zu sehen, daß jemand auf dem Balkon war. Normalerweise gediehen Blumen dieser Gegend in der Hitze, wilde Farbtupfer, die das Innere des Palastes überstrahlten, aber dort unten blühte nichts. Gärtner liefen mit Wassereimern die Kieswege entlang, aber fast jedes Blatt war gelb oder braun. Joline hätte es nicht einmal unter Folterqualen zugegeben, aber die Hitze machte ihr angst. Der Dunkle König berührte die Welt, und ihre einzige Hoffnung war ein junger Mann, der über die Stränge schlug.

»Brot und Wasser?« fragte Teslyn plötzlich. »Den Cauthon-Jungen in die Burg schicken? Wenn sich an unserem Plan etwas ändert, werdet Ihr es bitte zunächst mir sagen, bevor Ihr andere informiert.«

Joline spürte, wie sie errötete. »Merilille mußte ins Vertrauen gezogen werden. Sie hat gelehrt, als ich Novizin war.« Ebenso Teslyn. Sie war eine strenge Lehrerin gewesen, die ihre Klassen in eisernem Griff hatte. Schon ihre Art zu sprechen war eine Mahnung, eine deutliche Warnung, nichts gegen sie zu unternehmen, ob gleichgestellt oder nicht. Merilille stand jedoch niedriger. »Sie ließ uns gewöhnlich vor der Klasse stehen und bohrte wieder und wieder nach der von ihr geforderten Antwort, bis wir dort vor allen anderen vor Anspannung weinten. Sie heuchelte Mitleid, oder vielleicht empfand sie es auch wirklich, aber je mehr sie uns tätschelte und sagte, wir sollten aufhören zu weinen, desto schlimmer wurde es.« Sie brach plötzlich ab. Sie hatte das gar nicht sagen wollen. Es war Teslyns Schuld, die sie immer ansah, als sollte sie wegen eines Flecks auf ihrem Kleid gescholten werden. Aber sie sollte es verstehen. Merilille hatte auch sie unterrichtet.

»Das habt Ihr die ganze Zeit in Erinnerung behalten?« Teslyns Stimme klang völlig ungläubig. »Die Schwestern, die uns unterrichtet haben, taten nur ihre Pflicht.

Manchmal denke ich, daß Elaida mit ihrer Meinung über Euch recht hat.« Das ärgerliche Kratzen begann von neuem.

»Es ... fiel mir einfach wieder ein, als Merilille sich so verhielt, als wäre sie tatsächlich eine Gesandte.« Anstatt eine Aufrührerin. Joline schaute stirnrunzelnd in den Garten hinab. Sie verachtete jede einzelne jener Frauen, die die Weiße Burg gespalten und vor der ganzen Welt damit geprahlt hatten. Sie und alle, die ihnen geholfen hatten. Aber Elaida hatte auch schreckliche Fehler gemacht. Die Schwestern, die jetzt Aufrührerinnen waren, hätten mit ein wenig gutem Willen wieder versöhnt werden können. »Was hat sie über mich gesagt? Teslyn?« Die Feder kratzte weiterhin über das Papier wie über eine Schiefertafel kratzende Fingernägel. Joline ging wieder hinein. »Was hat Elaida gesagt?«

Teslyn legte ein weiteres Blatt Papier auf ihren Brief, entweder um ihn abzulöschen oder um ihn vor Jolines Blick zu verbergen, aber sie antwortete nicht sofort. Sie blickte Joline stirnrunzelnd an – oder blickte sie vielleicht nur an; das war bei ihr manchmal schwer zu sagen – und seufzte schließlich. »Nun gut, wenn Ihr es unbedingt wissen müßt. Sie sagte, Ihr wärt noch ein Kind.«

»Ein *Kind*?« Jolines Erschütterung beeindruckte Teslyn nicht.

»Manche ändern sich von dem Tage an, an dem sie das Novizinnenweiß anlegen, kaum. Einige ändern sich überhaupt nicht. Elaida glaubt, Ihr wärt noch nicht erwachsen und würdet es auch niemals werden.«

Joline hob verärgert den Kopf und versagte sich eine Antwort. Und das von jemandem, deren *Mutter* noch ein Kind gewesen war, als sie die Stola erlangte! Elaida war als Novizin zu sehr verhätschelt und wegen ihrer Stärke und der bemerkenswerten Schnelligkeit, mit der sie lernte, überbewertet worden. Joline vermutete, daß dies der Grund dafür war, daß sie über Elayne und Egwene und die Wilde Nynaeve so erzürnt war. Weil sie stärker waren als sie, weil sie erheblich weniger Zeit als Novizinnen verbracht hatten, ungeachtet dessen, daß sie zu schnell vorangedrängt wurden. Nun, Nynaeve war niemals eine Novizin gewesen, und das hatte man noch niemals gehört.

»Da Ihr das Thema zur Sprache gebracht habt«, fuhr Teslyn fort, »sollten wir vielleicht versuchen, die Situation zu nutzen.«

»Was meint Ihr?« Joline umarmte die Wahre Quelle und lenkte die Macht Luft, um einen Silberkrug von einem mit Türkisen eingelegten Tablett zu heben und gewürzten Wein in einen Silberbecher zu gießen. Die Freude daran, *Saidar* zu umarmen, ergriff sie genauso stark wie immer und tröstete und erheiterte sie.

»Ich denke, das ist offensichtlich. Elaidas Befehle haben nach wie vor Gültigkeit. Elayne und Nynaeve sollen zur Weißen Burg zurückgebracht werden, sobald man sie gefunden hat. Ich habe zugestimmt abzuwarten, aber vielleicht sollten wir jetzt doch nicht mehr länger warten. Schade, daß das al'Vere-Mädchen nicht bei ihnen ist. Aber zwei werden uns Elaidas Gunst auch wiederbringen, und wenn wir auch den Cauthon-Jungen mitnehmen könnten ... Ich glaube, diese drei werden bewirken, daß sie uns willkommen heißt, als kämen wir mit al'Thor selbst. Und diese Aviendha wird eine gute Novizin abgeben, ob sie nun eine Wilde ist oder nicht.«

Der Becher mit dem gewürzten Wein schwebte in Jolines Hand, und sie ließ die Macht widerwillig fahren. Sie hatte die Inbrunst, die sie empfunden hatte, als sie zum ersten Mal die Quelle berührt hatte, nie verloren. Gewürzter Honigmelonenwein war ein schwacher Ersatz für *Saidar*. Der schlimmste Teil ihrer Buße, bevor sie die Burg verlassen hatte, war der Verlust des Rechts gewesen, *Saidar* zu berühren. Fast der schlimmste Teil. Sie hatte alles selbst festgelegt, aber Elaida hatte ihr verdeutlicht, daß sie die Härte ihrer Buße bestimmen würde, wenn Joline es nicht selbst tat. Sie bezweifelte nicht, daß das Ergebnis dann weitaus schlimmer gewesen wäre. »Ihre Gunst? Teslyn, sie hat uns aus keinem anderen Grund gedemütigt, als um den anderen zu zeigen, daß sie dazu in der Lage war. Sie hat uns in dieses fliegengeplagte Loch geschickt, so weit von allem Wichtigen entfernt wie möglich, fast der anderen Seite des Aryth-Meers entsprechend, Gesandte einer Königin, die weniger Macht besitzt als ein Dutzend Adlige, von denen ihr jeder morgen den Thron entreißen könnte, wenn man sie dazu bringen würde. Und Ihr wollt Euch Elaidas Gunst wieder erschleichen?«

»Sie ist immerhin der Amyrlin-Sitz.« Teslyn berührte den Brief mit dem darüberliegenden Blatt und bewegte die Blätter ein wenig hierhin und ein wenig dorthin, als rücke sie ihre Gedanken zurecht. »Daß wir uns einige Zeit ruhig verhalten haben, hat ihr gezeigt, daß wir keine Schoßhunde sind, aber zu lange ruhig zu bleiben, könnte als Verrat angesehen werden.«

Joline rümpfte die Nase. »Lächerlich! Wenn sie zurückgebracht werden, wird man sie nur für ihren Ungehorsam bestrafen und jetzt auch noch für die Behauptung, Vollschwestern zu sein.« Sie preßte die Lippen zusammen. Darin waren sie beide schuldig, und jene, die es zugelassen hatten, ebenso, aber es bedeutete einen gewaltigen Unterschied, wenn eine von ihnen ihre eigene Ajah beanspruchte. Wenn die Grüne Ajah deshalb mit Elayne fertig wäre, würde eine wahrhaftig sehr geläuterte junge Frau den Thron Andors einnehmen. Obwohl es vielleicht das beste wäre, wenn Elayne sich zuerst den Löwenthron sicherte. Ihre Ausbildung mußte auf jeden Fall beendet werden. Joline hatte nicht die Absicht, Elayne für die Burg verloren zu geben, was auch immer sie getan hatte.

»Vergeßt nicht, daß sie sich den Aufrührern angeschlossen haben.«

»Licht, Teslyn, sie wurden wahrscheinlich genauso aufgelesen wie die Mädchen, welche die Aufrührer aus der Burg genommen haben. Ist es wirklich von Bedeutung, ob sie morgen oder erst nächstes Jahr damit beginnen, die Ställe auszumisten?« Das war sicherlich das Mindeste, was den Novizinnen und Aufgenommenen bei den Aufrührern bevorstand. »Selbst die Ajahs können warten, bis sie über sie verfügen können. Es ist nicht so, als ob sie nicht sicher wären. Sie sind immerhin Aufgenommene, und sie scheinen gewiß zufrieden damit zu sein zu bleiben, wo wir sie erreichen können, wann immer wir wollen. Ich sage, wir sollten dort bleiben, wo Elaida uns hingeschickt hat, und weiterhin die Hände in den Schoß legen und den Mund halten, bis sie uns höflich bittet herauszufinden, was wir eigentlich tun.« Sie fügte nicht hinzu, daß sie bereit war abzuwarten, bis Elaida genauso abgesetzt würde, wie Siuan abgesetzt worden war. Der Saal würde diese Einschüchterungen und die Pfuscherei gewiß nicht ewig dulden, aber Teslyn *war* immerhin eine Rote und würde das nicht gern hören.

»Es ist vermutlich nicht dringend«, sagte Teslyn zögernd, wobei das unausgesprochene ›aber‹ laut im Raum widerhallte.

Joline zog sich mit einem weiteren Strang Luft einen Sessel mit Kugelfüßen an den Tisch und richtete sich darauf ein, Teslyn davon zu überzeugen, daß Stillhalten die beste Strategie blieb. Sie war noch immer ein Kind? Wenn es nach ihr ginge, würde Elaida kein Wort mehr aus Ebou Dar hören, bis sie darum bat.

Die Frau am Tisch richtete sich soweit auf, wie es ihre Fesseln erlaubten, die Augen hervortretend, die Kehle von einem durchdringenden Schrei zugeschnürt, der ewig weiterhallte. Plötzlich wurde der Schrei zu einem lauten, erstickten Keuchen, und sie verkrampfte sich, zitterte von Kopf bis Fuß und brach dann zusammen. Weit aufgerissene Augen starrten an die mit Spinnweben verhangene Decke.

Es war unvernünftig zu fluchen, aber Falion konnte genauso gut fluchen wie jeder Stallknecht. Sie wünschte sich nicht zum ersten Mal, sie hätte Temaile anstatt Ispan hier. Temailes Fragen wurden eifrig beantwortet, und niemand starb, bevor sie nicht bereit war. Natürlich genoß Temaile ihre Arbeit entschieden zu sehr, aber das war weniger wichtig.

Falion lenkte die Macht erneut, sammelte die Kleidung der Frau vom schmutzigen Boden auf und warf sie auf den Körper. Der rote Ledergürtel fiel wieder herunter, und sie riß ihn mit der Hand hoch und warf ihn erneut auf den Stapel. Vielleicht hätte sie andere Methoden einsetzen sollen, aber Fesseln und Kneifzangen und heiße Eisen waren so ... unsauber. »Legt den Leichnam irgendwo in eine Gasse. Schlitzt ihr die Kehle auf, damit es aussieht, als wäre sie beraubt worden. Die Münzen in ihrer Geldbörse könnt Ihr behalten.«

Die beiden an der Steinmauer auf ihren Fersen hockenden Männer wechselten Blicke. Arnin und Nad hätten ihrer Erscheinung nach zwar Brüder sein können, mit dem schwarzen Haar, den kleinen Augen, den Narben und mehr Muskeln, als drei Männer gebrauchen konnten, aber sie hatten nur genug Verstand, um einfache Befehle auszuführen. Normalerweise. »Verzeiht, Herrin«, sagte Arnin zögernd, »aber niemand wird glauben ...«

»Tut, was ich Euch gesagt habe!« fauchte sie und lenkte die Macht, um ihn hochzuheben und gegen die Mauer zu schleudern. Arnin prallte mit dem Kopf dagegen, aber das konnte ihm sicherlich nicht schaden.

Nad eilte zum Tisch und stammelte: »Ja, Herrin. Wie Ihr befehlt, Herrin.« Als sie Arnin losließ, stolperte er ohne weitere Einwände zum Tisch und half, den Leichnam wie Unrat aufzuheben und hinauszutragen. Nun, jetzt war er so gut wie Unrat. Sie bedauerte ihren Ausbruch. Es war unvernünftig, dem Temperament die Zügel schießen zu lassen, obwohl es manchmal nützlich zu sein schien. Das überraschte sie nach all diesen Jahren noch immer.

»Moghedien – das wird ihr nicht gefallen«, sagte Ispan, sobald die Männer fort waren. Die blauen und grünen, in ihre vielen dünnen schwarzen Zöpfe geflochtenen Perlen klapperten, als sie den Kopf schüttelte. Sie war die ganze Zeit über in den Schatten geblieben, in einer Ecke, mit einem Schild abgeschirmt, damit sie nichts hörte.

Falion konnte sich nur mühsam beherrschen, sie nicht anzustarren. Ispan war die letzte Begleiterin, die sie für sich auserwählt hätte. Sie war eine Blaue, oder war es gewesen. Vielleicht war sie es auch noch immer. Falion fühlte sich der Weißen Ajah keinesfalls unterlegen, nur weil sie sich der Schwarzen Ajah angeschlossen hatte. Blaue waren zu leidenschaftlich, hüllten alles in Empfindungen, was äußerst leidenschaftslos betrachtet werden sollte. Sie hätte Rianna, eine weitere Weiße, erwählt, obwohl die Frau mitunter seltsame, unvernünftige Vorstellungen hatte. »Moghedien hat uns vergessen, Ispan. Oder habt Ihr ein persönliches Wort von ihr erhalten? Ich bin auf jeden Fall davon überzeugt, daß es dieses Versteck nicht gibt.«

»Moghedien sagt, es existiert.« Ispan sprach zunächst nur entschlossen, aber dann wurde ihre Stimme schnell hitzig. »Ein Lager von *Angrealen*, *Sa'angrealen* und *Ter'angrealen*. Wir werden einen Teil davon bekommen. Unsere eigenen *Angreale*, Falion. Vielleicht sogar *Sa'angreale*. Sie hat es versprochen.«

»Moghedien hat sich geirrt.« Falion sah, wie sich Ispans Augen entsetzt weiteten. Die Auserwählten waren ein seltsames Volk. Es hatte auch Falion bestürzt, diese Lektion lernen zu müssen, aber einige weigerten sich zu begreifen. Die Auserwählten waren weitaus stärker, erheblich intelligenter, und es war durchaus möglich, daß sie die Belohnung der Unsterblichkeit bereits erhalten hatten, aber allem Anschein nach bekämpften sie einander dennoch unerbittlich.

Ispans Entsetzen verwandelte sich rasch in Verärgerung. »Auch andere suchen danach. Würden sie alle nach nichts Ausschau halten? Schattenfreunde suchen danach, die von anderen Auserwählten darauf angesetzt worden sein müssen. Und wenn die Auserwählten danach suchen – könnt Ihr dann immer noch behaupten, es existiere nichts?« Sie wollte es nicht sehen. Wenn etwas nicht gefunden werden konnte, war der wahrscheinlichste Grund dafür, daß es nicht existierte.

Falion wartete. Ispan war nicht dumm, sondern nur von Ehrfurcht ergriffen, und Falion glaubte daran, Menschen lehren zu müssen, selbst zu erkennen, was ihnen bereits bewußt sein sollte. Träge Geister mußten geschult werden.

Ispan schritt auf und ab, ließ ihre Röcke rascheln und blickte stirnrunzelnd auf Staub und alte Spinnweben. »Dieser Ort stinkt. Und er ist schmutzig!« Sie erschauderte, als eine große schwarze Schabe die Wand hinauflief. Einen Moment umgab Ispan das Schimmern. Ein Strang zerquetschte die Schabe mit einem Knall. Ispan verzog das Gesicht und wischte sich die Hände an ihren Röcken ab, als hätte sie sie statt der Macht gebraucht. Sie hatte einen empfindlichen Magen, obwohl das glücklicherweise nicht galt, wenn sie von tatsächlichem Handeln Abstand nehmen konnte. »Ich werde keiner der Auserwählten von dem Versagen berichten, Falion. Sie würden uns Liandrin beneiden lassen.«

Falion unterdrückte ein Schaudern. Sie durchschritt den Raum und goß sich einen Becher gewürzten Pflaumenwein ein. Die Pflaumen waren überreif gewesen, und der gewürzte Wein war zu süß, aber ihre Hände blieben ruhig. Moghediens Angst war durchaus spürbar, aber nicht das Beugen vor der Angst. Vielleicht war die Frau tot. Gewiß hätte sie sie inzwischen gerufen oder sie erneut im Schlaf in *Tel'aran'rhiod* heimgesucht, um sie zu fragen, warum sie ihre Befehle noch nicht ausgeführt hatten. Bis sie jedoch einen Leichnam sah, war die einzige vernünftige Vorgehensweise, so weiterzumachen, als würde Moghedien jeden Moment auftauchen. »Es gibt eine Möglichkeit.«

»Wie? Indem wir jede Weise Frau in Ebou Dar foltern? Wie viele sind hier? Einhundert? Vielleicht zweihundert? Das würden die Schwestern im Tarasin-Palast gewiß merken.«

»Vergeßt Eure Träume, einen *Sa'angreal* zu besitzen, Ispan. Es gibt kein lange vergessenes Lagerhaus und kein geheimes Gewölbe unter einem Palast.« Falion sprach kühl und verhalten, vielleicht desto verhaltener, je aufgeregter Ispan wurde. Sie hatte es stets genossen, eine Klasse Novizinnen mit dem Klang ihrer Stimme zu hypnotisieren. »Fast alle Weisen Frauen waren Wilde, die kaum wissen können, was wir erfahren wollen. Keine Wilde wurde jemals mit einem *Angreal*, geschweige denn mit einem *Sa'angreal* gesehen, andernfalls wären sie sicherlich bemerkt worden. Im Gegenteil, den Überlieferungen nach befreit sich jede Wilde, die irgendeinen mit der Macht verbundenen Gegenstand entdeckt, so bald wie möglich davon, aus Angst davor, den Zorn der Weißen Burg auf sich zu ziehen. Andererseits scheinen Frauen, die aus der Weißen Burg verbannt werden, diese Angst nicht zu hegen. Wie ihr sehr wohl wißt, trägt eine von dreien heimlich etwas bei sich, wenn sie durchsucht werden, bevor sie gehen, einen tatsächlichen Machtgegenstand oder etwas, das sie dafür halten. Unter den wenigen Weisen Frauen, die sich zur Zeit qualifiziert haben, war Callie die perfekte

Wahl. Als sie vor Jahren verbannt wurde, versuchte sie ein kleines *Ter'angreal* zu stehlen. Ein nutzloses Ding, das Bilder von Blumen und das Geräusch eines Wasserfalls vorspiegelte, aber dennoch ein mit *Saidar* verbundener Gegenstand. Zudem versuchte sie, die Geheimnisse der anderen Novizinnen zu entdecken, wobei sie recht häufig erfolgreich war. Wenn es in Ebou Dar auch nur ein einziges *Angreal* gäbe, ganz zu schweigen von einem geräumigen Lagerhaus – glaubt Ihr, sie hätte dann vier Jahre hiersein können, ohne davon zu erfahren?«

»Ich *trage* die Stola, Falion«, sagte Ispan mit außerordentlicher Härte. »Und ich *weiß* das alles genausogut wie Ihr. Ihr sagtet, es gäbe eine andere Möglichkeit. Welche?« Sie wollte ihren Verstand einfach nicht gebrauchen.

»Was würde Moghedien genauso sehr erfreuen wie das Versteck?« Ispan sah sie herausfordernd an. »Nynaeve al'Meara, Ispan. Moghedien hat uns fallenlassen, um sie zu jagen, aber sie ist offensichtlich irgendwie entkommen. Wenn wir Moghedien Nynaeve und auch das Trakand-Mädchen bringen, wird sie uns hundert *Sa'angreale* geben.« Was deutlich zeigte, daß die Auserwählten wirklich unvernünftig sein konnten. Es war sicherlich das beste, besonders vorsichtig mit jenen umzugehen, die sowohl unvernünftig als auch mächtiger als man selbst waren. Ispan war nicht mächtiger.

»Wir hätten sie töten sollen, wie ich es wollte, als sie zum ersten Mal auftauchte«, fauchte Ispan. Sie fuchtelte mit den Händen und lief auf und ab, wobei der Schmutz laut unter ihren Schuhen knirschte. »Ja, ja, ich weiß. Unsere Schwestern im Palast wären vielleicht mißtrauisch geworden. Wir wollen nicht ihre Aufmerksamkeit erregen. Aber habt Ihr Tanchico vergessen? Und Tear? Wo diese beiden Mädchen auftauchen, folgt das Unglück. Ich glaube, wenn wir sie nicht töten können, sollten wir so weit wie möglich von Nynaeve al'Meara und Elayne Trakand fernbleiben. So weit wie möglich!«

»Beruhigt Euch, Ispan. Beruhigt Euch.« Wenn Falions beschwichtigender Tonfall überhaupt etwas bewirkte, dann regte er die andere Frau nur noch mehr auf, aber Falion war zuversichtlich. Der Verstand mußte die Oberhand über das Gefühl gewinnen.

Er saß in der spärlichen Kühle einer schmalen, schattigen Gasse auf einem umgedrehten Faß und beobachtete das Haus gegenüber der geschäftigen Straße. Plötzlich bemerkte er, daß er wieder seinen Kopf berührte. Er hatte keine Kopfschmerzen, aber sein Kopf fühlte sich manchmal... seltsam an. Meistens, wenn er darüber nachdachte, woran er sich nicht erinnern konnte.

Das dreistöckige, weißverputzte Haus gehörte einer Goldschmiedin, die vermutlich gerade von zwei Freundinnen besucht wurde, die sie vor einigen Jahren auf einer Reise in den Norden kennengelernt hatte. Die Freundinnen waren nur bei ihrer Ankunft gesehen worden und seitdem nicht mehr. Es war leicht gewesen, das herauszufinden. Und es war nur unwesentlich schwieriger gewesen herauszufinden, daß sie Aes Sedai waren.

Ein hagerer junger Mann mit einer zerrissenen Weste ging, nichts Gutes im Schilde führend, pfeifend die Straße hinab und hielt inne, als er ihn auf dem Faß sitzen sah. Seine Jacke und sein Platz in den Schatten – und auch alles Übrige an ihm, wie er reuig zugab – wirkte wahrscheinlich verführerisch. Er griff unter seine Jacke. Seine Hände hatten nicht mehr die Kraft oder Beweglichkeit, mit dem Schwert umgehen zu können, aber die beiden langen Dolche, die er seit über dreißig Jahren bei sich trug, hatten schon mehr als einen Schwertkämpfer überrascht. Vielleicht zeigte sich etwas in seinen Augen, denn der hagere junge Mann überlegte es sich anders und ging pfeifend weiter.

Das zum Stall des Goldschmieds führende Tor neben dem Haus schwang auf, und zwei kräftige Männer erschienen, die einen hoch mit schmutzigem Stroh und Mist gefüllten Karren schoben. Was hatten sie vor? Arnin und Nad waren kaum die Burschen, die Ställe ausmisteten.

Er beschloß, daß er bis zur Dunkelheit hierbleiben und dann sehen würde, ob er Carridins hübsche kleine Mörderin wiederfinden konnte.

Er nahm erneut die Hand vom Kopf. Früher oder später würde er sich erinnern. Er hatte nicht mehr viel Zeit, aber sie war alles, was er hatte. Soweit erinnerte er sich.

KAPITEL 9

Wie der Pflug die Erde aufbricht

Rand ergriff *Saidin* ausreichend lange, um den Schutz zu lösen, den er in einer Ecke des Vorraums gewoben hatte, hob seinen kleinen, silbern eingefaßten Becher an und sagte: »Noch mehr Tee.« Lews Therin murrte in seinem Hinterkopf verärgert.

Verzierte und vergoldete Sessel standen jeweils paarweise aufgereiht zu beiden Seiten einer aufgehenden goldenen Sonne, die, zwei Schritte breit, in den glänzenden Steinboden eingelassen war, und ein weiterer Sessel, der fast vollkommen aus Gold zu bestehen schien, stand auf einem kleinen Podest, das genauso sorgfältig gearbeitet war, aber Rand saß mit gekreuzten Beinen auf einem für diese Gelegenheit ausgelegten Teppich mit einem tairenischen Wirrwarr in Grün und Gold und Blau. Den drei Clanhäuptlingen, die ihm gegenübersaßen, hätte es nicht gefallen, wenn er sie von einem Sessel aus empfangen hätte, selbst wenn sie selbst Sessel angeboten bekommen hätten. Sie waren ein weiteres Wirrwarr, das vorsichtig behandelt werden mußte. Rand trug die Ärmel seines Hemds hochgeschoben, so daß die rot-goldenen Drachen sichtbar wurden, die sich um beide Unterarme wanden und metallisch glitzerten. Die Clanhäuptlinge trugen die *Cadin'sors* der Aielmänner, die ihre nur auf dem linken Arm befindlichen Drachen verbargen. Vielleicht war die Mahnung an das, was er war – daß auch er in Rhuidean gewesen war, obwohl die Reise für die mei-

sten Menschen, die es betraten, den Tod bedeutete – unnötig. Vielleicht.

Die drei Gesichter verrieten wenig, als sie Merana aus der Ecke herannahen sahen, wo sie abgeschirmt gewesen war. Janwins runzliges Gesicht hätte aus altem Holz geschnitzt sein können, aber so wirkte es immer, und wenn seine blau-grauen Augen stürmisch dreinblickten, so war dies auch immer so. Selbst sein Haar wirkte wie Sturmwolken. Er war jedoch ein ausgeglichener Mensch. Indirian und der einäugige Mandelain hätten an etwas anderes denken können, nur daß ihre unbewegten Blicke Merana folgten. Lews Therin wurde plötzlich still, als beobachte auch er durch Rands Augen.

Meranas alterslose Züge offenbarten noch weniger als die Gesichter der Clanhäuptlinge. Sie glättete ihre hellgrauen Röcke, kniete sich neben Rand und nahm die Teekanne hoch. Sie brauchte für die Kanne, die eine große Kugel aus goldüberzogenem Silber war, mit Leoparden als Füße und Henkel und einem weiteren auf dem Deckel kauernden Leoparden, beide Hände, und sie zitterte ein wenig, als sie Rands Becher vorsichtig füllte. Wie sie es tat, schien zu besagen, daß sie es tun wollte, aus ihren eigenen Gründen, die niemand von ihnen auch nur andeutungsweise verstehen konnte. Wie sie es tat, kennzeichnete sie weitaus deutlicher als Aes Sedai als ihr Gesicht. War dies nützlich, oder schadete es eher?

»Ich lasse sie die Macht nicht ohne Erlaubnis lenken«, sagte Rand. Die Clanhäuptlinge schwiegen. Merana erhob sich und kniete sich dann neben die Häuptlinge. Mandelain bedeckte seinen Becher mit einer breiten Hand, um anzuzeigen, daß er keinen Tee mehr wollte. Die anderen beiden hielten ihr die Becher hin, während blau-graue und grüne Augen sie gleichermaßen beobachteten. Was sahen sie? Was konnte er noch tun?

Sie stellte die schwere Teekanne auf das große Tablett

mit den Leopardengriffen zurück und blieb knien. »Kann ich meinem Lord Drache noch auf andere Weise dienlich sein?«

Ihre Stimme war die reine Selbstbeherrschung, aber nachdem er sie in ihre Ecke zurückverwiesen hatte, als sie sich erhoben und umgewandt hatte, umklammerten ihre schlanken Hände einen Moment ihre Röcke. Der Grund dafür könnte jedoch auch gewesen sein, daß sie sich plötzlich Dashiva und Narishma gegenübersah. Die beiden Asha'man – um genau zu sein, war Narishma noch ein Soldat, der niedrigste Rang der Asha'man, der weder Schwert noch Drache am Kragen trug – standen unbewegt zwischen zwei der hohen, goldgerahmten Spiegel, welche die Wände säumten. Zumindest der jüngere Mann wirkte auf den ersten Blick unbewegt. Die Daumen in den Schwertgürtel gehakt, beachtete er Merana nicht und Rand und die Aielmänner kaum mehr, und doch sah man auf den zweiten Blick, daß seine dunklen, zu großen Augen niemals ruhten, als erwarte er, daß das Unerwartete jeden Moment aus der Luft auftauchte. Und wer konnte wissen, daß es nicht geschähe? Dashiva schien mit den Gedanken woanders zu sein. Seine Lippen bewegten sich lautlos, und er blickte blinzelnd und stirnrunzelnd ins Leere.

Lews Therin knurrte wütend, als Rand die Asha'man ansah, aber es war Merana, die die Gedanken des toten Mannes in Rands Kopf beschäftigte. *Nur ein Narr glaubt, ein Löwe oder eine Frau könnten wahrhaft gezähmt werden.*

Rand unterdrückte die Stimme verärgert bis auf ein gedämpftes Summen. Lews Therin konnte hindurchdringen, aber nur mit Mühe. Rand ergriff *Saidin* und wob den Schutz erneut, der Merana von ihren Stimmen abschirmte. Die Quelle wieder loszulassen, steigerte seine Verärgerung, das Zischen in seinem Kopf wie auf glühende Kohlen tropfendes Wasser. Lews Therins wahnsinniger, ferner Zorn hallte wider.

Merana stand hinter der Absperrung, die sie weder sehen noch fühlen konnte, den Kopf hoch erhoben und die Hände an der Taille gefaltet, als sei eine Stola um ihre Arme geschlungen. Eine Aes Sedai durch und durch. Sie beobachtete ihn und die Clanhäuptlinge mit kühlem Blick – gelb gesprenkeltes Hellbraun. *Meine Schwestern erkennen überhaupt nicht, wie sehr wir Euch brauchen,* hatte sie ihm heute morgen in genau diesem Raum gesagt, *aber alle von uns, die geschworen haben, das zu tun, um was auch immer Ihr uns bittet, solange es die Drei Eide nicht verletzt.* Er war gerade aufgewacht, als sie mit Sorilea im Schlepptau hereingekommen war. Beide schien es überhaupt nicht zu stören, daß er noch im Nachtgewand war und erst einen Bissen von seinem Frühstücksbrot genommen hatte. *Ich habe mehr als nur ein wenig Erfahrung im Verhandeln und Vermitteln. Meine Schwestern haben in anderen Dingen Erfahrung. Laßt uns Euch dienen, wie wir es gelobt haben. Laßt mich Euch dienen. Wir brauchen Euch, aber Ihr braucht uns in gewisser Weise auch.*

Stets gegenwärtig, schmiegte sich Alanna in einen Winkel seines Geistes. Sie weinte erneut. Er konnte nicht verstehen, warum sie so häufig weinte. Er hatte ihr verboten, ihm nahe zu kommen, wenn sie nicht gerufen wurde, oder ihren Raum ohne eine Eskorte von Töchtern des Speers zu verlassen – für die Schwestern, die sich ihm verschworen hatten, hatte man gestern abend Räume gefunden, im Palast, wo er ein Auge auf sie haben konnte –, aber er hatte von dem Moment an Tränen gespürt, wo sie sich mit ihm verbunden hatte, Tränen und ungekannten Kummer. Manchmal war es besser und manchmal schlimmer, aber es war immer da. Alanna hatte ihm auch gesagt, er brauche die verschworenen Schwestern, hatte es ihm schließlich sogar ins Gesicht gebrüllt, mit geröteten Wangen und Tränen in den Augen, bevor sie seiner Gegenwart sprichwörtlich entflohen war. Und sie hatte auch vom Dienen gesprochen, obwohl er bezweifelte, daß Meranas gegenwärtige Aufgaben dem entsprachen, was sie beide im Sinn hatten. Vielleicht würde eine Art Livree es deutlicher machen?

Die Clanhäuptlinge beobachteten, wie Merana sie beobachtete. Nicht einmal ein Zucken einer Wimper gab ihre Gedanken preis.

»Die Weisen Frauen haben Euch gesagt, wo die Aes Sedai stehen«, sagte Rand grob. Sorilea hatte ihm berichtet, sie wüßten es, aber es wäre auch an der mangelnden Überraschung erkennbar gewesen, als sie Merana das erste Mal herbeieilen und einen Hofknicks vollführen sahen. »Ihr habt gesehen, daß sie das Tablett herangebracht und Euch Tee eingegossen hat. Ihr habt sie auf meinen Befehl hin kommen und gehen sehen. Wenn Ihr wollt, werde ich sie einen Gigue tanzen lassen.« Die Aiel davon zu überzeugen, daß er nicht am Ende einer Aes-Sedai-Peitsche stand, war der notwendigste Dienst, den ihm eine der Schwestern im Moment erweisen konnte. Er würde sie alle einen Gigue tanzen lassen, wenn es nötig wäre.

Mandelain rückte seine grau-grüne Augenklappe zurecht, wie er es stets tat, wenn er einen Moment nachdenken wollte. Eine dicke, wulstige Narbe zog sich von der Augenklappe zur Stirn hinauf und halbwegs über seinen überwiegend kahlen Kopf. Als er schließlich sprach, klangen seine Worte nur unwesentlich weniger grob, als Rands geklungen hatten. »Einige sagen, eine Aes Sedai würde alles tun, um zu bekommen, was sie will.«

Indirian senkte die dichten weißen Augenbrauen und spähte an seiner langen Nase hinab in seinen Becher. Nur durchschnittlich groß für einen Aielmann, war er eine halbe Handbreit kleiner als Rand, wenn auch sonst alles an ihm lang zu sein schien. Die Hitze der Wüste schien jedes überflüssige Gramm Fett und noch einiges mehr fortgeschmolzen zu haben. Seine Wangenknochen stachen scharf hervor, und seine Augen waren in Höhlen eingelassene Smaragde. »Ich spreche nicht gern von Aes Sedai.« Seine tiefe, volltönende Stimme erschreckte stets, weil man sie dem hageren Gesicht nicht zuordnete. »Was getan ist, ist getan. Sollen die Weisen Frauen sich um sie kümmern.«

»Wir sollten besser über die Shaido-Steinsoldaten sprechen«, sagte Janwin sanft. Was fast genauso sehr erschreckte, da er ein finsteres Gesicht besaß. »Innerhalb weniger Monate, höchstens eines halben Jahres, wird jeder Shaido, der sterben kann, tot sein – oder zum *Gai'shain* gemacht worden sein.« Daß seine Stimme sanft klang, bedeutete nicht, daß er sanften Gemüts war. Die beiden anderen nickten. Mandelain lächelte eifrig.

Sie schienen noch immer nicht überzeugt. Die Shaido waren der erklärte Grund für diese Zusammenkunft gewesen und nicht weniger wichtig, nur weil sie nicht der wichtigste Grund waren. Sie bedeuteten jedoch Unannehmlichkeiten. Drei Clans, die sich Timolans Miagoma angeschlossen hatten und sich bereits in der Nähe von Brudermörders Dolch befanden, könnten sehr wohl imstande sein zu tun, was Janwin gesagt hatte, aber es gab auch jene, die nicht zu *Gai'shain* gemacht und nicht getötet werden konnten. Einige waren gefährlicher als andere. »Was ist mit den Weisen Frauen?« fragte Rand.

Ihre Gesichter wurden einen Moment unlesbar. Nicht einmal Aes Sedai beherrschten das so gut wie die Aiel. Es erschreckte sie nicht, der Einen Macht gegenüber zu stehen, zumindest nicht dort, wo es jemand sehen konnte. Die Aiel glaubten, daß niemand dem Tod entrinnen konnte, und selbst einhundert zornige Aes Sedai konnten einen Aiel nicht dazu bringen, den einmal erhobenen Schleier wieder zu senken. Aber zu erfahren, daß die Weisen Frauen am Kampf bei den Quellen von Dumai teilgenommen hatten, hatte sie genauso betroffen gemacht, als wenn die Sonne in der Nacht und der Mond am Tage an einem blutroten Himmel gestanden hätten.

»Sarinde erzählte mir, daß fast alle Weisen Frauen mit den *Algai'd'siswai* gehen werden«, sagte Indirian schließlich widerwillig. Sarinde war die Weise Frau, die ihm von den Roten Quellen, der Clanfeste der Codarra, gefolgt war. Oder vielleicht war ›folgen‹ nicht das richtige Wort. Das taten Weise Frauen selten. Auf jeden Fall würden die meisten Weisen Frauen der Codarra und die Shiande und die Daryne mit ihren Speeren nach Norden ziehen. »Um die Weisen Frauen der Shaido werden sich ... Weise Frauen ... kümmern.« Er verzog angewidert den Mund.

»Alles ändert sich.« Janwins Stimme klang noch sanfter als gewöhnlich. Er glaubte es, aber er wollte es nicht glauben. Weise Frauen, die sich an einer Schlacht beteiligten, verletzten einen Brauch, der so alt war wie die Aiel.

Mandelain stellte seinen Becher behutsam ab. »Corehuin möchte Jair erneut sehen, bevor die Träume enden, und ich ebenfalls.« Er hatte, wie Bael und Rhuarc, zwei Frauen. Die anderen Häuptlinge hatten jeder nur eine – außer Timolan –, aber ein verwitweter Häuptling blieb selten Witwer. Die Weisen Frauen sorgten dafür, wenn er es nicht selbst tat. »Wird irgend jemand von uns die Sonne im Dreifaltigen Land noch einmal aufgehen sehen?«

»Das hoffe ich«, sagte Rand langsam. *Er soll die Leben der Menschen aufbrechen, wie der Pflug die Erde aufbricht, und alles, was gewesen ist, soll von der Glut seiner Augen vereinnahmt werden. Die Kriegsposaunen sollen ihm nachklingen, die Raben sollen sich an seiner Stimme nähren, und er soll eine Krone aus Schwertern tragen.* Die Prophezeiungen des Drachen ließen wenig Hoffnung auf etwas anderes als den Sieg über den Dunklen König. Die Prophezeiung von Rhuidean, die Aiel-Prophezeiung, besagte, daß er sie vernichten würde. Wegen ihm vereinnahmte die Öde die Clans, und uralte Bräuche wurden zerstört. Selbst ohne die Aes Sedai war es kein Wunder, wenn die Häuptlinge darüber nachdachten, ob es richtig war, Rand al'Thor zu folgen, ob er Drachen auf den Armen aufwies oder nicht. »Ich hoffe es.«

»Möget Ihr stets Wasser und Schatten finden, Rand al'Thor«, sagte Indirian.

Nachdem sie gegangen waren, saß Rand stirnrunzelnd in seinen Becher blickend da, fand aber in dem dunklen Tee keine Antworten. Schließlich stellte er ihn neben das Tablett und zog seine Ärmel herunter. Meranas Blick ruhte angespannt auf ihm, als wollte sie ihm seine Gedanken entziehen. Sie schien ebenfalls Ungeduld auszustrahlen. Er hatte ihr gesagt, sie solle in der Ecke bleiben, solange sie keine Stimmen hören konnte. Merana aber sah zweifellos keinen Grund, warum sie nicht hervorkommen sollte, da die Clanhäuptlinge gegangen waren. Hervorkommen und herausfinden sollte, was gesagt worden war.

»Denkt Ihr, sie glauben, daß ich an den Fäden der Aes Sedai tanze?« fragte er.

Der junge Narishma zuckte zusammen. Er war in Wahrheit kaum älter als Rand, aber er hatte den Blick eines fünf oder sechs Jahre jüngeren Mannes. Er sah Merana an, als wüßte sie die Antwort, und bewegte unbehaglich die Schultern. »Ich ... weiß es nicht, mein Lord Drache.«

Dashiva blinzelte und hörte auf, vor sich hin zu murmeln. Er neigte den Kopf wie ein Vogel und sah Rand von der Seite an. »Ist es wichtig, solange sie gehorchen?«

»Es ist wichtig«, sagte Rand. Dashiva zuckte die Achseln, und Narishma runzelte nachdenklich die Stirn. Sie schienen beide nicht zu verstehen, aber vielleicht könnte man Narishma darauf hinführen.

Hinter dem Podest des Throns übersäten Landkarten den Steinboden, zusammengerollt oder gefaltet oder ausgebreitet, wo Rand sie liegengelassen hatte. Er verschob einige mit seiner Stiefelspitze. Er mußte sich um so vieles gleichzeitig kümmern. Um das nördliche Cairhien und die Brudermörders Dolch genannten Berge, sowie die Region rund um die Stadt. Um Illian und die Ebenen von Maredo bis zu Far Madding. Um die Insel Tar Valon und alle umgebenden Städte und Dörfer. Um Ghealdan und einen Teil von Amadicia. In seinem Kopf war Bewegung und Farbe. Lews Therin stöhnte und lachte in der Ferne, schwaches, wahnsinniges Gemurmel darüber, die Asha'man zu töten, die Verlorenen zu töten. Ihn selbst zu töten. Alanna hörte auf zu weinen, schneidende Qual – unter einer dünnen Schicht Zorn gebändigt. Rand fuhr sich mit den Händen durchs Haar und drückte sie dann fest gegen die Schläfen. Wie war es gewesen, als er noch allein in seinem Schädel war? Er konnte sich nicht mehr erinnern.

Eine der großen Türen öffnete sich, und eine der Töchter des Speers, die im Gang Wache standen, kam herein. Riallin, mit lebhaft rotblondem Haar und unentwegt grinsend, wirkte in der Tat rundlich – jedenfalls für eine Tochter des Speers. »Berelain sur Paendrag und Annoura Larisen möchten den *Car'a'carn* sehen«, verkündete sie. Ihre Stimme klang beim ersten Namen warm und freundlich, aber beim zweiten Namen kalt und tonlos, ohne daß ihr Grinsen schwand.

Rand seufzte und öffnete den Mund, um sie herein zu beordern, aber Berelain wartete nicht. Sie stürmte herein, eine etwas ruhigere Annoura dichtauf. Die Aes Sedai scheute beim Anblick Dashivas und Narishmas leicht zurück und musterte neugierig Merana in ihrer Ecke. Nicht so Berelain.

»Was hat das zu bedeuten, mein Lord Drache?« forderte sie zu wissen und schwang den Brief, den er ihr am Morgen hatte zukommen lassen. Sie schritt heran und hielt ihm den Brief unter die Nase. »Warum soll ich nach Mayene zurückkehren? Ich habe hier in Eurem Namen gut regiert, und das wißt Ihr. Ich konnte es nicht verhindern, daß Colavaere sich selbst krönen ließ, aber zumindest habe ich sie daran gehindert, die von Euch erlassenen Gesetze zu ändern. Warum soll ich fortgeschickt werden? Und warum erfahre ich das brieflich? Nicht von Angesicht zu Angesicht? Man dankt mir brieflich für meine Dienste und entläßt mich wie einen Schreiber, der die Steuern eingetrieben hat.«

Selbst wenn sie zornig war, war die Erste von Mayene eine der allerschönsten Frauen, die Rand je gesehen hatte. Schwarzes Haar fiel in glänzenden Wellen bis auf ihre Schultern und umrahmte ein Gesicht, das den Blick eines jeden Mannes auf sich zog. Ein Mann konnte in ihren dunklen Augen leicht ertrinken. Heute trug sie glänzende silberne Seide, dünn und anschmiegsam und eher geeignet, einen Liebhaber privat zu unterhalten. Tatsächlich hätte sie das Gewand nicht in der Öffentlichkeit tragen können, wenn der Ausschnitt auch nur noch einen Hauch tiefer gewesen wäre. Er war sich bei dem Anblick nicht sicher, daß sie es tun sollte. Als er den Brief schrieb, hatte er sich gesagt, er wähle diesen Weg, weil er zuviel zu tun und keine Zeit hatte, mit ihr zu streiten. Die Wahrheit war aber, daß er sie zu gern ansah. Aus irgendeinem Grund hatte er begonnen, etwas zu empfinden, was nicht direkt falsch, aber doch fast falsch war.

Sobald sie auftauchte, begann Lews Therin leise zu summen, wie er es tat, wenn er eine Frau bewunderte. Rand merkte plötzlich, daß er sein Ohrläppchen rieb und erschrak. Er wußte instinktiv, daß das noch etwas war, was Lews Therin ohne nachzudenken tat, wie auch das Summen. Er senkte seine Hand, die einen Moment erneut zum Ohr drängte.

Verdammt, dies ist mein Körper! dachte er zähnefletschend. *Meiner!* Lews Therin hörte überrascht und verwirrt auf zu summen. Der tote Mann floh lautlos in die tiefsten Schatten von Rands Geist zurück.

Rands Schweigen zeitigte eine Wirkung. Berelain senkte den Brief, und ihr Zorn wich ein wenig. Den Blick in seinen versenkt, atmete sie tief ein, und ihre Wangen röteten sich. »Mein Lord Drache ...«

»Ihr wißt warum«, unterbrach er sie. Es war nicht leicht, ihr nur in die Augen zu sehen. Seltsamerweise wünschte er sich, Min wäre hier. Sehr seltsam. Ihre Visionen würden jetzt nichts nützen. »Als ihr heute morgen von diesem Meervolk-Schiff zurückkehrtet, wartete auf dem Dock ein Bursche mit einem Dolch.«

Berelain warf verächtlich den Kopf in den Nacken. »Er kam nicht näher als bis auf drei Schritte an mich heran. Ich hatte ein Dutzend Beflügelte Wächter und Lordhauptmann Gallenne bei mir.« Nurelle war mit einigen der Beflügelten Wächter bei den Quellen von Dumai erschienen, aber Gallenne führte den Oberbefehl. Sie hatte achthundert von ihnen in der Stadt, zusätzlich zu denjenigen, die mit Nurelle zurückgekehrt waren. »Ihr erwartet von mir, daß ich wegen eines Taschendiebs davonlaufe?«

»Spielt nicht die Närrin«, grollte er. »Ein Taschendieb, wenn ein Dutzend Soldaten Euch umstehen?« Sie errötete. Gut, sie wußte Bescheid. Er ließ ihr keine Gelegenheit zu protestieren oder Erklärungen abzugeben oder ähnlich Törichtes. »Dobraine sagte mir, er habe im Palast bereits flüstern hören, Ihr hättet Colavaere verraten. Jene, die sie unterstützt haben, könnten Angst haben, mich zu verhöhnen, aber sie werden dafür bezahlen, wenn Euch jemand niedersticht.« Und Faile, laut Dobraine, ebenfalls. Darum mußte man sich kümmern. »Aber sie werden keine Gelegenheit dazu bekommen, weil Ihr nach Mayene zurückgeht. Dobraine wird Euren

Platz hier einnehmen, bis Elayne den Sonnenthron beansprucht.«

Zorn vereinnahmte sie. Ihre Augen wurden gefährlich groß. Er war froh gewesen, als sie keine Angst mehr vor ihm gehabt hatte, aber jetzt war er sich nicht mehr so sicher. Als sie den Mund öffnete, um ihren Zorn herauszulassen, berührte Annoura sie am Arm, und sie wandte ruckartig den Kopf. Sie wechselten einen langen Blick, und Berelains Zorn wich wieder. Sie glättete ihre Röcke und straffte energisch die Schultern. Rand wandte hastig den Blick ab.

Meranas Schutz war nicht mehr vollständig. Er fragte sich, ob sie hindurchgetreten und wieder rasch zurückgewichen war – wie sonst konnte sie genau auf etwas gestoßen sein, was sie eigentlich nicht bemerken durfte? Als er den Kopf wandte, wich sie zurück, bis sie fast die Wände berührte, wobei sie den Blick nicht von ihm ließ. Ihrem Gesicht nach zu urteilen, hätte sie ihm zehn Jahre lang den Tee eingegossen, um hören zu können, was gesagt wurde.

»Mein Lord Drache«, sagte Berelain lächelnd, »da ist noch die Angelegenheit mit den Atha'an Miere.« Ihre Stimme war wie warmer Honig. Ihre geschwungenen Lippen hätten einem Stein Gedanken ans Küssen entlocken können. »Die Herrin der Wogen Harine ist nicht erfreut darüber, daß sie so lange auf ihrem Schiff festgehalten wird. Ich habe sie mehrere Male besucht. Ich kann die Probleme dort mildern, was Lord Dobraine meiner Meinung nach wohl kaum kann. Ich glaube, das Meervolk ist für Euch lebenswichtig, ob es in den Prophezeiungen des Drachen genannt wird oder nicht. Ihr seid in ihren Prophezeiungen von entscheidender Bedeutung, obwohl sie anscheinend kaum gewillt sind zu sagen, wie genau.«

Rand starrte sie an. Warum kämpfte sie so sehr darum, eine schwierige Aufgabe zu behalten, die ihr von den Cairhienern wenig Dank eingebracht hatte, bevor einige den Wunsch verspürten, sie töten zu wollen? Sie war eine Herrscherin und war es gewohnt, mit Herrschern und Gesandten umzugehen, nicht mit Straßenräubern und in der Dunkelheit aufblitzenden Dolchen. Warmer Honig oder nicht – es war nicht erstrebenswert, in Rand al'Thors Nähe zu bleiben. Sie hatte sich ihm ... nun, einmal angeboten ... aber Tatsache war, daß Mayene ein kleines Land war, und Berelain benutzte ihre Schönheit wie ein Mann ein Schwert, um ihr Land davor zu bewahren, von seinem mächtigeren Nachbarn Tear geschluckt zu werden. So einfach war das. »Berelain, ich weiß nicht, was ich noch tun kann, um Euch Mayene zu garantieren, aber ich werde Euch schriftlich geben, was immer ...« Farben wirbelten so wild in seinem Kopf umher, daß seine Zunge erstarrte. Lews Therin kicherte. *Eine Frau, die die Gefahr kennt und keine Angst hat, ist ein Schatz, den nur ein Wahnsinniger verschmähen würde.*

»Garantien.« Enttäuschung vereinnahmte den Honig, und der Zorn stieg erneut auf, dieses Mal kalter Zorn. Annoura zog an Berelains Ärmel, aber sie achtete nicht auf die Aes Sedai. »Während ich mit Euren Garantien in Mayene sitze, werden andere Euch dienen. Sie werden ihr Entgelt fordern, und der Dienst, den ich hier geleistet habe, wird verblichen und alt sein, während ihrer strahlend und neu ist. Wenn der Hochlord Weiramon Euch Illian gibt und im Gegenzug Mayene fordert – was werdet Ihr dann antworten? Wenn er Euch Murandy und Altara gibt und alles andere bis zum Aryth-Meer?«

»Werdet Ihr dienen, auch wenn es weiterhin bedeutet, daß Ihr gehen müßt?« fragte er ruhig. »Ihr werdet aus meinen Augen sein, aber nicht aus meinen Gedanken.« Lews Therin lachte erneut auf eine Art, die Rand beinahe erröten ließ. Er sah gern hin, aber was Lews Therin manchmal dachte ...

Berelain betrachtete ihn eigensinnig, und er konnte die

Fragen fast sehen, die Annouras Frage nach sich zog, wie auch deren sorgfältige Auswahl.

Die Tür öffnete sich erneut für Riallin. »Eine Aes Sedai ist gekommen, um den *Car'a'carn* zu sehen.« Es gelang ihr, dieses Mal kalt und zugleich unsicher zu klingen. »Ihr Name ist Cadsuane Melaidhrin.« Eine auffallend hübsche Frau rauschte unmittelbar hinter Riallin herein, das eisengraue Haar zu einem Knoten auf dem Kopf aufgesteckt und mit herabhängenden Goldverzierungen geschmückt. Jetzt schien alles gleichzeitig zu geschehen.

»Ich dachte, Ihr wärt tot«, keuchte Annoura, der fast die Augen aus dem Kopf fielen.

Merana schoß mit ausgestreckten Händen durch ihren Schutz. »Nein, Cadsuane!« schrie sie. »Ihr dürft ihn nicht verletzen! Ihr dürft es nicht tun!«

Rands Haut kribbelte, als jemand im Raum *Saidar* umarmte, vielleicht mehr als eine Person, und während er schnell aus Berelains Reichweite trat, griff er nach der Quelle, überflutete sich mit *Saidin* und spürte es auch die Asha'man erfüllen. Dashivas Gesicht zuckte, als er von einer Aes Sedai zur anderen sah. Narishma ergriff, trotz der Macht, die er festhielt, mit beiden Händen sein Schwertheft und nahm die *Leopard im Baum* genannte Haltung ein – kurz vorm Blankziehen. Lews Therin knurrte etwas über das Töten und den Tod, *töte sie alle, töte sie jetzt.* Riallin hob ihren Schleier und rief etwas, und plötzlich befanden sich ein Dutzend Töchter des Speers im Raum, verschleiert und mit bereitgehaltenen Speeren. Es war kaum überraschend, daß Berelain erstaunt dastand und schaute, als wäre jedermann wahnsinnig geworden.

Für jemanden, der das alles verursacht hatte, schien Cadsuane bemerkenswert unbeeindruckt. Sie betrachtete die Töchter des Speers und schüttelte den Kopf, wobei die goldenen Sterne und Monde und Vögel sanft schaukelten. »Der Versuch, im nördlichen Ghealdan annehmbare Rosen zu züchten, kommt dem Tode zwar nahe, Annoura«, bemerkte sie trocken, »aber es entspricht nicht ganz dem Grab. Oh, beruhigt Euch, Merana, bevor Ihr noch jemanden erschreckt. Man sollte meinen, Ihr wärt etwas weniger leicht erregbar geworden, seit Ihr das Novizinnenweiß abgelegt habt.«

Merana öffnete und schloß den Mund, wirkte vor allem verlegen, und das Kribbeln schwand jäh. Rand ließ *Saidin* jedoch nicht fahren – und die Asha'man ebensowenig.

»Wer seid Ihr?« fragte er. »Und zu welcher Ajah gehört Ihr?« Meranas Reaktion nach mußte es die Rote Ajah sein, aber es hätte den Mut eines Selbstmörders erfordert, als Rote Schwester einfach allein hier hereinzuspazieren. »Was wollt Ihr?«

Cadsuanes Blick verweilte nur einen Moment auf ihm, und sie antwortete nicht. Meranas Lippen teilten sich, und die grauhaarige Frau sah sie an, eine Augenbraue gewölbt – und da geschah es. Merana errötete tatsächlich und senkte den Blick. Annoura starrte die Frau noch immer an wie einen Geist. Oder wie einen Riesen.

Cadsuane schritt mit schwingenden Röcken schweigend durch den Raum zu den beiden Asha'man. Rand bekam allmählich das Gefühl, als bewegte sie sich immer auf diese eilige, gleitende Art, anmutig, aber ohne Zeit zu verschwenden oder sich durch etwas aufhalten zu lassen. Dashiva betrachtete sie von Kopf bis Fuß und verzog höhnisch die Lippen. Sie schien es nicht zu bemerken, obwohl sie ihm direkt ins Gesicht sah, genauso, wie sie auch nicht zu bemerken schien, daß Narishmas Hände um sein Schwert lagen, als sie einen Finger unter sein Kinn hielt und seinen Kopf von einer Seite zur anderen wandte, bevor er zurückweichen konnte.

»Welch wunderschöne Augen«, murmelte sie. Narishma blinzelte unsicher, und Dashivas höhnisch verzogene Lippen wurden zu einem unangenehmen Grinsen, das seinen vorherigen Ausdruck vergleichsweise unbeschwert erscheinen ließ.

»Unternehmt nichts«, fauchte Rand. Dashiva besaß die Frechheit, ihn finster anzublicken, bevor er plötzlich eine Faust zu dem Gruß auf die Brust preßte, den die Asha'man benutzten. »Was wollt Ihr hier, Cadsuane?« fragte Rand erneut. »Seht mich an, verdammt!«

Sie wandte zumindest den Kopf. »Ihr seid also Rand al'Thor, der Wiedergeborene Drache. Ich hätte gedacht, daß sogar ein Kind wie Moiraine Euch einige Manieren beibringen könnte.«

Riallin steckte den Speer aus ihrer rechten Hand zu jenen hinter ihrem Schild und vollführte schnell die Zeichensprache der Töchter des Speers. Dieses Mal lachte niemand. Dieses eine Mal war sich Rand sicher, daß sie sich nicht über ihn lustig machten. »Beruhigt Euch, Riallin«, sagte er und hob eine Hand. »Beruhigt Euch alle.«

Cadsuane beachtete auch das Gebärdenspiel nicht und lächelte Berelain zu. »Das ist also Eure Berelain, Annoura. Sie ist schöner, als ich gehört hatte.« Sie vollführte mit geneigtem Kopf einen tiefen Hofknicks, der aber irgendwie keinerlei Ehrerbietung beinhaltete, keinen Hinweis darauf, daß sie niedriger gestellt war. Es war tatsächlich nur Höflichkeit, nicht mehr. »Mylady Erste von Mayene, ich muß mit diesem jungen Mann sprechen, und ich würde Euren Berater gern dabeihaben. Ich habe gehört, daß Ihr hier viele Pflichten übernommen habt. Ich möchte Euch nicht davon abhalten.« Es war eine überdeutliche Entlassung, fast als hätte sie ihr bereits die Tür aufgehalten.

Berelain neigte anmutig den Kopf, wandte sich dann geschmeidig zu Rand um und breitete ihre Röcke in einem tiefen Hofknicks aus. »Mein Lord Drache«, sagte sie, »ich erbitte Eure freundliche Erlaubnis, mich zurückziehen zu dürfen.«

Rands daraufhin erfolgende Verbeugung geriet nicht

so geübt. »Es sei Euch gewährt, was Ihr wünscht.« Er bot ihr seine Hand, um ihr hochzuhelfen. »Ich hoffe, Ihr werdet meinen Vorschlag überdenken.«

»Mein Lord Drache, ich werde Euch dienen, wo immer und wie immer Ihr es wünscht.« Ihre Stimme klang wieder wie reiner Honig. Wegen Cadsuane, vermutete er. Ihr Gesicht wies sicherlich nicht auf die Absicht zu schäkern hin, sondern zeigte nur Entschlossenheit. »Denkt an Harine«, fügte sie im Flüsterton hinzu.

Als sich die Tür hinter Berelain schloß, sagte Cadsuane: »Es tut immer gut, Kinder spielen zu sehen, meint Ihr nicht auch, Merana?« Merana starrte sie an und blickte dann zwischen Rand und der grauhaarigen Schwester hin und her. Annoura wirkte, als hielte nur Willensstärke sie noch aufrecht.

Die meisten der Töchter des Speers folgten Berelain hinaus, offensichtlich überzeugt, daß es kein Attentat geben würde, aber Riallin und zwei andere blieben, noch immer verschleiert, vor der Tür stehen. Vielleicht war es Zufall, daß eine Tochter des Speers auf jeweils eine Aes Sedai kam. Dashiva glaubte anscheinend ebenfalls, daß alle Gefahr vorüber war. Er lehnte sich an die Wand zurück, einen Fuß aufgestützt, die Lippen leicht in Bewegung, die Arme gekreuzt, und beobachtete offensichtlich die Aes Sedai.

Narishma sah fragend zu Rand, aber dieser schüttelte nur den Kopf. Die Frau versuchte ihn bewußt herauszufordern. Die Frage war, warum sie einen Mann herausfordern sollte, von dem sie wußte, daß er sie dämpfen – oder töten – konnte, ohne sich anzustrengen? Lews Therin murmelte dasselbe. *Warum? Warum?* Rand betrat das Podest, nahm das Drachenszepter vom Thron auf und setzte sich hin, um abzuwarten, was geschehen würde. Die Frau würde keinen Erfolg haben.

»Ziemlich überladen, findet Ihr nicht?« sagte Cadsuane zu Annoura, während sie sich umsah. Abgesehen von all dem anderen Gold verliefen auch breite goldene Bänder über den Spiegeln an den Wänden entlang. »Ich wußte noch nie, ob Cairhiener oder Tairener schlimmer übertreiben, aber beide könnten Ebou Dari – oder sogar einen Kesselflicker – vor Scham erröten lassen. Ist das ein Teetablett? Ich hätte gern welchen, wenn er frisch und heiß ist.«

Rand lenkte die Macht, nahm das Tablett auf, wobei er halbwegs erwartete, das Metall durch den Makel zerfressen zu sehen, und ließ es den drei Frauen zukommen. Merana hatte zusätzliche Becher gebracht, und vier standen noch unbenutzt auf dem Tablett. Er füllte sie, stellte die Teekanne wieder ab und wartete. Sie schwebte, von *Saidin* unterstützt, in der Luft.

Drei äußerlich sehr unterschiedliche Frauen und drei entschieden unterschiedliche Reaktionen. Annoura betrachtete das Tablett ungefähr so, wie sie eine zusammengerollte Viper betrachtet hätte, schüttelte leicht den Kopf und trat dann einen kleinen Schritt zurück. Merana atmete tief ein und nahm mit zitternder Hand vorsichtig einen Becher hoch. Es war nicht dasselbe zu wissen, daß ein Mann die Macht lenken konnte, und gezwungen zu sein, es mit eigenen Augen zu sehen. Cadsuane jedoch nahm ihren Becher und schnupperte mit erfreutem Lächeln in den Dampf. Sie konnte an nichts erkennen, welcher der drei Männer den Tee eingegossen hatte, aber sie sah über ihren Becher hinweg nur Rand an, der sich mit einem Bein über der Lehne auf seinem Sessel rekelte. »Guter Junge«, sagte sie. Die Töchter des Speers warfen sich über ihre Schleier hinweg entsetzte Blicke zu.

Rand erschauerte. Nein. Sie würde ihn nicht provozieren. Aus welchem Grund auch immer sie es wollte – es würde ihr nicht gelingen! »Ich frage noch einmal«, sagte er. Seltsam, daß seine Stimme so kalt klingen konnte. Innerlich war ihm heißer als das heißeste Feuer *Saidins*.

»Was wollt Ihr? Antwortet oder geht. Durch die Tür oder durch ein Fenster – Ihr habt die Wahl.«

Merana erhob erneut die Stimme, und Cadsuane brachte sie abermals zum Schweigen, dieses Mal durch eine scharfe Geste und ohne den Blick von ihm abzuwenden. »Ich wollte Euch sehen«, sagte sie ruhig. »Ich gehöre der Grünen Ajah an, nicht der Roten, aber ich trage die Stola schon länger als jede andere lebende Schwester, und ich habe mehr Männern gegenübergestanden, die die Macht lenken konnten, als vier oder vielleicht zehn beliebige Rote. Nicht, daß ich sie verfolge, versteht Ihr, aber ich scheine eine Nase dafür zu haben. Einige haben bis zum bitteren Ende gekämpft, haben, noch nachdem sie abgeschirmt und gebunden waren, um sich getreten und geschrien. Einige haben geweint und gebettelt, haben Gold und alles andere geboten, sogar ihre Seelen, um nicht nach Tar Valon gebracht zu werden. Wieder andere weinten vor Erleichterung, demütig wie Lämmer, letztendlich dankbar, daß es vorüber war. Bei der Wahrheit des Lichts, sie weinen letztendlich alle. Am Ende bleiben ihnen nur Tränen.«

Die in ihm befindliche Hitze wandelte sich in Zorn. Das Tablett und die wuchtige Teekanne wirbelten durch den Raum, zerschlugen donnernd einen Spiegel und prallten in einem Regen aus Glassplittern zurück, wobei die zerbeulte Kanne Tee verschüttete und das Tablett über den Boden schepperte. Alle außer Cadsuane sprangen auf. Rand machte einen Satz vom Podest, während er das Drachenszepter so fest umfaßte, daß seine Knöchel weiß hervorstanden. »Wollt Ihr mir damit Angst einjagen?« grollte er. »Erwartet Ihr von mir, zu betteln oder dankbar zu sein? Zu weinen? Aes Sedai, ich könnte meine Hand schließen und Euch zerquetschen.« Die Hand, die er hochhielt, bebte vor Zorn. »Merana weiß, warum ich es tun sollte. Und nur das Licht weiß, warum ich es nicht tue.«

Die Frau betrachtete das verbeulte Teegeschirr, als hätte sie alle Zeit der Welt. »Jetzt wißt Ihr es«, sagte sie schließlich so ruhig wie immer, »daß ich Eure Zukunft kenne – und Eure Gegenwart. Die Gnade des Lichts verblaßt für einen Mann, der die Macht lenken kann, zu nichts. Einige sehen das und glauben, das Licht lehne jene Männer ab. Ich glaube das nicht. Habt Ihr bereits begonnen, Stimmen zu hören?«

»Was meint Ihr damit?« fragte er zögernd. Er konnte spüren, daß Lews Therin zuhörte.

Seine Haut begann erneut zu kribbeln, und er hätte beinahe die Macht gelenkt, aber alles was geschah, war lediglich, daß die Teekanne angehoben wurde, zu Cadsuane schwebte und sich langsam in der Luft drehte, damit sie diese betrachten konnte. »Einige Männer, die die Macht lenken können, beginnen Stimmen zu hören.« Sie sprach fast abwesend, während sie stirnrunzelnd die abgeflachte Silber- und Goldkugel betrachtete. »Es ist Teil des Wahnsinns. Stimmen, die sich mit ihnen unterhalten, ihnen sagen, was sie tun sollen.« Die Teekanne schwebte langsam auf den Boden zu ihren Füßen. »Habt Ihr schon welche gehört?«

Dashiva lachte heiser und mit bebenden Schultern auf. Narishma benetzte seine Lippen. Er hatte vorher vielleicht keine Angst vor der Frau gehabt, aber jetzt beobachtete er sie wie einen Skorpion.

»Ich werde die Fragen stellen«, sagte Rand entschlossen. »Ihr scheint zu vergessen, daß ich der Wiedergeborene Drache bin.« *Du bist real, nicht wahr?* fragte er. Es erfolgte keine Antwort. *Lews Therin?* Manchmal antwortete der Mann nicht, aber Aes Sedai zogen ihn stets an. *Lews Therin?* Er war nicht wahnsinnig. Die Stimme war real, keine Einbildung. Kein Wahnsinn. Das plötzliche Bedürfnis zu lachen half auch nicht.

Cadsuane seufzte. »Ihr seid ein junger Mann, der wenig Ahnung davon hat, wohin sein Weg ihn führt und warum, oder was vor ihm liegt. Ihr scheint überreizt. Vielleicht können wir miteinander sprechen, wenn Ihr ruhiger seid. Habt Ihr irgendwelche Einwände dagegen, daß ich Merana und Annoura eine Weile mitnehme? Ich habe beide länger nicht gesehen.«

Rand starrte sie an. Sie rauschte hier herein, beleidigte ihn, drohte ihm, verkündete beiläufig, daß sie von der Stimme in seinem Kopf wußte, und wollte jetzt gehen und mit Merana und Annoura plaudern? *Ist* sie *wahnsinnig*? Lews Therin antwortete noch immer nicht. Der Mann war real. Er war es!

»Geht«, sagte er. »Geht, und ...« Er war nicht wahnsinnig. »Ihr alle, geht! Hinaus!«

Dashiva sah ihn blinzelnd an, neigte den Kopf, zuckte dann die Achseln und ging auf die Tür zu. Cadsuane lächelte auf eine Art, daß er halbwegs erwartete, sie würde ihn erneut einen guten Jungen nennen, nahm aber dann nur Merana und Annoura und schob sie auf die Töchter des Speers zu, die gerade ihre Schleier senkten und besorgt die Stirn runzelten. Narishma sah ihn auch zögernd an, bis Rand eine scharfe Geste vollführte. Schließlich waren sie alle fort, und er war allein. Allein.

Er schleuderte das Drachenszepter von sich. Die Speerspitze blieb zitternd in der Rückenlehne eines der Sessel stecken, und die Quasten schwangen.

»Ich bin nicht wahnsinnig«, sagte er in den leeren Raum. Lews Therin hatte ihm einiges gesagt. Er wäre Galinas Kiste ohne die Stimme des toten Mannes niemals entronnen. Aber er hatte die Macht schon benutzt, bevor er die Stimme jemals gehört hatte. Er hatte herausgefunden, wie man Blitze heraufbeschwor und Feuer schleuderte und ein Gebilde errichtete, das Hunderte von Trollocs getötet hatte. Aber andererseits war das vielleicht Lews Therin gewesen, wie jene Erinnerungen daran, in einem Obstgarten auf Bäume zu klettern, in den Saal der Diener einzutreten und ein Dutzend weitere Erinnerungen, die unvermittelt auf ihn eindrangen. Und vielleicht waren diese Erinnerungen alle Einbildung, wahnsinnige Träume eines irrwitzigen Geistes, genau wie die Stimme.

Er merkte, daß er auf und ab schritt, und doch konnte er nicht damit aufhören. Er hatte das Gefühl, sich bewegen zu müssen, weil seine Muskeln sonst krampfartig reißen würden. »Ich bin nicht wahnsinnig«, keuchte er. Noch nicht. »Ich bin nicht ...« Das Geräusch der sich öffnenden Tür ließ ihn in der Hoffnung auf Min herumfahren.

Es war erneut Riallin, die eine kleine, stämmige Frau in einem dunkelblauen Gewand, überwiegend grauem Haar und einem derben Gesicht hereinführte. Ein verhärmtes Gesicht mit geröteten Augen. Er wollte ihnen sagen, sie sollten gehen, ihn allein lassen. Allein. War er allein? War Lews Therin ein Traum? Wenn sie ihn nur allein lassen würden ... Idrien Tarsin war die Vorsitzende der Schule, die er hier in Cairhien gegründet hatte, eine so praktisch veranlagte Frau, daß er sich nicht sicher war, ob sie an die Eine Macht glaubte, da sie sie weder sehen noch berühren konnte. Was hatte sie auf diesen Zustand zurückführen können?

Er zwang sich, sich zu ihr umzuwenden. Wahnsinnig oder nicht, allein oder nicht – niemand sonst konnte tun, was getan werden mußte. Nicht einmal diese kleine Pflicht, die schwerer als ein Berg wog. »Was gibt es?« fragte er und hielt seine Stimme so freundlich wie möglich.

Idrien weinte plötzlich, stolperte auf ihn zu und brach an seiner Brust zusammen. Als sie sich ausreichend weit gefaßt hatte, um ihre Geschichte erzählen zu können, war auch er den Tränen nahe.

KAPITEL 10

Diamanten und Sterne

Merana folgte so dicht auf Cadsuanes Fersen, wie sie es wagte, mit hundert Fragen auf der Zunge, aber Cadsuane war nicht die Frau, die man am Ärmel zupfte. Sie entschied, wen sie wann wahrnahm. Annoura schwieg ebenfalls, beide im Sog der anderen die Palastgänge entlang und Treppen hinab eilend, die zuerst aus Marmor und dann aus einfachem schwarzen Gestein bestanden. Merana wechselte Blicke mit ihrer Grauen Schwester und verspürte einen Moment plötzlicher Angst. Sie kannte die Frau nicht, nicht wirklich, aber Annoura hatte das unbeugsame Aussehen eines Mädchens auf dem Weg zur Herrin der Novizinnen, das entschlossen war, tapfer zu sein. Sie waren keine Novizinnen. Sie waren keine Kinder. Merana öffnete den Mund – und schloß ihn wieder, von dem grauen Haarknoten mit seinen herabhängenden Monden und Sternen und Vögeln und Fischen eingeschüchtert. Cadsuane war ... Cadsuane.

Merana war ihr schon vorher einmal begegnet, oder hatte ihr zumindest als Novizin zugehört und war von ihr belehrt worden. Schwestern aller Ajahs waren gekommen, um die Frau zu sehen, von einer unleugbaren Ehrfurcht erfüllt. Cadsuane Melaidhrin war einst der Maßstab gewesen, nach dem jeder neue Eintrag in das Buch der Novizinnen gemessen wurde. Bis Elayne Trakand kam, war in ihrem ganzen Leben niemand zur Weißen Burg gekommen, der diesem Maßstab standgehalten oder ihn gar übertroffen hätte. In mehr als einer

Beziehung war seit tausend Jahren niemand Vergleichbares mehr unter den Aes Sedai einhergegangen. Es war keine Weigerung, die Wahl zur Sitzenden anzunehmen, gehört worden, und doch wurde behauptet, sie hätte sich geweigert, und das mindestens zweimal. Gerüchte kursierten, sie sei einmal zehn Jahre lang aus der Burg verschwunden, weil der Saal sie zur Amyrlin machen wollte. Nicht, daß sie jemals einen Tag länger in Tar Valon verbracht hätte, als unbedingt nötig war. Man hörte in der Burg von Cadsuane, Geschichten, die die Schwestern mit Staunen erfüllten, Abenteuer, die diejenigen, die von der Stola träumten, erschauern ließen. Sie würde als Legende unter den Aes Sedai enden. Wenn sie es nicht bereits war.

Merana trug die Stola bereits über fünfundzwanzig Jahre, als Cadsuane ihren Rückzug aus der Welt verkündete, das Haar bereits recht grau, und jedermann hielt sie schon lange für tot, als weitere fünfundzwanzig Jahre später der Aiel-Krieg ausbrach. Aber bevor die Kämpfe drei Monate fortgedauert hatten, tauchte sie wieder auf, begleitet von zwei Behütern, alte Männer, die aber noch immer eisenhart waren. Es hieß, Cadsuane hätte im Laufe der Zeit mehr Behüter gehabt als die meisten anderen Schwestern Schuhe. Nachdem die Aiel aus Tar Valon abgezogen waren, zog auch sie sich erneut zurück, aber einige behaupteten nachdrücklich, daß Cadsuane niemals sterben würde, solange auch nur ein Funke Abenteuer in der Welt bestehen blieb.

Solchen Unsinn plappern Novizinnen, ermahnte sich Merana energisch. *Selbst wir sterben schließlich*. Und doch war Cadsuane noch immer Cadsuane. Und wenn sie nicht eine jener Schwestern war, die nach al'Thors Ergreifung in der Stadt aufgetaucht waren, würde die Sonne heute abend nicht untergehen. Merana hob ihre Hände, um die Stola zu richten, und erkannte, daß diese in ihrem Zimmer an einem Haken hing. Lächerlich. Sie brauchte keine Erinnerungen daran, wer sie war. Wenn es nur jemand anderer als Cadsuane gewesen wäre ...

Zwei Weise Frauen standen am Eingang eines Korridors und beobachteten ihr Vorübergehen, kalte helle Augen in steinernen Gesichtern unter dunklen Kopftüchern. Edarra und Leyn. Beide konnten die Macht recht stark lenken. Sie hätten hohe Positionen erreichen können, wenn sie als Mädchen zur Burg gekommen wären. Cadsuane ging vorbei, scheinbar ohne die Mißbilligung der Wilden zu bemerken. Annoura bemerkte sie jedoch sehr wohl, runzelte die Stirn und murrte, und die dünnen Zöpfe schwangen, als sie den Kopf schüttelte. Merana hielt den Blick auf die Bodenfliesen gerichtet.

Es würde jetzt zweifellos ihr zufallen, Cadsuane den ... Kompromiß zu erklären, der gestern abend mit den Weisen Frauen ausgehandelt worden war, bevor sie und die anderen zum Palast gebracht wurden. Annoura wußte nichts davon – sie hatte nicht daran teilgehabt –, und Merana besaß nur wenig Hoffnung, daß Rafela oder Verin oder sonst jemand auftauchen würde, dem sie diese Aufgabe irgendwie zuschieben könnte. Es *war* in gewisser Weise ein Kompromiß, und vielleicht der beste, der unter diesen Umständen zu erreichen war, aber sie bezweifelte sehr, daß Cadsuane es genauso sehen würde. Sie wünschte, sie brauchte nicht diejenige zu sein, die sie überzeugen mußte. Lieber diesen verfluchten Männern einen Monat lang Tee eingießen. Sie wünschte, sie hätte nicht so offen mit dem jungen al'Thor gesprochen. Zu wissen, warum er sie gezwungen hatte, Tee zu servieren, war kein Trost dafür, von jedem Vorteil ausgeschlossen zu sein, den sie vielleicht dadurch hätte erringen können. Sie wollte lieber glauben, sie sei in irgendeinem aus dem Muster hervorwirbelnden *Ta'veren* gefangen, als damit leben zu müssen, daß die Augen eines jungen Mannes, die wie glänzende, blau-graue Edelsteine waren, sie aus purer Angst hatten stammeln lassen, aber wie dem auch sei – sie hatte ihm jeglichen Vorteil auf einem Tablett serviert. Sie wünschte ...

Wünsche waren Kindern vorbehalten. Sie hatte zahllose Verträge ausgehandelt, von denen viele die in sie gesetzten Erwartungen tatsächlich erfüllt hatten. Sie hatte drei Kriege beendet und ein Dutzend weitere verhindert, hatte Königen und Königinnen und Generälen gegenübergestanden und sie zur Einsicht gebracht. Dennoch ... sie merkte, daß sie innerlich das Versprechen gab, kein Wort der Klage zu äußern, gleichgültig, wie oft dieser Mann sie die Dienerin spielen ließ, wenn nur Seonid oder Masuri oder Faeldrin oder sonst jemand um die nächste Ecke kommen würde. Licht! Wenn sie nur blinzeln und feststellen könnte, daß alle Geschehnisse seit dem Verlassen Salidars nur ein böser Traum gewesen waren.

Überraschenderweise führte Cadsuane sie direkt zu dem kleinen Raum, den sich Bera und Kiruna teilten, tief im Innern des Palasts, wo die Diener lebten. Ein schmales, hoch in der Wand eingelassenes, auf gleicher Ebene mit den Pflastersteinen des Hofes draußen befindliches Fenster ließ ein wenig Licht herein, aber der Raum schien dennoch finster. Jacken und Satteltaschen und einige wenige Kleidungsstücke hingen an in den aufgeplatzten, vergilbenden Putz eingeschlagenen Haken. Scharten verunzierten den bloßen Holzfußboden, obwohl einige Mühe darauf verwandt worden war, sie zu glätten. Ein kleiner, abgenutzter runder Tisch stand in einer Ecke und ein gleichermaßen abgenutzter Waschtisch in einer anderen, mit abgeschlagenem Becken und Wasserkrug. Merana betrachtete das schmale Bett. Es war nicht wesentlich schmaler als dasjenige, das sie sich, zwei Türen weiter, mit Seonid *und* Masuri teilen mußte.

Der Raum war in beiden Richtungen vielleicht einen Schritt größer, aber nicht für drei Menschen gedacht. Coiren und die anderen noch immer in den Aiel-Zelten Festgehaltenen hatten es als Gefangene wahrscheinlich weitaus bequemer.

Weder Bera noch Kiruna waren da, aber Daigian, eine schwerfällige, blasse Frau, die eine dünne Silberkette in ihrem langen schwarzen Haar trug, mit einem runden Mondstein, der in der Mitte ihrer Stirn baumelte. Ihr dunkles, cairhienisches Gewand wies vier schmale Farbstreifen auf dem Leibchen auf, und sie hatte zusätzlich Schlitze in den Röcken – weiße Schlitze für ihre Ajah. Als jüngere Tochter eines der geringerwertigen Häuser hatte sie Merana stets an eine Kropftaube erinnert. Als Cadsuane eintrat, richtete sich Daigian erwartungsvoll auf die Zehen auf.

Es gab nur einen Stuhl in dem Raum, eher ein Schemel ohne Rückenlehne. Cadsuane nahm ihn und seufzte. »Tee, bitte. Noch zwei Schlucke von dem, was dieser Junge eingegossen hat, und ich könnte meine Zunge zum Schuhebesohlen benutzen.«

Plötzlich umgab das Schimmern *Saidars* Daigian – wenn auch nur schwach –, und eine verbeulte Teekanne stieg vom Tisch auf. Feuerstränge erhitzten das Wasser, während sie eine kleine, messingbeschlagene Teekiste öffnete.

Da es keine andere Sitzgelegenheit gab, ließ sich Merana auf dem Bett nieder und richtete ihre Röcke, während sie ihre Gedanken zu ordnen versuchte. Dies könnten genauso wichtige Verhandlungen werden wie alle anderen, die sie jemals unternommen hatte. Kurz darauf gesellte sich Annoura zu ihr und kauerte sich auf den Rand der Matratze.

»Ich entnehme Eurer Anwesenheit, Merana«, sagte Cadsuane plötzlich, »daß die Geschichten, der Junge habe sich Elaida ergeben, falsch sind. Seid nicht so überrascht, Kind. Habt Ihr geglaubt, ich wüßte nichts von Euren ... Verbindungen?« Sie sprach das Wort auf eine Art aus, die es genauso unflätig klingen ließ wie die Flüche jedes Soldaten. »Und Ihr, Annoura?«

»Ich bin nur als Berelains Beraterin hier, obwohl sie meinen Rat in Wahrheit nicht vorrangig beachtet.« Die Tarabonerin hielt den Kopf hoch erhoben und sprach mit zuversichtlicher Stimme. Sie rieb jedoch nervös ihre Daumen. Sie würde keine gute Figur am Verhandlungstisch machen, wenn sie so durchschaubar war. »Was das übrige betrifft«, fügte sie vorsichtig hinzu, »so habe ich noch keine Entscheidung getroffen.«

»Ein weiser Entschluß«, murmelte Cadsuane und sah bewußt Merana an. »Anscheinend haben während der letzten Jahre viel zu viele Schwestern vergessen, daß sie Verstand oder Besonnenheit besitzen. Es gab eine Zeit, als Aes Sedai ihre Entscheidungen nach ruhiger Überlegung trafen, wobei das Wohl der Burg stets im Vordergrund ihres Trachtens stand. Erinnert Euch nur, was sich das Sanche-Mädchen durch ihre Einlassung mit Rand al'Thor eingehandelt hat, Annoura. Geratet zu nahe an ein Schmiedefeuer, und ihr könnt Euch ernstlich verbrennen.«

Merana hob das Kinn an und massierte ihren Nacken, um die Anspannung zu lindern. Als sie merkte, was sie tat, zwang sie sich aufzuhören. Die Frau stand nicht so weit über ihr. Nicht wirklich. Nur höher als jede andere Schwester. »Wenn ich fragen dürfte« – zu schüchtern, aber es wäre noch schlimmer, abzubrechen und erneut zu beginnen – »welche Absichten Ihr verfolgt, Cadsuane?« Sie kämpfte um ihre Würde. »Ihr habt Euch offensichtlich ... abseits gehalten ... bis jetzt. Warum habt Ihr beschlossen, Euch ... al'Thor zu diesem speziellen Zeitpunkt zu ... nähern? Ihr seid ... eher undiplomatisch ... mit ihm umgegangen.«

»Ihr hättet ihn genausogut ins Gesicht schlagen können«, warf Annoura ein, und Merana errötete. Annoura hätte es von ihnen beiden mit Cadsuane weitaus schwerer haben sollen, aber sie hatte keine Hemmungen, ihre Meinung zu sagen.

Cadsuane schüttelte mitleidig den Kopf. »Wenn Ihr erkennen wollt, aus welchem Holz ein Mann geschnitzt ist, greift ihn aus einer Richtung an, die er nicht erwartet. Ich glaube, dieser Junge hat ein gutes Potential, aber er wird Schwierigkeiten machen.« Sie legte ihre Fingerspitzen aneinander und schaute sinnend daran vorbei zur Wand. »Ihm wohnt ein Zorn inne, der die Welt verbrennen könnte, und er hält diesen Zorn an einem hauchdünnen Zaum. Bringt ihn zu sehr aus dem Gleichgewicht ... Puh! Al'Thor ist noch nicht so hart wie Logain Ablar oder Mazrim Taim, aber hundertmal so schwierig, fürchte ich.« Diese drei Namen zusammen genannt zu hören, ließ Merana die Zunge am Gaumen kleben.

»Ihr habt Logain und Taim beide gesehen?« fragte Annoura erstaunt. »Taim folgt al'Thor, soweit ich gehört habe.« Merana unterdrückte ein erleichtertes Seufzen. Die Geschichten über die Quellen von Dumai hatten sich noch nicht verbreiten können. Aber sie würden es.

»Ich habe auch Ohren, um Gerüchte aufzuschnappen, Annoura«, sagte Cadsuane bissig. »Obwohl ich mir manchmal aufgrund dessen, was ich über diese beiden höre, wünschte, es wäre nicht so. All meine Arbeit wird verdorben und muß neu gemacht werden. Und die anderer ebenso, aber ich habe meinen Anteil geleistet. Und dann sind da diese Schwarzmäntel, diese Asha'man.« Sie nahm von Daigian einen Becher entgegen, lächelte freundlich und murmelte ihren Dank. Die pausbäckige Weiße schien einen Hofknicks vollführen zu wollen, zog sich aber dann in eine Ecke zurück und faltete die Hände. Sie war länger eine Novizin – und eine Aufgenommene – gewesen als jede andere, an die man sich noch erinnerte, war gerade so in der Burg geduldet worden und hatte den Ring nur um Fingernagel- und die Stola nur um Wimpernbreite erlangt. Daigian war in Gegenwart anderer Schwestern stets zurückhaltend.

Cadsuane blies den Dampf von ihrem Teebecher und fuhr, plötzlich munter plaudernd, fort: »Logain war es, der mich, praktisch auf meiner Türschwelle, von meinen Rosen fortgelockt hat. Puh! Selbst eine Balgerei auf einem Schafmarkt hätte mich von diesen Licht-verfluchten Pflanzen fortlocken können. Was nützt es, die Macht zu benutzen, aber tut es ohne sie, und ihr züchtet zehntausend Dornen... Ich hatte tatsächlich erwogen, den Eid der Jägerin zu leisten, wenn der Rat der Neun es erlauben würde. Nun, es waren einige schöne Monate der Jagd nach Logain, aber als er erst gefangengenommen war, erschien mir seine Begleitung nach Tar Valon genauso wie diese Rosen. Ich bin ein wenig umhergewandert, um zu sehen, was ich finden könnte, vielleicht einen neuen Behüter, obwohl es vermutlich ein wenig spät dafür ist. Dann hörte ich von Taim, und ich eilte, so schnell ich reiten konnte, nach Saldaea. Es gibt nichts Unterhaltsameres als einen Mann, der die Macht lenken kann.« Plötzlich wurden ihre Stimme und ihr Blick härter. »Hatte von Euch jemand mit dieser... Widerwärtigkeit... unmittelbar nach dem Aiel-Krieg zu tun?«

Merana zuckte gegen ihren Willen verwirrt zusammen. Die Blicke der anderen Frauen sprachen vom Block und der Axt des Henkers. »Welche Widerwärtigkeit? Ich weiß nicht, wovon Ihr sprecht.«

Der anklagende Blick traf Annoura so hart, daß sie fast vom Bett fiel. »Der Aiel-Krieg?« keuchte sie und beruhigte sich wieder. »Ich habe die nachfolgenden Jahre mit dem Bestreben verbracht, die sogenannte Große Koalition zu mehr als nur Worten zu machen.«

Merana sah Annoura neugierig an. Viele Mitglieder

der Grauen Ajah waren nach dem Krieg in dem nutzlosen Versuch von Hauptstadt zu Hauptstadt geeilt, das Bündnis zusammenzuhalten, das sich gegen die Aiel gebildet hatte, aber sie hatte nicht gewußt, daß Annoura dazugehört hatte. Dann konnte sie keine so gute Vermittlerin sein. »Ich ebenfalls«, sagte sie. Würde ... seit sie al'Thor von Caemlyn aus gefolgt war, hatte sie nicht mehr viel davon bewahrt. Und die wenigen verbliebenen Reste waren zu kostbar, um sie zu verlieren. Sie hielt ihre Stimme ruhig und fest. »Von welcher Widerwärtigkeit sprecht Ihr, Cadsuane?«

Die grauhaarige Frau winkte einfach nur ab, als hätte sie das Wort niemals ausgesprochen.

Merana fragte sich einen Moment, ob Cadsuanes Geist vielleicht verwirrt war. Sie hatte niemals gehört, daß einer Schwester dergleichen zugestoßen wäre, aber die meisten Aes Sedai ziehen sich am Ende ihres Lebens zurück, weit von den Intrigen und Turbulenzen fort, die nur Schwestern jemals kennenlernen. Und ebensooft auch weit von anderen Menschen fort. Wer konnte wissen, was sie vor dem Ende befiel? Wenn man aber diesen klaren, steten Blick bedachte, der ihr zugeworfen wurde, nahm man schnell von dieser Annahme Abstand. Wie dem auch sei – eine zwanzig Jahre zurückliegende Widerwärtigkeit, was auch immer es gewesen sein mochte, konnte sich gewiß nicht mit dem messen, dem sich die Welt jetzt gegenübersah. Und Cadsuane hatte ihre ursprünglichen Fragen noch immer nicht beantwortet. Was hatte sie vor? Und warum jetzt?

Bevor Merana erneut fragen konnte, öffnete sich die Tür, und Bera und Kiruna wurden von Corele Hovian hereingetrieben, eine jungenhafte, schlanke Gelbe mit dichten schwarzen Augenbrauen und einer Mähne rabenschwarzen Haars, das ihr ein wildes Aussehen verlieh, gleichgültig, wie ordentlich sie sich kleidete – und sie kleidete sich stets wie für einen Volkstanz, mit viel

Stickerei an Ärmeln und Leibchen und an den Seiten ihrer Röcke. Es war kaum Platz, sich zu bewegen, da sich so viele Menschen auf diesem beschränkten Raum befanden. Corele wirkte stets belustigt, was auch immer geschehen mochte, aber jetzt lächelte sie breit, halbwegs ungläubig und halbwegs offenem Gelächter nahe. Kirunas Augen blitzten in einem Gesicht erstarrter Überheblichkeit, während Bera aufgebracht war, den Mund fest zusammenpreßte und die Stirn furchte. Bis sie Cadsuane sahen. Merana vermutete, daß es für sie so sein mußte, wie es für sie wäre, wenn sie plötzlich Alind Dyfelle oder Sevlana Meseau oder auch Mabriam en Shereed von Angesicht zu Angesicht gegenüberstünde. Ihre Augen traten hervor, und Kirunas Kinn sank herab.

»Ich dachte, Ihr wärt tot«, keuchte Bera.

Cadsuane schnaubte verärgert. »Ich kann es allmählich nicht mehr hören. Der nächste Schwachsinnige, der das sagt, wird eine Woche lang schreien.« Annoura betrachtete angestrengt ihre Schuhspitzen.

»Ihr werdet niemals vermuten, wo ich diese beiden fand«, sagte Corele in ihrem rhythmischen murandianischen Akzent. Sie tippte seitlich an ihre hocherhobene Nase, wie sie es tat, wenn sie einen Witz erzählen wollte oder etwas, was sie als Witz ansah. Beras Wangen röteten sich und Kirunas Wangen noch stärker. »Bera saß bescheiden wie eine Maus unter den Augen eines halben Dutzends dieser Aiel-Wilden, die mir vollkommen dreist erklärten, sie könnte nicht mit mir kommen, bis Sorilea – oh, diese Frau verschafft einem wirklich Alpträume – ich könnte Bera also nicht mitnehmen, bis Sorilea mit ihrer Privatunterhaltung mit dem *anderen* Lehrling fertig wäre, unserem Liebling Kiruna hier.«

Kiruna und Bera erröteten noch stärker und konnten niemanden ansehen. Sogar Daigian betrachtete sie.

Erleichterung durchströmte Merana in wunderbaren

Wogen. Es würde nicht ihr zufallen zu erklären, wie die Weisen Frauen die Befehle dieses elenden al'Thor ausgelegt hatten, daß die Schwestern ihnen gehorchen sollten. Sie waren keine richtigen Lehrlinge. Sie wurden natürlich nicht unterrichtet. Was konnte eine große Anzahl Wilde Aes Sedai lehren? Die Weisen Frauen wußten nur gern, wo jedermann hinpaßte. Nur? Bera oder Kiruna könnten erzählen, wie al'Thor gelacht – gelacht! – und gesagt hatte, es mache für ihn keinen Unterschied, und er erwarte, daß sie *gehorsame* Schüler seien. Niemand beugte gern den Kopf, Kiruna am wenigsten von allen.

Cadsuane forderte jedoch keine Erklärungen. »Laßt mich sehen, ob ich alles richtig verstanden habe. Ihr Kinder, die Ihr Euch gegen eine rechtmäßig erhobene Amyrlin auflehnt, habt Euch jetzt irgendwie mit diesem al'Thor-Jungen verbündet, und wenn Ihr Befehle von diesen Aiel-Frauen annehmt, nehmt Ihr seine vermutlich auch an.« Sie schüttelte den Kopf, blickte in ihre Teetasse und sah dann die beiden wieder an. »Nun, was bedeutet schon ein weiterer Verrat? Der Saal kann Euch als Strafe auf Knien von hier bis Tarmon Gai'don kriechen lassen, aber sie können Euch nur einmal den Kopf abreißen. Was ist mit den anderen, draußen im Aiel-Lager? Vermutlich alle Anhänger Elaidas. Lassen sie sich auch ... *ausbilden*? Niemand von uns wurde näher herangelassen als bis zur ersten Zeltreihe. Diese Aiel scheinen die Aes Sedai nicht zu mögen.«

»Ich weiß es nicht, Cadsuane«, antwortete Kiruna mit solch hochrotem Gesicht, daß sie fast zu entflammen schien. »Wir wurden getrennt gehalten.« Meranas Augen weiteten sich. Sie hatte Kiruna noch niemals zuvor ehrerbietig klingen hören.

Bera atmete tief ein. Sie stand bereits sehr gerade, schien sich aber für eine unangenehme Aufgabe noch gerader zu machen. »Elaida ist nicht ...«, begann sie erregt.

»Elaida ist überehrgeizig, soweit ich es beurteilen kann«, unterbrach Cadsuane sie und beugte sich so jäh vor, daß Merana und Annoura beide auf dem Bett zurückwichen, obwohl Cadsuane sie nicht ansah, »und sie beschwört vielleicht eine Katastrophe herauf, aber sie ist noch immer der Amyrlin-Sitz, vom Saal der Burg in voller Übereinstimmung mit den Gesetzen der Burg erhoben.«

»Wenn Elaida eine rechtmäßige Amyrlin ist – warum habt Ihr dann ihrem Befehl zur Rückkehr nicht gehorcht?« Beras mangelnde Gemütsruhe war nur daran zu erkennen, wie ruhig ihre Hände auf ihren Röcken ruhten. Nur die bemühte Anstrengung, sich nicht in die Röcke zu krallen oder sie zu glätten, konnte sie so ruhig halten.

»Also hat eine von Euch ein wenig Rückgrat bewiesen.« Cadsuane lachte leise, aber ihre Augen wirkten keineswegs heiter. Sie lehnte sich zurück und trank ihren Tee. »Jetzt setzt Euch. Ich habe sehr viele Fragen.«

Merana und Annoura erhoben sich und boten ihre Plätze auf dem Bett an, aber Kiruna stand nur da und betrachtete Cadsuane besorgt, und Bera schaute ihre Freundin an und schüttelte dann den Kopf. Corele rollte ihre blauen Augen und grinste aus irgendeinem Grund breit, aber Cadsuane kümmerte es anscheinend nicht.

»Die Hälfte der Gerüchte, die ich gehört habe«, sagte sie, »betreffen den Umstand, daß die Verlorenen angeblich freigekommen sind. Es wäre kaum überraschend, wenn man alles andere bedenkt, aber habt Ihr irgendwelche Beweise für oder gegen dieses Gerücht?«

Merana war froh, sich hinsetzen zu können. Sie wußte schon bald, wie sich Wäsche fühlte, die durch die Mangel gedreht wurde. Cadsuane übernahm alle Fragen und sprang von Thema zu Thema, so daß man niemals wußte, was als nächstes kam. Corele bewahrte, außer daß sie manchmal kicherte oder hin und wieder den

Kopf schüttelte, ihre Ruhe, doch Daigian gelang natürlich nicht einmal das. Merana erwischte es am schlimmsten, sie und Kiruna und Bera, aber auch Annoura wurde gewiß nicht verschont. Jedes Mal, wenn sich Berelains Beraterin entspannte und glaubte, sie wäre befreit, setzte Cadsuane ihr erneut zu.

Die Frau wollte alles wissen, von al'Thors Autorität über die Aiel bis zu dem Grund, warum eine Meervolk-Herrin der Wogen im Fluß ankerte, von der Frage, ob Moiraine wirklich tot war bis zu dem Thema, ob der Junge tatsächlich das Schnelle Reisen wiederentdeckt hatte und ob Berelain mit ihm geschlafen hatte oder Absichten in dieser Richtung hegte. Was Cadsuane von den Antworten hielt, konnte man nicht sagen – bis auf das eine Mal, als sie erfuhr, daß Alanna sich mit al'Thor verbunden hatte und wie sie es getan hatte. Da preßte sie den Mund zusammen und bohrte mit ihrem Blick stirnrunzelnd ein Loch in die Wand, aber während alle anderen Abscheu erwarteten, erinnerte Merana sich daran, daß Cadsuane gesagt hatte, sie hätte selbst erwogen, sich einen weiteren Behüter zu nehmen.

Zu häufig waren die Antworten unzureichend, aber zu sagen, man wüßte etwas nicht, konnte Cadsuanes Wißbegier nicht stillen. Sie erfragte jedes einzelne Stückchen und Teilchen, das man wußte, selbst wenn man nicht wußte, daß man es wußte. Es gelang ihnen, einige Informationen zurückzuhalten, wenigstens das meiste von dem, was zurückgehalten werden mußte, aber einige überraschende Dinge kamen doch heraus, sogar von Annoura, die, wie sich herausstellte, fast von dem Tage an, als sie nach Norden geritten war, ausführliche Briefe von Berelain erhalten hatte. Cadsuane forderte Antworten, gab aber selbst keine, und das machte Merana besorgt. Sie beobachtete, wie die Gesichter verbissen und abwehrend wurden und fragte sich, ob ihr Gesicht einen ähnlichen Ausdruck aufwies.

»Cadsuane.« Es war keine weitere Bemühung nötig. »Warum habt Ihr Euch entschlossen, Euch jetzt für al'Thor zu interessieren?« Ein steter Blick begegnete dem ihren einen Augenblick lang, und dann wandte Cadsuane ihre Aufmerksamkeit Bera und Kiruna zu.

»Also ist es ihnen tatsächlich gelungen, ihn aus dem Palast zu entführen«, sagte die grauhaarige Frau und hielt Daigian ihren leeren Becher hin, damit sie ihn erneut füllte. Niemandem sonst war Tee angeboten worden. Cadsuanes Gesichtsausdruck und Tonfall waren so neutral, daß Merana sich am liebsten die Haare gerauft hätte. Al'Thor wäre nicht erfreut zu erfahren, daß Kiruna die Entführung offenbart hatte, wie unbeabsichtigt auch immer. Cadsuane benutzte jeden Versprecher dazu, mehr aus einem herauszupressen, als man sagen wollte. Zumindest hatte Kiruna keine Einzelheiten seiner Behandlung verraten. Er hatte deutlich gemacht, wie wenig es ihm gefallen würde, wenn dies geschähe. Merana dankte dem Licht, daß die Frau kein Thema lange verfolgte.

»Seid Ihr sicher, daß es Taim war? Und Ihr seid sicher, daß diese Schwarzmäntel nicht zu Pferde angekommen sind?« Bera antwortete widerwillig und Kiruna mürrisch. Sie waren so sicher, wie sie sein konnten. Niemand hatte die Asha'man tatsächlich kommen oder gehen sehen, und die Öffnung, die sie alle hierherbrachte, hätte von al'Thor gestaltet sein können. Was Cadsuane natürlich überhaupt nicht zufriedenstellte.

»Denkt nach! Ihr seid keine albernen Mädchen mehr, oder solltet es zumindest nicht mehr sein. Puh! Ihr müßt etwas bemerkt haben.«

Merana fühlte sich schlecht. Sie und die anderen hatten die halbe Nacht darüber gestritten, was ihr Eid bedeutete, bevor sie beschlossen, daß er genau das bedeutete, was sie gesagt hatten, ohne Hintertürchen, durch das man entkommen konnte. Schließlich räumte sogar

Kiruna ein, daß sie al'Thor genauso verteidigen und unterstützen wie ihm gehorchen mußten und daß sie keinen Deut davon abrücken durften. Was das verheißen mochte, wenn Elaida und ihre Getreuen dazu kamen, kümmerte wirklich niemanden. Zumindest gab niemand irgendeine diesbezügliche Sorge zu. Die reine Tatsache dessen, was sie beschlossen hatten, war überwältigend genug. Aber Merana fragte sich, ob Bera oder Kiruna schon erkannt hatten, was sie erkannt hatte. Sie könnten sich plötzlich einer Legende gegenübersehen, ganz zu schweigen von den Schwestern außer Corele und Daigian, die ihr zu folgen beschlossen hatten. Schlimmer noch... Cadsuanes Blick ruhte einen Moment auf ihr, verriet nichts, forderte aber alles. Schlimmer noch... Merana zweifelte nicht daran, daß Cadsuane das sehr wohl wußte.

Min eilte die Palastgänge entlang, ohne auf die Grüße eines halben Dutzends von Töchtern des Speers zu achten, die sie kannte, lief ohne Antwort einfach vorbei und dachte nicht darüber nach, daß sie unhöflich war. Es war nicht leicht, in Absatzstiefeln zu laufen. Welch törichte Dinge Frauen für Männer taten! Nicht daß Rand sie gebeten hätte, die Stiefel zu tragen, aber sie hatte sie zum ersten Mal mit dem Gedanken an ihn angezogen, und sie hatte ihn lächeln sehen. Er mochte die Stiefel. Licht, was tat sie, daß sie über Stiefel nachdachte! Sie hätte niemals zu Colavaeres Räumen gehen sollen. Sie zitterte, blinzelte unvergossene Tränen zurück und begann jetzt wirklich zu laufen.

Wie üblich, kauerte eine Anzahl Töchter des Speers auf den Fersen neben den hohen Türen mit den vergoldeten aufgehenden Sonnen. Ihre *Shoufas* hingen um ihre Schultern und die Speere lagen über ihren Knien, und doch wirkten sie nicht nachlässig. Sie waren Leoparden, die auf Beute lauerten. Normalerweise bereiteten

Töchter des Speers Min Unbehagen, auch wenn sie recht freundlich waren. Heute hätte es sie nicht einmal gekümmert, wenn sie verschleiert gewesen wären.

»Er ist schlecht gelaunt«, warnte Riallin sie, machte aber keinerlei Anstalten, Min aufzuhalten. Min war eine der wenigen, denen es erlaubt war, Rand ohne Ankündigung aufzusuchen. Sie richtete ihre Jacke und versuchte, sich zu beruhigen. Sie konnte nicht genau sagen, warum sie gekommen war. Nur daß Rand ihr Sicherheit gab. Verdammt sei er! Sie hatte niemals zuvor jemanden gebraucht, um sich sicher zu fühlen.

Unmittelbar hinter der Tür blieb sie entsetzt stehen und schob sie dann mechanisch hinter sich zu. Der Raum war ein Schlachtfeld. Ein paar glänzende Scherben hingen noch in einigen Spiegelrahmen, aber das meiste Glas lag zerschmettert über den Boden verstreut. Das Podest war umgestürzt, der Thron, der darauf gestanden hatte, war gegen eine Wand geschleudert worden und bestand nur noch aus vergoldeten Bruchstücken. Einer der Kandelaber, die unter dem Gold aus schwerem Eisen bestanden, war ringförmig verbogen. Rand saß in Hemdsärmeln in einem der kleineren Sessel, die Arme herabbaumelnd, den Kopf zurückgelehnt, und starrte zur Decke. Starrte ins Leere. Bilder tanzten um ihn herum, und farbige Auren zuckten und flammten auf. Er war darin wie Aes Sedai. Min brauchte keine Feuerwerker, wenn Rand oder eine Aes Sedai in der Nähe waren. Er bewegte sich nicht, als sie weiter in den Raum hineinging. Er schien sie überhaupt nicht zu bemerken. Spiegelglasscherben knirschten unter ihren Stiefeln. Er schien wirklich schlecht gelaunt.

Sie empfand dennoch keine Angst. Nicht vor ihm. Sie konnte sich nicht einmal annähernd vorstellen, daß Rand ihr schaden könnte. Sie empfand genug für ihn, daß sie die Erinnerung an Colavaeres Räume fast aus ihrer Erinnerung löschen konnte. Sie hatte sich schon lange damit abgefunden, hoffnungslos verliebt zu sein. Nichts sonst zählte, nicht, daß er ein einfacher Bauernjunge oder daß er jünger als sie war und auch nicht, wer oder was er war oder daß er zum Wahnsinn verdammt war und sterben würde, wenn er nicht vorher getötet wurde. *Es macht mir nicht einmal etwas aus, ihn teilen zu müssen,* dachte sie und erkannte, wie sehr sie gefangen war, wenn sie sich selbst belügen konnte. Sie mußte sich zwingen, das zu akzeptieren. Elayne hatte Anteil an ihm, einen Anspruch auf ihn, und ebenso diese Aviendha, die sie noch kennenlernen würde. Man muß mit dem leben, was man nicht verbessern kann, hatte ihre Tante Jan stets gesagt. Besonders wenn man weich geworden ist. Licht, sie war immer stolz darauf gewesen, ihren Verstand beisammen zu haben.

Sie blieb neben einem der Sessel stehen, in dessen hölzerne Rückenlehne das Drachenszepter so tief eingedrungen war, daß seine Spitze auf der anderen Seite fast eine Handbreit herausragte. Sie liebte einen Mann, der nichts davon wußte und der sie fortschicken würde, falls er es jemals merken sollte. Ein Mann, bei dem sie sicher war, daß er sie auch liebte. Und ebenso Elayne und diese Aviendha. Aber das war nur ein flüchtiger Gedanke. Was man nicht verbessern konnte ... Er liebte sie und weigerte sich, es einzugestehen. Glaubte er, daß er die Frau, die er liebte, auch töten müßte, nur weil der wahnsinnige Lews Therin Telamon das getan hatte?

»Ich bin froh, daß du gekommen bist«, sagte er unvermittelt, während er noch immer zur Decke starrte. »Ich habe hier allein gesessen. Allein.« Er lachte verbittert auf. »Herid Fel ist tot.«

»Nein«, flüsterte sie, »nicht dieser reizende kleine alte Mann.« Ihre Augen brannten.

»Er wurde zerfetzt.« Rands Stimme klang so müde. So leer. »Idrien fiel in Ohnmacht, als sie ihn fand. Sie lag die halbe Nacht wie erstarrt da und war noch leicht verwirrt, als sie schließlich aufwachte. Eine der anderen Frauen in der Schule gab ihr ein Schlafmittel. Sie war deshalb verlegen. Als sie zu mir kam, fing sie erneut an zu weinen, und ... Es muß Schattengezücht gewesen sein. Was sonst könnte einen Menschen in alle einzelnen Gliedmaße zerreißen?« Ohne den Kopf zu heben, schlug er so fest mit der Faust auf die Sessellehne, daß das Holz knarrte. »Aber warum? Warum wurde er getötet? Was hätte er mir erzählen können?«

Min versuchte nachzudenken. Sie dachte wahrhaftig nach. Meister Fel war ein Philosoph gewesen. Er und Rand hatten – angefangen von der Bedeutung der Prophezeiung des Drachen bis zur Beschaffenheit der Öffnung im Gefängnis des Dunklen Königs – über alles diskutiert. Er ließ Min Bücher ausleihen, faszinierende Bücher, besonders wenn sie ihre Bedeutung mühsam herausfinden mußte. Er war ein Philosoph gewesen. Er würde ihr niemals wieder ein Buch ausleihen. Solch ein freundlicher alter Mann, in eine Welt der Gedanken eingehüllt und erschreckt, wenn er etwas außerhalb dieser Welt wahrnahm. Sie hütete eine Notiz, die er für Rand geschrieben hatte. Er hatte gesagt, Min sei hübsch, und sie verwirre ihn. Und jetzt war er tot. Licht, sie hatte schon zu viele Tode erlebt.

»Ich hätte es dir nicht sagen sollen, nicht so.«

Sie zuckte zusammen. Sie hatte nicht gehört, daß Rand den Raum durchquert hatte. Seine Finger streichelten ihre Wange. Wischten Tränen fort. Sie weinte.

»Es tut mir leid, Min«, sagte er sanft. »Ich bin kein sehr netter Mensch mehr. Ein Mann ist für mich gestorben, und alles, was ich tun kann, ist, mir Gedanken darüber zu machen, warum er getötet wurde.«

Sie warf die Arme um ihn und barg ihr Gesicht an seiner Brust. Sie konnte nicht aufhören zu weinen. Sie konnte nicht aufhören zu zittern. »Ich bin zu Colavaeres Räumen gegangen.« Bilder flammten in ihrem Kopf auf.

Das leere Wohnzimmer, alle Diener fort. Das Schlafzimmer. Sie wollte sich nicht erinnern, aber jetzt, wo sie damit begonnen hatte, konnte sie die hervorsprudelnden Worte nicht mehr aufhalten. »Ich dachte, da du jetzt hier im Exil bist, gäbe es vielleicht einen Weg, die Vision zu verhindern, die ich von ihr hatte.« Colavaere hatte offensichtlich ihr bestes Gewand getragen, dunkle, glänzende Seide mit edler, vom Alter elfenbeinfarbener Sovarra-Spitze verziert. »Ich dachte, einmal müßte es nicht so sein. Du bist ein *Ta'veren*. Du kannst das Muster ändern.« Colavaere hatte eine Halskette und Armbänder aus Smaragden und Feuertropfen angelegt und Ringe mit Perlen und Rubinen, gewiß ihre besten Juwelen, und gelbe Diamanten hatten ihr Haar geschmückt, eine hübsche Nachahmung der Krone von Cairhien. Ihr Gesicht... »Sie war in ihrem Schlafzimmer. Hing von einem der Bettpfosten herab.« Hervorstehende Augen und eine heraushängende Zunge in einem geschwärzten, aufgeschwemmten Gesicht. Die Zehen einen Fuß über dem umgestürzten Stuhl. Min sank hilflos schluchzend gegen ihn.

Er legte sanft die Arme um sie. »Oh, Min, deine Gabe bereitet dir mehr Qualen als Vergnügen. Ich würde dir den Schmerz nehmen, wenn ich könnte, Min. Ich würde es tun.«

Es drang langsam zu ihr durch, daß auch er zitterte. Licht, er versuchte eisenhart zu sein, was der Wiedergeborene Drache seiner Meinung nach sein mußte, aber es schmerzte ihn, wenn jemand wegen ihm starb, bei Colavaere wahrscheinlich nicht weniger als bei Fel. Er blutete für jedermann, der verletzt wurde, und versuchte vorzugeben, daß dem nicht so war.

»Küß mich«, murmelte sie. Als er sich nicht regte, schaute sie auf. Er blinzelte sie unsicher an, die Augen jetzt blau, nicht mehr grau, ein Morgenhimmel. »Ich necke dich nicht.« Wie oft hatte sie ihn geneckt, auf seinem Schoß gesessen, ihn geküßt, ihn Schafhirte genannt, weil sie es nicht wagte, seinen Namen auszusprechen, aus Angst, er könnte die Zärtlichkeit hören? Er ließ es sich gefallen, weil er glaubte, sie wollte ihn *tatsächlich* necken und würde aufhören, wenn sie glaubte, daß es nicht auf ihn wirkte. Ha! Tante Jan und Tante Rana hatte gesagt, man sollte einen Mann nicht küssen, wenn man ihn nicht heiraten wollte, aber Tante Miren schien ein wenig mehr von der Welt zu wissen. Sie sagte, man sollte einen Mann nicht zu beiläufig küssen, weil sich Männer so leicht verliebten. »Ich friere innerlich, Schafhirte. Colavaere, und Meister Fel... Ich muß warme Haut spüren. Ich brauche... bitte?«

Er senkte den Kopf so langsam. Zunächst war es der Kuß eines Bruders, sanft wie Milchwasser, beruhigend, tröstend. Dann wurde es anders. Überhaupt nicht mehr beruhigend. Er versuchte, sich ihr ruckartig zu entziehen. »Min, ich kann nicht. Ich habe kein Recht...«

Sie ergriff zwei Händevoll seines Haars, zog seinen Kopf wieder herab, und nach einer kleinen Weile hörte er auf, sich zu widersetzen. Sie war sich nicht sicher, ob ihre Hände sich zuerst an seinem Hemd oder seine sich zuerst an ihrem zu schaffen machten, aber eines wußte sie genau: Wenn er jetzt auch nur versuchte aufzuhören, würde sie einen von Riallins Speeren holen – alle Speere – und ihn erstechen.

Auf ihrem Weg aus dem Sonnenpalast betrachtete Cadsuane die Aiel-Wilden so eingehend wie möglich, ohne daß es auffiel. Corele und Daigian folgten ihr schweigend. Sie kannten sie inzwischen gut genug, um sie nicht mit Geplapper zu stören, was man nicht von allen behaupten konnte, die einige Tage in Arilyns kleinem Palast rasteten, bevor sie sie weiterschickte. Viele Wilde, von denen jede die Aes Sedai wie einen fliegenumschwirrten, mit eiternden Wunden übersäten Fluch ansah. Einige Menschen betrachteten Aes Sedai mit Ehrfurcht oder Bewunderung, andere mit Angst oder Haß, aber Cadsuane hatte niemals zuvor Verachtung erlebt, nicht einmal von Weißmänteln. Dennoch sollte jedes Volk, das so viele Wilde hervorbrachte, einen Strom von Mädchen zur Burg schicken.

Bei Gelegenheit würde man sich darum kümmern müssen, und in den Krater des Verderbens mit den Bräuchen, wenn es nötig war, aber nicht jetzt. Die Neugier des al'Thor-Jungen mußte weiterhin ausreichend geweckt werden, daß er sie in seiner Nähe duldete, und er mußte ausreichend aus dem Gleichgewicht gebracht werden, daß sie ihn in die Richtung bringen konnte, die sie wollte, ohne daß er es merkte. Und alles, was dem entgegenstand, mußte auf die eine oder andere Weise kontrolliert oder unterdrückt werden. Nichts durfte ihn auf die falsche Art beeinflussen oder aufregen. Nichts.

Die glänzend schwarze Kutsche wartete hinter einem geduldigen Gespann von sechs Grauen im Hof. Ein Diener eilte herbei, um ihr den mit zwei Silbersternen auf roten und grünen Streifen bemalten Schlag zu öffnen, und verbeugte sich so tief vor ihnen dreien, daß sein kahler Kopf beinahe seine Knie berührte. Er war in Hemdsärmeln und Hose. Seit Cadsuane in den Sonnenpalast gekommen war, hatte sie noch niemanden in Livree gesehen, außer einigen Dienern in Dobraines Farben. Die Dienstboten waren zweifellos unsicher, was sie tragen sollten, und fürchteten, einen Fehler zu begehen.

»Ich könnte Elaida häuten, wenn ich sie zu fassen bekäme«, sagte sie, als die Kutsche schaukelnd anfuhr. »Dieses törichte Kind hat meine Aufgabe fast unmöglich gemacht.«

Und dann lachte sie so jäh, daß Daigian sie anstarrte, bevor sie sich unter Kontrolle bekommen konnte. Coreles Lächeln weitete sich erwartungsvoll. Keine von beiden verstand, und sie versuchte nicht zu erklären. Ihr ganzes Leben lang war der beste Weg, jemanden für etwas zu interessieren, gewesen, zu sagen, es sei unmöglich. Aber andererseits waren mehr als zweihundertsiebzig Jahre vergangen, seit sie zuletzt einer Aufgabe gegenübergestanden hatte, die sie nicht erfüllen konnte. Jetzt könnte jeder Tag ihr letzter sein, aber der junge al'Thor wäre ein passendes Ende von allem.

GLOSSAR

VORBEMERKUNG ZUR DATIERUNG

Der Tomanische Kalender (von Toma dur Ahmid entworfen) wurde ungefähr zwei Jahrhunderte nach dem Tod des letzten männlichen Aes Sedai eingeführt. Er zählte die Jahre nach der Zerstörung der Welt (NZ). Da aber die Jahre der Zerstörung und die darauf folgenden Jahre über fast totales Chaos herrschte und dieser Kalender erst gut hundert Jahre nach dem Ende der Zerstörung eingeführt wurde, hat man seinen Beginn völlig willkürlich gewählt. Am Ende der Trolloc-Kriege waren so viele Aufzeichnungen vernichtet worden, daß man sich stritt, in welchem Jahr der alten Zeitrechnung man sich überhaupt befand. Tiam von Gazar schlug die Einführung eines neuen Kalenders vor, der am Ende dieser Kriege einsetzte und die (scheinbare) Erlösung der Welt von der Bedrohung durch Trollocs feierte. In diesem zweiten Kalender erschien jedes Jahr als sogenanntes Freies Jahr (FJ). Innerhalb der zwanzig auf das Kriegsende folgenden Jahre fand der Gazareische Kalender weitgehend Anerkennung. Artur Falkenflügel bemühte sich, einen neuen Kalender durchzusetzen, der auf seiner Reichsgründung basierte (VG = Von der Gründung an), aber dieser Versuch ist heute nur noch den Historikern bekannt. Nach weitreichender Zerstörung, Tod und Aufruhr während des Hundertjährigen Krieges entstand ein vierter Kalender durch Uren din Jubai Fliegende Möwe, einem Gelehrten der Meerleute, und wurde von dem Panarchen Farede von Tarabon weiterverbreitet. Dieser Farede-Kalender zählt die Jahre der Neuen Ära (NÄ) von dem willkürlich angenommenen Ende des Hundertjährigen Kriegs an und ist während der geschilderten Ereignisse in Gebrauch.

A'dam (aidam): Ein Gerät, mit dessen Hilfe man Frauen kontrollieren kann, die die Macht lenken, und das nur von Frauen benützt werden kann, die entweder selbst die Fähigkeit besitzen, mit der Macht umzugehen, oder die das zumindest erlernen können. Er verknüpft die beiden Frauen. Der von den Seanchan verwendete Typus besteht aus einem Halsband und einem Armreif, die durch eine Leine miteinander verbunden sind. Alles besteht aus einem silbrigen Metall. Falls ein Mann, der die Macht lenken kann, mit Hilfe eines *A'dam* mit einer Frau verknüpft wird, wird das wahrscheinlich zu beider Tod führen. Selbst die bloße Berührung eines *A'dam* durch einen Mann mit dieser Fähigkeit verursacht ihm große Schmerzen, falls dieser *A'dam* von einer Frau mit Zugang zur Wahren Quelle getragen wird (*siehe auch:* Seanchan, Verknüpfung).

Aes Sedai (Aies Sehdai): Träger der Einen Macht. Seit der Zeit des Wahnsinns sind alle überlebenden Aes Sedai Frauen. Von vielen respektiert und verehrt, mißtraut man ihnen und fürchtet, ja, haßt sie weitgehend. Viele geben ihnen die Schuld an der Zerstörung der Welt, und allgemein glaubt man, sie mischten sich in die Angelegenheiten ganzer Staaten ein. Gleichzeitig aber findet man nur wenige Herrscher ohne Aes Sedai-Berater, selbst in Ländern, wo schon die Existenz einer solchen Verbindung geheimgehalten werden muß. Nach einigen Jahren, in denen sie die Macht gebrauchen, beginnen die Aes Sedai alterslos zu wirken, so daß auch eine Aes Sedai, die bereits Großmutter sein könnte, keine Alterserscheinungen zeigt, außer vielleicht ein paar grauen Haaren (*siehe auch:* Ajah; Amyrlin-Sitz; Zerstörung der Welt).

Aiel (Aiiehl): die Bewohner der Aiel-Wüste. Gelten als wild und zäh. Vor dem Töten verschleiern sie ihre Gesichter. Sie nehmen kein Schwert in die Hand, nicht einmal in tödlichster Gefahr, und sie reiten nur unter Zwang auf einem Pferd, sind aber tödliche Krieger, ob mit Waffen oder nur mit bloßen Händen. Die Aielmänner benützen für den Kampf die Bezeichnung ›der Tanz‹ und ›der Tanz der Speere‹. Sie sind in zwölf Clans zersplittert: die Chareen, die Codarra, die Daryne, die Goshien, die Miagoma, die Nakai, die Reyn, die Shaarad, die Shaido, die Shiande, die Taardad und die Tomanelle. Jeder Clan ist wiederum in Septimen eingeteilt. Manchmal sprechen sie auch von einem dreizehnten Clan, dem Clan, Den Es Nicht Gibt, den Jenn, die einst Rhuidean erbauten. Es gehört zum Allgemeinwissen, daß die Aiel einst den Aes Sedai den Dienst versagten und dieser Sünde wegen in die Aiel-Wüste verbannt wurden, und daß sie der Vernichtung anheimfallen, sollten sie noch einmal die Aes Sedai im Stich lassen (*siehe auch:* Aiel-Kriegergemeinschaften; Aiel-Wüste; Trostlosigkeit; *Gai'-schain*; Rhuidean).

Aielkrieg (976–78 NÄ): Als König Laman von Cairhien den Avendoraldera fällte, überquerten vier Clans der Aiel das Rückgrat der Welt. Sie eroberten und brandschatzten die Hauptstadt Cairhien und viele andere kleine und große Städte im Land. Der Konflikt weitete sich schnell nach Andor und Tear aus. Im allgemeinen glaubt man, die Aiel seien in der Schlacht an der Leuchtenden Mauer vor Tar Valon endgültig besiegt worden, aber in Wirklichkeit fiel König Laman in dieser Schlacht, und die Aiel, die damit ihr Ziel erreicht hatten, kehrten über das Rückgrat der Welt in ihre Heimat zurück (*siehe auch: Avendoraldera;* Cairhien; Rückgrat der Welt).

Aiel-Kriegergemeinschaften: Alle Aiel-Krieger sind Mitglieder einer von zwölf Kriegergemeinschaften. Es sind die Schwarzaugen *(Seia Doon)*, die Brüder des Adlers *(Far Aldazar Din)*, die Läufer der Dämmerung *(Rahien Sorei)*, die Messerhände *(Sovin Nai)*, die Töchter des Speers *(Far Dareis Mai)*, die Bergtänzer *(Hama N'dore)*, die Nachtspeere *(Core Darei)*, die Roten Schilde *(Aethan Dor)*, die Steinhunde *(Shae'en M'taal)*, die Donnergänger *(Sha'mad Conde)*, die Blutabkömmlinge *(Tain Shari)* und die Wassersucher *(Duahde Mahdi'in)*. Jede Gemeinschaft hat eigene Gebräuche und manchmal auch ganz bestimmte Pflichten. Zum Beispiel fungieren die Roten Schilde als Polizei. Steinsoldaten werden häufig als Nachhut bei Rückzugsgefechten eingesetzt. Die Töchter des Speers sind gute Kundschafterinnen. Die Clans der Aiel bekämpfen sich auch gelegentlich untereinander, aber Mitglieder der gleichen Gemeinschaft kämpfen nicht gegeneinander, selbst wenn ihre Clans im Krieg miteinander liegen. So gibt es jederzeit, sogar während einer offenen kriegerischen Auseinandersetzung, Kontakt zwischen den Clans (*siehe auch:* Aiel; Aiel-Wüste; *Far Dareis Mai*).

Aiel-Wüste: das rauhe, zerrissene und fast wasserlose Gebiet östlich des Rückgrats der Welt, von den Aiel auch das Dreifache Land genannt. Nur wenige Außenseiter wagen sich dorthin, nicht nur, weil es für jemanden, der nicht dort geboren wurde, fast unmöglich ist, Wasser zu finden, sondern auch, weil die Aiel sich im ständigen Kriegszustand mit allen anderen Völkern befinden und keine Fremden mögen. Nur fahrende Händler, Gaukler und die Tuatha'an dürfen sich in die Wüste begeben, und sogar ihnen gegenüber sind die Kontakte eingeschränkt, da sich die Aiel bemühen, jedem Zusammentreffen mit den Tuatha'an aus dem Weg zu gehen, die von ihnen auch als ›die Verlorenen‹ bezeichnet werden. Es sind keine Landkarten der Wüste bekannt.

Ajah: Sieben Gesellschaftsgruppen unter den Aes Sedai. Jede Aes Sedai außer der Amyrlin gehört einer solchen Gruppe an. Sie unterscheiden sich durch ihre Farben: Blaue Ajah, Rote Ajah, weiße Ajah, Grüne Ajah, Braune Ajah, Gelbe Ajah und Graue Ajah. Jede Gruppe folgt ihrer eigenen Auslegung in bezug auf die Anwendung der Einen Macht und die Existenz der Aes Sedai. Zum Beispiel setzen die Roten Ajah all ihre Kraft dazu ein, Männer zu finden und zu beeinflussen, die versuchen, die Macht auszuüben. Eine Braune Ajah andererseits leugnet alle Verbindung zur Außenwelt und verschreibt sich ganz der Suche nach Wissen. Die Weißen Ajah meiden soweit wie möglich die Welt und das weltliche Wissen und widmen sich Fragen der Philosophie und Wahrheitsfindung. Die Grünen Ajah (die man während der Trolloc-Kriege auch Kampf-Ajah nannte) stehen bereit, jeden neuen Schattenlord zu bekämpfen, wenn Tarmon Gai'don naht. Die Gelben Ajah konzentrieren sich auf alle Arten der Heilkunst. Die Blauen beschäftigen sich vor allem mit der Rechtsprechung. Die Grauen sind die Mittler, die sich um Harmonie und Übereinstimmung bemühen. Es gibt Gerüchte über eine Schwarze Ajah, die dem Dunklen König dient. Die Existenz dieser Ajah wird jedoch von offiziellen Stellen energisch dementiert.

Altara: Nation am Meer der Stürme, die aber in Wirklichkeit nur durch den Namen überhaupt nach außen hin als Einheit dargestellt wird. Die Menschen in Altara betrachten sich zuallererst als Bürger einer Stadt oder eines Dorfes, oder als Dienstleute dieses Lords und jener Lady, und erst in zweiter Linie als Einwohner Altaras. Nur wenige Adlige zahlen der Krone ihre Steuern, und ihre Dienstverpflichtung ist höchstens als Lippenbekenntnis aufzufassen. Der Herrscher Altaras (zur Zeit Königin Tylin Quintara aus dem Hause Mitsobar) ist nur selten mehr als eben der mächtigste Adlige im Land, und manche waren noch nicht einmal das. Der Thron der Winde ist so bedeutungslos, daß ihn viele mächtige Adlige bereits verschmähten, obwohl sie in der Lage gewesen wären, ihn zu besteigen.

Alte Sprache, die: die vorherrschende Sprache während des Zeitalters der Legenden. Man erwartet im allgemeinen von Adligen und anderen gebildeten Menschen, daß sie diese Sprache erlernt haben. Die meisten aber kennen nur ein paar Wörter. Eine Übersetzung stößt auf Schwierigkeiten, da sehr häufig Wörter oder Ausdrucksweisen mit vielschichtigen, subtilen Bedeutungen vorkommen (*siehe auch:* Zeitalter der Legenden).

Al'Thor, Tam: ein Bauer und Schäfer von den Zwei Flüssen. Als junger Mann zog er aus, um Soldat zu werden. Er kehrte später mit seiner Frau (Kari, mittlerweile verstorben) und einem Kind (Rand) nach Emondsfeld zurück.

Amyrlin-Sitz, der: (1) Titel der Führerin der Aes Sedai. Auf Lebenszeit vom Turmrat, dem höchsten Gremium des Aes Sedai, gewählt; dieser besteht aus je drei Abgeordneten (Sitzende genannt, wie z.B. in ›Sitzende der Grünen‹) der sieben Ajahs. Der Amyrlin-Sitz hat, jedenfalls theoretisch, unter den Aes Sedai uneingeschränkte Macht. Sie hat in etwa den Rang einer Königin. Etwas weniger formell ist die Bezeichnung: die Amyrlin. (2) Thron der Führerin der Aes Sedai.

Amys: die Weise Frau der Kaltfelsenfestung. Sie ist eine Traumgängerin, eine Aiel der Neun-Täler-Septime der Taardad Aiel. Verheiratet mit Rhuarc, Schwesterfrau der Lian, der Dachherrin der Kaltfelsenfestung, und der Schwestermutter der Aviendha.

Angreal: ein Überbleibsel aus dem Zeitalter der Legenden. Es erlaubt einer Person, die die Eine Macht lenken kann, einen stärkeren Energiefluß zu meistern, als das sonst ohne Hilfe und Lebensgefahr möglich ist. Einige wurden zur Benützung durch Frauen hergestellt, andere für Männer. Gerüchte über *Angreal*, die von beiden Geschlechtern benützt werden können, wurden nie bestätigt. Es ist heute nicht mehr bekannt, wie sie angefertigt wurden. Es existieren nur noch sehr wenige *(siehe auch: sa'Angreal, ter'Angreal).*

Arad Doman: Land und Nation am Aryth-Meer. Im Augenblick durch einen Bürgerkrieg und gleichzeitig ausgetragene Kriege gegen die Anhänger des Wiedergeborenen Drachen und gegen Tarabon zerrissen. Domani-Frauen sind berühmt und berüchtigt für ihre Schönheit, Verführungskunst und für ihre skandalös offenherzige Kleidung.

Atha'an Miere: *siehe* Meervolk.

Aufgenommene: junge Frauen in der Ausbildung zur Aes Sedai, die eine bestimmte Stufe erreicht und einige Prüfungen bestanden haben. Normalerweise braucht man zirka fünf bis zehn Jahre, um von der Novizin zur Aufgenommenen erhoben zu werden. Die Aufgenommenen sind in ihrer Bewegungsfreiheit weniger eingeschränkt als die Novizinnen, und es ist ihnen innerhalb bestimmter Grenzen sogar erlaubt, eigene Studiengebiete zu wählen. Eine Aufgenommene hat das Recht, einen Großen Schlangenring zu tragen, aber nur am dritten Finger ihrer linken Hand. Wenn eine Aufgenommene zur Aes Sedai erhoben wird, wählt sie ihre Ajah, erhält das Recht, deren Stola zu tragen und darf den Ring an jedem Finger oder auch gar nicht tragen, je nachdem, was die Umstände von ihr verlangen (siehe auch: Aes Sedai).

Avendoraldera: ein in Cairhien aus einem *Avendesora*-Keim gezogener Baum. Der Keimling war ein Geschenk der Aiel im Jahre 566 NÄ. Es gibt aber keinen zuverlässigen Bericht über eine Verbindung zwischen den Aiel und dem legendären Baum des Lebens.

Bair: Weise Frau der Haido-Septime der Shaarad Aiel; eine Traumgängerin. Sie kann die Macht nicht lenken (*siehe auch:* Traumgänger).

Behüter: ein Krieger, der einer Aes Sedai zugeschworen ist. Das geschieht mit Hilfe der Einen Macht, und er gewinnt dadurch Fähigkeiten wie schnelles Heilen von Wunden, er kann lange Zeiträume ohne Wasser, Nahrung und Schlaf auskommen und den Einfluß des Dunklen Königs auf größere Entfernung spüren. Solange er am Leben ist, weiß die mit ihm verbundene Aes Sedai, daß er lebt, auch wenn er noch so weit entfernt ist, und sollte er sterben, dann weiß sie den genauen Zeitpunkt und auch den Grund seines Todes. Allerdings weiß sie nicht, wie weit von ihr entfernt er sich befindet oder in welcher Richtung. Die meisten Ajahs gestatten einer Aes Sedai den Bund mit nur einem Behüter. Die Roten Ajah allerdings lehnen die Behüter für sich selbst ganz ab, während die Grünen Ajah eine Verbindung mit so vielen Behütern gestatten, wie die Aes Sedai es wünscht. An sich muß der Behüter der Verbindung freiwillig zur Verfügung stehen, es gab jedoch auch Fälle, in denen der Krieger dazu gezwungen wurde. Welche Vorteile die Aes Sedai aus der Verbindung ziehen, wird von ihnen als streng gehütetes Geheimnis behandelt (*siehe auch:* Aes Sedai).

Berelain sur Paendrag: die Erste von Mayene, Gesegnete des Lichts, Verteidigerin der Wogen, Hochsitz des Hauses Paeron. Eine schöne und willensstarke junge Frau und eine geschickte Herrscherin (*siehe auch:* Mayene).

Birgitte: legendäre Heldin, sowohl ihrer Schönheit wegen, wie auch ihres Mutes und ihres Geschicks als Bogenschützin halber berühmt. Sie trug einen silbernen Bogen, und ihre silbernen Pfeile verfehlten nie ihr Ziel. Eine aus der Gruppe von Helden, die herbeigerufen werden, wenn das Horn von Valere geblasen wird. Sie wird immer in Verbindung mit dem heldenhaften Schwertkämpfer Gaidal Cain genannt. Außer, was ihre Schönheit und ihr Geschick als Bogenschützin betrifft, ähnelt sie den Legenden allerdings kaum (*siehe auch:* Horn von Valere).

Cadin'sor: Uniform der Aielsoldaten: Mantel und Hose in Braun und Grau, so daß sie sich kaum von Felsen oder Schatten abheben. Dazu gehören weiche, bis zum Knie hoch geschnürte Stiefel. In der Alten Sprache ›Arbeitskleidung‹, was allerdings eine etwas ungenaue Übersetzung darstellt.

Cairhien: sowohl eine Nation am Rückgrat der Welt, wie auch die Hauptstadt dieser Nation. Die Stadt wurde im Aielkrieg (976–978 NÄ) wie so viele andere Städte und Dörfer niedergebrannt und geplündert. Als Folge wurde sehr viel Agrarland in der Nähe des Rückgrats der Welt aufgegeben, so daß seither große Mengen Getreide importiert werden müssen. Auf den Mord an König Galldrian (998 NÄ) folgten ein Bürgerkrieg unter den Adelshäusern um die Nachfolge auf dem Sonnenthron, die Unterbrechung der Lebensmittellieferungen und eine Hungersnot. Die Stadt wird während einer Periode, die mittlerweile als ›zweiter Aielkrieg‹ bezeichnet wird, von den Shaido belagert, doch dieser Belagerungsring wurde von anderen Aielclans unter der Führung Rand al'Thors gesprengt. Im Wappen führt Cairhien eine goldene Sonne mit vielen Strahlen, die sich vom unteren

Rand eines himmelblauen Feldes erhebt (*siehe auch:* Aielkrieg).

Callandor: ›Das Schwert, das kein Schwert ist‹ oder ›Das unberührbare Schwert‹. Ein Kristallschwert, das im Stein von Tear aufbewahrt wurde in einem Raum, der den Namen ›Herz des Steins‹ trägt. Es ist ein äußerst mächtiger *Sa'Angreal*, der von einem Mann benützt werden muß. Keine Hand kann es berühren, außer der des Wiedergeborenen Drachen. Den Prophezeiungen des Drachen zufolge war eines der wichtigsten Zeichen für die erfolgte Wiedergeburt des Drachen und das Nahen von Tarmon Gai'don, daß der Drache den Stein von Tear einnahm und *Callandor* in seinen Besitz brachte. Es wurde von Rand al'Thor wieder ins Herz des Steins zurückgebracht und in den Steinboden hineingerammt (*siehe auch:* Wiedergeborener Drache; *Sa'Angreal;* Stein von Tear).

Car'a'carn: in der Alten Sprache ›Häuptling der Häuptlinge‹. Den Weissagungen der Aiel nach ein Mann, der bei Sonnenaufgang aus Rhuidean zu ihnen kommen werde, mit Drachenmalen auf beiden Armen, und der sie über die Drachenmauer führen werde. Die Prophezeiung von Rhuidean sagt aus, er werde die Aiel einen und sie vernichten, bis auf den Rest eines Restes (*siehe auch:* Aiel; Rhuidean).

Caraighan Maconar: legendäre Grüne Schwester (212–373 NZ), Heldin von hundert Abenteuergeschichten, der man Unternehmungen zuschreibt, die selbst von einigen Aes Sedai für unmöglich gehalten werden, obwohl sie in den Chroniken der Weißen Burg erwähnt werden. So soll sie ganz allein einen Aufstand in Mosadorin niedergeschlagen und die Unruhen in Comaidin unterdrückt haben, obwohl sie zu dieser Zeit über keinen einzigen Behüter verfügte. Die Grünen Ajah betrachten sie als den Urtyp und das Vorbild aller Grünen Schwestern (*siehe auch:* Aes Sedai; Ajah).

Carridin, Jaichim: ein Inquisitor der Hand des Lichts, also ein hoher Offizier der Kinder des Lichts, der in Wirklichkeit ein Schattenfreund ist.

Cauthon, Abell: ein Bauer von den Zwei Flüssen, Vater des Mat Cauthon. Frau: Natti. Töchter: Eldrin und Bodewhin, Bode genannt.

dämpfen (einer Dämpfung unterziehen): Wenn ein Mann die Anlage zeigt, die Eine Macht zu beherrschen, müssen die Aes Sedai seine Kräfte ›dämpfen‹, also vollständig unterdrücken, da er sonst wahnsinnig wird, vom Verderben des *Saidin* getroffen, und möglicherweise schreckliches Unheil mit seinen Kräften anrichten wird. Eine Person, die einer Dämpfung unterzogen wurde, kann die Eine Macht immer noch spüren, sie aber nicht mehr benützen. Wenn vor der Dämpfung der beginnende Wahnsinn eingesetzt hat, kann er durch den Akt der Dämpfung aufgehalten, jedoch nicht geheilt werden. Hat die Dämpfung früh genug stattgefunden, kann das Leben der Person gerettet werden. Dämpfungen bei Frauen sind so selten gewesen, daß man von den Novizinnen der Weißen Burg verlangt, die Namen und Verbrechen aller auswendig zu lernen, die jemals diesem Akt unterzogen wurden. Die Aes Sedai dürfen eine Frau nur dann einer Dämpfung unterziehen, wenn diese in einem Gerichtsverfahren eines Verbrechens überführt wurde. Eine unbeabsichtigte oder durch einen Unfall herbeigeführte Dämpfung wird auch als ›Ausbrennen‹ bezeichnet. Ein Mensch, der einer Dämpfung unterzogen wurde, gleich, ob als Bestrafung oder durch einen Unfall, verliert im allgemeinen jeden Lebenswillen und stirbt nach wenigen Jahren, wenn nicht schon früher durch Selbstmord. Nur in wenigen Fällen gelingt es einem solchen Menschen, die Leere, die der ausbleibende Kontakt mit der Wahren Quelle in seinem Innern hinterläßt, mit anderen Zielen zu füllen und so neuen Lebensmut zu gewinnen. Die Folgen einer jeglichen Dämpfung gelten als endgültig und nicht mehr heilbar (*siehe auch:* Eine Macht).

Deane Aryman: eine Amyrlin, welche die Weiße Burg vor schlimmerem Schaden bewahrte, nachdem ihre Vorgängerin Bonwhin versucht hatte, die Kontrolle über Artur

Falkenflügel zu erlangen. Sie wurde etwa im Jahr 920 FJ im Dorf Salidar in Eharon geboren und aus den Blauen Ajah 992 zur Amyrlin erhoben. Man sagt ihr nach, sie habe Souran Maravaile dazu gebracht, die Belagerung von Tar Valon (die 975 FJ begonnen hatte) nach Falkenflügels Tod zu beenden. Deane stellte den Ruf der Burg wieder her, und es wird allgemein angenommen, daß sie zum Zeitpunkt ihres Todes nach einem Sturz vom Pferd im Jahre 1084 FJ kurz vor dem erfolgreichen Abschluß von Verhandlungen mit den sich um die Nachfolge Falkenflügels als Herrscher seines Imperiums streitenden Adligen stand, die Führung der Weißen Burg zu akzeptieren, um die Einheit des Reichs zu erhalten (*siehe auch:* Amyrlin-Sitz; Artur Falkenflügel).

Drache, der: Ehrenbezeichnung für Lews Therin Telamon während des Schattenkrieges vor mehr als dreitausend Jahren. Als der Wahnsinn alle männlichen Aes Sedai befiel, tötete Lews Therin alle Personen, die etwas von seinem Blut in sich trugen und jede Person, die er liebte. So bezeichnete man ihn anschließend als Brudermörder (*siehe auch:* Wiedergeborener Drache; Prophezeiungen des Drachen).

Drache, falscher: Manchmal behaupten Männer, der Wiedergeborene Drache zu sein, und manch einer davon gewinnt so viele Anhänger, daß eine Armee notwendig ist, um ihn zu besiegen. Einige davon haben schon Kriege begonnen, in die viele Nationen verwickelt wurden. In den letzten Jahrhunderten waren die meisten falschen Drachen nicht in der Lage, die Eine Macht richtig anzuwenden, aber es gab doch ein paar, die das konnten. Alle jedoch verschwanden entweder oder wurden gefangen oder getötet, ohne eine der Prophezeiungen erfüllen zu können, die sich um die Wiedergeburt des Drachen ranken. Diese Männer nennt man falsche Drachen. Unter jenen, die die Eine Macht lenken konnten, waren die mächtigsten Raolin Dunkelbann (335–36 NZ), Yurian Steinbogen (ca. 1300–1308 NZ), Davian (FJ 351), Guaire Amalasan (FJ 939–943),

Logain (997 NÄ) und Mazrim Taim (998 NÄ) (*siehe auch:* Wiedergeborener Drache).

Dunkler König: gebräuchlichste Bezeichnung, in allen Ländern verwendet, für Shai'tan: die Quelle des Bösen, Antithese des Schöpfers. Im Augenblick der Schöpfung wurde er vom Schöpfer in ein Verließ am Shayol Ghul gesperrt. Ein Versuch, ihn aus diesem Kerker zu befreien, führte zum Schattenkrieg, dem Verderben des *Saidin*, der Zerstörung der Welt und dem Ende des Zeitalters der Legenden (*siehe auch:* Prophezeiungen des Drachen).

Eide, Drei: die Eide, die eine Aufgenommene ablegen muß, um zur Aes Sedai erhoben zu werden. Sie werden gesprochen, während die Aufgenommene eine Eidesrute in der Hand hält. Das ist ein *Ter'Angreal*, der sie an die Eide bindet. Sie muß schwören, daß sie (1) kein unwahres Wort ausspricht, (2) keine Waffe herstellt, mit der Menschen andere Menschen töten können, und (3) daß sie niemals die Eine Macht als Waffe verwendet, außer gegen Abkömmlinge des Schattens oder um ihr Leben oder das ihres Behüters oder einer anderen Aes Sedai in höchster Not zu verteidigen. Diese Eide waren früher nicht zwingend vorgeschrieben, doch nach verschiedenen Geschehnissen vor und nach der Zerstörung hielt man sie für notwendig. Der zweite Eid war ursprünglich der erste und kam als Reaktion auf den Krieg um die Macht. Der erste Eid wird wörtlich eingehalten, aber oft geschickt umgangen, indem man eben nur einen Teil der Wahrheit ausspricht. Man glaubt allgemein, daß der zweite und dritte nicht zu umgehen sind.

Eine Macht, die: die Kraft aus der Wahren Quelle. Die große Mehrheit der Menschen ist absolut unfähig zu lernen, wie man die Eine Macht anwendet. Eine sehr geringe Anzahl von Menschen kann die Anwendung erlernen, und noch weniger besitzen diese Fähigkeit von Geburt an. Diese wenigen müssen ihren Gebrauch nicht lernen, denn sie werden die Wahre Quelle berühren und die Eine Macht benützen, ob sie wollen oder nicht, vielleicht sogar, ohne zu bemerken, was sie da tun. Diese angeborene Fähigkeit taucht meist zuerst während der Pubertät auf. Wenn man dann nicht die Kontrolle darüber erlernt – durch Lehrer oder auch ganz allein (äußerst schwierig, die Erfolgsquote liegt bei eins zu vier) ist die Folge der sichere Tod. Seit der Zeit des Wahns hat kein Mann es gelernt, die Eine Macht kontrolliert anzuwenden, ohne dabei auf die Dauer auf schreckliche Art dem Wahnsinn zu verfallen. Selbst wenn er in gewissem Maß die Kontrolle erlangt hat, stirbt er an einer Verfallskrankheit, bei der er lebendigen Leibs verfault. Auch diese Krankheit wird, genau wie der Wahnsinn, von dem Verderben hervorgerufen, das der Dunkle König über *Saidin* brachte. Bei Frauen ist der Tod mangels Kontrolle der Einen Macht etwas erträglicher, aber sterben müssen auch sie. Die Aes Sedai suchen nach Mädchen mit diesen angeborenen Fähigkeiten, zum einen, um ihr Leben zu retten und zum anderen, um die Anzahl der Aes Sedai zu vergrößern. Sie suchen nach Männern mit dieser Fähigkeit, um zu verhindern, daß sie Schreckliches damit anrichten, wenn sie dem Wahn verfallen (*siehe auch:* Zerstörung der Welt; Fünf Mächte; Zeit des Wahns; die Wahre Quelle).

Elaida do Avriny a'Roihan: eine Aes Sedai, die einst zu den Roten Ajah gehörte, vormals Ratgeberin der Königin Morgase von Andor. Sie kann manchmal die Zukunft vorhersagen. Mittlerweile zum Amyrlin-Sitz erhoben.

Erstschwester; Erstbruder: Diese Verwandtschaftsbezeichnungen bei den Aiel bedeuten einfach, die gleiche Mutter zu haben. Das ist für die Aiel eine engere Verwandtschaftsbeziehung als vom gleichen Vater abzustammen.

Fäule, die: *siehe* Große Fäule.

Falkenflügel, Artur: ein legendärer König (Artur Paendrag Tanreall, 943–994 FJ), der alle Länder westlich des Rückgrats der Welt und einige von jenseits der Aiel-Wüste einte. Er sandte sogar eine Armee über das Aryth-Meer (992 FJ), doch verlor man bei seinem Tod, der den Hundertjährigen Krieg auslöste, jeden Kontakt mit diesen Soldaten. Er führte einen fliegenden goldenen Falken im Wappen (*siehe auch:* Hundertjähriger Krieg).

Far Dareis Mai: in der Alten Sprache wörtlich ›von den Speertöchtern‹, meist einfach ›Töchter des Speers‹ genannt. Eine von mehreren Kriegergemeinschaften der Aiel. Anders als bei den übrigen werden ausschließlich Frauen aufgenommen. Sollte sie heiraten, darf eine Frau nicht Mitglied bleiben. Während einer Schwangerschaft darf ein Mitglied nicht kämpfen. Jedes Kind eines Mitglieds wird von einer anderen Frau aufgezogen, so daß niemand mehr weiß, wer die wirkliche Mutter war. (»Du darfst keinem Manne angehören und kein Mann oder Kind darf dir angehören. Der Speer ist dein Liebhaber, dein Kind und Dein Leben.«) Diese Kinder sind hochangesehen, denn es wurde prophezeit, daß ein Kind einer Tochter des Speers die Clans vereinen und zu der Bedeutung zurückführen wird, die sie im Zeitalter der Legenden besaßen (*siehe auch:* Aiel-Kriegergemeinschaften).

Flamme von Tar Valon: das Symbol für Tar Valon, den Amyrlin-Sitz und die Aes Sedai. Die stilisierte Darstellung einer Flamme: eine weiße, nach oben gerichtete Träne.

Fünf Mächte, die: Das sind die Stränge der Einen Macht. Diese Stränge nennt man nach den Dingen, die man durch ihre Anwendung beeinflussen kann: Erde, Luft, Feuer, Wasser, Geist – die Fünf Mächte. Wer die Eine Macht anwenden kann, beherrscht gewöhnlich einen oder zwei dieser Stränge besonders gut und hat Schwächen in der Anwendung der übrigen. Einige wenige beherrschen auch drei davon, aber seit dem Zeitalter der Legenden gab es niemand mehr, der alle fünf in gleichem Maße beherrschte. Und auch dann war das eine große Seltenheit. Das Maß, in dem diese Stränge beherrscht werden und Anwendung finden, ist individuell ganz verschieden; einzelne dieser Personen sind sehr viel stärker als die anderen. Wenn man bestimmte Handlungen mit Hilfe der Einen Macht vollbringen will, muß man einen oder mehrere bestimmte Stränge beherrschen. Wenn man beispielsweise ein Feuer entzünden oder beeinflussen will, braucht man den Feuer-Strang; will man das Wetter ändern, muß man die Bereiche Luft und Wasser beherrschen, während man für Heilung Wasser und Geist benutzen muß. Während im Zeitalter der Legenden Männer und Frauen in gleichem Maße den Geist beherrschten, war das Talent in bezug auf Erde und/oder Feuer besonders oft bei Männern ausgeprägt und das für Wasser und/oder Luft bei Frauen. Es gab Ausnahmen, aber trotzdem betrachtete man Erde und Feuer als die männlichen Mächte, Luft und Wasser als die weiblichen.

Gaidin: in der Alten Sprache ›Bruder der Schlacht‹. Ein Titel, den die Aes Sedai den Behütern verleihen (*siehe auch:* Behüter).

Gai'schain: in der Alten Sprache ›dem Frieden im Kampfe verschworen‹, soweit dieser Begriff überhaupt übersetzt werden kann. Von einem Aiel, der oder die während eines Überfalls oder einer bewaffneten Auseinandersetzung von einem anderen Aiel gefangengenommen wird, verlangt das *Ji'e'toh*, daß er oder sie dem neuen Herrn gehorsam ein Jahr und einen Tag lang dient und dabei keine Waffe anrührt und niemals Gewalt benützt. Eine Weise Frau, ein Schmied oder eine Frau mit einem Kind unter zehn Jahren können nicht zu *Gai'schain* gemacht werden (*siehe auch:* Trostlosigkeit).

Galad; Lord Galadedrid Damodred: Halbbruder von Elayne und Gawyn. Sie haben alle den gleichen Vater: Taringail Damodred. Im Wappen führt er ein geflügeltes silbernes Schwert, dessen Spitze nach unten zeigt.

Gareth Bryne (Ga-ret Brein): einst Generalhauptmann der Königlichen Garde von Andor. Von Königin Morgase ins Exil verbannt. Er wird als einer der größten lebenden Militärstrategen betrachtet. Das Siegel des Hauses Bryne zeigt einen wilden Stier, um dessen Hals die Rosenkrone von Andor hängt. Gareth Brynes persönliches Abzeichen sind drei goldene Sterne mit jeweils fünf Zacken.

Gaukler: fahrende Märchenerzähler, Musikanten, Jongleure, Akrobaten und Alleinunterhalter. Ihr Abzeichen ist die aus bunten Flicken zusammengesetzte Kleidung. Sie besuchen vor allem Dörfer und Kleinstädte, da in den größeren Städten schon zuviel andere Unterhaltung geboten wird.

Gawyn aus dem Hause Trakand: Sohn der Königin Morgase, Bruder von Elayne, der bei Elaynes Thronbesteigung Erster Prinz des Schwertes wird. Halbbruder von Galad. Er führt einen weißen Keiler im Wappen.

Gewichtseinheiten: 10 Unzen = 1 Pfund; 10 Pfund = 1 Stein; 10 Steine = 1 Zentner; 10 Zentner = 1 Tonne.

Grauer Mann: jemand, der freiwillig seine oder ihre Seele dem Schatten geopfert hat und ihm nun als Attentäter dient. Graue Männer sehen so unauffällig aus, daß man sie sehen kann, ohne sie wahrzunehmen. Die große Mehrheit der Grauen Männer sind tatsächlich Männer, aber es gibt darunter auch einige Frauen. Sie werden auch als die ›Seelenlosen‹ bezeichnet.

Grenzlande: die an die Große Fäule angrenzenden Nationen: Saldaea, Arafel, Kandor und Schienar. Sie haben eine Geschichte unendlich vieler Überfälle und Kriegszüge gegen Trollocs und Myrddraal (*siehe auch:* Große Fäule).

Große Fäule: eine Region im hohen Norden, die durch den Einfluß des Dunklen Königs vollständig verwüstet wurde. Sie stellt eine Zuflucht für Trollocs, Myrddraal und andere Kreaturen des Schattens dar.

Großer Herr der Dunkelheit: Diese Bezeichnung verwenden die Schattenfreunde für den Dunklen König. Sie behaupten, es sei Blasphemie, seinen wirklichen Namen zu benutzen.

Große Schlange: ein Symbol für die Zeit und die Ewigkeit, das schon uralt war, bevor das Zeitalter der Legenden begann. Es zeigt eine Schlange, die ihren eigenen Schwanz verschlingt. Man verleiht einen Ring in der Form der Großen Schlange an Frauen, die unter den Aes Sedai zu den Aufgenommenen erhoben werden.

Hochlords von Tear: Die Hochlords von Tear regieren als Rat diesen Staat, der weder König noch Königin aufweist. Ihre Anzahl steht nicht fest. Im Laufe der Jahre hat es Zeiten gegeben, wo nur sechs Hochlords regierten, aber auch zwanzig kamen bereits vor. Man darf sie nicht mit den Landherren verwechseln, niedrigeren Adligen in den ländlichen Bezirken Tears.

Horn von Valere: das legendäre Ziel der Großen Jagd nach dem Horn. Das Horn kann tote Helden zum Leben erwecken, damit sie gegen den Schatten kämpfen. Eine neue Jagd nach dem Horn wurde in Illian ausgerufen, und man kann nun in vielen Ländern Jäger des Horns antreffen.

Hundertjähriger Krieg: eine Reihe sich überschneidender Kriege, geprägt von sich ständig verändernden Bündnissen, ausgelöst durch den Tod von Artur Falkenflügel und die darauf folgenden Auseinandersetzungen um seine Nachfolge. Er dauerte von 994 FJ bis 1117 FJ. Der Krieg entvölkerte weite Landstriche zwischen dem Aryth-Meer und der Aiel-Wüste, zwischen dem Meer der Stürme und der Großen Fäule. Die Zerstörungen waren so schwerwiegend, daß über diese Zeit nur noch fragmentarische Berichte vorliegen. Das Reich Artur Falkenflügels zerfiel und die heutigen Staaten bildeten sich heraus (*siehe auch:* Falkenflügel, Artur).

Illian: ein großer Hafen am Meer der Stürme, Hauptstadt der gleichnamigen Nation. Im Wappen von Illian findet man neun goldene Bienen auf dunkelgrünem Feld.

Juilin Sandar: ein Diebefänger aus Tear.

Kalender: Die Woche hat zehn Tage, der Monat 28 und es gibt 13 Monate im Jahr. Mehrere Festtage gehören keinem bestimmten Monat an: der Sonntag oder Sonnentag (der längste Tag des Jahres), das Erntedankfest (einmal alle vier Jahre zur Frühlingssonnwende) und das Fest der Rettung aller Seelen, auch Allerseelen genannt (einmal alle zehn Jahre zur Herbstsonnwende).

Kesselflicker: volkstümliche Bezeichnung für die Tuatha'an, die man auch das ›Fahrende Volk‹ nennt. Ein

Nomadenvolk, das in bunt gestrichenen Wohnwagen lebt und einer absolut pazifistischen Weltanschauung folgt, die man den ›Weg des Blattes‹ nennt. Sie gehören zu den wenigen, die unbehelligt die Aiel-Wüste durchqueren können, da die Aiel jeden Kontakt mit ihnen strikt vermeiden. Nur wenige Menschen vermuten überhaupt, daß die Tuatha'an Nachkommen von Aiel sind, die sich während der Zerstörung der Welt von den anderen absetzten, um einen Weg zurück in eine Zeit des Friedens zu finden (*siehe auch:* Aiel).

Kinder des Lichts: eine übernationale Gemeinschaft von Asketen, die sich den Sieg über den Dunklen König und die Vernichtung aller Schattenfreunde zum Ziel gesetzt hat. Die Gemeinschaft wurde während des Hundertjährigen Kriegs von Lothair Mantelar gegründet, um gegen die ansteigende Zahl der Schattenfreunde als Prediger anzugehen. Während des Kriegs entwickelte sich daraus eine vollständige militärische Organisation, extrem streng ideologisch ausgerichtet und fest im Glauben, nur sie dienten der absoluten Wahrheit und dem Recht. Sie hassen die Aes Sedai und halten sie, sowie alle, die sie unterstützen oder sich mit ihnen befreunden, für Schattenfreunde. Sie werden geringschätzig Weißmäntel genannt. Im Wappen führen sie eine goldene Sonne mit Strahlen auf weißem Feld (*siehe auch:* Zweifler).

Krieg um die Macht: *siehe* Schattenkrieg.

Längenmaße: 10 Finger = 1 Hand; 3 Hände = 1 Fuß; 3 Fuß = 1 Schritt; 2 Schritte = 1 Spanne; 1000 Spannen = 1 Meile.

Lan, al'Lan Mandragoran: ein Behüter, der Moiraine im Jahre 979 NÄ zugeschworen wurde. Ungekrönter König von Malkier, Dai Shan (Schlachtenführer), und der letzte Überlebende Lord von Malkier. Dieses Land wurde im Jahr seiner Geburt (953 NÄ) von der Großen Fäule verschlungen. Im Alter von sechzehn Jahren begann er seinen Ein-Mann-Krieg gegen die Fäule und den Schatten, den er bis zu seiner Berufung zu Moiraines Behüter fortführte (*siehe auch:* Behüter; Moiraine).

Lews Therin Telamon; Lews Therin Brudermörder: *siehe* Drache

Lini: Kindermädchen der Lady Elayne in ihrer Kindheit. Davor war sie bereits Erzieherin ihrer Mutter Morgase und deren Mutter. Eine Frau von enormer innerer Kraft, einigem Scharfsinn und sehr wortgewaltig in bezug auf Redensarten.

Logain: ein Mann, der einst behauptete, der Wiedergeborene Drache zu sein. Er überzog Ghealdan, Altara und Murandy mit Krieg, bevor er gefangengenommen, zur Weißen Burg gebracht und einer Dämpfung unterzogen wurde. Später entkam er inmitten der Wirren um die Absetzung Siuan Sanches. Ein Mann, dem immer noch Großes bevorsteht (*siehe auch:* Drache, falscher).

Manetheren: eine der Zehn Nationen, die den Zweiten Pakt schlossen; Hauptstadt des gleichnamigen Staates. Sowohl die Stadt wie auch die Nation wurden in den Trolloc-Kriegen vollständig zerstört. Das Wappen Manetherens zeigte einen Roten Adler im Flug (*siehe auch:* Trolloc-Kriege).

Mayene (Mai-jehn): Stadtstaat am Meer der Stürme, der seinen Reichtum und seine Unabhängigkeit der Kenntnis verdankt, die Ölfischschwärme aufspüren zu können. Ihre wirtschaftliche Bedeutung kommt der der Olivenplantagen von Tear, Illian und Tarabon gleich. Ölfisch und Oliven liefern nahezu alles Öl für Lampen. Die augenblickliche Herrscherin von Mayene ist Berelain. Ihr Titel lautet: die Erste von Mayene. Der Titel Zweite/Zweiter stand früher nur einem einzigen Lord oder einer Lady zu, wurde aber während der letzten etwa vierhundert Jahre von bis zu neun Adligen gleichzeitig geführt. Die Herrscher von Mayene führen ihre Abstammung auf Artur Falkenflügel zurück. Das Wappen von Mayene zeigt einen fliegenden goldenen Falken. Mayene wurde traditionell von Tear wirtschaftlich und politisch eingeengt und unterdrückt.

Mazrim Taim: ein falscher Drache, der in Saldaea viel Unheil anrichtete, bevor er geschlagen und gefangen wurde. Er ist nicht nur in der Lage, die Eine Macht zu benützen, sondern besitzt außerordentliche Kräfte (*siehe auch:* Drache, falscher).

Meerleute, Meervolk: genauer: Atha'an Miere, das »Volk des Meeres«. Geheimnisumwitterte Bewohner der Inseln im Aryth-Meer und im Meer der Stürme. Sie verbringen wenig Zeit auf diesen Inseln und leben statt dessen zumeist auf ihren Schiffen. Sie beherrschen den Seehandel fast vollständig.

Melaine (Mehlein): Weise Frau der Jhirad Septime der Goshien Aiel. Eine Traumgängerin. Relativ stark, was den Gebrauch der Einen Macht angeht. Verheiratet mit Bael, dem Clanhäuptling der Goshien. Schwesterfrau der Dorhinda, der Dachherrin der Dampfende-Quellen-Feste (*siehe auch:* Traumgänger).

Merillin, Thom: ein ziemlich vielschichtiger Gaukler, einst Hofbarde und Geliebter von Königin Morgase (*siehe auch:* Spiel der Häuser; Gaukler).

Moiraine Damodred (Moarän): eine Aes Sedai der Blauen Ajah. Sie benützt nur selten ihren Familiennamen und hält ihre Beziehung zu dem Hause Damodred meist geheim. Geboren 956 NÄ im Königlichen Palast von Cairhien. Nachdem sie 972 NÄ als Novizin in die Weiße Burg kam, machte sie dort rasch Karriere. Sie wurde nach nur drei Jahren zur Aufgenommenen erhoben und drei Jahre später, am Ende des Aielkriegs, zur Aes Sedai. Von diesem Zeitpunkt an begann sie ihre Suche nach dem jungen Mann, der – den Prophezeiungen der Aes Sedai Gitara Morose nach – während der Schlacht an der Leuchtenden Mauer am Abhang des Drachenbergs geboren wurde und der zum Wiedergeborenen Drachen bestimmt war. Sie war es auch, die Rand al'Thor, Mat Cauthon, Perrin Aybara und Egwene al'Vere von den Zwei Flüssen fortbrachte. Sie verschwand während eines Kampfes mit Lanfear in Cairhien in einem *Ter'Angreal* und wurde, dem Anschein nach, genauso getötet wie die Verlorene.

Morgase (Morgeis): Von der Gnade des Lichts, Königin von Andor, Verteidigerin des Lichts, Beschützerin des

Volkes, Hochsitz des Hauses Trakand. Im Wappen führt sie drei goldene Schlüssel. Das Wappen des Hauses Trakand zeigt einen silbernen Grundpfeiler. Sie mußte ins Exil gehen und wird allgemein für tot gehalten. Viele glauben, sie sei vom Wiedergeborenen Drachen ermordet worden.

Muster eines Zeitalters: Das Rad der Zeit verwebt die Stränge menschlichen Lebens zum Muster eines Zeitalters, oftmals vereinfacht als ›das Muster‹ bezeichnet, das die Substanz der Realität dieser Zeit bildet; auch als Zeitengewebe bekannt (*siehe auch: Ta'veren*).

Myrddraal: Kreaturen des Dunklen Königs, Kommandanten der Trolloc-Heere. Nachkommen von Trollocs, bei denen das Erbe der menschlichen Vorfahren wieder stärker hervortritt, die man benutzt hat, um die Trollocs zu erschaffen. Trotzdem deutlich vom Bösen dieser Rasse gezeichnet. Sie sehen äußerlich wie Menschen aus, haben aber keine Augen. Sie können jedoch im Hellen wie im Dunklen wie Adler sehen. Sie haben gewisse, vom Dunklen König stammende Kräfte, darunter die Fähigkeit, mit einem Blick ihr Opfer vor Angst zu lähmen. Wo Schatten sind, können sie hineinschlüpfen und sind nahezu unsichtbar. Eine ihrer wenigen bekannten Schwächen besteht darin, daß sie Schwierigkeiten haben, fließendes Wasser zu überqueren. Man kennt sie unter vielen Namen in den verschiedenen Ländern, z. B. als Halbmenschen, die Augenlosen, Schattenmänner, Lurk und die Blassen. Wenig bekannt ist die Tatsache, daß Myrddraal in einem Spiegel nur ein verschwommenes Bild erzeugen.

Nächstschwester; Nächstbruder: Mir diesen Begriffen bezeichnen die Aiel eine Beziehung, die so eng ist wie zwischen Erstschwestern und/oder Erstbrüdern. Nächstschwestern adoptieren einander häufig als Erstschwestern. Bei den Nächstbrüdern ist das kaum jemals der Fall.

Ogier: (1) Eine nichtmenschliche Rasse. Typisch für Ogier sind ihre Größe (männliche Ogier werden im Durchschnitt zehn Fuß groß), ihre breiten, rüsselartigen Nasen und die langen mit Haarbüscheln bewachsenen Ohren. Sie wohnen in Gebieten, die sie *Stedding* nennen. Nach der Zerstörung der Welt (von den Ogiern das Exil genannt) waren sie aus diesen *Stedding* vertrieben, und das führte zu einer als ›das Sehnen‹ bezeichneten Erscheinung: Ein Ogier, der sich zu lange außerhalb seines *Stedding* aufhält, erkrankt und stirbt schließlich. Sie sind in informierten Kreisen bekannt als extrem gute Steinbaumeister, die fast alle großen Städte der Menschen nach der Zerstörung erbauten. Sie selbst betrachten diese Kunst allerdings nur als etwas, das sie während des Exils erlernten und das nicht so wichtig ist, wie das Pflegen der Bäume in einem *Stedding*, besonders der hochaufragenden Großen Bäume. Außer zu ihrer Arbeit als Steinbaumeister verlassen sie ihr *Stedding* nur selten und wollen wenig mit der Menschheit zu tun haben. Man weiß unter Menschen nur sehr wenig über sie, und viele halten die Ogier sogar für bloße Legenden. Obwohl sie als Pazifisten gelten und nur sehr schwer aufzuregen sind, heißt es in einigen alten Berichten, sie hätten während der Trolloc-Kriege Seite an Seite mit den Menschen gekämpft. Dort werden sie als mörderische Feinde bezeichnet. Im großen und ganzen sind sie ungemein wissensdurstig, und ihre Bücher und Berichte enthalten oftmals Informationen, die bei den Menschen längst verlorengegangen sind. Die normale Lebenserwartung eines Ogiers ist etwa drei- oder viermal so hoch wie bei Menschen. (2) Jedes Individuum dieser nichtmenschlichen Rasse (*siehe auch:* Zerstörung der Welt; *Stedding*).

Padan Fain: Einst als Händler in das Gebiet der Zwei Flüsse gekommen, stellte er sich bald als Schattenfreund heraus. Er wurde zum Schayol Ghul geholt und dort so in seiner ganzen Persönlichkeit beeinflußt, daß er nicht nur in der Lage sein sollte, den jungen Mann zu finden, der zum Wiedergeborenen Drachen werden sollte, so wie der Jagdhund die Beute für den Jäger aufspürt, sondern sogar ein dauerndes inneres Bedürfnis spüren sollte, fast eine Art von Besessenheit, diese Suche erfolgreich abzuschließen. Dies verursachte Fain solche psychischen Schmerzen, daß er sowohl den Dunklen König wie auch Rand al'Thor zu hassen begann. Bei der Verfolgung al'Thors traf er in Shadar Logoth auf die dort gefangene Seele von Mordeth, die versuchte, Fains Körper zu übernehmen. Der veränderten Persönlichkeit Fains wegen resultierte das in einer Art von Vereinigung beider Seelen mit Fain in der Oberhand und mit Fähigkeiten, die weit jenseits derer liegen, die beide Männer vorher besaßen. Fain durchschaut diese selbst noch keineswegs in vollem Maße. Die meisten Menschen werden von Angst gepackt, wenn sie dem augenlosen Blick eines Myrddraal ausgesetzt sind, doch Fains Blick wiederum jagt selbst einem Myrddraal Angst ein.

Prophezeiungen des Drachen: ein nur unter den ausgesprochen Gebildeten bekannter Zyklus von Weissagungen, der auch selten erwähnt wird. Man findet ihn im größeren *Karaethon Zyklus*. Es wird dort vorausgesagt, daß der Dunkle König wieder befreit werde, und daß Lews Therin Telamon, der Drache, wiedergeboren werde, um in Tarmon Gai'don, der Letzten Schlacht gegen den Schatten, zu kämpfen. Es wird prophezeit, daß er die Welt erneut retten und erneut zerstören wird (*siehe auch:* Drache).

Rad der Zeit: Die Zeit stellt man sich als ein Rad mit sieben Speichen vor – jede Speiche steht für ein Zeitalter. Wie sich das Rad dreht, so folgt Zeitalter auf Zeitalter. Jedes hinterläßt Erinnerungen, die zu Legenden verblassen, zu bloßen Mythen werden und schließlich vergessen sind, wenn dieses Zeitalter wiederkehrt. Das Muster eines Zeitalters wird bei jeder Wiederkehr leicht verändert, doch auch wenn die Änderungen einschneidender Natur sein sollten, bleibt es das gleiche Zeitalter. Bei jeder Wiederkehr sind allerdings die Veränderungen gravierender.

Rashima Kerenmosa: Man nennt sie auch die ›Soldatenamyrlin‹. Geboren ca. 1150 NZ und aus den Reihen der

Grünen Ajah im Jahre 1251 NZ zur Amyrlin erhoben. Sie führte persönlich die Heere der Weißen Burg in den Kampf und errang unzählige Siege, die berühmtesten am Kaisin-Paß, an der Sorellestufe, bei Larapelle, Tel Norwin und Maighande, wo sie 1301 NZ ums Leben kam. Man entdeckte ihre Leiche nach Ende der Schlacht, umgeben von den Leichen ihrer fünf Behüter und einem wahren Wall aus den Leibern von Trollocs und Myrddraal, unter denen sich nicht weniger als neun Schattenlords befanden (siehe auch: Aes Sedai; Ajah; Amyrlin-Sitz; Schattenlords; Behüter).

Rhuidean: eine Große Stadt, die einzige in der Aiel-Wüste und der Außenwelt völlig unbekannt. Sie lag fast dreitausend Jahre lang verlassen in einem Wüstental. Einst wurde den Aielmännern nur gestattet, einmal in ihrem Leben Rhuidean zum Zweck einer Prüfung zu betreten. Die Prüfung fand innerhalb eines großen *Ter'Angreal* statt. Wer bestand, besaß die Fähigkeit zum Clanhäuptling, doch nur einer von dreien überlebte. Frauen durften Rhuidean zweimal betreten. Sie wurden beim zweiten Mal im gleichen *Ter'Angreal* geprüft, und wenn sie überlebten, wurden sie zu Weisen Frauen. Bei ihnen war die Überlebensrate erheblich höher als bei den Männern. Mittlerweile ist die Stadt wieder von den Aiel bewohnt, und ein Ende des Tals von Rhuidean ist von einem großen See ausgefüllt, der aus einem enormen unterirdischen Reservoir gespeist wird und aus dem wiederum der einzige Fluß der Wüste entspringt (*siehe auch:* Aiel).

Rückgrat der Welt: eine hohe Bergkette, über die nur wenige Pässe führen. Sie trennt die Aiel-Wüste von den westlichen Ländern. Wird auch Drachenmauer genannt.

Sa'angreal: ein extrem seltenes Objekt, das es einem Menschen erlaubt, die Eine Macht in viel stärkerem Maße als sonst möglich zu benützen. Ein *Sa'angreal* ist ähnlich, doch ungleich stärker als ein *Angreal.* Die Menge an Energie, die mit Hilfe eines *Sa'angreals* eingesetzt werden kann, verhält sich zu der eines *Angreals* wie die mit dessen Hilfe einsetzbare Energie zu der, die man ganz ohne irgendwelche Hilfe beherrschen kann. Relikte des Zeitalters der Legenden. Es ist nicht mehr bekannt, wie sie angefertigt wurden. Wie bei den *Angreal* können sie nur entweder von einer Frau oder von einem Mann eingesetzt werden. Es gibt nur noch eine Handvoll davon, weit weniger sogar als *Angreal.*

Saidar, Saidin: *siehe* Wahre Quelle.

Schattenfreunde: die Anhänger des Dunklen Königs. Sie glauben, große Macht und andere Belohnungen, darunter sogar Unsterblichkeit, zu empfangen, wenn er aus seinem Kerker befreit wird. Untereinander gebrauchen sie gelegentlich die alte Bezeichnung: ›Freunde der Dunkelheit‹.

Schattenkrieg: auch als der Krieg um die Macht bekannt; mit ihm endet das Zeitalter der Legenden. Er begann kurz nach dem Versuch, den Dunklen König zu befreien und erfaßte bald schon die ganze Welt. In einer Welt, die selbst die Erinnerung an den Krieg vergessen hatte, wurde nun der Krieg in all seinen Formen wiederentdeckt. Er war besonders schrecklich, wo die Macht des Dunklen Königs die Welt berührte, und auch die Eine Macht wurde als Waffe verwendet. Der Krieg wurde beendet, als der Dunkle König wieder in seinen Kerker verbannt und dieser versiegelt werden konnte. Diese Unternehmung führte Lews Therin Telamon, der Drache, zusammen mit hundert männlichen Aes Sedai durch, die man auch die Hundert Gefährten nannte. Der Gegenschlag des Dunklen Königs verdarb *Saidin* und trieb Lews Therin und die Hundert Gefährten in den Wahnsinn. So begann die Zeit des Wahns und die Zerstörung der Welt (*siehe auch:* Eine Macht; Drache).

Schattenlords: diejenigen Männer und Frauen (Aes Sedai), die der Einen Macht dienten, aber während der Trolloc-Kriege zum Schatten überliefen und dann die Heere von Trollocs und Schattenfreunden als Generäle kommandierten. Weniger Gebildete verwechseln sie gelegentlich mit den Verlorenen.

Schwesterfrau: Verwandtschaftsgrad bei den Aiel. Aielfrauen, die bereits Nächstschwestern oder Erstschwestern sind und entdecken, daß sie den gleichen Mann lieben, oder einfach nicht wollen, daß ein Mann zwischen sie tritt, heiraten ihn beide und werden so zu Schwesterfrauen. Frauen, die den gleichen Mann lieben, versuchen manchmal herauszufinden, ob sie Nächstschwestern oder durch Adoption Erstschwestern werden können, denn das ist die erste Voraussetzung, um Schwesterfrauen werden zu können.

Seanchan (Schantschan): (1) Nachkommen der Armeemitglieder, die Artur Falkenflügel über das Aryth-Meer sandte und die die dort gelegenen Länder eroberten. Sie glauben, daß man aus Sicherheitsgründen jede Frau, die mit der Macht umgehen kann, durch einen *A'dam* kontrollieren muß. Aus dem gleichen Grund werden solche Männer getötet. (2) Das Land, aus dem die Seanchan kommen.

Seherin: eine Frau, die vom Frauenzirkel bzw. der Versammlung der Frauen ihres Dorfs berufen und zu dessen Vorsitzender bestimmt wird, weil sie die Fähigkeit des Heilens besitzt, das Wetter vorhersagen kann und auch sonst als kluge Frau und Ratgeberin anerkannt ist. Ihre Position fordert großes Verantwortungsbewußtsein und verleiht ihr viel Autorität. Allgemein wird sie dem Bürgermeister gleichgestellt, in manchen Dörfern steht sie sogar über ihm. Im Gegensatz zum Bürgermeister wird sie auf Lebenszeit erwählt. Es ist äußerst selten, daß eine Seherin vor ihrem Tod aus ihrem Amt entfernt wird. Ihre Auseinandersetzungen mit dem Bürgermeister sind auch zur Tradition geworden. Je nach dem Land wird sie auch als Führerin, Heilerin, Weise Frau, Sucherin oder einfach als Weise bezeichnet.

Shayol Ghul: ein Berg im Versengten Land jenseits der Großen Fäule; dort befindet sich der Kerker, in dem der Dunkle König gefangengehalten wird.

Spanne: *siehe* Längenmaße.

Spiel der Häuser: Diese Bezeichnung wurde dem Intrigenspiel der Adelshäuser untereinander verliehen, mit dem sie sich Vorteile verschaffen wollen. Großer Wert wird darauf gelegt, subtil vorzugehen, auf eine Sache abzuzielen, während man ein ganz anderes Ziel vortäuscht, um sein Ziel schließlich mit geringstmöglichem Aufwand zu erreichen. Es ist auch als das ›Große Spiel‹ bekannt und gelegentlich unter seiner Bezeichnung in der Alten Sprache: *Daes Dae'mar*.

Stedding, das: eine Ogier-Enklave. Viele Stedding sind seit der Zerstörung der Welt verlassen worden. In Erzählungen und Legenden werden sie als Zufluchtsstätte bezeichnet, und das aus gutem Grund. Auf eine heute nicht mehr bekannte Weise wurden sie abgeschirmt, so daß in ihrem Bereich keine/kein Aes Sedai die Eine Macht anwenden kann und nicht einmal eine Spur der Wahren Quelle wahrnimmt. Versuche, von außerhalb eines Stedding mit Hilfe der Einen Macht in deren Innerem einzugreifen, blieben erfolglos. Kein Trolloc wird ohne Not ein Stedding betreten, und selbst ein Myrddraal betritt es nur, wenn er dazu gezwungen ist, und auch dann nur zögernd und mit größter Abscheu. Sogar echte und hingebungsvolle Schattenfreunde fühlen sich in einem Stedding äußerst unwohl.

Stein von Tear: eine große Festung in der Stadt Tear, von der berichtet wird, sie sei bald nach der Zerstörung der Welt mit Hilfe der Einen Macht erbaut worden. Sie wurde unzählige Male angegriffen und belagert, doch nie erobert. Erst unter dem Angriff des Wiedergeborenen Drachen mit wenigen hundert Aielkriegern fiel die Festung innerhalb einer einzigen Nacht. Damit wurden zwei Voraussagen aus den Prophezeiungen des Drachen erfüllt (*siehe auch:* Drache; Prophezeiungen des Drachen).

Talente: Fähigkeit, die Eine Macht auf ganz spezifische Weise zu gebrauchen. Selbst bei gleich gelagerten Talenten ergeben sich von Person zu Person große individuelle Unterschiede, die nur selten mit der Stärke zu tun haben, die diese Person in bezug auf die Anwendung der Einen Macht besitzt. Das naturgemäß populärste und am meisten verbreitete Talent ist das des Heilens.

Weitere Beispiele sind das ›Wolkentanzen‹, womit die Beeinflussung des Wetters gemeint ist, und der ›Erdgesang‹, mit dessen Hilfe Erdbewegungen gesteuert werden können und so beispielsweise Erdbeben und Lawinen verhindert oder ausgelöst werden. Es gibt auch eine Reihe weniger bedeutsamer Talente, wie die Fähigkeit *Ta'veren* wahrzunehmen, oder die Fähigkeit, die das Schicksal verändernde Wirkung *Ta'verens* zu verdoppeln, wenn auch nur auf sehr kleinem und begrenztem Raum, der selten mehr als wenige Quadratfuß abdeckt. Von manchen Talenten kennt man heute nur noch die Bezeichnung und besitzt eventuell noch eine vage Beschreibung, wie z. B. beim Reisen, einer Fähigkeit, sich von einem Ort zu einem anderen zu bewegen, ohne den Zwischenraum durchqueren zu müssen. Andere wie z. B. das Vorhersagen (die Fähigkeit, zukünftige Ereignisse zumindest auf allgemeinere Art und Weise vorhersehen zu können) oder das Schürfen (Aufspüren und manchmal sogar Gewinnen von Erzen) sind mittlerweile selten oder beinahe verschwunden. Ein weiteres Talent, das man seit langem für verloren hielt, ist das Träumen. Unter anderem lassen sich hier die Träume des Träumers so deuten, daß sie eine genauere Vorhersage der Zukunft erlauben. Manche Träumer hatten die Fähigkeit, *Tel'aran'rhiod*, die Welt der Träume, zu erreichen und sogar in die Träume anderer Menschen einzudringen. Die letzte bekannte Träumerin war Corianin Nedeal, die im Jahre 526 NÄ starb, doch nur wenige wissen, daß es jetzt eine neue gibt. Viele solcher Talente werden jetzt erst wiederentdeckt (*siehe auch: Tel'aran'rhiod*).

Tallanvor, Martyn: Leutnant der Königlichen Garde in Andor, der seine Königin mehr liebt als Ehre oder Leben.

Tarabon: Land und Nation am Aryth-Meer. Hauptstadt: Tanchico. Einst eine große Handelsmacht und Ursprungsort von Teppichen, Textilfarben und Feuerwerkskörpern, die von der Gilde der Feuerwerker hergestellt werden. Jetzt von einem Bürgerkrieg und gleichzeitigen kriegerischen Auseinandersetzungen mit Arad Doman und den Anhängern des Wiedergeborenen Drachen zerrissen und deshalb weitgehend vom Ausland abgeschnitten.

Tarmon Gai'don: die Letzte Schlacht (*siehe auch:* Prophezeiungen des Drachen; Horn von Valere).

Ta'veren: eine Person im Zentrum des Gewebes von Lebenssträngen aus ihrer Umgebung, möglicherweise sogar *aller* Lebensstränge, die vom Rad der Zeit zu einem Schicksalsgewebe zusammengefügt wurden (*siehe auch:* Muster eines Zeitalters).

Tear: ein großer Hafen und ein Staat am Meer der Stürme. Das Wappen von Tear zeigt drei weiße Halbmonde auf rot- und goldgemustertem Feld (*siehe auch:* Stein von Tear).

Telamon, Lews Therin: *siehe* Drache.

Tel'aran'rhiod: in der Alten Sprache: ›die unsichtbare Welt‹, oder ›die Welt der Träume‹. Eine Welt, die man in Träumen manchmal sehen kann. Nach den Angaben der Alten durchdringt und umgibt sie alle möglichen Welten. Im Gegensatz zu anderen Träumen ist das in ihr real, was dort mit lebendigen Dingen geschieht. Wenn man also dort eine Wunde empfängt, ist diese beim Erwachen immer noch vorhanden, und einer, der dort stirbt, erwacht nie mehr. Ansonsten hat aber das, was dort geschieht, keinerlei Einfluß auf die wachende Welt. Viele Menschen können *Tel'aran'rhiod* kurze Augenblicke lang in ihren Träumen berühren, aber nur wenige haben je die Fähigkeit besessen, aus freien Stücken dort einzudringen, wenn auch letztlich einige *Ter'Angreal* entdeckt wurden, die eine solche Fähigkeit unterstützen. Mit Hilfe eines solchen *Ter'Angreal* können auch Menschen in die Welt der Träume eintreten, die nicht die Fähigkeit zum Gebrauch der Macht besitzen (*siehe auch:* Ter'Angreal).

Ter'angreal: Gegenstände aus dem Zeitalter der Legenden, die die Eine Macht verwenden oder bei deren Gebrauch helfen. Im Gegensatz zu *Angreal* und *Sa'angreal* wurde jeder *Ter'angreal* zu einem ganz bestimmten Zweck hergestellt, z. B. macht einer jeden Eid, der in ihm geschworen wird, zu etwas endgültig Bindendem. Einige werden von den Aes Sedai benützt, aber über ihre ursprüngliche Anwendung ist kaum etwas bekannt. Für die Verwendung ist bei manchen ein Benützen der Einen Macht notwendig, bei anderen wieder nicht. Einige töten sogar oder zerstören die Fähigkeit einer Frau, die sie benützt, die Eine Macht zu lenken. Wie bei den *Angreal* und *Sa'angreal* ist auch bei ihnen nicht mehr bekannt, wie man sie herstellt. Dieses Geheimnis ging seit der Zerstörung der Welt verloren *(siehe auch: Angreal, Sa'angreal)*.

Tochter-Erbin: Titel der Erbin des Löwenthrons von Andor. Ohne eine überlebende Tochter fällt der Thron an die nächste weibliche Verwandte der Königin. Unstimmigkeiten darüber, wer die nächste in der Erbfolge sei, haben mehrmals bereits zu Machtkämpfen geführt. Der letzte davon wird in Andor einfach ›die Thronfolge‹ genannt und außerhalb des Landes ›der Dritte Andoranische Erbfolgekrieg‹. Durch ihn kam Morgase aus dem Hause Trakand auf den Thron.

Träumer: *siehe* Talente.

Traumgänger: Bezeichnung der Aiel für eine Frau, die *Tel'aran'rhiod* aus eigenem Willen erreichen, die Träume anderer auslegen und mit anderen in deren Traum sprechen kann. Auch die Aes Sedai benützen diese Bezeichnung gelegentlich im Zusammenhang mit dem Talent eines ›Träumers‹ *(siehe auch: Talente; Tel'aran'rhiod)*.

Trolloc-Kriege: eine Reihe von Kriegen, die etwa gegen 1000 NZ begannen und sich über mehr als 300 Jahre hinzogen. Trolloc-Heere unter der Führung von Myrddraal und Schattenlords verwüsteten die Welt. Schließlich aber wurden die Trollocs entweder getötet oder in die Große Fäule zurückgetrieben. Mehrere Staaten wurden im Rahmen dieser Kriege ausgelöscht oder entvölkert. Alle Aufzeichnungen aus dieser Zeit sind fragmentarisch *(siehe auch: Schattenlords; Myrddraal; Trollocs)*.

Trollocs: Kreaturen des Dunklen Königs, die er während des Schattenkriegs erschuf. Sie sind körperlich sehr groß und extrem bösartig. Sie stellen eine hybride Kreuzung zwischen Tier und Mensch dar und töten aus purer Mordlust: Nur diejenigen, die selbst von den Trollocs gefürchtet werden, können diesen trauen. Trollocs sind schlau, hinterhältig und verräterisch. Sie essen alles, auch jede Art von Fleisch, das von Menschen und anderen Trollocs eingeschlossen. Da sie zum Teil von Menschen abstammen, sind sie zum Geschlechtsverkehr mit Menschen imstande, doch die meisten einer solchen Verbindung entspringenden Kinder werden entweder tot geboren oder sind kaum lebensfähig. Die Trollocs leben in stammesähnlichen Horden. Die wichtigsten davon heißen: Ahf'frait, Al'ghol, Bhan'sheen, Dha'vol, Dhai'mon, Dhjin'nen, Ghar'ghael, Ghob'hlin, Gho'hlem, Ghraem'lan, Ko'bal und Kno'mon (*siehe auch:* Trolloc-Kriege).

Trostlosigkeit: Bezeichnung für die Auswirkung der folgenden Erkenntnis auf viele Aiel: Die Aiel waren keineswegs immer furchterregende Krieger. Ihre Vorfahren waren strikte Pazifisten, die sich während und nach der Zerstörung der Welt dazu gezwungen sahen, sich selbst zu verteidigen. Viele glauben, gerade darin habe ihr Versagen den Aiel gegenüber gelegen. Einige werfen daraufhin ihre Speere weg und rennen davon. Andere weigern sich, das Weiße *Gai'schain* abzulegen, obwohl ihre Dienstzeit vorüber ist. Wieder andere weigern sich, dies als Wahrheit anzuerkennen, und folgerichtig erkennen sie auch Rand al'Thor nicht als den wahren *Car'a'carn* an. Diese Aiel kehren entweder in die Wüste zurück oder schließen sich den Shaido an, die gegen Rand al'Thor kämpfen (*siehe auch:* Aiel; Aiel-Wüste; *Car'a'carn*; *Gai'schain*).

Verknüpfung: die Fähigkeit von Frauen, ihre Stränge der Einen Macht miteinander zu vereinigen. Diese kombinierten Stränge sind insgesamt wohl nicht ganz so stark wie die Summe der einzelnen Stränge, werden aber von der

Person gelenkt, die diese Verknüpfung leitet und können auf diese Weise viel präziser und effektiver eingesetzt werden als einzelne Stränge. Männer können ihre Fähigkeiten nicht miteinander verknüpfen, wenn keine Frauen im Zirkel mitwirken. Dagegen können sich bis zu dreizehn Frauen verknüpfen, ohne die Mitwirkung eines Mannes zu benötigen. Nimmt ein Mann an diesem Zirkel teil, können sich bis zu sechsundzwanzig Frauen verknüpfen. Zwei Männer können den Zirkel auf vierunddreißig Frauen erweitern, und so geht es weiter bis zu einer Obergrenze von sechs Männern und sechsundsechzig Frauen. Es gibt Verknüpfungen, an denen mehr Männer, aber dafür weniger Frauen teilnehmen, aber abgesehen von der Verknüpfung nur einer Frau mit einem Mann muß sich immer mindestens eine Frau mehr im Zirkel befinden als Männer. Bei den meisten Zirkeln kann entweder ein Mann oder eine Frau die Leitung übernehmen, doch bei einem Maximalzirkel von zweiundsiebzig Personen oder bei gemischten Zirkeln unter dreizehn Mitgliedern muß jeweils ein Mann die Führung übernehmen. Obwohl im allgemeinen Männer stärker sind, was den Gebrauch der Macht betrifft, sind die stärksten Zirkel diejenigen mit soweit wie möglich ausgeglichener Anzahl an Männern und Frauen (*siehe auch:* Aes Sedai).

Verlorene: Name für die dreizehn der mächtigsten Aes Sedai aus dem Zeitalter der Legenden und damit auch zu den mächtigsten zählend, die es überhaupt jemals gab. Während des Schattenkriegs liefen sie zum Dunklen König über, weil er ihnen dafür die Unsterblichkeit versprach. Sie bezeichnen sich selbst als die ›Auserwählten‹. Sowohl Legenden wie auch fragmentarische Berichte stimmen darin überein, daß sie zusammen mit dem Dunklen König eingekerkert wurden, als dessen Gefängnis wiederversiegelt wurde. Ihre Namen werden heute noch benützt, um Kinder zu erschrecken. Es waren: Aginor, Asmodean, Balthamel, Be'lal, Demandred, Graendal, Ishamael, Lanfear, Mesaana, Moghedien, Rahvin, Sammael und Semirhage.

Wahre Quelle: die treibende Kraft des Universums, die das Rad der Zeit antreibt. Sie teilt sich in eine männliche *(Saidin)* und eine weibliche Hälfte *(Saidar)*, die gleichzeitig miteinander und gegeneinander arbeiten. Nur ein Mann kann von *Saidin* Energie beziehen und nur eine Frau von *Saidar*. Seit dem Beginn der Zeit des Wahns vor mehr als dreitausend Jahren ist *Saidin* von der Hand des Dunklen Königs gezeichnet *(siehe auch:* Eine Macht*)*.

Weise Frau: Unter den Aiel werden Frauen von den Weisen Frauen zu dieser Berufung ausgewählt und angelernt. Sie erlernen die Heilkunst, Kräuterkunde und anderes, ähnlich wie die Seherinnen. Gewöhnlich gibt es in jeder Septimenfestung oder bei jedem Clan eine Weise Frau. Manchen von ihnen sagt man wundersame Heilkräfte nach und sie vollbringen auch andere Dinge, die als Wunder angesehen werden. Sie besitzen große Autorität und Verantwortung, sowie großen Einfluß auf die Septimen und die Clanhäuptlinge, obwohl diese Männer sie oft beschuldigen, daß sie sich ständig einmischen. Die Weisen Frauen stehen über allen Fehden und kriegerischen Auseinandersetzungen, und *Ji'e'toh* entsprechend dürfen sie nicht belästigt oder irgendwie behindert werden. Würde sich eine Weise Frau an einem Kampf beteiligen, stellte das eine schwere Verletzung aller guten Sitten und Traditionen dar. Eine Reihe der Weisen Frauen besitzen in gewissem Maße die Fähigkeit, die Eine Macht benützen zu können, aber der Brauch will es, daß sie nicht darüber sprechen. Es ist ebenfalls bei ihnen üblich, noch strenger als die anderen Aiel jeden Kontakt mit den Aes Sedai zu vermeiden. Sie suchen nach anderen Aielfrauen, die mit dieser Fähigkeit geboren werden oder sie erlernen können. Drei im Moment lebende Weise Frauen sind Traumgängerinnen, können also *Tel'aran'rhiod* betreten und sich im Traum u.a. mit anderen Menschen verständigen *(siehe auch:* Traumgänger; Tel'aran'rhiod*)*.

Weiße Burg: Zentrum und Herz der Macht der Aes Sedai. Sie befindet sich im Herzen der großen Inselstadt Tar Valon.

Weißmäntel: *siehe* Kinder des Lichts.

Wiedergeborener Drache: Nach der Prophezeiung und der Legende der wiedergeborene Lews Therin Telamon. Die meisten, jedoch nicht alle Menschen, erkennen Rand al'Thor als den Wiedergeborenen Drachen an (*siehe auch:* Drache; Drache, falscher; Prophezeiungen des Drachen).

Wilde: eine Frau, die allein gelernt hat, die Eine Macht zu lenken, und die ihre Krise überlebte, was nur etwa einer von vieren gelingt. Solche Frauen wehren sich gewöhnlich gegen die Erkenntnis, daß sie die Macht tatsächlich benützen, doch durchbricht man diese Sperre, gehören die Wilden später oft zu den mächtigsten Aes Sedai. Die Bezeichnung ›Wilde‹ wird häufig abwertend verwendet.

Zeitalter der Legenden: das Zeitalter, welches von dem Krieg des Schattens und der Zerstörung der Welt beendet wurde. Eine Zeit, in der die Aes Sedai Wunder vollbringen konnten, von denen man heute nur träumen kann (*siehe auch:* Zerstörung der Welt; Schattenkrieg).

Zerstörung der Welt: Als Lews Therin Telamon und die Hundert Gefährten das Gefängnis des Dunklen Königs wieder versiegelten, fiel durch den Gegenangriff ein Schatten auf *Saidin*. Schließlich verfiel jeder männliche Aes Sedai auf schreckliche Art dem Wahnsinn. In ihrem Wahn veränderten diese Männer, die die Eine Macht in einem heute unvorstellbaren Maße beherrschten, die Oberfläche der Erde. Sie riefen furchtbare Erdbeben hervor, Gebirgszüge wurden eingeebnet, neue Berge erhoben sich. Wo sich Meere befunden hatten, entstand Festland, und an anderen Stellen drang der Ozean in bewohnte Länder ein. Viele Teile der Welt wurden vollständig entvölkert und die Überlebenden wie Staub vom Wind verstreut. Diese Zerstörung wird in Geschichten, Legenden und Geschichtsbüchern als die Zerstörung der Welt bezeichnet.

Zweifler: ein Orden innerhalb der Gemeinschaft der Kinder des Lichts. Sie sehen ihre Aufgabe darin, die Wahrheit im Wortstreit zu finden und Schattenfreunde zu erkennen. Ihre Suche nach der Wahrheit und dem Licht, so wie sie die Dinge sehen, wird noch eifriger betrieben, als bei den Kindern des Lichts allgemein üblich. Ihre normale Befragungsmethode ist Folter, wobei sie der Auffassung sind, daß sie selbst die Wahrheit bereits kennen und ihre Opfer nur dazu bringen müssen, sie zu gestehen. Die Zweifler bezeichnen sich als die ›Hand des Lichts‹, die Hand, welche die Wahrheit ausgräbt, und sie verhalten sich gelegentlich so, als seien sie völlig unabhängig von den Kindern und dem Rat der Gesalbten, der die Gemeinschaft leitet. Das Oberhaupt der Zweifler ist der Hochinquisitor, der einen Sitz im Rat der Gesalbten hat. Im Wappen führen sie einen blutroten Hirtenstab (*siehe auch:* Kinder des Lichts).

Das Schwarze Auge

Die Romane zum gleichnamigen Fantasy-Rollenspiel – Aventurien noch unmittelbarer und plastischer erleben.

Eine Auswahl:

Ina Kramer
Im Farindelwald
06/6016

Ina Kramer
Die Suche
06/6017

Ulrich Kiesow
Die Gabe der Amazonen
06/6018

Hans Joachim Alpers
Flucht aus Ghurenia
06/6019

Karl-Heinz Witzko
Spuren im Schnee
06/6020

Lena Falkenhagen
Schlange und Schwert
06/6021

Christian Jentzsch
Der Spieler
06/6022

Hans Joachim Alpers
Das letzte Duell
06/6023

Bernhard Hennen
Das Gesicht am Fenster
06/6024

Ina Kramer (Hrsg.)
Steppenwind
06/6025

06/6022

Heyne-Taschenbücher

Das Rad der Zeit

Robert Jordans großartiger Fantasy-Zyklus!

Eine Auswahl:

Die Heimkehr
8. Roman
06/5033

Der Sturm bricht los
9. Roman
06/5034

Zwielicht
10. Roman
06/5035

Scheinangriff
11. Roman
06/5036

Der Drache schlägt zurück
12. Roman
06/5037

Die Fühler des Chaos
13. Roman
06/5521

Stadt des Verderbens
14. Roman
06/5522

Die Amyrlin
15. Roman
06/5523

06/5521

Heyne-Taschenbücher